소설
창작 여행
떠나기

소설 창작 여행 떠나기

채길순 지음

도서출판 모시는사람들

"어느 볕 고운 봄날,

연분홍 복숭아 꽃잎이 지는

나무 아래에서 가슴 설레던 감성이면

당신은 소설을 쓸 수 있다.

거기에 수심 가득한 소녀가 서 있는

모습과 사연을 상상해낼 수 있다면

더 좋은 소설을 쓸 수 있다."

소설 창작 여행을 떠나 보자

작가란 어떤 존재인가

부드러운 안개 사이로 황금햇살이 비치고 새들의 노래와 함께 아침이 열립니다. 나비와 푸른 물잠자리 날아 숲을 깨우면, 사람의 마을 돌담에 자줏빛 나팔꽃이 저 높은 곳을 향해 오르고, 울밑에 선 봉선화가 혼자 붉네요. 이는 당신이 사랑했던 이 땅의 서정입니다.

작가가 남긴 책갈피에 서사가 열리네요. 지아비들이 황황히 마을을 떠나고, 이방인들이 들이닥치더니 마을에 피비린내와 검은 연기가 뒤덮이네요. 달빛 음험한 장독대에 지어미의 촛불이 어룽거리고, 그 그늘에 지치고 주름 깊은 고통스러운 얼굴들이 해묵은 흑백사진처럼 돋아 올라요. 그래요, 작가의 연민어린 눈길은 늘 저들을 향하고 있었어요. 역사의 궤적을 좇고, 그 수레바퀴에 깔려 신음하는 이들 편이었지요. 그래서 당신의 이야기에는 노인, 노동자, 농민, 도시 빈민, 실향민, 실직자, 실연당한 자, 외국인 노동자 등 삶의 그늘에서 고통스럽게 살아가는 사람들이 등장했어요. 당신은 그들을 통해 무엇을 말하려 했던가요.

책갈피에 햇살이 비깁니다. 인간의 진정한 자유와 해방을 위해 스스로를 어둠 속에 내던지곤 했던 당신의 맑은 영혼이 날선 칼처럼 번득이네요. 그것은 수리부엉이 우는 깊은 밤에 홀로 깨어 백지의 벽에 머리를 짓찧으며 벼려

5

낸 칼이 아니었던가요. 이제 알겠어요. 당신의 작은 삽날이 세상의 아픔을 베어내거나 아름답게 다듬어내는 위대한 힘을 가지고 있다는 사실을요.

금시조가 날개를 펴듯 달이 뜨고, 숲 마을 검푸른 언덕으로 별이 쏟아지는 아름다운 세상입니다. 이 밤에 등불을 켜듯 당신의 이름 앞에 '작가' 라는 이름을 새깁니다.

즐거운 소설 창작 여행

우리는 살면서 가끔 여행을 하게 됩니다. 무작정 떠나기도 하지만, 며칠 준비하거나 몇 해를 계획하여 떠나는 여행도 있습니다. 뿐만 아니라, 계획만 세우다 끝내 여행을 포기하는 경우도 있습니다. 소설 쓰기도 이와 비슷하여, 무작정 써 나가기도 하고, 며칠 동안 꼼꼼하게 준비한 끝에 시작할 때도 있지요. 흔하게는 오랜 세월 머릿속에 굴리기만 하다가 끝내 소설 쓰기를 포기합니다. 한 번도 만나지 못한 소설을 두고 평생 후회하면서 살아갑니다.

그러면 왜 소설을 쓰지 못할까요? 일단 시작하지 못하는 데 문제가 있습니다. 지도를 펼쳐 놓고 여행 계획을 세우듯, 소설 쓰기 계획을 꼼꼼하게 세울수록 좋습니다. 그러나 소설 쓰기란 계획 못지않게 시작이 더 중요합니다. 왜냐하면 어느 누구도 '소설 창작 여행' 을 위한 완전한 준비를 할 수 없기 때문이지요.

자, 소설 쓰는 법을 잘 모르더라도, 계획이 좀 미흡하더라도 일단 용기를 내어 소설 창작 여행을 떠나 봅시다. 가다가 길을 모르면 길 위에서 배웁시다. 곤고한 여행 중에 잘못 들어선 길을 두고 후회하거나, 때로는 절망하면서 한 걸음씩 나아가다 보면 한 치 앞도 보이지 않던 암흑에서 어쭙잖은 자태로나마 소설이 눈앞에 나타나게 될 것입니다.

실기 중심의 서사 훈련

이 『소설 창작 여행 떠나기』는 대략 두 가지에 중점을 두었습니다. 첫째, 무거운 창작 이론보다 실기를 중심에 두었습니다. 그동안 창작론이 외국의 창작론을 번역해 놓아 이해하기도 어려웠고, 무거운 창작 이론에 짓눌려 소설을 쓰는 데 크게 도움이 되지 못했습니다. 예문도 기성 작가들의 매끄러운 문장보다 풋내 나는 습작생들의 작품을 주로 사용하여 글쓰기에 익숙하지 않은 이들의 눈높이에 맞췄습니다.

둘째, 소설의 본래 특성인 서사 구축 실습에 중점을 두었습니다. 요즘 소설들이 지나치게 감성적인 기교에 치우치면서 독자들을 질식하게 하는 폐단에 이르지 않았나 싶습니다. 소설에서 서사는 생명인 동시에 이웃 장르인 희곡, 시나리오, 뮤지컬, 애니메이션, 방송 드라마 등 다른 장르와의 소통도 가능하게 하는 핵심이기 때문입니다.

이 책은 『소설 창작 여행』(2006)을 개작했습니다.

아무쪼록 이 『소설 창작 여행 떠나기』가 여러분들의 소설 창작에 실질적인 도움이 되기를 바랄 뿐입니다.

2012년 8월

차례　　　　　　소설 창작 여행 떠나기

"먼저 길을 나서라.

그래야 새 세상이

눈에 들어온다."

소설 창작 여행, 무작정 떠나기

소설 창작은 누구에게나 두려운 일이다. 그러나 일단 시작하는 것이 중요하다. 대개 무엇을 어떻게 쓸까 계획을 세우느라 많은 시간을 보낼 뿐, 아예 써 보지도 못하고 마는 경우가 많다. 여기서는 일단 무작정 소설 한 편 쓰기를 시도하는 데 필요한 기본 과정을 요약 정리했다.

제1장 | 소설 창작 여행, 무작정 떠나기

1. 소설 창작 여행 떠나기

1) 먼저, 쓰겠다는 용기와 결단이 필요하다

소설 창작 이론을 충분히 익힌 뒤에 체계를 갖추어 소설을 쓴다는 것은 실제로는 대단히 어려운 일이다. 왜냐하면 완전한 창작 요령은 애초에 없기도 하거니와, 이론상의 소설 창작 방법이 온전하게 소설 쓰기에 적용될 수도 없기 때문이다. 따라서 시행착오를 각오하고 일단 소설을 써 나가면서 바로잡아 가는 것이 지혜로운 방법이다.

따라서 소설 쓰기에서 당장 필요한 것은, 일단 소설을 쓰겠다는 용기와 그것을 실천으로 옮기는 결단력이다.

2) 소설은 쓰면 쓸수록 어렵다

학생들에게 소설 쓰기 과제를 내 보면 처음에는 잘도 써 낸다. 스스로 원고의 양을 차츰 늘려 가면서 제법 이야기를 그럴 듯하게 확장하고, 때로는 자신의 작품을 대견해 하기도 한다. 그러나 소설을 보는 눈이 차츰 깊어지고, 소설 강평에서 단점이 지적될 때마다 긴장이 더해지면서, 마침내 소설을 제대로 쓰기가 여간 어렵지 않다는 사실을 뼈저리게 깨닫는 순간에 이르게 된다.

그러나 여기서 결코 좌절해서는 안 된다. 기성작가들도 소설을 쓰면 쓸수록 어렵다고 토로하곤 한다. 무엇보다 소설을 쓰기 시작하면, 작가 자신의 욕구에 의해서건 독자의 바람에 의해서건 늘 새로운 이야기가 요구되기 때문에 어려움이 가중된다. 요컨대 소설 쓰기란 누구에게나 쉬운 일이 아니며, 소설에 대한 열정을 유지하면서 그러한 어려움을 극복해 나가는 자만이 소설 쓰기를 지속할 수 있다.

3) 벼랑 끝에서 부르는 노래가 절실한 법이다

『아라비안나이트』(「천일야화」 千一夜話 The Arabian Nights)＊는 동서고금의 고전으로 널리 알려져 있다. 그러나 그 흥미진진한 이야기 뒤에는 자못 서슬 퍼런 사연이 있다. 그 나라의 왕에게 매일매일 새롭고 재미난 이야기를 계속해 주지 못하면 작가는 그날로 죽음을 당할 처지에 놓여 있었고, 살아남기 위해 엄청난 창작의 고통을 감내하며 천하루 동안 만들어 간 이야기가 바로 『아라비안나이트』이다. 실로 '작가'의 운명에 관한 신화라고 할 만하다.

이와 달리, 자신의 삶의 무게가 너무도 벅차서 남에게 이를 들려주지 않으면 못 견디겠다는 내적 충동에 의해 스스로 소설 창작에 매달리는 경우도 있다.

이처럼 소설 쓰기란 강력한 내적 · 외적 동기가 있어야 한다. 그 동기가 무

＊저자와 저술 연대는 미상이며 알라딘, 알리바바, 뱃사람 신드바드와 같은 주인공들의 이야기 모음집. 이 작품은 서양 민담의 일부가 되었다. 중세 유럽 문학에서처럼 많은 이야기들(동화, 기사담, 전설, 우화, 비유담, 일화, 이색적 또는 사실적 모험)이 하나의 테두리 속에 구성되어 있다. 이야기의 배경은 중앙아시아 또는 인도나 중국의 섬이나 반도이다. 샤리아르 왕은 왕궁을 비울 때마다 왕비가 부정을 저질러왔음을 알게 되자 그녀와 함께 자기를 배신한 자들을 모두 처단한다. 뿐만 아니라 모든 여성들을 혐오하여 매일 새 신부를 맞이했다가 다음 날 처형하는 '죽음의 축제'를 계속한다. 샤흐라자드와 둔야자드라는 두 딸을 둔 사람이 있었는데, 맏딸 샤흐라자드는 꾀를 내어 자신과 다른 처녀들을 구하려고 아버지에게 자신을 왕에게 시집 보내달라고 한다. 결혼 첫날부터 매일 밤 그녀는 이야기를 들려주는데 이야기의 끝을 맺지 않고 다음 날 밤에 마치겠다는 약속을 한다. 이야기는 매우 흥미로웠고 왕은 이야기의 끝이 궁금해 하루하루 그녀의 처형을 연기하다가 결국 여성에 대한 잔인한 보복을 단념하기에 이른다.

엇이든 간에 소설을 쓰고자 하는 간절한 마음이 전제되지 않으면 한 편의 소설을 완성하기란 쉽지 않다.

4) 써라, 써야 소설이다

머릿속에 굴러다니는 무수한 이야기는 단지 허상일 뿐 소설이 아니다. 반면에 제아무리 하찮은 이야기라고 생각되어도, 글재주가 무디다는 자괴감이 들더라도 일단 써야 판가름이 난다. 대개 소설을 쓴다고 책상 앞에 앉아 어떻게 해야 잘 쓸까 머리를 쥐어짜며 궁리를 하느라 시간을 보내곤 하지만, 중요한 것은 일단 원고지 칸을 메워 나가거나, 컴퓨터 자판에 손을 올려 글자를 찍어 나가는 것이다. 머릿속에 떠도는 뜬구름 같은 이야기가 언어로 형상화되어야 비로소 소설 창작은 현실이 되며, 그때부터 작가의 능력과 개성이 발휘되기 시작한다.

5) 소설 쓰기를 두려워하지 마라

안으로부터의 욕구에 의해 써 가는 글이라면 이미 '가슴에 응어리진 절실한 사연'이 있다고 볼 수 있는데, 이런 경우는 그나마 쓸거리가 정해진 셈이다. 그렇지만 이런 경우도 막상 소설을 쓰려고 하면 '무엇을, 어떻게' 써야 할지 처음부터 막히기 일쑤다. 이는 '무엇을 어떻게 쓸까'의 문제가 그리 간단하지 않기 때문이다. 소설은 현실의 체험을 그대로 글로 옮긴 이야기가 아니라 '꾸며낸 이야기'이다. 가령 "친구가 죽었다. 오랜 동안 친구들로부터 왕따를 당했기 때문이었다."는 멀쩡하게 살아 있는 친구 이야기를 꾸며낸 것이다. 이를 굳이 수치로 말하자면 1%의 절실한 체험에다 99%의 허구를 덧보태 확장한 세계가 소설이다. 그렇지만 이 1%의 체험은 소설로의 확장에서 사실성을 갖추는 중요한 바탕이 된다는 점을 알아야 한다. 무엇보다도 자신의 체험이기 때문에 어떤 경우라도 사실적으로 표현해 낼 수 있게 된다.

6) 정 막막하다면 남의 소설 흉내 내기라도 해 보자

소설은 어떤 경우에라도 자신의 순수 창작품이어야 한다. 그러나 소설 쓰기 연습 단계에서는 자신이 인상 깊게 읽었던 소설을 떠올리면서, 그 위에 나의 체험을 덧입혀서 이야기를 꾸며 넣어 볼 수도 있다.

중학생의 소설을 심사하는 자리에 가 보면 황순원의 「소나기」를 흉내 낸 글이 많고, 고등학생은 이상의 「날개」를, 대학생이 되면 카뮈의 「이방인」을 흉내 낸 작품이 많다. 일단 과감하게 소설 쓰기를 시도했다는 점에서 여기까지는 용기로 사 줄 만하다.

7) 먼저, 시간 질서를 교체하라

소설의 시작은 시간 질서의 교체로부터 시작된다. 가령, "친구가 죽었다. 그러나 친구의 죽음은 몇 해 전에 예고된 것이었다."의 이야기 방법은 시간 질서의 교체가 이루어졌다. 우선 사건(친구의 죽음)을 먼저 터뜨리고 나서 과거로 거슬러 올라가 죽음의 이유를 차츰 밝혀 나간다. 이때는 현재보다 과거의 사연이 소설의 중심 내용이 될 것이다.

소설이 이렇게 시간 질서를 바꾸는 이유는 비록 소설이 과거 사건을 다루지만 오늘의 가치 문제와 연결되기 때문이다. 물론 모든 소설에서 제시되는 과거 및 현재의 문제는 보다 나은 현재와 미래를 위해 존재한다.

8) 먼저, 중심 갈등을 제시하라

이 세상에 사람들의 온전하게 행복한 삶만을 보여주는 소설은 없다. 행복한 삶을 보여주려고 하더라도 고난 끝에 쟁취한 행복한 삶을 보여주어야 한다. 위 7)의 예에서, 친구가 왜 죽었는지, 그 이유가 중심 갈등이 될 것이다. 그 친구는 행복을 꿈꿨지만 끝내 불행을 극복하지 못한 것이다.

소설 한 편을 계획하는 단계에서, 혹은 다 쓰고 나서 작가가 선뜻 중심 갈등을 제시하지 못한다면 그 소설은 허약한 토대 위에 씌어진 소설이다.

소설은 중심 갈등을 제시하고, 갈등이 점차 고조되고, 마침내 갈등이 해소되면 소설이 끝나게 된다. 이 갈등의 전개 과정이 다름 아닌 플롯이다.

9) 꼬리에 꼬리를 무는 이야기 전개하기

원칙적으로 소설의 사건은 꼬리에 꼬리를 무는, 인과의 사건 전개라야 한다. 좀 단순한 예지만, 어젯밤 과음으로 아침에 늦게 일어나 엄마와 다툼이 있었고, 이로 인해 입사 시험 면접에 늦었고, 화가 나서 낮술에 취했고, 그 때문에 여자 친구와 말다툼이 있었고, 결국 헤어지게 되었다는 이야기는 일단 꼬리에 꼬리를 무는 사건 전개가 된 셈이다. 여기에, 뜻밖에 회사로부터 합격 통지를 받게 된다면 반전이다. 어떻게 합격할 수 있었는지 어리둥절한 중에 면접에 문제가 없도록 순서를 바꿔준 그 회사의 인사과 여직원이 옛적 첫사랑의 여자였다는 사실을 알게 되었다면 대 반전이다. 만일 처음 계획에 대 반전이 없었다면 계획이 허술한 채 떠난 소설 창작 여행에서 뜻밖에 얻은 산물이 될 것이다. 이렇게, 소설 창작에서 뜻밖에 얻게 되는 산물이 의외로 많다. 원고를 오래 붙들고 씨름을 해야 하는 이유가 여기에 있다.

10) 현실 인물을 소설 인물로 재창조하라.

일상의 인물을 모델로 하되, 작가의 의도를 집약적으로 수행하는 사건 속의 인물로 형상화해야 한다. 일상인물은 평범하지만 소설 속의 인물은 개성적으로 창조되어야 한다는 말이다. 이 말은 결국 소설의 소재를 주변에서 찾아야 한다는 말과 같은 맥락이다.

11) 문학의 길은 아주 가까운 곳에 있다

소설은 문학이다. 이 말을 소설 쓰기에서는 이야기를 문학적으로 표현해야 한다는 뜻이다. 이때 문학적인 표현은 여러 요소에 의해 형성되지만, 대개 개인의 각별한 감각적 표현이 그 바탕이 된다. 즉 어떤 정황을 구체적인 이미지로 표현해야 정서적이고 문학적이다. 이런 구체적인 이미지는 개인의 체험을 바탕으로 하지 않으면 사실적이지 않을 뿐만 아니라 독창성을 발휘할 수 없다. 이때 자신의 구체적인 체험 표현이 작가의 '독창성'과 '낯설게 하기'의 바탕이며, 문학적 표현이다. 예를 들면, '어느 봄날 그녀를 만나 사랑하게 되었다.'와 같은 막연하고 추상적인 표현보다 '5월의 라일락 향기가 세상을 가득 메우던 날, 그녀의 머리에 가뿐하게 얹혀 있던 흰나비가 내 가슴으로 불쑥 날아들었다.'가 더 문학적이다. 앞 문장의 추상적인 '사랑'이라는 말보다 '나비 머리핀'이 시각적인 표현이기 때문이다.

12) 직유보다는 은유가 예스럽고 문학적이다

대개 일차적인 수사법이 직유법이다. 그러나 주의를 기울여 보면 직유보다 은유가 훨씬 정확하고 다양한 이미지를 창출한다는 사실을 알 수 있다. 예를 든다면 '~처럼' '~같이'와 같은 직유의 조사를 빼면 곧 은유가 되는데, 한결 세련되고 정서적인 표현이 된다. 직유는 의미를 한정하거나 함축시키는 데 비해 은유는 훨씬 더 풍부한 정서적 의미를 내포하기 때문이다.

(1) 오월이 시작되던 어느 날, 그녀는 한 떨기 **장미꽃처럼** 화사한 모습으로 내게 다가왔다.

(2) 오월이 시작되던 어느 날, 그녀는 한 떨기 화사한 **장미꽃으로** 내게 다가왔다.

13) 소설 쓰기와 실용문 쓰기는 애초부터 다르다

문학으로서의 소설과 실용적인 글은 기술하여 전달하는 방법부터가 다르다. 실용적인 글은 직접적으로 표현하는 데 비해 소설은 어떤 사건을 통해 간접적으로 의도를 전달한다. 이는 '사실적이고 논리적인 것'과 '흥미를 위해 꾸며진 것'과의 차이 때문이다. 즉, 실용적인 글쓰기에서는 어디까지나 사실을 바탕에 두고 논리적이고 직설적으로 글을 써 나가지만, 소설은 흥미를 부여하기 위해 인물과 사건을 비유와 재구성(픽션)을 통해 표현해야 한다는 것이다. 실용 문장과 소설 문장은 궁극적으로 문학성 유무가 중요한 차이를 낳는다.

14) 눈물 젖은 원고를 안고 때를 기다리라

소설을 쓰고 나서, 작품성은 독자에 의해 비교적 공정하게 판가름되지만 때로 소설은 기구한 운명을 타고 나기도 한다. 『뿌리』의 저자 알렉스 헤일리는 책을 내 줄 출판사를 4년이나 찾아다닌 끝에 결국 많은 독자에게 알리는 데 성공했으며, 『내 영혼의 닭고기 수프』의 저자 잭 캔 필드는 33개 출판사로부터 퇴짜를 맞았으며, 영국의 소설가 존 크레는 책을 출간하기까지 753통의 출판 거절 통보를 받았다. 우리나라의 경우, 베스트셀러 작가 이은성의 『소설 동의보감』은 작가의 생전에 출판사를 찾지 못하였지만, 그가 세상을 떠난 뒤에 책이 출판되어 날개 돋친 듯 팔려 나간 예가 있다. 작가는 때로 눈물 젖은 원고를 열정으로 메우면서 때를 기다릴 줄 알아야 한다.

2. 소설 창작에 자신감을 키우는 18가지 기술

작가의 생각을 효과적으로 펼쳐 보이기 위해서는 소설 쓰는 법을 익힐 필요가 있다. 마치 다이아몬드 원석도 결에 맞게 재단(裁斷)하고, 갈고 다듬어야 아름다운 보석이 되는 것처럼, 거친 생각과 표현을 방법에 따라 벼리고 다듬을수록 좋은 글이 된다.

(1) 내가 하고 싶은 이야기보다 남이 듣고 싶어 하는 이야기를 들려 주라. 소설을 읽는 것은 독자들이기 때문이다.

(2) 글을 짧게 써라. 중요한 이야기도 아니면서 길어지면 흥미가 떨어진다.

(3) 새롭고 신선한 이야깃거리에 대해 늘 궁리하라. 흔하고 묵은 이야기는 감동을 주지 못한다.

(4) 한 번 쓴 말은 두 번 다시 하지 마라. 읽는 이를 지루하게 한다.

(5) 상황에 따라 낱말들을 적절하게 배치하라. 같은 낱말, 같은 문장이라도 놓인 위치에 따라 그 의미나 가치가 달라진다.

(6) 슬픈 노래가 듣기 좋은 때도 있지만 너무 징징대지 마라. 청승맞은 팔자타령은 독자를 식상하게 한다.

(7) 남의 좋은 글을 보고 왜 좋은지 꼼꼼하게 분석하고 되새김질하라.

(8) 구체적이고 감각적인 언어로 표현하라. 추상적인 언어보다, 눈에 보이고 귀에 들리는 표현이 독자의 호응을 얻을 수 있다.

(9) 이야기를 조리 있게 전개하라. 횡설수설하거나 중언부언하면 독자들은 더 이상 읽지 않는다.

(10) 재미있게 써라. 사람들이 돈 주고 책을 사는 이유는 재미를 얻기 위해서이다.

(11) 남의 잘못된 표현도 기억해 두라. 그래야 내 글에서 그런 잘못된 표현을 하지 않는다.

(12) 현실의 모든 사안에 대해 늘 부정적인 방향으로 상상하는 버릇을 가져라. 그래야 현실의 모순이나 문제를 찾을 수 있고, 또 상상의 폭도 넓고 깊어진다.

(13) 알맞은 표현을 위해서라면 수없이 고쳐 써라. 퇴고는 글을 더욱 아름답고 깊이 있게 만든다.

(14) 모든 독자가 이해할 만한 수준의 글을 써라. 글은 결코 자신의 지식을

뽐내는 수단이 아니다.

(15) 가슴에서 우러나오는 글을 써라. 얄팍한 손재주만으로는 독자에게 진솔한 감동을 줄 수 없다.

(16) 자기 글에 대한 교만한 자세는 스스로를 함정에 빠뜨린다.

(17) 소설 창작 방법을 익혀라. 대개 소설 잘 쓰는 법이 없다고 말하지만 이는 왕도가 없다는 뜻일 뿐, 분명히 소설 잘 쓰는 방법이 있다.

(18) 남의 좋은 글을 많이 읽어라. 남의 글은 내 글을 풍부하게 하는 데 도움이 된다.

"문장을 쓰기 전에,

먼저 강한 이미지를

떠올려라."

제2장
정확한 표현과 소설 써 나가기

소설 창작은 문장을 하나하나 이어 나가는 일이다. 소설 문장을 잘 쓰기 위해서는 기본적으로 단어와 구, 문장, 문단을 바르게 이해해야 한다. 문장 진술 방법과 표현 기교, 그리고 소설 문단 확장을 통한 소설의 전개 과정을 익혀야 한다.

제2장 | 정확한 표현과 소설 써 나가기

1. 글의 구성과 확장 원리

누구나 억지로나마 몰아서 여러 날의 일기를 썼던 기억이 있을 것이다. 채워야 할 마당처럼 넓은 백지장을 펼쳐 놓고 하루를 돌이켜본다. 일단 아침나절에 심부름을 다녀오고, 점심 먹고 공놀이를 하고, 저녁에 숙제를 한 일을 떠올려 본다. 얼른 일기장을 삼등분하고 '심부름' '공놀이' '숙제'를 적절한 간격으로 적는다. 다음에는 세 핵심어를 중심으로 살을 붙여 나간다. 가능한 한 가장 인상 깊었던 하루의 소감을 앞뒤에, 혹은 뒤에 정리해 적는다면 한층 세련된 일기이다. 이처럼, 글의 전개는 핵심어를 중심으로 문장과 문단으로 확장해 나가는 과정이라는 사실을 먼저 이해해야 한다.

일기를 쓸 때처럼, 소설과 같은 긴 글을 이루는 기본 단위도 단어 · 구 · 문장 · 문단이다. 소설 역시 하나의 화제(話題)가 점진적으로 확장되어 간 것이다. 소설을 쓸 때 생각이 막혀서 더 진전하지 못한다면 애초에 이런 글쓰기에 익숙하지 못했기 때문일 것이다. 가령 '심부름'에 관한 이야기 전개가 여의치 않으면 '공놀이'에 관한 이야기로 우회하여 나아가면 되고, 이도 막히면 '숙제'한 일을 쓰면 된다. 물론 글쓰기가 말처럼 쉬운 것은 아니지만, 아무튼 긴 글이라고 하더라도 이러한 기본 단위들의 집합이라는 개념을 정확히 이해한다면 소설 전개는 차츰 그 길이 보일 것이다.

단어는 말과 글에서 가장 기본이 되는 단위이고, 구는 단어 몇 개가 모여서 형성된 의미의 덩어리이다. 먼저 단어를 정확하게 사용해야 올바른 문장을 완성할 수 있고, 구와 숙어를 적절하게 사용할 줄 알아야 풍부한 소설의 문장을 지어낼 수 있다.

1) 단어를 정확하게 사용하라

단어란 단일한 의미로만 사용되는 것이 아니다. 의미가 앞뒤 상황과 복잡하게 얽혀 있을 뿐만 아니라 표현하는 사람의 미세한 감정이나 태도를 반영하며, 어감의 차이를 보이기도 한다. 예를 들면 '스승'이나 '선생님'은 같은 의미로 사용되기도 하지만 '스승'은 특히 공경하는 의미를 더 포함한다. 때로는 금기어가 있기도 하다. '죽었다'가 그 예인데, 고인을 존경하고 명복을 비는 마음까지 보태어 '돌아가셨다' '서거하셨다'는 말로 대신 쓰이기도 한다.

2) 단어의 비유적 활용은 의미 확장의 첫단계이다

의미를 확장하는 방법의 하나로 비유를 통해 의미의 폭을 넓힐 수 있다. 가령, '그녀는 여우다' '빈 수레가 요란하다'로 은유했을 때 작가의 의도를 정확하게 전달해 줄 뿐만 아니라, 뜻을 폭넓게 확장할 수 있다. 이렇게 소설 창작은 비유를 통해 의미를 확대 재생산하는 행위라 할 수 있다. 그렇지만 지나치게 흔한 비유어 사용은 도리어 신선한 느낌을 떨어뜨려 유치한 글쓰기가 될 위험도 함께 있다는 사실도 알아야 한다. 예를 들면 '꾀꼬리 같은 목소리' '사막의 오아시스'와 같은 비유어 사용은 대체로 유치한 글쓰기의 수준을 드러내기도 한다.

3) 구, 숙어, 관용구를 효과적으로 사용하라

구와 숙어·관용구를 적절하게 구사하는 것은 소설 문장을 풍요롭게 하는 데 필수적인 요건이다. 구(句)는 몇 개의 단어가 모여 의미의 덩어리를 이룬 것이다. '아름다운 아침' '그리운 얼굴' 이 예이다. '싫은 얼굴' '나는 몹시' 와 같은 경우는 의미의 완결성을 지니지 못하기 때문에 구가 아니다.

구는 때로 단어와 마찬가지로 구 단위로 문장 성분이 되기도 한다. 또 단어가 모여 구가 되는 대신 합성어가 되기도 한다. 합성어는 하나의 단어이므로 붙여서 쓴다. 그러나 구는 한 단어가 아니므로 띄어 써야 한다. 예를 들면 '흰소리' '굳은살' '첫사랑' 은 합성어로서 붙여 쓰고, '흰 눈' '굳은 살' '첫 시간' '참새 집' 은 띄어 쓴다. '굳은살' 과 '굳은 살' 처럼 똑 같은 글자로 되어 있지만, 띄어쓰기가 다르다면 그 의미가 다름을 알아야 한다.

단어가 복합어를 이룰 때가 아니면서도 본래의 의미와 다른 특정한 의미를 지니는 경우가 있는데 이를 숙어(熟語) 또는 관용구(慣用句)라 한다. '바가지를 긁는다' '하늘의 별따기' '수박 겉핥기' 가 대표적인 예이다.

2. 소설 문장의 요건

문장은 글을 구성하는 핵심 단위이다. 문장의 뜻이 정확해야 좋은 글이 된다. 그러기 위해서는 기본적으로 문장이 문법이나 어법에 맞아야 한다.

1) 좋은 소설은 좋은 문장에서 시작된다

문장은 앞에서 말한 바와 같이 개개 단어의 조합으로 형성된다. 특히 소설 문장은 작가의 머릿속에 떠도는 상상과 현실을 바라보는 태도, 기발한 이야기를 독자들이 공감할 수 있도록 가시화하는 소통 양식이다. 문장은 소설이 성립될 수 있는 최초의 출발점이고, 구체적인 드러남의 방식이다. 따라서 훌륭한 소설은 좋은 문장으로부터 출발한다고 볼 수 있다.

2) 좋은 문장이란 정확한 문장이다

그렇다면 좋은 문장은 어떤 문장인가? 먼저 글쓴이의 진솔한 생각이나, 표현하고자 하는 바가 정확하게 드러난 문장이다. 자신의 생각이나 묘사 대상이 분명하고 정확하게 드러난 문장, 불필요한 수사가 제거되어 있는 간결한 문장, 독자의 마음을 울리는 문장이 아름다운 문장이며 좋은 문장이다. 반대로 그럴듯해 보이는 미사여구로만 치장된 문장이나 뜻이 정확하지 않은 애매모호한 문장, 글쓴이의 허영과 비논리성을 보여주는 과장되거나 거창한 문장은 두말할 나위 없이 나쁜 문장이다.

3) 좋은 문장이란 노력의 산물이다

작가는 좋은 문장을 쓰기 위해서 끊임없이 노력해야 한다. 그러기 위해서는 먼저 단어의 정확한 뜻을 알고 써야 한다. 대부분의 작가들은 항상 옆에 국어사전을 놓고 글을 쓴다. 이들이 단어에 대한 이해나 지식이 부족해서가 아니라 좀더 정확한 문장을 쓰기 위해, 글을 쓰는 동안 수시로 국어사전을 찾아보는 것이다.

그리고 자유롭고 유연한 사고, 풍부한 상상력, 대상에 대한 깊은 이해, 따뜻하고 겸손하며 솔직 담백한 마음씨, 이런 내적 요건도 좋은 문장을 짓는 데 필요한 자질들이다. 그래서 간혹 글과 사람을 연관 짓곤 하는 것이다.

3. 소설의 문단 형성 원리와 글의 전개 과정

소설의 전개란 문단의 확장 과정이라 할 수 있다. 가령 소설 『홍길동전』은 홍길동이라는 인물이 태어난 과정, 성장 과정, 가출 과정 등으로 세분화한 다음 이를 몇 개의 문단으로 다시 나누어 서술하면서 확장해 나간 것으로 볼 수 있다. 따라서 문단별로 의미가 분명하고 통일성을 갖춰야 한다. 한 문단 한 문단을 잘 써 나가는 것이 결국 한 편의 소설을 잘 쓰는 길이다.

1) 문단은 논리적인 전개의 바탕이다

글에서 문단은 생각의 단위이다. 가령 '어제 있었던 일'을 말로 표현하거나 글로 쓸 때, 어제의 일과를 구분하여 '서점에 심부름 갔던 일', '친구들과 공놀이 했던 일', '숙제를 했던 일'로 나누어 말하거나 쓰는데, 이렇게 화제의 단위별로 전개해 나간 것이 문단의 확장이다. 이는 '어제 있었던 일'이라는 제목 아래, 작은 화제 단위의 문단으로 확장했음을 뜻한다.

중요한 것은 이때 '문단'은 온전히 작가 자신의 개성이라는 점이다. 따라서 문단은 작가의 생각 단위를 보여주는 것이므로 그 문단을 잘 파악하는 것도 작품을 바르게 이해하고 감상하는 또 하나의 방법이 된다.

문단은 외적 형식으로 보면 첫 줄에서 한 글자가 안으로 들어간 단위가 되며, 내용적으로는 좀더 복잡한 방식에 의하여 구분된다. 소설에서 문단은 일반적으로 사건 단위, 시간 단위, 내용 단위, 논리 전개 단위로 구분짓는다. 이에 대해 좀 더 설명이 필요하다.

(1) 사건 단위 : 사건의 단위가 문단이 된다. 예를 들면 아침에 엄마와 벌인 갈등, 출근길 지하철 안에서 발등 밟힌 사건, 직장에서 상사에게 꾸지람 들은 사건, 저녁에 술자리를 벌여 대취한 사건 등은 문단의 단위가 될 수 있다.

(2) 시간 단위 : 시간의 흐름에 따라 문단을 구별하기도 한다. 가령 아침, 출근길, 회사에서 근무하는 시간, 저녁 시간 등을 기준으로 문단을 나눌 수 있다. 이는 사건 단위와 중복되기도 한다.

(3) 내용 단위 : 사건의 내용을 기준으로 문단을 나눌 수도 있다. 가령 엄마와의 싸움, 출근길 발등이 밟힌 일, 회사에서 꾸지람을 들었던 것, 이를 풀기 위해 술을 마셨다는 내용 등이다. 이 역시 사건 시간 단위와 중첩되기도 한다.

(4) 논리 전개 단위 : 발단 - 전개 - 위기 - 절정 - 결말로 사건을 전개시키거나, 서론 - 본론1 - 본론2 - 본론3 - 결론으로 전개할 때 각 단위별로 문단을 구별할 수 있다. 물론 위와 같은 문단 나누기는 보편적인 의미의 문단 나누기일 뿐, 문단 나누기야말로 온전히 작가의 글쓰기 습관이나 작가의 개성 차원이기도 하다.

2) 문단은 항상 화제(주제·중심어) 중심으로 구성된다

(1) 화제문과 뒷받침 문장의 결합 : 문단은 하나의 화제를 중심으로 구성되고 전개되는데, 소설에서의 화제문은 하나의 문장으로 끝날 수도 있다. 화제문은 문단의 앞에(두괄식) 혹은 뒤에(미괄식) 또는 앞과 뒤에(양괄식) 놓일 수 있다. 물론 이런 문단 형성은 온전히 작가의 글쓰기 취향에 따른 것이다. 문단의 구성 유형을 정리하면 다음과 같다.

① 화제 문장 → 문단

② 화제 문장 + 뒷받침 문장1 + 뒷받침 문장2 → 문단(두괄식)

③ 뒷받침 문장1 + 뒷받침 문장2 + 화제 문장 → 문단(미괄식)

④ 화제 문장 + 뒷받침 문장 + 화제 문장 →문단(양괄식)

(2) 숨어 있는 화제 문장 : 화제가 표면에 드러나지 않거나 분산되어 나타나는가 하면, 아예 전체에 고루 깔리면서 내면에 숨어 있는 경우도 있다. 일반적으로 실용적인 글에서는 비교적 화제 문장이 표면에 드러나지만, 문학적인 글에서는 화제 문장이 나타나지 않는 경우가 많다. 특히 소설 같은 문학적인 글에서는 이렇게 화제가 내면으로 숨어 버리는 경우가 많다. 그렇지만 작가의 의식에는 늘 화제문이 뚜렷이 살아 있어서 이를 효과적으로 드러내거나 숨기는 방식을 적절히 활용하는 글쓰기 전략이 필요하다.

3) 문단을 늘리고 줄이는 것은 작가의 개성적인 선택이며, 역량이다

문단은 화제를 뒷받침하는 문장들로 전개되거나 발전되어야 한다. 뿐만 아니라 작가는 글의 효과적인 전개를 위해 문단의 길이를 조절하고, 문단을 적절히 나누어 전개하는 등 다양한 기교를 부려 쓸 줄 알아야 한다.

(1) 문단의 완결성 : 전형적인 문단 원칙은 하나의 화제문과 이를 뒷받침하는 문장으로 결합된다는 뜻이다. 이는 일반적으로 추상적인 화제문이 구체화되고 보완되어 완결성을 지녀야 한다는 뜻이다.

따라서 글의 전개가 자연스럽지 않은 문단은 엄격한 의미에서 문단이라 할 수 없다. 뒷받침 문장이 있더라도 내용이 충분하지 못하면 원칙적으로 문단이 아니다. 이는 너무 추상적인 문장들로 구성되어 있어도 논리적인 문단이 형성되지 못한다는 뜻이다.

(2) 문단의 내용 배분 : 글의 전개란 화제 문장을 중심으로 문단을 추상적으로, 또는 어느 정도 구체적으로 뒷받침할 문장이 필요한지 가늠하여 편집하는 과정이라 할 수 있다. 이는 결국 화제 문장을 효과적으로 드러내기 위해 어느 정도의 길이로 써야 할지 저울질하는 문제와 같다.

4) 문단은 통일성과 긴밀성을 유지해야 한다

한 문단은 하나의 독자적인 세계와 같다. 이는 문단이 하나의 화제문을 중심으로 통일성을 갖춰야 한다는 뜻이다. 따라서 하나의 화제로 하나의 문단을 완결해야 하는데, 그러기 위해서는 작가의 화제가 뚜렷이 정해져야 한다. 이처럼 작가는 글을 문단의 단위로 계획해야 논리적이고 체계를 갖춘 글을 쓸 수 있다.

또, 문단과 문단은 긴밀하고 유기적으로 연결되어야 한다. 이를 위해서는 접속어를 적절히 활용할 수 있어야 한다. 문단이 하나의 내용으로 통일되었더라도 내용의 연결이나 접속어와 지시어가 바르지 못하면 긴밀성이 떨어진다.

4. 소설 문장의 바른 집필 요령

계속 문장 쓰기이다. 작가는 소설적 정황을 먼저 머릿속에 떠올려 두어야 하는데, 체험을 바탕으로 할 때 보다 선명한 소설적 상황을 표현해낼 수 있다. 예를 들어 바닷가에 간 연인들을 표현하려면 자신의 체험적 공간인 바닷가를 상상하고, 그 공간 속에 작가가 의도하는 인물을 그 무대에 등장시킬 수 있어야 한다. 그래서 소설의 소재를 자신의 체험에서 찾아야 한다고 하는 것이다. 그래야만 정밀하게 대상을 그려 보일 수 있고, 독자들에게 개연성 있는 상황을 보여줄 수 있다. 또한 바탕(배경)이 탄탄할 때 좀더 독창적인 문장을 전개할 수 있다. 원론적으로, 소설 쓰기는 작가마다 방법이 다르다. 작가는 자신에게 맞는 글쓰기 방법을 찾아야 한다. 이는 오랜 습작을 통해 자연스럽게 체득되는 것이지만, 꾸준한 습작을 통해 내게 맞는 글쓰기 방법을 스스로 찾아 갈 수도 있다.

1) 정밀하게 말하기와 보여주기

대개 소설 속에서 인물과 사건은 보여주기와 말하기 두 가지 방식으로 드러난다. 보여주기는 인물들의 대화를 통해서 보여주는 것이고, 말하기는 작가의 말하기, 즉 지문을 통해서 드러나는 것이다. 여기서 대화는 간접 제시 방식이고, 지문은 작가에 의한 직접 제시 방식이다. 물론 이 두 가지 방식은 소설 쓰기에서 상호 보완적 관계에 놓여 있지만, 대화가 구체적이고 감각적인 전달 수단이라는 점에서 더 선호되기도 한다. 소설적 상황을 객관적으로 보여줄 것인지, 혹은 주관적으로 말해 줄 것인지, 아니면 두 방법을 교차해 가면서 쓸 것인지를 미리 정해야 한다. 어느 경우든, 최대한 정밀하게 감각적으로 보여주거나 말해 줄 때 더 문학적인 글이 된다.

쿵쿵쿵. 내 숙취 때문에 죄 없는 북어가 사정없이 두들겨 맞고 있었다.

"에그…… 얼마나 마셨기에 맥도 못 춘다니?"

엄마는 항상 내가 술을 마시고 들어왔을 때마다 북어를 패서 국을 끓였었다. 붉은색의 장미가 어지러이 수놓인 엄마의 앞치마가 분주하게 움직이는 모습이 선명했다. 속이 안 좋아 자꾸만 게워내다가도 담백하고 시원한 국물을 훌훌 넘기면 가라앉았다. 당신 속도 어렵하겠냐마는, 당신의 외아들이라며 평생 혼 한번 내지 않으신 엄마는 북엇국에 밥을 푹푹 말아먹는 나를 안쓰럽게 바라보곤 했다. 그 모습을 똑바로 바라볼 수 없어 고개를 숙이고 식탁에 비친 붉은색 장미에 시선을 고정시키고 한 술, 한 술을 떴다. 당신의 한을 담았을망정 북어의 살결은 부드러워 식감이 좋았다. 아닌 게 아니라 엄마는 음식 솜씨가 좋았다. 내가 돌이 막 지났을 때 돌아가신 아버지를 대신해 식당일을 하며 가계를 이끌어나간 우리 엄마. 그런 그녀의 손맛에선 어떤 세월의 흔적들이 느껴졌다. 개운한 국물이 입안에서 밥알들을 촉촉하게 감싸며 부드럽게 뒤섞이던 그 북엇국이 그리웠다. 기름이 둥둥 떠 있는 짠 국물에 즉석 밥의 설익은 듯한 밥알이 더 이상 속에서 받질 않았다. 숟가락을 내려놓고선 쓰린 배를 쓸어내렸다. 반도 채 못 먹은 면이 짠 국물을 대신 마셔대고 있고 즉석 밥 위에는 빨간 기름칠로 몇 숟갈 퍼 먹은 흔적을 남겨놓고 있었다. 그때, 이젠 가만히 의자에 걸려 있던 붉은 장미 앞치마가 눈앞에서 식탁 위에 펼쳐졌다.

- 박성미, 「노을」 중에서

위의 글은 보여주기 방식인 대화가 딱 한 번만 나오고 나머지는 모두 작가의 말하기 방식을 쓰고 있다. 말하기 방식은 자칫 감각적인 언어 사용이 미흡하면 생동감을 잃을 수 있다는 점을 알고 써야 한다.

2) 효과적인 이야기 방법을 선택하는 것은 글쓰기의 기교다

작가는 독자에게 소설적 흥미와 감동을 주기 위한 효과적인 이야기 방법을 두고 고심한다. 즉, 주된 인물이 사건을 직접 이야기하도록 할 것인지, 부수적인 인물로 하여금 주된 인물을 소개하도록 할 것인지, 이도 아니면 작가가 직접 이야기를 하고 거기에 사건을 분석 비평까지 할 것인지를 다각적으로 고려하여 서술 방법을 선택한다.

그렇다고 시점이나 서술 방식을 한 가지로 국한해야 한다는 말은 아니다. 둘 혹은 세 가지 이상의 방법을 혼합하여 쓸 수도 있기 때문이다. 따라서 이야기를 전하는 방식이 생각보다 다양하다는 사실을 알 수 있다.

어느 경우든 작가와 작중인물 사이의 거리가 일차적으로 문제가 된다. 작가는 일정한 거리를 두고 여러 인물, 사건, 배경을 관찰할 수도 있고, 혹은 비약하여 작가가 작중인물에 동화되기도 한다. 소설이 진전됨에 따라 독자에게 어떤 정보를 얼마만큼 제공해 줄까 하는 작가의 의도에 따라 카메라 렌즈가 피사체를 따라 이동하듯이, 근접하여 인물의 표정을 그림 그리듯이 보여주거나, 멀리서 인물의 행동을 총체적으로 보여주는 등, 필요에 따라 인물과의 거리가 다양하게 조절하기도 한다.(이하 "제10장 이야기 방식에 따라 소설의 맛이 다르다" 참조)

〈학생작품〉

"우리 이다음에 커서 어른 되면, 꼭 같이 결혼하자."

저 자식은 항상 저 말만 한다. 물 마시다가도 저 말, 놀다가도, 급식 먹다가도, 심지어 화장실 가기 전에도 저 말을 하고 볼 일을 보는 이상한 자식이다. 난 그것에 대한 답으로 항상 강한 확신에 찬 거절의 말을 던져주지만 저 자식은 포기할 줄 모른다.

저 자식 성태는 같은 반 친구이자, 항상 집에 같이 가는 그냥 남자 친구다. 서로 집이 가깝고 엄마들끼리 친한 사이라 어떻게 하다 보니 친해진

거지, 만약 생판 모르는 애였다면 성태는 내 친구로는 절대 아니다. 까까 머리에 얼굴은 시커매 가지고 점성이 아주 강한 코를 흘리고 다니지를 않나, 딱 봐도 물로 한 번씩 씻은 정도의 고양이 세수만 하고 다니는 저런 애를 누가 데리고 다니겠는가. 그리고 결혼? 말도 안 되는 소리! 성태가 날 미래의 신붓감으로 점찍어 놨는지는 모르겠지만 난 저런 촌뜨기를 내 미래의 신랑으로 받아들일 생각이 전혀 없다. 서울에 있는 내 전 남자친구 은성이 정도라면 모를까.

– 배현아, 「바람 부는 날」 중에서

위의 글은 일인칭보다 훨씬 거리가 가까운 주도적 이야기 방법이다. 독백체의 이야기 방법 역시 필자 주도적이다. 이런 주도적인 밀착형 이야기는 별나라에서 온 아이 이야기를 해도 개연성이 있다.

3) 대화와 지문을 효과적으로 선택하기

소설 문장을 외적 형식에 따른 단순한 분류로는 대화와 지문으로 나뉜다. 소설 문장이 구체적이고 감각적인 언어를 구사해야 한다는 점에서 가능하면 대화로 전개하는 것이 바람직하다. 그렇지만 대화만으로는 단조로울 수 있으므로 대체로 대화와 지문은 균형을 이루도록 하는 것이 좋다.

4) 구성의 단계에 따른 적절한 글쓰기 전략이 필요하다

어떤 글이든지 시작과 중간, 끝의 구조로 되어 있다. 집필할 때 각 부분에 필요한 효과적인 글쓰기 전략을 수립해야 한다. 그것이 독자를 배려하는 태도이기도 하고, 작가라면 마땅히 주의를 기울여야 할 부분이다.

시작 부분에서는 독자들에게 무엇을 말하겠다는 방향을 알려주고, 글의 주제에 대해 관심을 유도한다. 중간 부분에서는 대개 두 개 이상의 본론 단락으로 구성된다. 여기서는 글의 주제를 드러내는데 필요한 내용을 본격적으로 전개해 나간다. 따라서 소설 쓰기에서 가장 중요한 단계라고 할 수 있다. 끝 부분에서는 전개된 내용에 대한 충분한 끝맺음이 이루어지도록 해야 한다.

5) 완성형 글쓰기와 빠른 흐름의 글쓰기는 작가의 습관이다

글을 쓰기 전에 얼마만큼 꼼꼼하게 계획을 세웠느냐에 따라 글쓰기 방식 이 달라질 수 있겠지만 대략 두 유형이 있다.

(1) 완성형 글쓰기 : 소설 전개 계획이 아주 꼼꼼하게 세워졌을 때 가능한 집필법으로, 거의 완성에 가까운 문장으로 꼼꼼하게 기술해 나간다. 이런 글 쓰기는 계획에 따라 쓴 글이라는 점에서 짜임새가 있다는 장점은 있지만 한 번 막히면 이를 극복하는 데 어려움이 따르기도 한다.

(2) 빠른 흐름의 글쓰기 : 일관되고 빠른 전개를 중시한다. 당장 문장은 거 칠어도 소설의 구조나 얼개를 중시하여 빠르게 집필해 나가는 방법으로, 주 로 호흡이 긴 장편소설 쓰기에서 선호하는 방법이다. 그렇지만 실제 글쓰기 에서는 위 두 가지 방법이 혼용되는 경우가 많다.

6) 현재와 과거 시제 선택하기

소설을 쓰다가 시제를 드러내는 종결어미에서 "~간다"고 해야 좋을지 "~ 갔다"라고 해야 좋을지 망설였던 기억이 있을 것이다. 소설의 사건은 현재를 기준으로 모두 과거의 사건들이다. 따라서 일단 소설의 시제는 과거 시제가 무난하다고 할 수 있다.

사건의 전개보다 내면의 의식의 흐름을 중시하는 경우는 현재 시제를 쓰기 도 한다. 최근 들어 현재 시제의 소설이 많아진 것은 요즘 소설의 주된 흐름 을 보여주는 일례로 볼 수도 있다. 물론 과거 시제와 현재 시제를 번갈아가면 서 교차된 진행을 할 수도 있다.

7) 서정과 서사 문단의 선택, 혹은 섞어 쓰기

소설을 읽다 보면 본격적인 사건 전개에 앞서 배경 묘사가 한동안 지속되는 것을 볼 수 있고, 그 중간이나 끝에 인물이나 사건이 극적으로 제시된다. 이는 글쓰기의 한 전략이다. 이 부분에서는 서정 서사가 동시에 한 문장에 제시되기도 한다. 예를 들면 "한밤중, 거친 비바람을 뚫고 온 바우덕이가 핏덩이 같은 아이를 맡겨놓고 홀연히 떠나갔다."와 같은 문장에서는 서정과 서사가 동시에 제시되었다. 대개 큰 사건 단위에서 배경이 바뀔 때 서정적 묘사가 길게 제시된다. 가령 셰익스피어의 작품은 발단, 전개, 위기, 절정, 결말의 각 막 앞 부분에서 이런 서정적인 배경이 제시된다.

다음 작품은 서정과 서사 문단이 구별되기도 하고, 서정과 서사가 한 문단에 섞여 있는 예가 된다. 굳이 말하자면 서정과 서사의 문단이 구별되거나 혹은 섞여들거나 하므로, 꼭 한 가지로 한정할 필요는 없다고 하겠다. 문장도 마찬가지이다.

〈학생작품〉

밤이 일찍 찾아오는 지하방에는 칙칙한 하늘이 적선한 어둠으로 가득하다. 늘 그렇듯이 어둠과 타협한 나는 현관문 옆 스위치를 켜지 않고 곧바로 방문을 향해 걸어갔다. 종일 산소가 공급되지 않은 방에선 고독한 체취가 풍겼다.

형광등 불빛이 깜박거리는 동안 나는 가방을 침대에 내던지다시피 하고 서둘러 두툼한 편지 봉투를 뜯었다. 주소는 적혀 있지 않았지만 필체로 그가 보낸 편지라는 걸 단박에 알 수 있었다.(……)

그는 얼마 전부터 불면증을 호소했다. 체면을 중시하는 우리 사회에서 신경정신과 상담은 내놓고 이야기할 만한 일이 아니었기 때문에 그는 병원에 가기를 두려워했다. 모든 일에는 원인과 결과가 있기 마련인데, 그에게도 뭔가 원인은 분명 있을 것이다. 그러나 그 이유에 대하여는 별다른 이야기를 들을 수가 없었다. 그런데 며칠 전에 그가 신경정신과에 다녀왔다고 내게 말했던 것이다.

– 편회숙, 「봄비」 중에서

8) 긴 문장과 짧은 문장 선택하기

소설 쓰기에서 바람직한 문장 길이는 '길지도 짧지도 않은 알맞은 길이'가 된다. 여기서 '알맞은 길이'란 애매하고 어차피 주관적일 수밖에 없겠지만, 대개 결론이나 주제를 드러낼 때는 간명하게 표현하고, 주의를 환기하거나 예를 드는 문장이면 길어지기도 한다. 또 밝고 쾌활한 분위기이면 문장이 짧고 경쾌하며, 우울하거나 사색적이면 문장이 길어지는 경향을 보인다.

분위기에 따라 단어의 선택도 중요한데, 밝고 경쾌한 말이면 양성모음의 단어, 어둡고 침울하면 음성 모음의 단어를 주로 쓴다.

5. 문장의 다양한 진술 방식

소설 문장은 소설만이 지니는 독특하고 다양한 진술 방식이 있는데, 문장을 효과적으로 구사하려면 먼저 소설 문장이 지닌 종합 언어의 성격을 이해해야 한다. 소설 문장에는 시적인 표현이 있는가 하면 희곡의 성격을 지니기도 하고, 수필 언어, 논설문, 설명문, 기행문, 보고서와 같은 실용문의 표현 등 다양한 성격을 지닌다. (이하 "제11장 소설언어의 성격과 집필하기" 참조)

1) 설명

설명은 독자에게 어떤 지식이나 정보를 제공하기 위해 쓰이는 진술 방식이다. 백과사전이나 국어사전, 교과서, 해설서, 안내서 등이 전형적인 설명 방식의 문장을 주로 사용한다. 설명은 독자에게 어떤 대상을 이해시키는 것이 주된 목적이므로 효과적으로 설명하기 위해 지정, 비교와 대조, 분류와 구분, 예시, 정의, 묘사적 설명과 서사적 설명 등이 활용된다.

(1) 지정 : 마치 손가락으로 가리키며 말하듯이 일러주는 진술 방식이다. 고향을 소개할 때 위치가 어디이고 인구가 어느 정도이며, 주산물이나 볼 만한 곳을 손가락으로 하나씩 가리키듯 제시하는 방식을 말이라 한다.

(2) 비교와 대조 : 이미 알려진 사실을 기준으로 설명하는 방식이다. 대상의 공통점을 설명하는 것이 비교이고, 차이점을 설명하는 것이 대조이다.

(3) 분류와 구분 : 같은 성질을 가진 사물/인물/사건들끼리 묶거나 갈라서 설명하는 방식이다. 분류는 공통되는 성질에 따라서 같은 것끼리 가르는 것이며, 구분은 나누어진 것을 묶어서 설명하는 방법이다.

(4) 예시 : 추상적인 개념을 구체적인 예를 제시하여 설명하는 방식이다.

(5) 정의 : 개념을 풀이함으로써 설명하는 방식이다. 가령 뚝배기를 설명할 때 '둥글넓적하고 아가리가 쩍 벌어진 질그릇'이라고 설명하는 방식이다. 정의는 유개념(類槪念)과 종차(種差)로 구성된다. 유개념으로써 큰 테두리를 가르쳐주고 종차로써 세부적인 특징을 규정해 준다.

(6) 묘사적 설명과 서사적 설명 : 묘사나 서사의 방법을 통해 독자에게 지식을 제공하려 할 때 이용하는 방식이다. 예컨대 컴퓨터의 구조를 위해 부속의 생김새와 기능을 감각적으로 설명하는 것은 묘사하는 방식이다. 또 작가 김동인을 소개할 때 전기(傳記)의 방식으로, 태어나고 성장한 과정과 활동상을 시간과 공간의 추이에 따라 설명한 경우는 서사적 설명이다.

2) 논증

논증은 자기 주장을 논리적으로 전개하는 것이다. 논증은 자기의 견해를 주장하여 독자들을 설득시키려는 목적으로 쓰는 글의 진술 방식이다. 논설문과 논문이 대표적인 논증의 글이지만, 이 밖에 보고서, 평론, 담화문, 연설문도 논증 방식으로 쓰는 글이다. 논증은 학술 논문처럼 무엇이 사실임을 증명하는 것을 목적으로 하는 논증문과 남들에게 어떻게 하자고 행동을 유발할 목적으로 쓰는 논설문 두 가지가 있다. 논증적인 글은 반드시 주장의 논리적 근거인 논거를 제시하면서 전개해야 한다. 논설문은 정도 차이는 있지만 일정하게 행동 유발을 촉구하는 글이다.

3)묘사

묘사는 우리의 시각이나 청각과 같은 감각을 통해 얻은 인상이나 느낌을 마치 화가가 그림을 그리듯 생생하게 드러내는 진술 방식이다. 즉 어떤 대상을 이미지나 감각적 인상을 통해 독자에게 환기시키는 것이다. 묘사는 독자들로 하여금 새로운 것을 경험하게 하고, 일반적이거나 통속적인 것을 새롭게 인식하게 하며, 혹은 친숙하거나 진부한 것을 신선한 관점으로 받아들일 수 있도록 한다.

묘사에는 서술 전략이 있어야 한다. 가령, 어렸을 때부터 자신에게 많은 호기심을 키웠던 시골 할머니 댁의 다락방을 묘사하는 글을 쓴다고 하자. 먼저 다락방 묘사를 중심으로 할 것인가, 아니면 자신을 귀여워해 주던 할머니 묘사를 중심으로 할 것인가를 결정해야 한다. 왜냐하면 대상을 덮어놓고 모두 묘사한다면 초점이 없는 장황한 글이 되기 때문이다.

묘사문의 주된 목적은 작가와 독자가 생생한 이미지를 공유하는 데 있다. 이러한 이미지를 효과적으로 창조하는 기술과 원칙에서 가장 중요한 것은 독자들에게 구체적이고 감각적인 이미지를 제시하는 것이다. 이를 위해서는 자신의 체험을 중심으로 묘사 항목을 찾을 때만이 가능해진다.

4) 서사

서사는 사건 발생과 시간의 흐름, 장소 이동의 개념이다. '무엇이 일어났느냐?' 라고 누가 물었을 때 그 대답은 일어난 사건의 명칭, 사건이 발생한 장소와 시간, 그리고 사건에 관계된 사람들에 관한 내용이 될 것이다. 이러한 방식의 서술을 서사라고 하는데, 효과적인 서사는 대략 다음과 같은 원칙을 지켜야 한다.

(1) 모든 사건에 일정한 의미가 있어야 한다.

(2) 의미 없는 사건은 과감하게 빼버려야 한다.

(3) 논리적으로 시간 연계를 따라야 한다.

(4) 글의 흐름이 활력 있고 간결해야 한다. 즉 흥미있고 신선하며, 단일한 내용이 통일된 방식에 의해 전달되어야 한다.

(5) 세세한 사실을 모두 전달하려 하기보다 강조하는 하나의 핵심 내용을 중심으로 서술되어야 한다.

6. 좋은 소설 문장 쓰기를 위한 몇 가지 원칙

1) 문장의 길이가 적절해야 한다

작가는 글의 성격에 따라 문장의 길이를 임의로 조절할 수 있어야 한다. 특히 불필요하게 길게 쓰지 않도록 유의해야 한다. 대개 개인적인 취향이나 글의 성격에 따라 문장의 길이가 결정되기도 하지만, 이는 작가의 사고를 효과적으로 드러내는 수단이라는 사실을 알아야 한다.

2) 주어를 활용하여 문장에 변화를 주어라

모든 문장에 변화를 주어라. 문장의 흐름에서 같은 주어의 문장들이 이어지면 흐름이 매끄럽지 못하고 단조롭게 느껴진다. 일부 문장에서 주어를 생략하거나, 위치를 바꾸거나, 대명사로 대신하면 단조로움을 피할 수 있다.

3) 길고 짧은 문장을 효과적으로 배치하라

짧은 문장과 긴 문장 교차 배치로 균형을 깨라. 짧은 문장 다음에 긴 문장이 오게 하거나, 또는 긴 문장 다음에 짧은 문장이 오게 하는 것도 경우에 따라서는 단조로움을 탈피하는 효과적인 방법이 된다.

4) 부사어(구)를 앞세우면 생동감이 있다

부사구로 시작하면 더 생동감 있다. 예를 들면 "나는 학생들이 이런 이유로 영어를 공부한다고는 생각하지 않는다." 보다는 "이런 이유로 나는 학생들이 영어를 공부한다고는 생각하지 않는다."가 더 생동감 있다. 이런 기법은 화제어(핵심어 · 주제어)를 중심으로 문장을 쓴다는 원칙을 염두에 두면 자연스럽게 구사할 수 있게 된다.

5) 의미가 애매하면 쉼표를 찍거나, 문장을 끊어라

문장 접속이 부자연스럽거나 의미가 모호하면 쉼표를 찍거나 끊어라. 간혹 자신도 모르게 의사불통의 문장을 쓰기도 하는데, 이는 부분 묘사에 도취되어 문장 전체 구조를 파악하지 못할 때 종종 나타난다. 의미 연결이 모호한 경우 쉼표를 활용하거나 아예 문장을 끊어서 나눈다.

6) 문법과 어법을 지키되, 과감하게 법을 잊어라

문장은 문법 혹은 어법에 맞아야 한다. 문법에 맞는 문장을 쓰기 위해서는 문법에 틀리는 유형을 알아두거나 비문법적인 문장을 가려낼 줄 알아야 한다. 무심히 쓴 비문법적인 문장을 바로잡으려면 다음 몇 가지에 주의할 필요가 있다.

(1) 주어-서술어를 중심으로 호응 관계를 살펴라. 의미에 신경을 쓰다 보면 주어를 빠뜨리는 경우가 종종 있다. 예를 들면, '지금 살고 있는 이곳은 예전에는 농촌이었던 곳으로 **(내가)** 태어난 곳이 아니다.' 라는 문장은 서술어 '태어난 곳이 아니다' 를 중심으로 보면 주어인 **'내가'** 가 빠진 사실을 쉽게 발견할 수 있다.

(2) 무심코 선택한 조사를 꼼꼼하게 살펴라. 조사는 그 의미가 크게 손상되지 않는다는 이유 때문에 문법에 맞지 않는 조사나 어미를 무심결에 잘못 사용하는 경우가 종종 있다. 예를 들면 '정부는 이번 사태를 중국**에게** 강력하게 항의하였다' 는 **'에게'** 가 아닌 **'에'** 가 맞다.

(3) 피동형의 중복을 피하라. 문장을 만들 때 피동형이 잘못 사용되는 예가 종종 있다. 예를 들면 '이런 이기적인 성격 때문에 **당해지는** 손해가 이만저만 큰 것이 아니다.' 의 경우 **'당하는'** 으로 써야 맞다.

그러나 문법과 어법에 맞는 글쓰기가 소설 쓰기의 출발점일 뿐 그것이 소설 문장의 본령은 아니다. 왜냐하면 문법과 어법에 충실하기 위하여 표준적인 문장만을 구사하는 데 구애되거나 머물러서는 창의적이고 신선한 소설 쓰기의 단계로 나아갈 수 없기 때문이다.

7) 의인법이 때로는 유치하다

사람이 아닌 것을 사람인 것처럼 표현하면 세련된 표현일 때도 있지만 잘못 쓰면 유치한 표현이 될 수 있으므로 주의해야 한다. 가령, '나뭇잎이 살랑살랑 손짓을 해요' 라는 의인법은 어린이들의 글에서나 볼 수 있는 표현이다.

8) 풍유법은 신선하거나 고리타분한 표현법이 될 수 있다

"아니땐 굴뚝에 연기나랴" 는 원인이 없는 결과는 없다는 뜻이다. 이처럼 암시적으로 어떤 대상을 표현하는 비유를 풍유법(諷諭法)이라 한다. 풍유법이 세련된 비유법이 될 수도 있지만 이 역시 너무 흔한 표현은 신선감이 떨어질 수 있으니 유의해야 한다.

9) 수식어와 피수식어 관계를 살펴라

수식어와 피수식어를 바르게 사용하라. 국어 문장에서는 항상 수식어가 피수식어의 앞에 위치한다. 그러나 수식어를 피수식어 앞에 위치시켰다고 해서 반드시 그 문장이 바른 문장이라고 할 수는 없다.

예를 들면 "검은 벌레 모양의 내 옆을 지나간 차가 저기에 있다."는 문장에서 '검은 벌레 모양의'와 '내 옆을 지나간'이라는 두 수식어가 나타나는데, 음절수가 비슷하여 명확한 차이를 보이지 않는다. 이런 경우에는 관형사형 어미(~간)를 사용한 수식어보다 관형격 조사(~의)를 갖는 수식어를 피수식어 가까이 배치하는 것이 우리글답다. "내 옆을 지나간, 검은 벌레 모양의 차가 저기에 있다."의 문장이 더 선명하다.

10) 조사와 어미를 정확하게 사용하라

국어를 형태상 분류하면 교착어인데, 교착어란 어근에 접사(허사·조사와 각종 어미)가 결합하여 문법적인 기능을 나타내는 언어를 말한다. 따라서 우리말은 조사와 어미의 쓰임이 복잡하기 때문에 그만큼 많은 주의가 필요하다.

(1) 그는 친구를 항상 의존하려는 경향을 보인다.

(2) 그 강은 태산을 임하여 휘돌아 흐른다.

위의 예문에서는 밑줄 친 조사가 모두 잘못 사용된 것이다. (1)에서 '친구를'의 서술어는 '의존하려는'인데, 이 '의존하다'는 자동사이다. 그러므로 앞에 목적격 조사가 올 수 없다. (1)은 "그는 친구에게 항상 의존하려는 경향을 보인다."로 써야 맞다. (2)의 '임하여'의 경우도 "그 강은 태산에 임하여 휘돌아 흐른다." 로 고쳐야 바른 문장이 된다.

11) 문체란 그 작가의 개성이며 총체적인 세계관이다

작가마다 고유의 목소리 같은 문장이 있다. 소설은 작가 자신의 과거 체험을 변형하여 독자적인 세계를 독자들에게 보이는 것이다. 독자 입장에서 보면, 문장에서 그 작가의 개성이 느껴질 때, 그 개성 있는 요소가 바로 그 작가의 고유한 세계 혹은 문체가 된다. 즉 문체란 글에 그 작가의 개성과 고유한 경험, 삶의 방식 등이 총체적으로 반영되어 나타나는 것이다.

문체는 작가의 타고난 재능이나 기질의 산물, 다시 말해 생득적인 재능으로부터 유래하는 요소이다. 문체 덕분에 개개의 작품은 개별성과 생명력을 갖게 된다. 즉 작가의 독특한 문체란 후천적인 노력에 의해 이루어지기도 하지만 어느 정도는 타고나는 것이라고 할 수 있다.

"소설이

평화스러운 세상을 꿈꾸지만

그 안에는

갖은 갈등과 분란이 우글댄다."

제3장

무엇을 쓸까, 소설은 꿈의 세계를 지향한다

소설은 '삶의 고통으로부터 벗어나 새로운 세상을 꿈꾸는 자를 위한' 문학 양식이다. 여기서 삶의 고통이라 함은 인간이 살아가면서 만나는 모든 문제를 말하며, 소설은 이를 담아낸다. 이 같은 소설의 본질과 특성을 이해함으로써 '무엇을 쓸까' 란 물음에 대한 답을 찾아보자.

제3장 무엇을 쓸까, 소설은 꿈의 세계를 지향한다

1. 소설의 본질

소설은 민담에서 출발했다는 학설이 유력하다. 그러나 소설이 근대적인 의미와 본격적인 체계를 갖춘 소설은 19세기 이후 귀족들이 향유하던 운문 문학에 대한 반동으로 산문문학이 대두되면서부터이다.

소설은 귀족문학이 아닌 서민문학으로서, 서민 의식과 함께 근대의 시민 정신을 표출하는 대표적인 문학 양식으로 각광을 받아 왔다. 즉, 소설은 태생적으로 계급 사회에 관한 이데올로기적 특성이 강하다.

소설에 대한 정의는 다양하다. "소설은 이야기다", "소설은 인생의 표현이고 인간성의 창조이며 탐구이다", "소설은 가공의 진실이다", "소설은 산문문학의 대표적 양식이다" 등등. 이런 소설의 정의들은 소설의 태생 문제와 특성을 동시에 보여준다. 앞에 열거한 소설에 대한 정의는 나름대로 타당성이 있지만, "소설은 산문으로 된 가공된 이야기"라는 정의가 일반적인 소설의 특징을 적절하게 표현하고 있다. 즉 소설은 가공한 이야기를 산문으로 기록하는 것이다. 다음 몇 가지 특징으로 소설에 대한 이해의 폭을 넓혀보자.

1) 소설은 이야기이며, 소설가는 이야기꾼이다

소설은 먼저 재미있는 줄거리가 있어야 한다. 그러기 위해서는 누가, 어디서, 언제, 무엇을, 어떻게, 왜, 했는지를 이야기하지 않으면 안 된다. 바꾸어 말하면 사건 구성이 있는 서사물이어야 한다. 그렇다고 이야기가 모두 고스란히 소설이 되는 것은 아니다. 같은 이야기라 하더라도 그것이 운문으로 씌어졌다면 서사시 또는 담시(譚詩)가 될 것이고, 무대 위에서 공연을 전제로 씌어졌다면 희곡이 될 것이다. 소설은 독특한 이야기 방식으로 기록되어 독자에게 전달된다. 이때 기록자가 바로 이야기꾼이며 소설가이다.

2) 소설은 가공된 세계이다

소설은 꾸며낸 이야기라는 말이다. 만일 소설적 체재를 갖춘 한편의 글이, 가공의 이야기가 아니라 실제로 일어난 사실의 기록이라면 우리는 그것을 소설이라고 부르지 않는다. 그것은 다큐멘터리(documentary)이거나, 논픽션(nonfiction), 혹은 르뽀르따주(reportage)가 될 것이다.

3) 소설은 운문이 아닌 서사이다

소설은 서사 양식 중의 하나이다. 다시 말해서 소설은 신화, 전설, 옛날이야기, 서사시, 전기, 자서전, 희곡 등과 같이 일차적으로 서사 양식에 속하는 문학이다. 인류는 오랜 세월 동안 서사를 운문의 그릇에 담아 향유해 왔다. 소설은 근대에 이르러 운문의 제약에서 벗어나 새로운 형식을 개척한 문학의 한 장르가 되었다. 소설은 산문 문학을 대표하는 양식이며, 운문에 비해 작가의 창작 범위를 덜 제약하는 양식이라고 할 수 있다.

2. 발생 측면에서 본 소설의 특성

1) 소설은 삶의 고통에서 벗어나기 위한 인간 구원의 양식이다

소설은 인간이 살아가면서 끊임없이 만나는 고통스런 현실을 반영하는 문학 양식다. 소설은 고통스러운 삶에서 인간을 구원하기 위해 태어났다. 소설이 구원의 양식이라는 점에서는 종교와 공통점을 지녔다고 볼 수 있다.

이처럼 소설은 과거의 아픔으로부터 구원받기 위해, 현실의 고통으로부터 벗어나기 위해, 이상적인 미래를 꿈꾸며 만들어 낸 이야기이다. 요컨대 소설은 과거와 현실의 아픈 가슴을 안고 소망의 미래세계로 가는 열차와 같은 구원 문학 양식이다.

소설이 현실의 아픔을 드러낸다고 해서 기구한 운명에 대한 '넋두리'나 '팔자타령'이 고스란히 소설이 되지는 않는다. 왜냐하면 과거의 고통에 대한 인식과 각성을 토대로 현재의 삶을 구원할 메시지가 제시되어야 하기 때문이다. 소설은 종교와 마찬가지로 과거의 삶을 바탕으로 한 치 앞을 내다볼 수 없는 불안한 현재와 미래에 대해 방향을 제시해 주는 지남차(指南車) 역할을 해야 한다. 따라서 소설 쓰기란 새로운 이상 세계를 향한 진지하고도 고통스러운 발걸음인 셈이다.

2) 소설은 현실의 모순과 계급 차별에 대한 저항 양식으로 태어났다

소설은 지배 이데올로기 문제와 밀접한 관련이 있다. 이는 개인과 사회집단 또는 지배계급과의 갈등을 이르는 말이며, 소설은 지배 이데올로기에 대한 저항을 본질로 한다. 그런 점에서 소설은 태생부터 사회의 모순에 저항하는 리얼리즘의 문학이다.

일찍이 유배지에 유폐되어서도 수많은 글을 써 낸 다산 정약용은 문학을 두고 이르기를 "세상을 걱정하고 백성들을 긍휼히 여겨서 항상 힘없는 사람을 구원하고 재산 없는 사람을 구제하고자 마음이 흔들리고 가슴 아파서 차마 그냥 두지 못하는 그런 간절한 뜻을 담아야 한다"고 했다. 이는 세상을 걱정하지 않는 안이한 소설이나 소설가란 있을 수 없다는 뜻이기도 하다.

3) 소설은 독자들에게 흥미를 주기 위해 태어났다

소설이 제아무리 세상을 바꾸려는 이상을 담고 있다 하더라도 소설적인 흥미가 없으면 무용지물이나 다름없다. 일단 독자에게 읽혀야 소설이 지닌 빛나는 전망이나 이상을 전달할 수 있다. 소설적인 흥미 안에서 비로소 소설의 교훈이나 감정 정화의 기능이 빛난다고 볼 수 있다.

4) 소설은 결국 인간이 살아가는 이야기이다

소설은 신(神)도 동물도 아니고, 나무와 꽃의 이야기도 아니며, 반드시 인간의 이야기라야 한다. 소설이 비록 '인생은 무엇인가'의 문제를 다루기는 하지만 이에 대한 즉답은 종교나 철학 따위에 맡겨둘 뿐이다. 소설은 그저 '인간이 살아가는 이야기'를 들려주면 되는 것이다. 이는 소설이 이야기를 통해 에둘러서, 인간 구원을 지향한다는 뜻이다.

5) 소설은 인간의 삶을 갈등과 고통으로 인식하는 자의 몫이다

소설은 인간의 이상적인 삶을 보여주려 하지만 실제의 소설적 전개는 현실적 삶의 고통스런 모습을 통해 이뤄진다. 즉, 소설이 비록 인간의 행복한 세계를 보여주더라도 삶의 갈등이나 불행 끝에 찾아진 행복을 보여준다는 말이다. 이는 소설의 본질의 하나인 갈등 문제와 연관이 있다. 따라서 소설은 갈등이나 고통이 해결됨으로써 얻을 수 있는 쾌락의 세계를 보여주는 플롯 구조를 지닌다. 다시 말해 소설은 갈등을 해소해가는 감동적인 이야기여야 하며, 풍자와 해학을 통한 감정 정화(카타르시스·스트레스 해소)의 기능을 감당할 수 있어야 한다.

6) 소설은 과거를 통해서 현재 및 미래의 삶을 제시한다

소설은 숙명적으로 인간의 과거 이야기를 다룬다. 그래서 일반적으로 시제가 과거로 처리된다. 그러면서도 소설은 현실적인 문제와 이상적인 주제가 조화를 이루어 지금까지 체험하지 못한 유토피아의 세계를 지향한다. 그런 점에서 소설은 지배 이데올로기에 대한 고통스런 인식을 통해 진실된 세계를 형상화한다는 것이다. 작가는 원칙적으로 과거 사건을 바탕으로 현재와 미래의 문제를 풀어내거나 제시해야 한다.

7) 삶을 보는 작가의 눈은 투철해야 한다

인간의 삶을 보는 작가의 눈은 각별해야 한다. 인간의 삶을 다양한 시각으로 바라볼 수 있어야 구체적인 작가의식이 투영될 수 있다. 작가는 세계에 대해 다음과 같은 의식을 갖춰야 한다.

(1) 대상에 대한 관심과 사랑이 있어야 한다. 소외된 계층, 노인, 노동자, 농민, 실향민, 실업자, 실연 당한 자, 해외 노동자 등 그늘진 세계에서 소외로 인해 고통스럽게 살아가는 사람들의 참 모습과, 해방과 자유의 모습을 보여주어야 하기 때문이다.

(2) 문제(인간·사회·세계·역사)에 대해 적극적이고 구체적인 의식이 있어야 한다. 이런 작가의 문제의식은 결국 소설의 주제 또는 작가의 작품 세계의 특징과 연결이 되기 때문이다.

(3) 작가는 삶을 따뜻하게 바라보는 눈을 지녀야 한다. 작가로서 현실을 부정적이고 문제시하는 시각이 필수적이라 할지라도, 그 속에서 진정한 자유와 해방을 통해 미래적 전망을 열어줄 수 있어야 한다.

(4) 이와 동시에 소설은 늘 새로운 이야기라야 한다. 작가는 늘 신선한 언어를 통해 지금까지 모르던 이야기나 세상 사람들이 외면하고 있는 이야기를 찾아서 들려주어야 한다.

3. 주제에 따른 소설의 갈래

소설은 편의에 따라 다양한 기준으로 분류된다. 길이에 따라 대하 장편 중편 단편소설로 나뉘며, 구성 방법에 따라 단순구성 복합구성 피카레스크식 구성 소설로 분류한다. 과거 현재 미래의 시간을 어떻게 활용하느냐에 따라 평면적 진행 소설과 입체적 진행 소설로 나누기도 한다. 그리고 인생의 단면을 그린 단편소설과 총체적인 삶을 복합적으로 다룬 장편소설로 나누어 중복된 기준을 적용하여 나누기도 한다.

여기서는 주제에 따른 분류만을 살펴보고자 한다. 왜냐하면 작가가 '무엇을 쓸까' 에 대한 고민이 막 끝나고 '이 이야기가 이 세상에 왜 필요하지?' 와 같은 첫 번째 질문에 맞닥뜨리는 문제이기 때문이다. 그저 '우리가 살아가는 세상의 한 이야기' 라는 태도라면 1) 인간의 존재를 해명한 소설이 될 것이고, 특히 현실적인 삶의 모순을 고발하거나 비판하려는 구체적인 목적을 지녔다면 2) 사회 비판과 고발을 통해 이상적인 삶을 추구한 소설이 될 것이다. 이와 달리 현실적인 문제에서 비켜서서 오묘한 예술세계 자체를 탐구하려 한다면 3) 예술적 세계나 미의식을 추구한 소설이 될 것이다.

그렇지만 이 같은 주제에 따른 소설의 분류는 경계가 뚜렷이 지어진 것은 아니며, 이해를 돕기 위해 편의상 경계를 지어 본 것뿐이다.

1) 인간의 존재를 해명한 소설

인간의 본질을 탐구하며 삶의 의미를 탐색하거나 정립하려는 정신을 중심에 둔 소설을 말한다. 이런 소설들은 시대와 사회의 상황을 풍속사적인 시각으로 수용한다. 예를 들면 카뮈의 『이방인』, 이범선의 「오발탄」, 이상의 「날개」, 김동리의 「무녀도」를 들 수 있다.

2) 사회 비판과 고발을 통해 이상적인 삶을 추구한 소설

고유한 인간성을 말살하려는 여러 사회적인 제약을 비판하고 고발하려는 소설을 말한다. 이런 소설은 인간성 유린의 상황을 고발하면서 이를 비판한다. 결국 이들의 지향점은 모순된 사회를 고발함으로써 개선을 촉구하거나 동력을 기약하는 데 있다. 채만식의 「태평천하」, 전광용의 「꺼삐딴 리」, 최인훈의 『광장』, 박지원의 「허생전」, 이청준의 「이어도」 등을 예로 들 수 있다.

3) 예술적 세계나 미의식을 추구한 소설

장인정신이나 미에 탐닉하여 독창적인 예술세계를 창조하는 주인공에 주목하는 소설을 말한다. 이런 소설들은 인간의 차원 높은 정신세계를 보여주는 데 목적이 있다. 김동인의 「광화사」, 이청준의 「매잡이」, 이문열의 「금시조」를 예로 들 수 있다.

4. '무엇을 쓸까' 에 따른 소설 창작법

어떤 소설을 창작하려고 하느냐의 문제는 기본적으로 소설의 주제를 설정하고 형상화하는 문제이다. 어떤 소재를 소설로 형상화하는 데 있어서 작가의 주제 의식은 대단히 중요하다.

1) 소설은 작가의 체험으로부터 출발한다

소설을 두고 가공의 진실이라고 말하는 것은, 소설이 현실의 단면을 반영해 보인다는 말이다. 이는 소설 속의 인물이나 사건이 현실적으로 존재하는 인물이나 사건 그대로가 아니라 작가의 상상력에 의해 재구성된 '새로운 것'이라는 뜻을 담고 있다. 따라서 소설이라는 문학 양식은 다른 서사 양식보다 훨씬 자유롭다.

소설은 등장인물이 신화에서처럼 초능력자가 아니어도 좋고, 전설처럼 증거물이 없어도 된다는 점에서 한결 자유롭다. 소설의 세계는 황당무계한 귀신의 세계라도 좋고, 상상으로 빚어낸 천상의 세계라도 좋다. 별나라든, 해저의 세계든, 실생활에 뿌리를 둔 이야기라면 무엇이나 소설의 소재가 될 수 있으며, 비록 같은 소재라도 작가의 취향에 따라 여러 가지 방법으로 다룰 수 있다. 여기서 작가의 취향이란 작가 개인 체험의 총화를 뜻한다. 즉, 체험의 재결합, 혹은 재구성을 말한다.

흔히 자신의 체험을 하찮게 여기는 경향이 있다. 따라서 잘 알지도 못하는 남의 이야기를 엿듣기 위해 기웃거린다.

그렇지만 내 체험도 소중하다. 같은 소재라 하더라도 작가마다 그것을 대하는 태도나 해석이 다르다. 그러므로 소설 창작 기법도 작가마다 다를 수밖에 없고, 같은 소재의 소설이라도 주제나 구성, 결말이 작가마다 다를 수밖에 없다. 이런 차이들이 작가의 독특한 작품세계를 이루는 자질이다.

2) 소설은 작가 상상의 산물이다

흔히 소설은 현실에 뿌리를 둔 양식이라고 말하지만 그것은 소설의 한 면만을 강조한 말일 뿐이다. 소설을 가공된 진실이라고 규정하는 것부터가, 소설 속의 인물이나 사건이 실제로 존재하는 인물과 사건이 아니라는 뜻이기도 하다. 즉 소설 속의 인물이나 사건은 온전히 작가의 상상력에 의해 창조된 인물과 사건인 것이다. 작가의 활달하고 자유로운 상상력에 의해 창조된 소설은 대상에 대한 인식, 혹은 그 창작 기법이나 표현 방법에 따라서 리얼리즘 소설이 될 수 있고 슈르리얼리즘 소설도 될 수 있으며, 이와 전혀 다른 로맨티시즘 소설이 될 수도 있다.

여기서 리얼리즘, 쉬르리얼리즘, 로맨티시즘을 한 자리에서 정리해보는 것도 좋겠다.

　(1) 리얼리즘(realism) : 현실을 있는 그대로 객관적으로 묘사, 재현하려고 하는 예술상의 경향과 태도를 말한다. 이상과 공상 혹은 주관을 배제한다.

　(2) 쉬르리얼리즘(surrealism) : 비합리적인 잠재의식이나 꿈의 세계를 탐구하여 표현의 혁신을 꾀한 예술운동. 제1차 세계대전 이후 프랑스를 중심으로 일어났으며, 다다이즘(dadaism)에 기원을 두고 있다. 기괴한 주제나 꿈, 환영(幻影), 무의식의 시각을 이용하여 낯익은 사물들을 비논리적인 관계 속으로 몰아넣음으로써 현실의 관습적 이해가 가진 피상적 성향을 폭로한다. 유의어로 초사실주의(超寫實主義), 초현실주의(超現實主義)가 있다.

　(3) 로맨티시즘(romanticism) : 18~19세기에 걸쳐 유럽을 중심으로 유행했던 예술사조로, 자유로운 공상의 세계를 동경하였으며, 정서 감정 개성 등을 중시하였다. 주로 문학, 영화, 연극 장르에서 남녀 사이의 연애나 사랑 이야기를 중심에 두는 경향을 이르기도 했으며, 때로 문학적 가치나 깊은 주제 의식 없이 가벼운 경향을 이르는 말로 쓰이기도 했다.

3) 소설은 개연성을 통해 진실의 세계를 보여주어야 한다

　소설이 가공의 인물과 사건을 그려내는 일이기는 하지만 소설가가 누리는 소설상의 자유는 창조주로서 신이 누리는 자유와는 각별하게 구별된다. 창조된 소설의 세계는 현실적으로 충분히 있을 수 있는 세계이고, 사건은 개연성을 가질 수 있도록 유기적으로 꾸며져야 하는 동시에 그것을 통해 인간의 삶을 사실적으로 보여주는 구조물이라야 하기 때문이다. 개연성 있는 세계가 곧 진실된 세계이다.

4) 소설의 인물은 체험을 토대로 창조해야 사실적일 수 있다

　작가가 창조해낸 소설 속의 인물들은 의식적이건 무의식적이건 작가가 모델로 삼은 현실의 실제 인물의 영향을 받게 마련이다. 소설 속의 사건들 역시 작가의 체험을 기초로 하여 재창조한 것임을 부인할 수 없다. 아무리 소설의 배경과 인물이 작가의 상상력에 의해 창조되었다 하더라도 그 상상력의 바탕은 작가의 체험에 있기 때문이다. 따라서 소설의 기본적인 틀이든 세부적인 도구든 간에 중대한 생각들은 일정하게 작가 자신의 내면을 드러내는 자서전적인 요소가 끼어들 수밖에 없다. 작품 분석에서 작가의 생애가 어느 정도 참고가 되는 까닭이 여기에 있다.

같은 맥락에서 소설 속의 실제 모델이 있을 때 그 인물의 행동과 생각들이 구체성을 띤다는 점이 소설 쓰기에서는 늘 강조된다. 소설 속의 어느 배경을 묘사할 때도 작가가 실제로 가 본 곳과 가 보지 않은 곳의 묘사는 큰 차이가 있게 마련이다. 소설 속의 인물은 작가의 친구나 친척 중의 한 사람을 형상화한 인물일 수도 있고, 작가가 여러 경로를 통해 만난 어떤 인물일 수도 있다. 평범하든 특이하든 간에, 실제 인물을 모델로 삼아 재창조한 소설 속의 인물은 결국 어떤 식으로든 그 시대, 그 사회의 전형적 인물의 모습을 드러내는 것이다.

그렇다고 소설이 작가가 체험한 실제 사건과 대면한 현실 속의 인물을 온전하게 기록하고 반영한다는 뜻은 아니다. 소설은 소설가 개인 체험을 바탕으로 이루어지지만, 그 체험이 작품화되는 과정에서 작가의 상상력에 의한 재창조가 필수 요건이기 때문에 창작이라는 말이 성립될 수 있다.

5) 작가의 개인적인 체험은 사회 보편적인 문제나 주제로 객관화되어야 한다

소설가가 자신의 체험을 바탕으로 한 작품을 발표했을 때, 그것은 소설가의 개인적 체험의 산물인 동시에 사회 전반 혹은 국가나 민족의 규범, 혹은 관례(역사나 전통, 풍습과 의식)에서 영향을 받았다고 할 수 있다.

소설에서 인물의 행위나 성격은 작품마다 여러 가지 유형으로 나타나게 마련이지만, 그 인물이 속한 집단의 기본적인 제도나 관례, 규범은 소설의 밑바탕을 이루는 불변의 요소이다. 그리고 제도, 규범, 관례 등은 작가의 개인적인 경험과 구별되는 사회 보편적인 차원의 제한이라 할 수 있다.

『춘향전』을 예로 들어보자. 『춘향전』에서 춘향과 몽룡의 사랑은 계급적 장애라는 사회적 제도나 관례의 영향 아래 있다. 그것은 작가의 의지를 압도하는 힘이며 억압이다. 독자들이 춘향의 옥살이에 안타까움과 분노를 느끼는 가운데서도 용납해야 하는 이유는 그것이 당시의 사회적 제도이기 때문이다. 이몽룡이 암행어사가 되어 과감하게 계급적인 장벽을 부수고 일개 기생의 딸인 춘향을 반려자로 취하는 것에 환호하고 희열을 느끼는 것은 사회 관례를 극복하려는 작가의 특수하고 창조적인 상상력이 주는 감동인 것이다.

사회의 일반적 관례를 무시한 채 작가의 독특한 체험이나 사상에 의존한 작품은 독자들의 공감을 얻어내기 어렵겠지만, 그렇다고 작가의 체험이나 사상을 배제한 채 사회적인 관례만을 좇는 소설이라면 문학작품으로서의 진정한 가치가 없을 것이다. 어떤 면에서 작가는 보통의 사람들(독자)이 너무 익숙하게 생각하여 미처 인지하지 못하는 사회적 관례를 작가가 창조한 인물과 사건을 통해 객관화하여 보여주는 이야기꾼이라고 할 수 있다. 즉 익숙한 것(사회적 관례나 제도)을 얼마나 독특한 방식(작가의 체험이나 사상)으로 보여주느냐가 작품의 성취도를 가늠하는 척도가 될 것이다.

예를 들어, 노벨문학상 수상자는 그 나라 고유 정서를 가장 잘 표현한 문학작품을 쓴 사람에게 돌아가는 경우가 많다. 이는 문학이 인류의 보편적인 정서를 지향하지만 그가 속한 집단의 정서를 더 중시하며, 그것에 작가 자신의 체험이나 사상이 얼마나 개입되어 있는가를 주목하기 때문이기도 하다.

6) 집필 동기는 쓰지 않으면 견딜 수 없는 내적 광기의 산물이어야 한다

왜 쓰는가 하는 질문에 대한 답은 작가들마다 다르겠지만, 일종의 광기로

보는 견해가 지배적이다. 어느 예술이고 그것에 미치는 엑스터시(황홀경) 상태를 거치지 않고는 참다운 예술적 성과물이 빚어질 수 없다는 것이다.

소설가 전상국[1]의 회고가 좋은 예가 될 만하다. 그는 중학교 때 어렵게 얻은 낡은 하모니카를 밤낮없이 입에 물고 누가 듣건 말건 입술이 부르트도록 불러제끼며 그것에 도취된 적이 있었는데, 소설 쓰기에도 그런 열정으로 미쳐 왔다고 회고했다. 그는 하모니카의 음색을 고르는 묘미에 취하듯 쓰는 즐거움에 빠지곤 했는데, 결국 소설은 이 같은 작가의 광기에 의해 씌어지는 경우가 많다. 오랜 수련 끝에 하모니카 소리가 고운 음색으로 정련되었을 때 남에게 들려주고 싶은 충동으로 이어지듯, 소설도 일단 자기 내면의 광기를 다스리거나 표출하는 과정에서 창작이 시작된다. 곧 누군가에게 들려주기 위해 자신이 스스로 고통으로부터 구원받는 과정이 소설 쓰기이다.

문순태[2]도 '고향의 아픈 역사를 들려주고 싶은 내적 충동'을 창작 동기로 회고했는데, 이는 결국 먼저 내 안으로부터 쓰지 않으면 견딜 수 없는 충동이 광기처럼 발산된다는 뜻이다.

다음은 소설가 조여일의 데뷔 동기를 밝힌 글이다. 소설 쓰기에 대한 욕구가 어느 날 갑자기 충동처럼, 운명처럼 다가왔다고 밝히고 있다.

서른을 훌쩍 넘긴 나이였다. 결혼을 해서 아이를 낳고 여느 여자들과 비슷하게 하루하루를 덤덤하게 살았다. 그런데 아이가 커가면서 가슴에서 무언가 쑥 빠져나가는 것 같았다. 그건 슬픔인 것도 같았고 아픔인 것도 같았다. 알 수 없는 일이었다. 왜 그럴까, 대체. 그러다 불쑥 글쓰기가 생각났다. 생활에 부대끼며 사느라 잠시 잊고 살았던 문학. 그토록 간절히 소설가가 되고 싶었던 지난날의 내 모습이 아버지의 밀짚모자에 둘러쳐져 있던 필름처럼 빠르게 머릿속을 훑고 지나갔다.……

조여일, 〈나는 길 위에 있다〉 중에서

7) 소설은 신선하고 낯선 세계를 추구하지만 현실 세계와 닮아 있어야 한다

소설을 쓰는 것은 인간 삶의 진실을 허구의 세계인 소설 속에서 진지하게 실험하는 과정이라고 할 수 있다. 허구 세계와 현실 세계 사이에 아무런 공통적 요소가 없다면 독자들과 애초부터 공감대를 형성할 수 없을 뿐만 아니라 소설이 주는 교훈도 재미도 선사할 수 없게 될 것이다.

일반적으로 명작 혹은 고전이라 일컫는 작품들은 오래된 관례를 재음미하여 특정 플롯에 의해 창작한 것들이다. 대개 과학소설은 작가 자신의 삶이나 사상과는 거의 무관하게 보이는 공상의 세계를 그려 보인다. 그렇지만 그 또한 하나의 법칙과 현상에 존재하는 세계이기 때문에 작가는 주로 많은 관심을 현실과 유사한 것에서 찾아야 한다.

8) 소설가는 개인의 체험을 자기 사상으로 해석하며 새로운 세계를 창조한다

작가의 체험은 모두 창작의 귀중한 소재가 된다. 다만 작가가 자기 체험을 토대로 허구의 세계를 재미있게 창조해 냈을 때, 체험은 비로소 문학적 의의를 갖게 된다. 여기서 체험적인 소재를 어떻게 다루느냐는 작가의 예술적인 재능에 속한다. 그러나 이 재능이란 글을 얼마나 갈고 다듬는가 하는 '소설 창작 기법'과 무관하지 않기 때문에 후천적 요건도 포함된다고 볼 수 있다.

그리고 소설가는 사회적인 관례와 제도 같은 보편적인 토대 위에서 이루어진 개인의 체험을 자기 사상 속에서 재해석하여 새로운 세계를 창조해 낸다. 그러한 세계 창조를 통해 독자에게 제시하고 싶어 하는 소설상의 상황과 관심사는 작가마다 다르다. 그리고 소설의 범위도 작가가 어떠한 자세로 무엇을 선택하느냐에 따라서 얼마든지 넓어지고 깊어질 수 있다.

예를 들어 소설 창작에서 항상 존재하는 픽션과 논픽션의 경계도 작가가 선택한 표현의 비중 정도에 따라 구별된다. 작가가 실제로 픽션으로 썼을지라도, 묘사가 충실하거나 서술이 너무 현실적일 때는 오히려 사실의 편협한 기록처럼 보여서 픽션으로서의 가치를 떨어뜨린다. 이런 경우 소설의 장면이 픽션이냐 논픽션이냐의 문제보다는 독자들이 그것을 어떻게 판단하느냐가 더 중요하다고 할 수 있다.

9) 소설에서 주제는 어떻게 나타나야 하는가

소설의 주제에 대해서는 평론가 김윤식[3]의 말을 참고할 필요가 있겠다. "독자가 소설을 읽고 나서 '그래서 어떻단 말이냐?'의 질문에 소설은 스스로 답을 할 수 있어야 한다."는 것이다. 더 정확하게는 소설의 주제란 독자 스스로 느낄 수 있도록 소설 안에 녹아들어 있어야 한다는 뜻이다.

제4장

소설의 소재는 가까운 곳에 있다

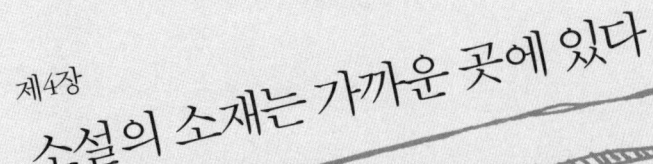

삶의 현장에서 실제 일어났거나 일어날 수 있는 모든 사건들

이 소설의 소재(素材, material)가 될 수 있다. 대개 습작기에

는 각별한 이야기를 찾기 위해 공상에 의존하거나 사회적 사

건에 관심을 가지는 경향이 있다. 그러나 소설의 소재는 나를

포함한 내 주변의 체험에서 찾는 것이 좋다. 사회적 사건이라

할지라도 자신의 체험적인 사건으로 재구성 되었을 때 비로소

소설의 소재가 될 수 있다.

　　일상적인 삶에서 소설의 소재를 효과적으로 선택하여 이를

　　소설 창작에 활용하는 방법을 익혀 보자.

제4장 | 소설의 소재는 가까운 곳에 있다

1. 소설과 소재 선택의 의미

백일장에서 작품 심사를 하다 보면 크게 두 가지 유형으로 나뉜다. 하나는 자신의 절실한 체험을 토대로 한 경우이며, 또 다른 하나는 자신이 체험하지 않은 추상적인 소재를 다룬 것이다. 당연히 전자의 경우에 창의적이거나 문학성이 제대로 발휘된 글이 많다. 이처럼 문학성은 추상적인 상상의 산물이 아닌 실제 체험을 구체적이고 감각적인 언어로 형상화할 때 빛난다.

많은 문학 지망생들이 특정 작가를 무작정 흉내 내는 경우가 많은데, 처음에는 그럴듯한 글을 쓰게 될지 모르지만 금방 밑천이 드러나고 만다. 그만큼 소설 쓰기에서는 자기의 체험적인 소재가 강조된다.

많은 작가들이 자신이 성장한 고향을 소재로 삼는 까닭은 자신의 절실한 체험 장소이기 때문이다. 예컨대 D. H. 로런스[4]의 『아들과 연인』, 토머스 울프[5]의 『그대 다시는 고향에 돌아가지 못하리』 등은 작가 자신의 고향을 배경으로 쓴 소설들이다. 더 가까운 예로, 현길언[6]은 제주 출신으로 4·3 사건을 실감나게 들으면서 성장했기 때문에 고향의 4·3 사태가 소설의 중요한 소재가 되었다. 김원일[7]은 좌익인 아버지와 생계를 책임진 어머니를 중심으로 굶주림과 외로움으로 표상되는 분단 세대의 가족사적 아픔과 체험이 작품의 중심 소재가 되었다. 조정래[8]는 자신의 체험을 바탕으로 6·25 전쟁과 분단을 배경으로 상처받은 민중들의 삶을 소설로 그려냈다. 박완서[9]는 어렸을 적

삶의 체험들을 중심 소재로 삼아 소설을 썼다. 이청준[10]도 어려서 보았던 소리꾼을 포함한 고향 사람들의 삶을, 이문구[11]도 고향 사람들의 삶을 주요 소재로 삼아 각각 독특한 문학세계를 형성하였다.

작가는 소설을 쓸 때 소재의 해석에 대한 문제가 따르기 때문에 흔히 자신의 체험을 소재로 선택하기 마련이다. 따라서 소설가에게는 자신이 자라온 환경이 중요 배경이 되며, 자신의 경험이 소설 창작에서 즐겨 사용하는 소재가 된다. 이는 결국 작가의 체험과 작품 세계의 의미가 밀접한 관련이 있다는 뜻이다. 작품을 이해하는 데 작가론이 언급되는 것은 바로 이 때문이다.

2. 소설, 어떤 소재가 적절한가

소설 쓰기에 어떤 소재가 적절한가의 문제는 독자의 입장과 작가의 입장이 각기 다르지만, 일반적으로 작가 자신의 절실한 체험에서 출발된다.

1) 독자의 입장에서 좋은 소재
독자는 자신이 체험하지 않은 세계에 호기심을 갖기 마련이므로 가능한 많은 독자들의 공감대를 불러일으킬 만한, 또는 장차 새롭게 부각될 만한 문제와 관련된 소재라야 한다. 곧, 독자 자신이 체험하지 못한 새로운 사건이거나, 새로운 문제의식을 제시해줄 수 있는 소재가 좋다는 것이다.

2) 작가의 입장에서 좋은 소재
먼저 작가 자신이 관심과 애착을 가지고 있는 소재라야 한다. 왜냐하면 아무리 소설 소재가 작가의 마음에 들었다 하더라도 적극적으로 소재를 재해석하고 의미를 파악하여 활용할 수 없다면 좋은 소설이 될 수 없기 때문이다.

따라서 자신의 체험 중에서도 작가가 잘 알고 있어서 자신 있게 처리할 수 있는 소재라야 한다는 뜻이다.

3. 소재를 활용한 소설 창작 과정

술좌석에서 거듭 등장하는 화제가 있기 마련이다. 때로는 듣기가 지겨울 때도 있지만, 비록 같은 화제라도 들을 때마다 새삼스러운 경우가 많다. 이는 소재의 변형에서 오는 신선함 때문인데, 같은 소재라 하더라도 어떤 해석을 하면서 말하느냐에 따라 말의 맛이나 가치가 달라지기 때문이다.

예컨대, 같은 군 생활 이야기라 하더라도 들을 때마다 다른데, 그 까닭은 말하는 사람이 듣는 사람에 따라 달리 말하거나 분위기에 따라 전달하는 '말의 맛'이 다르기 때문이다. 하다 못해 소풍을 다녀와서 쓰는 소감문도 사람에 따라 다르며, 같이 목격한 사고의 현장이라 할지라도 전하는 사람에 따라 달라진다. 여기서 '말의 맛'은 작가의 개성이나, 정서, 혹은 문체 형성의 기본 조건이 되기도 한다. 소설의 소재를 찾거나 체험을 소설로 확장할 때 다음 몇 가지 문제를 유의해야 한다.

1) 직접 · 간접 체험 모두가 소설의 소재가 된다
소설의 소재가 되는 체험에는 주관적인 체험(직접 체험)과 객관적인 체험(간접 체험)이 있다. 사람은 직접적인 경험 외에도 독서나 다른 사람의 경험담과 같은 간접 체험을 통해서도 유사경험(만들어진 경험=허구적인 경험)을 할 수 있다.

따라서 소설을 쓸 때도 직접 체험에만 의존할 필요는 없다. 오히려 소설 창작 과정에서는 이런 직접 체험과 간접 체험을 조화시켜 전개하는 것이 바람직하다. 물론 모든 직·간접 체험들이 고스란히 소설의 소재가 되는 것은 아니다. 작가의 문제의식이나 세계관을 기준으로 소재가 재해석 과정에서 걸러지기 때문이다. 이런 과정을 '주관적인 체험을 객관화하는 과정' 혹은 '주관적인 체험의 객관화 과정'이라 한다.

2) 소재는 먼저, 흥미 있는 구조물이라야 한다

흥미는 소설의 기본 요건이고, 이를 위해서는 흥미 있는 소재가 필요하다. 그리고 작가는 흥미 있는 소재를 재해석하는 과정에서, 작가 자신의 세계관을 잘 반영할 수 있는 플롯을 갖추게 된다. 소설은 독자에게 소설적인 흥미와 의미를 결합한 총체적인 세계를 통해 보여주어야 한다.

3) 작가는 모든 사건에 문제의식을 가져야 한다

작가는 삶의 현장에서 문제를 강하게 인식할 수 있어야 독자에게 소설의 각별한 문제의식을 보여줄 수 있다. 인간은 누군가가 행복하게 살아가는 것을 어떤 식으로든 시기 질투하기 때문에 갈등이 생기기 마련이다. 또 인간은 언제 닥쳐올지 모르는 불행에 대해 막연한 공포를 느낀다. 그래서 소설에서는 뜻하지 않게 사건이 벌어지고, 그 속에서 인물은 갈등하고 때로 절망하며, 이런 고통과 억압으로부터 벗어나기 위해 발버둥친다. 소설은 이런 현실 세계를 바탕으로 쓰는데, 작가는 살아가면서 만나는 모든 사건에 대해 문제의식이 있어야 소설의 소재로 수용할 수 있는 것이다. 즉, 작가라면 인간과 삶에 대해 단순한 관찰이 아니라 일정하게 긴장을 유지하는 삶이 필요하다.

4) 가능한 한 문학성이 풍부한 체험적인 소재라야 한다

소설은 체험에서 얻은 구체적 정황들을 바탕으로 생동감 있는 언어로 형상화하는 것이다. 자신의 체험을 소설의 문제로 끌어들이고, 이를 표현할 때 작가의 머릿속에서 이미지(심상)가 영상처럼 생생하게 살아 숨쉬어야 한다.

물론 이런 형상화는 작가만의 절실한 체험을 바탕으로 했을 때 가능하며, 여기에서 작가의 독창적인 세계가 형성된다. 따라서 소재는 가능한 한 문학성이 풍부한 체험적인 소재라야 한다.

발로 쓰는 작가란 현장 취재(체험)를 통해 얻은 소재와 정보를 바탕으로 생동감 있게 형상화하는 작가를 말한다.

5) 주관적인 체험의 객관화는 소재의 재해석 과정이다

소설을 쓴다는 것은 작가 자신이 인식한 세계의 실상을 소설언어로 형상화하는 것이다. 그러므로 소설에는 작가가 현실을 바라보는 가치관이 반영되어 있다. 이는 작가의 체험이 재해석하는 과정을 거쳤음을 의미한다.

예를 들면, 기구한 팔자를 타고난 비극적인 여인의 삶의 기록은 그 자체로는 단지 청승맞은 팔자타령일 뿐이다. 이를 현실적인 문제나 가치로 재해석하는 과정을 거쳐서 형상화한 소설 세계가 여러 독자가 공감할 수 있는 가치 있는 세계가 된다. 이 과정을 '주관적인 체험의 객관화' 라 한다.

이는 자신의 기구한 삶이나 운명적인 체험들을 고스란히 글로 옮겨놓았다고 해서 결코 소설이 될 수 없으며, 작가의 세계관이나 문제의식을 기준으로 재구성해야 한다는 뜻이기도 하다.

4. 체험을 소재로 한 창작의 실제

소설에서 기발한 생각이 그 소설을 빛나게 할 듯 싶지만, 알고 보면 그 역시 체험의 변형이다. 작가 안정효는 "나는 상상이 현실을 못 따라간다고 믿기 때문에 등장인물들을 주변에서 찾아내고, 주인공의 모습이나 성격 등 부수적인 정보 또한 거의 모두 기성품을 활용한다."고 했다.

체험적인 소재가 소설로 형상화되는 과정을 한 습작생의 소설을 통해 살펴보기로 하자. 다음 글을 쓴 학생은 '짧은 아르바이트 체험'과 '엄마가 잠시 아팠던' 기억을 결합하여 썼다고 밝혔다.

특히, 아래의 문제를 유의하며 읽어보자.

(1) 일상적인 체험을 어떻게 소설의 소재로 확장하고 있는가.

(2) 체험적인 소재에 작가는 어떤 의미를 결합하고 있는가.

(3) 주제를 한 문장으로 기술해 보자.

(4) 제목과 주제가 어떤 관계인지 살펴보자.

(5) 불필요한 요소들이나 부족한 점을 지적해 보자.

(6) 소설적 긴장감을 유지하기 위해 소재(사건)를 어떻게 배열하는가? 플롯과 연관 지어 살펴보자.

(7) 이 소설에서 반전은 어떤 역할을 하는가? 그리고 반전은 소설적 흥미와 주제를 부각하는 데 어떤 역할을 하는가.

(8) 이 소설의 중요 사건들을 나열해 보자.

(9) 현진건의 「운수 좋은 날」과 어떤 공통점과 차이점이 있는지 살펴보자.

(10) 단점을 지적해 보자.

〈학생작품〉

운수 나쁜 날

최진영

"엄마, 또……. 나 지각이란 말이야. 제발 아침에는 이러지 좀 마."

도시락을 가방에 챙겨 넣고 출근 준비를 다 끝낸 윤순이가 음침한 지하를 빠져나오려고 할 때쯤 윤순의 엄마는 손가락을 목구멍 깊숙이 집어

넣어 아침에 먹었던 미역국을 다 끄집어내고 있었다. 둘러멘 가방을 내려놓고 걸레질을 하고 있는데, 어디서 또 불길한 냄새가 번져오고 있었다. 엄마를 욕실에서 씻기고 거실로 나왔을 때 시간은 너무도 멀리 달아나 있었다.

"이모, 오늘은 왜 이렇게 늦으세요? 빨리 좀 와주세요."

"엄마, 나 또 늦었어. 나 회사서 잘리면 그땐 엄마랑 나랑 둘 다 꼴 안 되는 거 알잖아, 뭐 그게 엄마 뜻대로 되는 것도 아니겠지만. 화내서 미안해. 이모 곧 올 거야."

전철을 빠져나오자 빗장 같은 빗줄기가 쏟아지고 있었다. 방 안에서 창문을 열어 보았을 때 하늘이 조금 흐렸지만, 노란 버플 장식을 화사하게 차려입은 기상 캐스터가,

"오늘 아침은 조금 시무룩하지만, 점점 하늘이 맑아져 화사한 하루가 될 것입니다."

하며 당당하게 말을 한 터라 우산을 생각했던 마음을 접고 온 것이었다. 맞으면 멍이라도 들 것 같은 튼튼한 빗줄기 속으로 들어가려니 아침 뉴스의 기상캐스터의 목소리가 생각나 화가 치밀어 올랐다. 발바닥을 바닥에서 띄울 때마다 흙 빗방울들이 덕지덕지 찰흙을 붙이는 것처럼 허연 살 위로 달라붙었다. 그 감촉이 거슬리는지 윤순이는 달리다 말고 허리를 틀어 종아리를 닦아보지만 몇 번을 반복하다 그것도 그만두고 더 힘껏 내달리기 시작하였다. 한쪽 손에 든 종이가방이 신문지같이 정신없이 젖어들고 정신없이 뛰는 윤순이를 따라 어제 새로 담근 김치를 넣은 도시락도 이리저리 뒹굴고 있었다.

"유니폼 빨고 오는 날은 꼭 이렇게 비가 온다니까."

이제야 그 징크스가 생각났다는 듯 윤순이는 락카실로 들어서면서 입을 삐죽이며 혼잣말로 중얼거리고 있는데,

"비가 이렇게 많이 오는데 걸어서 왔어? 택시 타고 오지 그랬어. 나 너랑 같은 전철 타고 왔는데…….."

유니폼을 다 갈아입은 기초화장품을 판매하는 언니가 전신 거울 앞에 서서 기다란 머리카락들을 머리 망에 집어넣다 거울 속에 비친 비 젖은 쥐 꼴을 하고 들어선 윤순이를 보며 비웃듯이 말한다.

"아, 그냥……. 뛰면 금방일 것 같아서 뛰었어요. 뭐 사실 금방이던 걸요."

"그래? 잘 뛰나보네."

점내 백을 들고 락카실을 빠져나가면서 흘리고 가는 기초화장품 언니의 목소리에 기분이 상한 윤순이는 조금 신경질적으로 가방을 뒤지기 시작한다. 도시락에 넣은 새로 담근 김치 국물이 새어 가방에 배어 있던 여러 가지 냄새들과 뒤엉켜 흉측한 냄새가 퍼져 올라왔다. 도시락을 가방에서 빼어두고 열쇠를 찾았지만 열쇠는 보이질 않는다. 마지막 희망을 담아 가방을 엎어 털어 보아도 없다. 반바지 앞뒤 주머니로 손을 다 집어넣어 본 끝에 어제 입었던 남색 반바지 주머니에 넣어둔 게 떠오른다. 락카실에 걸린 시계를 본 윤순이의 발걸음이 허겁지겁 바빠졌다. 사이코로 유명한 조 대리의 아침조회가 정확히 7분을 남겨두고 있었다. 락카를 담당하는 왕언니는 트윈케이크 가루가 뽀얗게 덮여 잘 보이지도 않는 케이스 안의 거울을 들여다보며 빨간 립스틱을 바르고 있다. 붓을 든 손이 자꾸 립 라인을 벗어나는지 신경질적으로 화장지를 뜯어서 립 라인을 벗어난 빨간 립스틱들을 지우고 있다. 윤순이는 마음을 단단히 조이고는 락카실 유리문을 조심스레 두드린다. 왕언니는 인상을 찌푸린 채 윤순이를 쳐다본다.

"……저기요, 언니."

"왜 불러?"

덜덜거리는 손을 입술에서 떼더니 다시 거울을 들여다보며 립스틱을 바른다.

"언니, 저 열쇠 좀 주세요."

"열쇠 왜?"

뻔히 알면서 능청스러운 목소리로 왕언니는 립스틱 뚜껑을 닫으며 거울을 멀리 떨어뜨리며 전체적인 메이크업의 조화를 확인하고 있다.

"저, 집에다 놓고 안 가져 왔나 봐요."

"집에다 놓고 안 가져 왔는데 왜? 다시 집에 가서 가지고 오면 되잖아."

왕언니는 메이크업이 맘에 드는지 거울을 향해 미소를 지으며 더 느긋한 목소리로 말하고 있다.

"언니, 언니, 저 늦었어요. 다시는 이러지 않을게요. 꼭 갖고 다닐게요. 네? 언니, 한번만 봐주세요."

"벌써 몇 번째니? 넌 한두 번이 아니야. 왜 그렇게 칠칠맞니? 앞으로 열쇠 안 가져오면 그땐 진짜 열쇠 안 줄 거야. 집에 가서 열쇠를 다시 가지고 오든지, 아니면 열쇠 아저씨를 부르든지 해. 알았어? 명심해. 이름이랑, 너네 회사 이름이랑 불러."

조 대리의 조회가 시작된 시간이었다. 윤순이의 얼굴이 금방이라도 울음이 터져나올 것 같았다.

"김윤순이요."

"응? 뭐라고? 김윤선?"

"아니요, 김윤순이요."

윤순이의 이름조차 기억해 내지 못한 왕언니는 열쇠를 건네주면서,

"야, 너 저번에 나한테 비엔나소시지 증정 준다고 그래 놓고서 왜 안 주냐?"

하며 몇 달 전 이야기를 들먹이고 있다.

머리를 그물망에 쑤셔 넣으면서 계단을 다다닥거리며 내려간다. 1층에 내려 와서야 윤순이는 아침에 집에서 신고 나온, 뒤를 이어 놓은 끈이 위태위태한 하늘색 샌들을 그대로 신고 내려왔음을 깨닫는다. 윤순이는 이마의 땀을 쓰윽 닦고는 다시 4층으로 올라간다.

조회는 이미 한참 진행 중이었다. 유니폼에 촘촘하게 박혀 있는 단추 중 하나가 떨어져 나가서 블라우스와 블라우스를 이어주지 못하고 벌어져서 목 아래로 제법 깊숙한 곳의 살들이 보이고 있었다. 앞치마와 머릿수건을 손에 쥐고 백화점 안으로 들어서자 조회에 열중하고 있던 모든 점원들이 일제히 윤순이를 쳐다본다. 평소에도 광대뼈 주위가 볼그스레한 윤순이의 볼이 태양초 고추처럼 붉게 익어 있다. 머리 망 안에 들어가 있던 어중간한 길이의 단발 머리카락들이 삐죽삐죽 망을 빠져나와서 전체적으로 윤순이의 모습은 시골에서 막 상경한 촌스러운 여자처럼 보인다. 윤순이는 어깨를 절반으로 모으고 대열로 끼어 들어가자 사이코가 간만에 웃기는 소리를 했던지 좀 전까지만 해도 모두 웃고 있던 분위기가 갑자기 잠잠하게 얼어 버렸다. 모두들 허깨비를 본 모양으로 윤순이를 보고 난 눈들이 허공에 떠서 멀뚱거리고 있다.

"거기로 방금 숨어들어 간 생쥐가 누구지?"

조 대리가 말하자 모두들 질금질금 웃으며 윤순이를 쳐다본다.

"어이, 거기 생쥐 앞으로 나와 봐."

윤순이가 고개를 푹 숙인 채 움직임을 빨리 보이지 않자,

"나와. 안 나와? 내가 거기까지 가야겠어?"

조 대리의 목소리가 거의 사이코 스릴러물에 나오는 주인공 목소리 수준으로 돌변하였다. 윤순이가 고개를 푹 숙인 채 앞으로 나가자 조 대리의 입술이 한쪽으로 불균형하게 올라가 웃음을 흘린다.

"또 너야? 도대체가 몇 번째야? 아니 지금 시간이 몇 시야? 너라는 애 정신이 있니? 정신을 어디다 두고 다니니? 내가 너 하나 못 잘라서 이러고 있는 줄 알아? 불쌍한 실업자 하나 더 생길까 봐 내가 최대한 배려를 해주고 있는 거야. 길게 말 안 하겠어. 오늘이 마지막이야. 이 많은 사람들 앞에서 말하겠어. 마지막. 마지막이야. 가 봐."

손가락질까지 하며 윤순이를 몰아붙이던 조 대리가 목이 아프다는 시늉을 하며 조회를 일찍 끝내버린다. 모여 있던 점원들이 윤순이를 한 번씩 더 쳐다보며 각자의 매대로 가는 사이 맨 뒤에 서 있던 민선이가 윤순이를 툭 치며 옆으로 붙어 선다.

"어쩌자고 또 늦었어? 사이코 성질 몰라서 그래?"

"누군 늦고 싶어 늦은 줄 아니? 나도 늦는 거 이제 지겹다고."

저만치 냉동 매대로 가 버린 윤순이의 목소리에 놀란 민선이가 뒤따라간다.

"야아, 오늘 너 좀 조심을 해야겠더라. 내가 오늘 본 너의 운세가 좀 위태해."

종이를 쓰윽 꺼내들고 민선이는 냉동 소시지를 진열하고 있는 윤순이 옆에서 읽어대기 시작한다.

"한 고비 넘긴다 싶으면 두 고비가 기다리고 있다. 목을 옭아매는 사람이 한둘이 아니다. 잘해도 회초리를 받으니 오늘은 특별히 조심해야 한다. 마음을 비우고 오늘을 너그러이 보내야 큰 탈이 없을 것이다. 고진감래의 정신을 크게 새겨 넣어 오늘에 임해야 한다. 운세가 저조한 날이 있으면 좋은 날도 있을 터이니 오늘이 크게 화하도록 오늘 하루 잘 싸워야 할 것이다. 캬아 기가 막히다. 너 사이코한테 깨질 거 딱 맞혔잖냐. 사이코가 한 고비라면 또 다른 두 고비는 뭘까? 암튼 너 오늘 각별히 조심해라. 알았지?"

"너, 정말 할 일도 참 없구나. 매일 너 그 운세타령 좀 안 들었음 좋겠다. 운세타령 듣기 싫어 내가 잘리기 전에 그만두던지 해야겠다."

"어, 김윤순! 너 배짱 한번 두둑해졌는데. 아니야, 간이 부은 거야. 잘릴까 봐 사이코 눈치 보던 김윤순이가 아닌데. 아침 뭐 먹었어? 돼지간이라도 먹었어?"

"미역국 먹었다 왜?"

"미역국? 이렇게 비도 오는데 웬 미역국. 이런 날 미역국 먹고 쭈욱 미끄러지면 어떡할라고? 아참, 그리고 보니 오늘이 네 생일이구나."

손에 달라붙은 냉동 얼음을 털며 한숨이 배어 있는 목소리로 윤순이가 말했다.

"응, 우리 엄마 생일이야. 나만 미역국 실컷 먹고 왔어. 나라도 많이 먹어줘야 할 것 같아서."

"아, 그랬구나. 아침에 미역국 끓이느라 늦었구나? 그러게 나한테 물어보지, 나 미역국 잘 끓이는데."

민선이가 윤순이의 기분을 살피며 억지웃음을 지으며 말을 이어가고 있는 사이로 개점을 알리는 스피커 음이 들려오고 있었다.

"야, 이따가 이야기하자."

"응."

민선이는 우유와 치즈가 진열돼 있는 유제품 매대 쪽으로 달려가며 윤순이에게 소릴 지른다.

우산에 비닐 옷이 입혀진 사람들이 우르르 달려들고 있다. 백화점에서 특별히 기획한 화장지를 아주 싸게 한정 판매하고 있었다.

(중략)

가스 불을 줄이고 타버린 소시지를 버리지 못하고 그나마 덜 탄 소시지를 살피고 있는데, 사파이어 빛의 원피스를 호수의 잔잔한 물결같이 퍼서 입은 30대 중반의 여자가 앞으로 불쑥 들어와 섰다.

"아가씨, 다 탄 소시지를 시식하라고?"

"네?"

여자의 눈길이 자꾸 윤순이 왼쪽 가슴께로 간다.

"아니요, 그냥 보고 있었어요. 어떻게 탄 소시지를 시식할 수 있겠어요?"

"아가씬 너무 성의가 없는 거 같아."

그 말만을 남기고 가버린 사파이어 빛의 여자가 눈에서 깜빡거려진다. 암행을 다니는 모니터 요원이구나. 윤순이의 기분이 착잡해졌다. 오늘 왜 이렇게 꼬이지? 정말 민선이의 운세대로인가?

(중략)

"앗 뜨거워! 이 아가씨, 사람 잡겠네."

"손님, 죄송합니다. 많이 튀었어요?"

앞치마로 기름이 튄 손을 닦다 말고 티슈를 꺼내 아저씨의 손을 닦자,

"저리 치워요. 내가 닦을 테니, 티슈나 이리 줘요."

"죄송합니다. 괜찮으시죠? 많이 안 튀었죠?"

"아가씬 내가 괜찮아 보여요? 어떻게 조심성이 하나도 없이 튀기는 시식을 해요?"

티슈로 몇 번이고 같은 자리를 닦던 아저씨는 윤순이의 주눅 든 얼굴을 보더니,

"아가씨, 나 보상은 어떻게 해 줄 거야? 나 여기 튀었는데 말이야."

"네? 보상이요?"

"내가 조용히 넘어갈 테니, 으흠, 이 소시지 시식용으로 좀 줘."

"네? 그렇게는 안 되겠는데……."

"그래? 내가 조용히 넘어가주려고 했더니 내가 윗사람들 불러야 하

나? 내가 아가씨라면 소시지 몇 봉지 주고 그냥 넘어가겠어. 안 그래?"

"죄송합니다."

커다란 시식용 소시지를 세 봉지 들고 가는 아저씨의 등 뒤로 고개를 숙이며 인사를 하는 윤순이 옆으로 민선이가 와 서면서 기어코 불을 질렀다.

"뭐야? 저 뚱땡이 아저씨, 시식용 그냥 준 거야?"

"야, 오늘 왜 이렇게 엉키지?"

(중략)

"너어, 도망가면 못 잡을 줄 알고? 아직 어린 것이, 어디서 도둑질하는 것을 배워서?"

"애가 뭘 훔쳤어요?"

"네, 과자를 훔쳤어요. 너 안 일어나? 어서 일어나."

아이가 일어나지 못하고 계속 엎어져 있다. 윤순이가 아이를 일으켜 세우는데 아이가 힘없이 쭉 퍼진다. 게다가 아이의 이마에서 피가 흐르고 있었다.

"아!"

뒤에서 지켜보던 누군가의 비명이 들렸고,

"어머, 애기가 정신을 잃었나 봐. 저 피 봐. 얼른 119 불러요."

"애기야, 애기야, 정신 좀 차려봐."

겁이 덜컥 난 윤순이가 아이를 조심스럽게 흔들어보지만 아이는 아무 대답도 없다.

"세상에, 과자 하나에 애를 저렇게 피를 흘리게 만들었네. 불쌍한 것!"

"과자 하나 먹겠다고. 쯧쯧."

"애 부모가 알면 얼마나 가슴이 아플까? 불쌍한 것! 얼른 119 좀 불러요."

(중략)

왕언니가 얌전한 목소리로 윤순이에게 수화기를 건네준다.

"네, 제가 김윤순인데요. 애기가 많이 다쳤어요?"

점원들이 왕언니 방의 유리문 앞으로 몰려들어 있다.

"병원에서 전화 온 거 보니까, 아까 그 애가 크게 잘못됐나 봐."

"네? 저희 엄마요? 엄마가요? 언제요? 이모! 이모! 의사 선생님 말씀이 무슨 말이에요? 엄마가 죽다니요? 말도 안 돼! 안 돼!"

윤순이의 눈에서 눈물이 뚝뚝 떨어지자 왕언니의 눈도 불그스레해졌다. 수화기를 내려놓으며 윤순이가 혼자 중얼거렸다.

"케이크 사 들고 가서 엄마 생일 축하 파티 해주려고 했는데…… 엄마, 어떻게 그럴 수가 있어? 나 오늘 너무 힘들었는데, 엄마까지 이러기야?" (끝)

〈해설〉

해설 (1) 일상적인 체험을 어떻게 소설의 소재로 확장하는가

지은이가 아르바이트를 할 때 만났던 사람들 모두가 실제 인물이고, 엄마는 컨디션이 좀 좋지 않았던 것만이 실제 체험이다. 중심 소재는 유난히 나쁜 일들이 겹친 날의 경험들이 되는데, 사건 구조는 현진건의 「운수 좋은 날」을 닮았다. 여기서 중요한 것은 '어느 운수 좋지 않은 날의 이야기' 라는 중심 문제가 설정되자 '운수 나빴던 다양한 사건' 들이 집약됨으로써 소설 내용이 자연스럽게 풍부하게 확장될 수 있었다는 점이다.

해설 (2) 체험적인 소재에 작가는 어떤 의미를 결합하는가

흔히 습작기에 있는 작가는 많은 사건들을 늘어놓고 이를 수습하지 못하는 경우가 종종 있다. 이런 때는 일정한 주제를 투사시켜 솎아내기를 해야 한다. 가령, 하급 노동자들의 아픔을 고발하려는 주제를 설정했다면 여기서는 악덕 자본가의 입장에 충실한 조 대리나 왕언니의 교묘한 탄압을 중심 사건으로 설정해야 할 것이다. 아니면 현진건의 「운수 좋은 날」처럼 사회 전체의 열악한 삶을 조명하려면 등장인물들의 비참한 삶을 보여주는 사건들을 나열해야 한다. 이 소설은 단지 '운수 나쁜 여러 사건을 만나는 비극성'에 초점을 맞춤으로써 필요한 사건들이 자연스럽게 배열되었다.

그렇지만 소설은 주제를 먼저 정하고, 주제를 드러낼 사건을 정하는 연역적 접근보다 흥미 있는 사건에서 문제나 주제를 발견해 내는 귀납적 접근법이 더 일반적인 방법이라 할 수 있다.

해설 (3) 주제를 한 문장으로 기술해 보자

위의 글(학생 작품)은 '여러 운수 나쁜 사건들'을 겪게 된 한 여자의 고단한 삶의 여정을 보여준다. 굳이 정리하자면 '어느 샐러리맨의 고단한 삶의 아픔' 정도가 될 것이다.

해설 (4) 제목과 주제가 어떤 관계인지 살펴보자

여러 운수 나쁜 사건들을 연달아 겪는 여자의 하루 일과를 보여주려는 작가의 의도가 제목에 집약되었다.

해설 (5) 불필요한 요소들이나 부족한 점을 지적해 보자

대체로 사건들을 효과적으로 배열했으나, 누군가가 설치해 놓은 덫에 걸려들기만 하는 여자의 모습이 아쉽다. 즉, 사건이 인과 관계에 의한 전개가 아니라 나열되었다는 점이다. 특히 '사이코' '조 대리' '왕언니'와 같은 주변 인물들의 성격이 그런 대로 생동감 있게 살아 있는 반면에 정작 중요한 주인공의 캐릭터가 선명하게 형상화되지 못한 점이 아쉽다.

해설 ⑥ 소설적 긴장감을 유지하기 위해 소재(사건)를 어떻게 배열했는지 플롯과
　　　연관 지어 생각해 보자
　각각의 사건들을 시간 순서대로 늘어 놓되, 나름대로 사건들을 차츰 긴장감
있게 배치하는 기교를 발휘하고 있다.

해설 ⑦ 이 소설에서 반전은 어떤 역할을 하는가? 그리고 반전은 소설적 흥미
　　　와 주제를 부각하는 데 어떤 역할을 하는가?
　독자들이 '도둑질하다 잡힌 아이'를 근심하는 사이에 '엄마의 죽음'이라
는 마지막 카드를 준비해 두었다. 독자들은 실제로 이런 예상하지 못한 결말
에 신선한 감동을 느끼기도 한다.

해설 ⑧ 이 소설의 중요 사건들을 나열해 보자
　① 분주한 출근 길, 윤순은 치매있는 엄마가 생일 미역국을 토하는 바람이
　　　이를 수습하느라 출근 시간에 쫓긴다.
　② 지하철 역에서 나오자 갑자기 비가 쏟아져 흠뻑 젖는다.
　③ 옷을 갈아입으려고 락카실에 내려갔을 때 비로소 열쇠를 가지고 오지
　　　않은 사실을 알고 열쇠를 얻으려다 왕언니에게 조롱과 망신을 당한다.
　④ 결국 조회에 늦어 조 대리에게 다시 망신을 당한다.
　⑤ 소시지를 태우고 손님에게 기름이 튄다. 결국 소시지 상품으로 물어준
다.
　⑥ 도둑질하는 아이를 쫓는데, 그 아이가 크게 다치고 구급차가 출동한다.
　⑦ 아이에 대한 연락이 조마조마한 가운데 엄마의 죽음 소식을 접하고 털
썩 주저않는다.

해설 (9) 현진건의 「운수 좋은 날」과 어떤 공통점과 차이점이 있는지 살펴보자

「운수 좋은 날」이 인력거꾼 김첨지를 중심으로 「운수 좋은 날」의 사건을 다루는데 비해 윤순이의 '운수 나쁜 날'의 사건을 다룬다. 다른 점은 '운수 좋은 날'과 '운수 나쁜 날'의 차이 뿐이다.

해설 (10) 단점을 지적해 보자

단편소설에서는 체험적인 소재를 다루는 경우가 많아서 흔히 일인칭 주인공 시점을 선택한다. 위의 소설은 주인공 '윤순'을 '나'로 바꾸어도 문제가 되지 않는다. 가능한 일인칭 시점을 선택하는 것이 사실성 확보에 유리하다.

소재의 변형과 구상은 영롱한 보석을 만든다

소설 소재의 취사 선택 방법과 소설 구상 방법을 알아보자.

체험에서 얻어진 소재는 재해석, 객관화 또는 주관적인 체험의 내밀화 과정을 거치는데, 이는 체험을 흥미있고 의미 있는 소재로 바꾸는 과정이다. 체험의 재해석과 내밀화 과정은 소설적 효과를 효율적으로 드러내기 위해 사건들을 재배치하는 단계이며, 이를 구상이라고도 한다.

제5장 | 소재의 변형과 구상은 영롱한 보석을 만든다

1. 소설 소재의 의미와 작가 의식

소설의 소재란 작가의 직·간접 체험은 물론 작가의 상상에 의해 창조된, 소설을 쓸 때 동원되는 모든 재료를 의미한다. 소설 속에 사용된 사건이나 인물, 배경 등이 모두 소재라고 할 수 있다. 또 소설의 사건이나 에피소드, 소도구를 말하기도 한다. 특히 소설의 주제를 드러내는 중심 소재를 제재라고 하며, 소설 착상의 단초가 된 씨앗과 같은 소재를 모티브라 한다.

1) 작가의 체험은 때로 운명적이기도 하다

살아가면서 누구나 겪는 일이라 하더라도 일반 사람들에게는 단순한 경험일 수 있지만 소설가에게는 특별한 체험, 혹은 운명적인 체험으로 끌어올린다. 다시 말해 작가는 일반인들에게 평범한 체험도 재해석하여 아주 각별한 의미를 지니는 소설적 소재로 형상화해 낸다.

예를 들면, 소설가 이제하[12]가 20대의 어느 날 겪은 체험은 자못 의미심장하다. 6·25 동란에 참가했다가 포탄에 성 불구가 된 화학도(畵學徒)가 트럭 앞으로 뛰어든다. 그것을 피하느라 핸들을 꺾은 차량이 대신 전복되고 운전수가 불타 죽는다. 그 현장을 보는 순간부터 '나'는 '무엇에겐가 묶여 버린' 것을 깨닫고 어둠 속으로 끌려가며 울부짖는다.

저 사람예요, 저 사람이 차에 뛰어들었어요, 하는 소리가 들렸다. 당신이요?

하고 순경이 말했다. 순경은 내 팔을 잡았다. (중략) 개처럼 어디론가 나는 끌려가고 있었다. 그렇다. 어느 땐가 본, 네거리에서 낑낑대며 끌려가던 누런 기분 나쁜 그 강아지 새끼처럼 (중략) '타자(他者)'에 대한 자신'이라는 실존적 인식론이 내게는 이런 식으로나마 와 닿았던 셈이다.

이른바 실존주의 작가들이 만들어낸 인간형은 절대 고독에 빠진, 혹은 부조리한 존재로, 절망적인 삶의 벽으로부터 빠져나와 진실한 삶의 의미를 찾으려 하는 사람들이다. 그들은 절대고독이나 부조리가 진리이거나 가치 있는 것이 아니라는 점을 깊이 의식하고 있었다. 그러한 소설에서 인간들이 절대적인 가치로 인식하는 것은 보다 나은 삶을 추구하는 것이다. 작가는 스스로 허무주의적 관념의 함정을 팔 것이 아니라 독자들에게 보다 나은 삶의 길을 열어주어야 한다. 이것이 바로 작가의 역사의식이며 사회의식이다.

따라서 작가의 눈에 보이는 현실 사회는 부조리할 뿐만 아니라 늘 불안정하다. 작가들은 늘 낭떠러지 끝에 서 있는 듯한 사회 · 역사적 절망감을 겪으며, 문제에 부딪치고 물러서고 방관하고 외면하고 우회하면서 작가라는 순수 양심에의 호소를 위해 스스로 고통을 겪는다.

이처럼 작가가 만나는 체험적인 소재들은 항상 작가의식에 의해 정련되어 소설로 형상화되는 과정을 거치는 것이다.

2) 작가의 체험은 투철한 작가의식을 담금질해가는 과정으로 완성된다

소설가 황석영[13]이 걸어온 문학의 길은 투철한 작가정신의 면모를 엿볼 수 있는 좋은 예가 될 것이다. 황석영은 소설가로 데뷔한 뒤 10여 년간 떠돌이 생활과 베트남 참전 등으로 창작 활동을 중단한다. 그러나 이 시기의 체험은 1970년대 그의 문학을 꽃피우는 데 중요한 밑거름이 되었다. 황석영은 1970년 베트남 전쟁을 배경으로 한 단편 「탑」을 발표하면서 본격적인 창작 활동을 재개한다. 간척지 공사판의 날품팔이 노동자를 다룬 「객지」는 그 시기의 대표작이라 할 수 있으며, 발군의 노동소설로 평가된다. 그 뒤 분단 과정에서 처절하게 희생 당한 민중을 다룬 「한씨연대기」, 하층민의 애환을 다룬 「삼포 가는 길」을 연이어 발표하면서 1970년대 민중문학의 대표작가로 떠올랐다.

이 밖에도 광주민주화운동을 그려낸 『죽음을 넘어 시대의 어둠을 넘어』와 베트남 전쟁을 제3세계적 입장에서 그려낸 『무기의 그늘』을 연달아 발표했다. 1989년 평양을 임의로 방문한 뒤 국가보안법의 그늘을 피해 독일, 미국 등을 전전했고, 1993년 6월에 귀국하여 수감되었다가 1998년 석방되었다. 그후 『오래된 정원』(2000), 『손님』(2001) 등을 발표한다. 이 소설에는 그의 각별한 체험과 투철한 작가의식이 온전히 투영되어 있다.

2. 체험을 소설 창작에 효과적으로 활용하기

1) 체험이 객관화될 때 비로소 소설적 소재가 된다

작가의 체험은 재해석 과정을 거쳐서 소설로 형상화되는 과정에서 의미 있게 배치될 때 비로소 소설적 소재가 된다. 체험을 바르게 해석하고 주제를 드러내는 데 필요하고 적절한 구조물이 될 때 비로소 소설 소재로서의 의미를 갖게 된다는 뜻이다. 다시 말하면 주관적인 체험의 객관화 과정이다. 체험적 소재는 사회를 향한 문제나 주제를 제기한 총체적인 세계를 보여주는 예술적 구조물이라야 한다. 단순한 비극적인 팔자타령이 왜 소설이 될 수 없는지 이유를 알아야 한다.

2) 귀납적 접근이 일반적이지만 결국은 연역적 접근과 혼용된다

소설 창작 과정에서 주제를 먼저 정해 놓고 소재를 찾아 나서기보다는 재미있는 이야깃거리를 먼저 발견하고 이를 소설화하는 것이 일반적이다. 이 말은, 소설의 주제가 필수적이긴 하지만 주제에 얽매여 이야기가 답답하게 진행되기보다는 도리어 이야기 자체의 동력을 따라가며 활달하게 전개되어야 한다는 뜻이다. 결국 소설 창작 과정은 주제를 드러내는 연역과 주제를 향하여 소재들을 집중시키는 귀납의 두 방법을 서로 넘나들면서 조절하게 된다. 즉 주제에 따라 소재를 취사 선택하거나 변형하고, 다시 소재에 따라 주제가 변형되기도 한다는 것이다.

여기서 소설의 주제에 대해서는 소설가 박범신[14]의 견해를 참고할 만하다. "나는 가급적 내가 추구하려는 주제를 어떤 동그라미 안에 묶어두려 하지 않는다. 소설이 어차피 '사람들이 살아가는 짓거리'를 그려내는 것이라면 그만큼 주제도 다양할 수밖에 없기 때문이다. 즉 주제는 직접적이지 않고, 결국은 다양화된 감동의 틀에서 저절로 획득되어야 한다는 뜻이다."

3) 사회 현상이나 문제가 그대로 소설의 주제가 되지 않는다

소설의 소재는 현실문제 가운데서 선택되기 마련이다. 그렇지만 같은 현실문제가 소재가 된다 하더라도 작가마다 소설의 주제는 다르게 나타난다. 왜냐하면 현실의 문제들, 즉 소설의 소재들은 작가의 체험 범위와 방식, 그리고 세계관에 따라 새롭게 재해석되는 과정을 거쳐 다양한 양상으로 형상화되기 때문이다.

예를 들면 1920년대 식민지 시대 현진건 김기진 두 사람은 가난한 계층에 관심을 자진 것은 공통되지만 전자는 자본주의의 도덕성(보수, 관념, 도덕, 종교 등)을 통하여, 후자는 마르크스의 계급 투쟁 사상을 바탕으로 가난한 자의 계급 투쟁이 성공할 수 있다고 역설한다.

또, 같은 분단의 문제를 취급하지만 소재 해석이 다양하게 나타난다. 김원일은 아버지 중심의 사건으로, 이청준은 형과 가족 관계를 통해서, 현기영은 제주 4 · 3항쟁, 이문열은 아버지 콤플렉스로 나타나는 것이 예가 된다.

4) 시간의 변형은 소설의 문제나 주제를 효과적으로 드러내는 방법이 된다

체험 소재의 변형과 확장은 소설 형상화의 중요한 요건이 된다. 우선 소재의 요건은 신선하고 충격적이어서 새로운 문제를 제기할 수 있고, 독창적인 세계를 구축할 수 있어야 한다. 먼저 주제 문제가 대두된다.

자신이 체험한 다양한 삶이 온전히 소설의 소재가 되는 것은 아니다. 다른 사람과의 변별력이 있는 각별한 체험이거나, 그것이 작가 개인의 새로운 해석 과정을 거쳤을 때 비로소 가치 있는 소재가 될 것이다. 그리고 소재로 채택된 체험이나 사건은 주제나 문제와의 연관 속에서 특히 시간을 효과적으로 변형시킨다면 한층 의미가 집약될 수 있다.

이런 사건들의 재배치나 시간 변형은 소설 전개의 효율적인 수단이 되기도 하고, 과감한 생략으로 대신되기도 한다. 예를 들면 박태원의 자전적인 소설 「소설가 구보씨의 일일」은 미혼이며 홀어머니와 함께 사는 소설가 구보씨가 서울 거리를 배회하면서 느끼는 내면의 방황과 세태 풍속을 하루 일과를 통해 그린 작품이다. 반면, 이제하의 「유자약전」은 유자라는 한 인물의 전 생애를 짧은 단편 한 편에 담은 것이다. 전자는 시간을 촘촘하게 운영했고, 후자는 시간이 빠르게 흐른다.

5) 어느 시기의 무엇을 중요하게 다루느냐는 중심 소재의 활용 문제이다

『홍길동전』은 홍길동이 서자로 태어나 우울한 유소년기를 보내는 과정, 의적으로 활동하는 청년기, 율도국을 건설하고 죽음에 이르는 만년기 등 일대기를 다루지만, 작가가 일생에서 중요한 시기를 언제로 잡느냐 의도에 따라 소재 선택이 달라진다. 대체로 고대소설은 태어나서 죽을 때까지 일대기를 다양한 사건을 통해 보여준다. 이때 인물은 보편적이고 전형적이며, 배경은 추상적이고 낭만적일 뿐만 아니라 현실보다 과장된 상황이 제시되곤 한다. 그러나 현대소설은 특히 중요한 삶의 단면을 집약해서 보여준다. 현대 소설은 비교적 사건이 단순하고 집약적이며, 인물이 개성적이고 개인적이다. 사건 전개 또한 개연성이 있어야 하고 사실적이어야 한다.

그렇지만 소설은 어떤 경우든 어느 시기의 소재(사건)를 중심으로 다루느냐가 정해지게 마련이다. 예를 들면 『홍길동전』은 적서 차별이 만연한 세상에 불만을 품고 가출하여 무술을 연마하고, 활빈당을 조직하여 활동하는 시기가 중심이다. 현대소설은 이보다 집약적이어서, 최인훈의 『광장』의 경우 이명준이 이데올로기 문제로 갈등을 겪는 청년시절(해방공간기와 6·25)에 겪는 사건을 중심으로 전개하고 있다.

6)소설 소재는 사건, 에피소드, 소도구 등 다양한 층위로 형성된다

소설의 소재는 중심 사건이나 부수적인 사건, 에피소드, 소도구 등이 긴밀하게 호응하면서 다양한 층위를 이룬다. 이런 소재들은 하나의 통일된 구조 안에서 조화를 이루어야 한다. 이 가운데 특히 중심 소재를 제재(題材)라 한다. 에피소드는 사건 흐름에서 인과관계와는 무관하지만 이야기의 흐름을 원활하게 하거나 흥미를 북돋워 주는 역할을 한다.

소도구는 사건과 사건의 연결은 물론 과거 장면과 현재 장면을 유기적으로 연결시켜 주는 고리 역할을 하거나, 이미지 연결을 통해 이야기의 흐름을 자연스럽게 하는 기능을 감당하기도 한다. 예를 들면 담배 파이프를 보고 돌아가신 아버지를 회고하거나, 특정한 사람의 각별한 전화를 받으면서 지난 역사를 뒤돌아보는 것은 소도구를 통해 자연스럽게 소설이 전개되는 전형적인 유형이다. 소도구는 사건과 사건을 연결하기도 하고, 동일하거나(혹은 정반대) 유사한 이미지를 통해 과거와 현재를 자연스럽게 이어주기도 한다. 예컨대 눈보라가 몰아치는 어느 날(현재), 어렸을 때 눈보라치던 날의 누이와의 결별(과거)을 기억하는 것이 이에 해당한다. 뿐만 아니라 유사한 상황을 통해 사건이 연결되기도 하는데, 현재의 최루탄 총성을 통해 과거 6·25와 4·19 역사를 돌아보는 전개도 소도구를 통한 자연스러운 이미지 연결이다.

이 같은 사건 연결이 때로는 역설적인 상황 속에서 이루어지기도 한다. 예를 들면 할머니의 죽음에 이어 손자가 탄생하는 역설적인 사건 연결을 통해 삶과 죽음이라는 순환적 진리를 자연스럽게 보여주기도 한다.

7) 번호를 매기거나 소제목을 달아 장을 구별하기도 한다

소설 중에 본문에 번호를 매기거나 소제목을 다는 경우가 있다. 이는 작가의 독창적인 소설 작법의 하나로 볼 수도 있지만, 대개 소재가 전혀 다르거나 시간을 뚜렷이 구별해줄 필요가 있을 때, 또는 사건의 연결 고리가 애매할 때 소제목을 붙이거나 번호를 붙여 독립시켜 주기도 한다. 그렇지만 어느 경우든 소설의 통일된 구조를 형성하기 위한 방편이라는 사실을 잊어서는 안 된다.

3. 소재의 변형과 소설 구상의 실제

1) 소설의 구상은 '어떤 집을 어떻게 지을까'의 문제와 같다

대개 작가들은 소설을 쓰기 전까지 사건 전개는 물론 인물, 배경 등에 대해 막막한 상태에 놓여 있기 마련이다. 이는 아직 구체적인 줄거리를 완전하게 갖추지 못했다는 뜻이다. 많은 경우 소설 창작 과정은 이렇게 골격만을 세워놓고 집필해가면서 세부 문제는 그때 그때 해결해 나가기도 한다. (제1장에서 일단 '소설 창작 여행 떠나기'를 종용했다.) 그러나 대개의 경우 작가가 처음 계획했던 대로 소설이 진행되기도 하지만 엉뚱한 방향으로 전개되기도 한다. 이처럼 소설 쓰기란 추상적인 줄거리에서 시작하여 차츰 완성도를 높여 가는 과정이다. 집필 초기에 작가의 머릿속에는 줄거리는 물론 주제나 정서 등이 불완전한 상태로 혼재되어 있어서, 작품 계획이 매우 엉성해 보이기도 한다. 비록 어려운 문제가 따르지만 그래도 가능한 한 소설 구상이 섬세할수록 작가의 의도에 충실한 작품을 쓸 수 있다.

소설의 구상 단계를 집짓기에 비유하면, '어떤 집을 지을까' 하는 계획을 세워 이에 필요한 재료들을 모으고, '어떻게 집을 지을까'를 계획하기까지의 단계라고 볼 수 있다. 그렇지만 '어떤' 집을 '어떻게' 지을까 하는 문제는 거의 동시에 적용된다.

2) 주제와 소재의 두 기둥 세워 나가기

소설 쓰기에서 구상은 '주제와 소재의 기둥 세워 나가기' 과정이다. 소설은 이 둘의 조화 속에서 기울어져 있는(불확실한 소재들) 기둥을 차츰 바르게 세워 나간다. '이야기는 있는데 무엇을 드러내려 했는지 모호하다.'는 소설 평은 주제가 뚜렷하지 않거나 실종되었다는 뜻이다. 실제로 습작생들의 소설에서 흔히 만나는 평이다. 이는 이야기 전개에 치중하다가 주제를 소홀히 한 경우이다. 그렇다고 집필 과정에서 주제를 지나치게 의식하다 보면 재미없는 이야기가 되고 만다. 결국 효과적인 구상이란 재미있는 이야기 안에 주제를 싣는 일이다. 이는 소설적 재미와 주제가 변증법적으로 조화를 이루어야 한다는 뜻이고, 소설 쓰기는 두 기둥을 효과적으로 조절해 가는 과정이다.

3) 개요 만들기 과정

일단 스토리를 계획할 때는 중요한 사건들이나 에피소드를 시간 순서에 따라 배열한다. 물론 사건은 인물이 벌이는 행위이므로 공간 및 시간과 밀접한 관계가 있다. 또 이는 인물의 등퇴장 문제와도 관련이 있다. 예를 들어 누군가가 서울-대전-부산-광주로 옮겨 다니며 범죄를 벌였다면 인물의 이동과 함께 시간이 흘렀다고 볼 수 있다. 시간과 공간 배경은 동시 개념이며 유기적인 관계라는 사실을 알 수 있다.

어쨌거나 필요한 사건들을 필요에 따라 늘어놓는 일이 중요하다. 그리고 이를 자연스럽고 유기적으로 결합시켜 계획을 세워 가는 과정이 개요 만들기이며, 이는 '소설 창작'의 한 과정이다.

4) 에피소드와 예비적인 플롯 정하기

개개의 사건이나 모티브는 작품의 중심 플롯을 만드는 데 필요한 요소들이다. 소설을 구상할 때 첫 사건부터 마지막 사건까지 일목요연하게 완전한 틀을 구상하기란 결코 쉬운 문제가 아니다. 따라서 우선 개요에 따라 사건을 배열할 수밖에 없다. 이렇게 먼저 큰 흐름을 잡아놓은 뒤에 작은 장면들이나 사건 또는 소도구들을 빼거나 추가하면서 조정해 나간다. 마찬가지로 인물들도 개요 단계에서는 예비적으로 설정되는데, 중심 인물의 움직임에 따라 주변인물을 배치해 나간다. 이때 누구의 눈으로, 어떻게 이야기를 전하느냐도 결정되므로 '이야기를 전하는 틀(이야기 방법)'도 자연스럽게 결정된다. 이때의 사건 및 에피소드들은 위치를 자유자재로 바꿀 수 있는 하나하나의 '카드'로 이해하면 좋다. 여기서 카드란 배열의 유연성을 뜻한다.

개요 단계에서 배열된 사건 카드들은 구상 단계에서 카드의 배열을 바꾸고, 내용을 늘리거나 줄이는 과정을 거치게 되는데, 이는 소설의 줄거리를 만들어가는 과정이다. 이 단계에서는 효과적으로 이야기를 전달하기 위한 소도구·에피소드의 첨삭과 사건 순서 바꾸기가 활발하게 이루어진다. 이는 플롯 구축 과정이며 이야기가 소설로 발전하는 과정으로서, 작가의 역량이 가늠되는 출발점이기도 하다. 그래서 작가들은 플롯 구축 과정에서 오랜 시간 서성이며 고심한다. 물론 이런 계획과 실제 형상화된 소설이 반드시 일치하는 것은 아니다. 또한 이 단계는 필요없는 소도구나 에피소드, 사건, 인물

혹은 불필요한 대화가 끼어들지 않도록 하는 과정이기도 하다.

5) 소설 구상 과정, 이렇게 점검하라

유능한 목수가 설계도만 보고도 완성된 건물을 눈앞에 선명하게 떠올릴 수 있는 것처럼, 유능한 작가라면 소설을 어떻게 시작하고 전개시켜 어떻게 결말을 지을 것인지 구상할 수 있어야 한다.

결국 소설이 이야기라면, 가장 간략하게 '누가 무엇을 했다'는 것으로 요약할 수 있으며, '누가'라는 행위자와 '무엇을 했다'는 사건의 내용이 기본 출발점이 된다. 거기에서 '어떻게'나 '왜'와 같은 방법과 이유, '언제'나 '어디서'와 같은 시간과 공간적 요소들을 하나하나 나열하고 중첩시켜 가는 과정이 소설 구상의 핵심이다.

소설의 구상 과정에서 소설의 주제나 문제의식을 효과적으로 드러내고, 좀더 사실적으로 이야기를 전개해 나가기 위한 개연성 있는 사건 배열, 문학적 정서(흥미)를 효과적으로 드러낼 수 있는 표현의 도입 등이 총제적으로 계획된다. 이는 결국 사건들을 늘어 놓고 인물과 배경, 이야기를 전하는 틀을 정해가는 과정인데, 이 단계에서 소설의 틀이 완전히 잡혀가기도 한다.

소설의 구상 과정이 끝났다면 첫째, '주제에 따른 소재의 선택은 바르게 되었는가', 둘째, '주제나 문제의식을 드러내기 위한 기본 틀 짜기는 적절한가'를 중심으로 점검한다.

4. 소설 창작 실습

여기서는 가장 주변적이고 체험적인 소재라 할 수 있는 '아버지'를 소재로 소설을 구상하고, 실제 집필해 보자. 개인에 따라 '아버지'라는 소재가 특수할 수도 있겠지만, 한층 진전된 소설적 상상에서 출발해 보자.

어느 날 갑자기 한 집안의 가장이 죽음을 맞이한다는 소재를 모티브로 하여 「아버지」라는 제목의 소설 한 편을 써 보자. 우선 다음 문제를 검토하면서 접근해 보자.

(1) 아버지의 죽음으로 한 집안의 가세가 기울어가는 이야기를 쓰겠다면, 평소에 알고 있던 불행한 가정에 대한 이야기를 바탕으로 주제를 정한다.

(2) 관련된 이야기에 대한 체험이나 정보가 부족한 상태라면 현실 문제를 기준으로 가(假)주제를 설정하고, 먼저 아버지의 죽음이 돌연사(비관 자살, 투쟁 사고사)인지 또는 자연사(암, 지병 또는 노환)인지와 같은 소설 전개를 구상하는 것으로부터 '소설 창작 여행'을 떠나 보자.

(3) 주제 방향에 따라 사건 전개 양상이 달라질 수 있는데, 아버지의 죽음이 가족 구성원의 행복을 위한 희생이었다고 보느냐, 아버지가 부도덕한 고용주에 저항하다가 부당하게 해고되었다고 보느냐에 따라 사건 전개 양상이 달라질 것이다.

(4) 아버지가 병사(病死)했다고 하더라도 아버지 자신이 암인 줄 알고도 가족의 행복을 위해 이 사실을 끝까지 숨기고 가족을 돌보다 사망했다는 식으로 이야기가 전개된다면 '아버지의 거룩한 희생'이 주제로 부각될 수 있을 것이다.

(5) 위와 같은 사항들을 고려하되, 자신의 체험을 바탕으로 자유롭게 소설을 구상하고 실제로 한 편의 소설을 완성해 보자.

"플롯이란

소설적 감동을 위해 만든

이야기의 틀이다."

제6장
플롯은 소설의 꽃이다

플롯(構成, Plot)을 소설의 꽃이라 한다. 플롯은 작가의 소설적 기교가 잘 드러나는 소설의 요소로, 삶의 현장에서 만나는 일상적인 이야기를 플롯으로 바꾸는 것이 바로 소설의 창작 과정이기도 하다. 이와 같은 소설 창작 과정은 고치 속에 들어 있던 누에가 딱딱한 껍질을 뚫고 나와 푸른 하늘을 비상하는 나비로 변신하는 것에 비견될 만하다.

제6장 | 플롯은 소설의 꽃이다

1. 플롯은 소설적 흥미를 위한 인위적인 틀이다

우리가 현실에서 만나는 사건 기사는 한낱 이야기일 뿐이다. 즉 소설을 기준으로 보면 소설적인 짜임을 갖추지 못한 재료일 뿐이다. 이러한 날것의 소재에 작가의 주제나 문제의식이 효과적으로 투영되고, 소설적 흥미와 긴장을 위해 사건의 질서를 교체하거나, 사건을 집약하거나, 혹은 확장하는 과정을 거쳐 비로소 소설이 된다. 즉 스토리에 일정한 내부 질서를 부여하여, 기-승-전-결과 같은 상승과 하강 국면이 포함된 의미 있는 구조물로 만들어 낸 결과물을 플롯이라 한다. 달리 말하면 플롯은 서사적 흥미나 주제, 문학적 정서를 드러내기 위해 만들어 낸 인위적인 질서를 가리킨다.

소설의 플롯을 건축으로 비유하면 설계에 해당하며, 사전적인 정의에 의하면 스토리를 엮어 내는 틀을 말한다. 때로 플롯은 소설 전체의 뼈대를 뜻하는 말로 쓰이기도 한다.

먼저, 이야기(스토리)와 플롯의 관계를 정리해 보자. 스토리가 자연의 시간 흐름에 따른 개념이라면 플롯은 이 스토리를 소설적 재미와 감동을 위해 시간적 순서와 무관하게 새롭게 구성한 것이다. 즉 소설적 감동을 위해 인위적으로 질서를 바꾼 구조물이다. 따라서 소설 쓰기란 스토리를 플롯으로 바꿔 가는 과정이라고 할 수 있다. 그래서 플롯으로 만드는 과정을 '인과에 의한 사건 질서의 변형' 이라고 표현하기도 한다.

2. 플롯은 모든 서사 장르의 바탕이다

일반적으로 플롯은 모든 서사문학 양식의 근간이 되는 짜임새라고 할 수 있는데, 이야기를 흥미있게 하고, 의미 있게 하며, 예술적 감동이 우러날 수 있도록 계획한 틀을 말한다.

플롯은 이야기를 구성하는 사건의 연속체이다. 소설에서 인물의 행위(사건)가 정서적이며 예술적인 효과를 달성하기 위해서는 질서정연하고 통일성 있게 배치되지 않으면 안 된다. 특히 러시아 형식주의자들은 이를 '슈제(sujet)'라 부르는데, 플롯이라는 의미보다 예술적인 기교를 중시하는 의미로 사용된다. 즉 플롯을 '의도된 질서'라고 하는 것은 그것이 예술성이 충실하게 반영된, 유기체적인 정교한 예술적 질서를 의미한다.

그러나 위의 정의는 너무 단순한 감이 없지 않다. 실제 작품에서 인물의 행위는 특정한 인물의 성격을 떠나서는 생각할 수 없다. 소설에서 인물의 행위는 인물의 성격과 사상, 그리고 사건의 전개를 구체적으로 보여주는 요소이기 때문이다. 또한 인물의 행위는 배경, 이야기 방식, 문체 등과 같은 소설의 여러 요소와도 총체적으로 연관을 맺는다.

플롯이 사건의 배열이긴 하지만 자칫 오해의 여지가 있다. 소설은 의미 있는 사건의 연쇄인 동시에 의미 있는 행위의 집합이다. 인물의 행위가 의미 있는 것이 되기 위해서는 그 인과 관계가 분명해야 한다. 그렇지 않을 때 인물의 행위는 어떤 의미도 갖지 못할 뿐 아니라 소설을 파탄에 빠뜨리기도 한다. 따라서 플롯은 한 인물의 행위 나열이 아니라 작품의 주제와 소설적 긴장감이 제시될 수 있도록 인과 관계가 분명한 틀이어야 한다.

3. 플롯의 단계별 특징

아리스토텔레스는 『시학』에서 "플롯은 일정한 길이를 가진 전체이며, 시작 · 중간 · 결말을 갖는 구조물"이라고 했다. 모든 글은 도입 단계, 전개 단계, 결론 단계가 있다는 뜻이다.

1) 플롯의 전개 과정

플롯을 몇 개의 단계로 나누어 설명하는 것은 플롯의 전개 과정을 바르게 이해하기 위해서이다. 소설의 플롯 구분은 연구자에 따라 다양하게 제시된다. 플롯의 중심을 갈등이라고 주장하는 사람들은 발단(exposition), 발전(development), 절정(climax), 해결(resolution)의 네 단계로 나누고 있다. 브룩스와 워런은 『소설의 이해』에서 플롯을 발단, 분규, 절정, 대단원의 4개 단계로 분석하고 있다. 또 플롯을 4단계, 5단계, 6단계로 나누어 보는 사람들도 있지만 이는 어디까지나 편의적인 분류이며, 아리스토텔레스의 시작, 중간, 결말을 보다 세분화한 설명에 지나지 않는다.

2) 플롯 구조의 예

서사에서 플롯이 어떻게 설정되는지 다음 만화를 통해서 고찰해 보자.

(1) 우체부의 눈을 통해 어떤 사연을 간직하고 있음직한, 베일에 싸인 미지의 소녀의 모습이 제시되었다. - 발단

(2) 소녀에게 배달되는 편지는 없다. 그러나 사람이 아닌 자연에서 배달되는 소식에 흡족해하는 소녀의 모습이 한층 선명하게 나타난다. 우체부는 여전히 소녀에 대한 호기심을 갖고 있다. - 전개

(3) 어느 날, 우체부는 소녀의 빈자리를 알게 된다. - 위기

(4) 우체부는 이장을 만나 소녀가 죽었다는 소식과, 그 소녀의 애틋한 사연

빨간 자전거

http://cartoon.media.daum.net/webtoon/viewer/632

Vol. 17 하얀소녀

김동화

편집 : (주) 위이비미디어

을 듣게 된다. 이는 극적인 장면이어서 짧다. - 절정

(5) 우체부는 보건소 한쪽에 마련된 소녀의 쓸쓸한 영안실을 찾아가 들꽃과 개울물로 소녀를 조문한다. - 결말

위의 이야기는 고운 마음씨를 지닌 한 소녀의 죽음을 소재로한 서사 전개이다. 소녀의 애틋한 죽음이 평화로운 농촌을 배경으로, 역시 따뜻하고 착한 우체부의 눈을 통해서 전해진다. 작가는 이 이야기를 효과적으로 전달하기 위해 의도적으로 시간 질서를 교체하였으며, 소녀가 농촌으로 들어와 죽음을 맞게 된 사연을 단지 몇 줄 서술로 요약해서 보여준다.

이를 좀더 분석해 보면, 소녀를 바라보는 우체부(관찰자)의 시점과 거리와 위치, 이야기를 전개해 나가는 방법, 소녀의 정체(사연)를 밝혀 가는 방법, 소녀와 우체부라는 두 인물의 정서적인 진술 등이 조화를 이루어 하나의 완결된 구조를 이루고 있음을 알 수 있다. 결국 이 이야기는 독자에게 '소녀와의 짧은 만남'을 통해 '긴 여운'을 전해주는데, 이때 감동의 핵심은 자연적인 시간 질서가 아닌, 작가가 인위적으로 재배치한 시간 질서를 통해 만들어진 것임을 알 수 있다. 이것이 바로 플롯의 힘이다.

이처럼 플롯은 효과적인 전달을 위해 새롭게 이야기 질서를 바꾼 흐름을 말한다.

3) 플롯의 단계별 요건

(1) 발단은 전개 방향을 제시한다

발단은 플롯의 첫 단계로, 암시적이고 상징적인 부분이다. 주된 인물이나 뼈대가 되는 갈등 양상이나 문제를 직·간접으로 제시한다. 그러나 '옛날 옛적에 한 사람이 살았는데'와 같이 막연하고 전형적인 시작을 의미하지는 않

는다. 발단 단계에서 중요한 것은 이후에 전개될 이야기(주제)와 갈등, 그 중심인물을 암시 또는 제시하고, 그것을 스토리와 사건으로 풀어나갈 수 있는 단초를 제시하는 것이다. 따라서 발단은 소설 전체의 주제 및 소설의 문제의식과 깊이 관련된다.

다시 말해 발단 단계에서는 인물의 캐릭터가 소개되어야 하고, 배경이 정해져야 하며, 소설의 기본 상황(갈등)이 제시되어야 한다. 한마디로 소설 전개의 방향과 윤곽이 어느 정도 드러나야 한다.

(2) 전개는 본격적인 이야기 마당이다

발단에서 나타난 갈등이 구체화되면서 점차 심화되는 과정이다. 갈등은 발단에서 제시된 인물의 새로운 면모을 제시하면서, 베일에 가려졌던 인물의 성격과 행동이 점차 드러난다. 전개 단계는 사건이 본격적으로 벌어지고, 인물들의 갈등이 부각되며, 혹은 심화 확산되면서, 양적으로도 소설 전체에서 가장 많은 부분을 차지하게 된다. 전개 과정에서 중요한 것은 끊임없이 긴장을 구축해 나갈 뿐만 아니라 스토리에 주어진 독특한 상황에서 문제를 발전시켜 나가는, 사건과 인물이 상호 작용하는 부분이다. 사건이나 인물의 갈등 양상이 얼마나 많이, 다양하게 나타나느냐에 따라 장편소설과 단편소설이 정해지는 것도 이 단계에서이다.

(3) 위기는 전개되는 사건에 변화를 주는 단계이다

전개 단계에서 제시된 모든 갈등과 사건이 하나의 사건으로 집약되거나 새로운 단계로 진전되는 단계이다. 위기의 다음 단계인 절정은 상승하는 사건의 최고 정점으로서, 갈등 속에 얽힌 여러 힘이 가장 팽팽하게 대립하는 순간이라고 말할 수 있다. 위기는 이러한 절정이 가능하게 하는 동력을 만들어 내는 단계인 것이다.

(4) 절정은 가장 극적인 단계가 된다

절정, 즉 클라이맥스는 갈등이 최고로 고조되는 단계이다. 주인공의 운명의 전환점인 동시에 팽팽하게 대립하던 갈등이 마침내 해결되는 단계이기도 하다. 따라서 이 단계는 가장 극적인 단계가 된다. 작가가 가장 기술적으로 다뤄야 할 부분이 바로 이 단계이며, 작가의 예술적 재치나 역량이 발휘되는 곳이다. 주제도 절정과 결말(대단원) 사이에서 드러난다.

소설의 전체적인 의미가 드러나는 결정적인 순간인 '결정적인 계기(key moment)' 혹은 장차 제시될 결말에 대한 계시도 이 클라이맥스에서 나타난다. 그러나 절정 단계에서는 중심 갈등 외에도 종속적인 갈등이 새롭게 나타나기도 한다.

어떤 소설은 절정이 작품의 시작 단계에 오기도 한다. 이 경우에는 주인공의 행위가 점차 하강 곡선을 그리게 될 것이다. 작가는 작품을 구상하는 단계에서 절정을 어떻게 설정하는 것이 가장 효과적일까를 고심해야 한다. 이 절정 내용에 따라 플롯 전개가 달라지기 때문이다.

(5) 결말은 감동의 긴 여운을 줄 수 있어야 한다

결말은 작품 전체의 끝맺음이므로 앞의 어떤 단계보다 고도의 예술적인 테크닉이 요구된다. 결말을 어떻게 맺느냐 하는 것은 소설 작법의 형태적인 기술 문제이면서 주제를 어떻게 표출하느냐 하는 문제와 관련되는 중대한 과제이다. 이 단계에서는 그동안 얽혔던 모든 문제의 매듭이 풀린다. 인물의 갈등이 명확히 종결되고 모든 사태가 일단락을 이루는 것이다. 즉 인물의 성공과 실패가 결정되며, 독자가 인물의 성격과 심리를 마침내 완전히 이해하게 된다. 결말은 흔히 상식적이고 정상적인 흐름보다는 반전의 방식으로 제시된다. 절망 끝에 내일의 새로운 태양을 기다리는 것처럼, 문제 해결과 함께 새로운 출발을 제안할 수 있어야 한다.

4. 플롯과 소설 창작의 실제

플롯이 소설의 흥미와 의미를 효과적으로 드러내기 위해 처음-중간-끝의 계획된 구조를 가져야 한다는 말은 사건을 인위적으로 구성해야 한다는 의미를 포함한다. 그렇지만 플롯은 '꾸미면서도 꾸미지 않는 자연스러운 틀'이어야 한다는 사실을 잊지 말아야 한다. 즉, 소설의 플롯은 인위적인 것이지만 그 자체는 지극히 자연스러운 질서라야 한다.

1) 시간 질서의 변형은 플롯의 첫걸음이다

소설에서의 시간 질서의 변형은 소설적 흥미나 긴장 또는 주제나 의미를 보다 충실하게 드러내거나, 문학성을 부여하기 위한 가장 기본적인 창작 기술이며, 첫걸음이 된다.

2) 소설의 시간에, 과거는 짧고 현재는 길다

인물들의 행동과 생각은 현재의 자각을 중심으로 하면서 과거와 현재를 넘나들며 전개된다. 예컨대, 알베르 카뮈의 『이방인』의 주인공 뫼르소가 양로원에 있던 어머니의 사망 소식을 전해받고, 애인 마리와 영화를 보고 돌아와 정사를 나누고, 해변에서 살인 사건이 일어나는 것들은 모두 특정한 공간에서 벌어지는 인물의 행동이며 사건들이다.

소설의 시간은 대체로 세 개의 차원으로 구분된다. 소설의 사건이 벌어지는 시간, 그것에 관해 작가가 쓰고 있는 현재 시간, 역사적이며 현실적인 시간이 그것이다. 이때 역사적·현실적인 시간은 곧 독자가 소설을 실제로 읽는 현실의 시간이다. 또는 소설의 시간을 플롯의 시간과 독서의 시간으로만 구분하기도 한다. 플롯의 시간은 서사물에서 의미화된 사건들이 지속되는 시간을 말하며, 독서의 시간은 그것을 읽는 독자의 시간을 말한다.

3) 소설의 사건은 인과관계에 따라 자연스럽게 흘러야 한다

소설은 인물들이 벌이는 행동과 사건의 연쇄적인 과정인데, 달리 말하면 이것은 곧 시간의 연쇄라는 뜻이다. 시간은 소설 속의 인물이 어떤 사건에 뛰어들고 다시 결말을 지으러 나오기 위한 조건이다. 이처럼 인물과 사건은 시간에 뿌리 내리고 있다. 소설 속의 모든 사건은 결국 시간 속에서 일어나는 일이며, 소설 속의 모든 인물들 또한 시간의 연속성 안에서 생각하고, 일하고, 사랑하고, 행동하는 것이다.

4) 플롯은 특히 인과관계가 강조되는 기능적인 서술이다

'왕이 죽자 왕비도 죽었다'는 단순한 이야기이고, '왕이 죽자 슬픔을 못이겨 왕비도 죽었다'는 플롯이다. 시간의 연속성은 둘 다 공통적으로 존재하지만 전자는 시간적으로 전후 관계를 갖는 별개의 두 사건이지만 후자는 인과관계가 있는 연쇄적인 사건이기 때문이다. 이때 후자는 '왕비가 죽었다. 죽음의 원인을 아는 사람이 하나도 없었는데 왕이 죽은 이유가 슬픔 때문이라는 사실이 밝혀졌다.'는 내면의 흐름이 있는 플롯이며, 왕의 죽음이 왕비를 사랑한 누군가의 음모 때문이라는 의혹이 제기되면 더욱 흥미진진한 소설로 발전하는 서사 형태가 될 것이다. 이때 독자들은 '그래서?, 그 다음에는? 과 같은 호기심을 갖게 되며, 플롯 만들기는 이렇게 끝없이 긴장감을 지니도록 인과 관계를 유지시켜 가야 한다.

5) 자연스러운 이야기와 인위적인 플롯

이야기는 "시간의 연속에 따라 정리된 사건의 자연 진술"이다. 이에 반해 소설은 사건들 사이의 인과관계가 설정되는데, 이 인과관계는 명확한 논리적인 맥락 위에 세워져야 한다. 이야기는 소설이 되기 전의 상태이고, 이것이 구조적인 논리, 즉 플롯을 가질 때 비로소 소설이 된다. 따라서 훌륭한 소설이란 "신비를 안고 있는 플롯"이며, 그것은 언제나 "고도의 발전이 가능한 형식"을 이루고 있다.

따라서 이야기를 인과관계에 따라 재배열한 것을 '플롯'이라고 한다. 플롯에는 그것을 구성하는 단위들이 있다. 각각의 단위는 수없이 작은 사건들과 에피소드들을 포함하고 있다. 플롯은 사건이 시간 순서에 따라 단순하게 배열되는 것이 아니라 극적인 기대감, 서스펜스, 감정 및 만족감이 유지되도록 사건을 인위적으로 재배열한 것이다.

6) 플롯 유형은 일정한 이야기 전개 방식을 말한다

지금까지 이 세상에는 많은 소설이 나와서 독자들에게 감동을 선사해 왔다. 이 소설들은 일정한 플롯 유형으로 구분할 수 있다. 이런 플롯 틀을 익히는 것은 소설을 좀더 개성적으로 집필할 수 있는 방법이 된다. 예를 들면 미국 서부 영화와 중국 무협 영화의 플롯은 행복-불행-행복의 플롯 유형이라는 점에서 유사하다. 즉, 어느 날 주인공이 참변을 당하는데, 천신만고 끝에 주인공이 원수를 갚게 된다는 이야기는 전형적인 플롯으로, 이를 '원수 갚기' 혹은 '복수 플롯 유형'이라고 한다. 이러한 플롯 유형을 익혀 두면 자유로운 창작 작업에 활용할 수 있다.

7) 소설 창작에서 플롯 원형을 다양하게 응용할 줄 알아야 한다

플롯의 관점에서 보면 소설 창작이란 기존하는 이야기 전개 방법을 응용하여 새롭게 덧입혀 가는 일이다. 즉, 소설이 독창적이라는 것은 아무도 사용해본 적이 없는 전혀 새로운 플롯을 만든다는 의미가 아니다. 일정한 유형의 전개 방식(플롯) 안에 새로운 이야기를 담는 것이 바로 독창인 것이다. 소설의 플롯이란 보편적인 인간의 삶을 반영하는 것이기 때문에 만약 어떤 작가가 지금까지 누구도 사용해본 적이 없는 플롯을 창조했다면 그것은 현실성이나 사실성이 없는 소설일 가능성이 크다. 따라서 좋은 작가가 되려면 '이미 존재하는 플롯'의 여러 유형을 익히고 응용하지 않으면 안 된다.

8) 플롯의 일반적인 원칙을 지켜라, 동시에 새롭게 하라

무릇 작가는 플롯의 유형을 익혀서 응용하는 동시에 그것의 변형을 위해 무엇을 어떻게 해야 하는지도 함께 고민해야 한다. 플롯의 기본 원칙은 다음과 같다.

(1) 독자가 소설 속의 이야기를 공감할 수 있도록 개연성 있게 꾸며라.

(2) 독자들에게 새로움을 줄 수 있어야 한다. 익숙하고 그저 그런 이야기도 신비스럽고 낯설게 이야기할 수 있어야 한다.

(3) 작품 결말에 대한 독자의 관심을 증대시키면서 작가와 독자가 함께 플롯을 마련해 가듯 해야 한다. 독자의 기대를 충분히 충족시켜 주면서도, 때로는 그 기대를 정면으로 배반할 수 있어야 한다.

"세상이

겉으로는 평온해 보이지만

온갖 갈등으로 얽혀 있다."

제7장
갈등은 소설의 본질이며, 생명이다

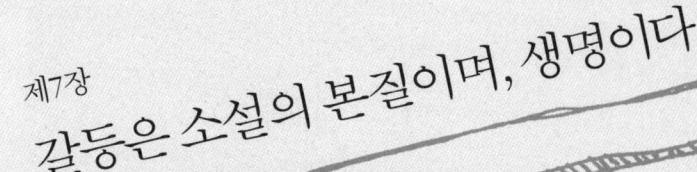

인간의 삶은 갈등(葛藤, conflict)의 연속이다. 소설이 삶을 비추는 거울이라 할 때 갈등은 소설의 본질이며 생명이다. 따라서 이 세상에서 갈등이 없는 소설이란 없다. 소설 속에서 갈등을 효과적으로 표현하는 방법을 익혀서 소설 창작 능력을 길러 보자.

제7장 | 갈등은 소설의 본질이며, 생명이다

1. 갈등이 없는 소설은 없다

인간의 다양한 삶의 모습을 보여주는 것이 소설의 목적이라면 행복한 모습보다는 갈등을 보여주어야 한다. 설령 행복한 삶을 보여주고자 하더라도 소설은 갈등(葛藤, conflict) 끝에 도래하는 행복을 보여주어야 한다. 모든 인간은 정도의 차이가 있을 뿐 온갖 형태의 갈등 속에서 살아가기 때문이다.

소설이란, 갈등이 발생하고(발단) 점차 심화되는 과정(전개) 그리고 마침내 해소(종결)되는 과정을 보여주는 것이라고 볼 수 있다. 소설의 갈등 양상은 인물 자체의 결함이 원인인 경우, 환경적 조건이 충족되지 못한 데서 오는 경우, 사회의 구조적인 모순과 인간 존재의 불완전성에서 비롯되는 경우까지 매우 다양하다. 인간의 갈등은 보다 나은 삶을 추구하는 욕망 과정에서 비롯되기 때문에 갈등 그 자체가 부정적인 것만은 아니다. 오히려 소설가는 편향되지 않은 시각으로 그 갈등의 추이를 좇으로 조용한 관찰자라고 할 수 있다.

소설은 대체로 인간의 자유를 억압하는 정체를 고발하며, 인간 삶의 진실 문제를 다룬다. 사실 이 세상은 인간의 자유를 가로막는 폭력으로 가득 차 있지만, 한편으로 이 세상은 교묘하게도 늘 온화하고 자유로운 곳으로 제시되곤 한다. 작가는 이를 예리하게 관찰하여, 그 억압적 본질을 들춰내는 사람이다. 따라서 문학에서 만나는 갈등은 보편적인 사회적 갈등이나 인간의 본능적 갈등과 다른 양상을 띠는 경우가 많다.

인간의 갈등 양상은 시대마다 늘 새롭게 제시되어야 한다. 소설 쓰기란 현 사회 현상에 나타나는 억압의 정체를 파악하고 진정한 자유를 쟁취해 나가는 과정이므로, 소설은 자유를 억압하는 정체를 파헤치는 데 관심을 기울이지 않으면 안 된다.

2. 소설의 발생과 리얼리즘과의 관계

소설의 탄생은 지배계급과의 갈등에서 비롯되었다. 특히 단편소설은 산업 사회에 접어들면서 발전한 시민 문학의 대표적인 양식으로, 계급 갈등이 구체화되면서 빠르게 성장 발전하였다.

갈등이 다원화된 현대사회에서의 소설의 갈등 양상 역시 다양화될 수밖에 없다. 즉 현대사회에서 개인의 삶은 한층 복잡해졌고, 소설은 이를 반영하는 양식이므로 역시 복잡한 변화를 겪게 되었다. 소설의 소임이 사회 구조의 모순 탐색에 있다면, 개인과 사회 사이의 갈등이 소설의 화두가 되는 것은 당연하다. 요컨대 사회의 구조적 모순은 개인에게 가난과 전쟁과 폭력이라는 아픔을 주는데, 궁극적으로 소설은 이 문제를 탐구한다. 흔히 리얼리즘 소설에서는 역사의 발전이 사회의 구조적인 모순을 극복하려는 인간의 투쟁에서 비롯된다고 인식한다. 따라서 리얼리즘 소설은 겉으로 드러나지 않는 억압 세력의 정체를 탐구하려는 사회적 갈등과 밀접한 관련이 있다.

3. 소설에 나타난 대표적인 갈등 양상

소설에 나타난 갈등은 크게 존재론적 갈등, 사회적 갈등, 자아와 자아의 갈등으로 나눌 수 있다.(제3장, "3. 주제에 따른 소설의 갈래" 참조) 그러나 각각의 갈등 요소들은 상호 유기적인 관련을 맺고 있어서 위의 분류가 엄격한 의미에서 보면 경계가 뚜렷한 것은 아니며, 단지 중심의 갈등을 기준으로 본 것에 불과하다. 앞에서 다뤘던 문제를 좀 더 깊이 살펴보자.

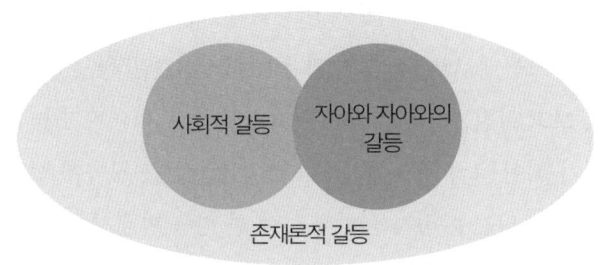

1) 존재론적 갈등은 인간의 본질적인 문제의 갈등이다

인간은 애초에 콤플렉스를 타고난 존재로, 신과 달리 유한의 삶에 갇힌 존재이다. 뿐만 아니라 언제 죽음이 닥칠지 모른다. 인간의 근본적인 갈등은 신의 능력에 이르지 못하는 이러한 태생적 한계에 따른 회의에서 비롯되었다고 볼 수 있다. 이렇게 보면 인간의 갈등은 신과의 관계에서 출발하는 것이다. 인간이 신의 능력에 미치지 못하는 한계성, 그리고 신과의 관계 파탄에서 오는 운명론과 관련된 인간의 고통은 원론적으로 죽음의 문제에 귀결된다고 볼 수 있다.

이와 같이 인간의 죽음과 운명의 문제가 곧 존재론적 갈등의 핵심이다. 물론 죽음과 운명의 문제는 근대소설의 중심 과제라고 볼 수 있지만, 오늘날의 소설 역시 늘 새롭게 나타나는 인간 삶의 의미를 탐구한다. 예컨대, 고대소설이 운명론적인 문제에서 오는 갈등을 다루었다면, 현대소설은 산업화 혹은 정보화 사회 속에 개인화, 파편화, 부속화되어 가는 고독한 인간 존재 문제를 추적하는 양상으로 나타난다.

〈학생작품〉

누나는 군더더기 없는 몸짓으로 보자기를 열고 뚜껑을 연 후 한줌의 뽀얀 가루를 차가운 땅에 뿌렸다. 누나는 힐끗이라도 나를 돌아보지 않았으며 한 번의 멈춤도 없었다. 기분이 이상했다. 나조차도 내가 조금 이상하다는 각성이 드는데, 만약 짧다면 짧은 아버지의 3일장을 지켜본 사람이라면 나를 보고 미친놈이라고 했을 것이 분명하다. 아버지가 눈감는 순간부터 가루가 되어 그렇게도 싫어하던 추위를 머금은 땅속에 뿌려지는 지금 이 순간까지 나는 아버지를 위해 눈물 한 방울 짜내지 않고 있기 때문이다. 아버지의 뜻과는 무관하게 키워진 아들이라 할지라도, 아니면 무정하기만 하던 아버지가 죽었다는 환희의 눈물이라도 한 방울쯤 짜낼 수 있을 텐데 말이다. 아마도 17년 전 불쌍한 내 어미를 위해 흘려버린 눈물과 이제 혼자라는 두려움에 치떨며 흘려버린 눈물, 또 그 어릴 적 그리 무섭던 날 쏟아내 버린 눈물이 내 인생에 전부였던 것 같다. 이상하리만치 현실을 그대로 받아들이고 있던 내 차가운 눈과 어느새 날 바라보고 있는 누나의 눈이 마주쳤다.

"꽉꽉한 니 애비 나 혼자 치우란 거냐? 빨리 와 거들어."

누나는 여태 그래왔던 것처럼 자기만의 방식으로 나를 불렀다. 무정한 두 부자 곁에 남아 있기까지 터득한 누나만의 방법이었다. 누나 곁으로 다가가 쪼그려 앉자 내 앞으로 이제 3분의 1정도 남은 아버지의 뼛가루 상자가 디밀어졌다. 이상하게도 나는 그것을 선뜻 받아 들 수 없었다. 누나는 다시 한 번 더 내게 가까이 디밀었다. 상자를 받아 들어야겠다는 생각은 들지 않았다. 그저 하얀 면장갑이 끼워진 손을 상자 안으로 넣어 한 줌 그러쥐었다. 아버지의 그것을 한 줌 쥐자 손바닥에서 뭔가 탁 치고 올라 순간 머리끝에서 온 신경이 곤두서는 것을 느낄 수 있었다. 그것은 뜨거웠다. 그저 밀가루에서 느껴지는 미세한 온기가 아니었다. 그것은 격한 영혼의 울림이었다. 마치 그날처럼 말이다.

내가 아버지를 만나게 된 것은 엄마를 잃은 7살이 되어서였다. 어렴풋하지만 언제나 가난에 찌들어 있었다. 하지만 엄마는 죽는 순간까지 내 손을 놓지 않았다. 훨씬 지난 뒤에 든 생각이지만 가난에 찌든 생활 속에서 여자 혼자 아이를 키운다는 것은 경제적으로나 정신적으로 형용할 수 없는 절망의 쳇바퀴였을 것이다. 그랬음에도 불구하고 엄마는 숨이 끊어져 버린 그 순간에도 내 손을 쥐고 있었다. 엄마는 다행스럽게도 동네 교회의 도움을 받아 영원의 안식을 누릴 수 있었다.

– 남미르내, 「무섭던 날」 중에서

위 소설의 주된 문제는 삶에 대한 회의, 즉 존재론적 갈등이 그 중심이다.

2) 사회적 갈등은 현실의 모순을 인식하고 고발한다

사회가 다원화되는 만큼 삶의 문제가 복잡해지고 갈등 또한 증폭된다. 역사의 발전은 사회의 구조적 모순을 극복하려는 투쟁을 통해서만 가능하다는 관점이 지배적이다. 소설은 그 모순이 구체적인 삶의 현장에서 빚어지고 있음을 작가가 인식하는 데서 출발한다. 이러한 문제의식으로 사회를 바라보고 사회적 갈등을 정면에서 소설로 형상화하는 리얼리즘 소설은 산업사회 이후에 본격적으로 나타났다고 본다.

사회적 갈등을 소설 속에 담아낸 예로 황석영의 『손님』을 들 수 있다. 이 소설은 작가가 1989년 정부 당국의 허가 없이 북한을 방문한 혐의로 5년간 복역한 뒤 출옥하여 쓴 장편소설인데, 6·25전쟁 중 황해도 신천에서 미군에 의해 자행된 민간인 학살 사건을 다루고 있다.

다음 예문은 불법체류 노동자의 아픔을 고발한 소설이다. 사회의 어두운 면을 고발한다는 점에서 사회적 갈등 소설의 예가 될 만하다.

"고향에 갈 수 있을 것 같아요, 곧."

"갑자기 무슨 소리야? 복권이라도 당첨됐니? 아니면, 돈 많은 애인이라도 생긴 거야?"

"맞아요, 결혼할 사람이 생겼어요. 나 결혼하면 불법체류자라는 지긋지긋한 꼬리표 뗄 수 있잖아요. 그럼 나도 슬프면 울고 기쁘면 웃을 수 있는 진짜 한국 사람이 될 수 있어요."

한국 사람. 그랬다. 그녀의 꿈은 진정한 한국인이 되는 것이었다. 그동안 난세의 발목을 잡고 놓아주지 않던 불법체류자라는 덫이 난세를 얼마만큼 혼자 앓게 하였을까 생각하니 얼굴이 화끈거렸다.

"누굴까, 우리 예쁜 난세를 맞이할 멋진 왕자님은?"

"우리 공장 사장의 형인데……."

"뭐? 난세, 너 미쳤니? 사장의 형이라면 쉰 살은 훨씬 넘었을 텐데, 어쩌려고 그래? 도대체 어떻게 된 거야?"

나도 모르게 목청이 커지고 있었다. 컵이 넘어져 식탁보 밑으로 물이 스며들었다. 갑자기 식탁보에 가득한 꽃들이 파리 떼처럼 윙윙거리며 달려드는 것 같았다. 난세는 처음 보는 나의 흥분된 모습에 입술을 잘근잘근 씹으며 불안에 떨었다.

"제발 화내지 말아요. 난 괜찮아요. 고향에 갈 수만 있다면 뭐든 할 거예요. 아이를 낳아달라고 했어요. 대를 이어줄 사내아이를 낳아주면 그 사람이 하는 자동차 부품 공장도 다 제게 준다고 했어요."

화가 났다. 도대체 스무 살도 넘게 차이가 나는 놈팡이한테 시집을 가서 어쩌겠다는 건가. 나도 난세에게 견디기가 정 어려우면 차라리 나와 함께 서울로 가서 미용 기술 익혀 먹고살자고 했다. 그렇게 말하는 동안 내가 하고 있는 말들이 얼마나 공허한 메아리인지를 스스로 느낄 수 있었다. 그녀의 결심은 확고했다. 무엇보다 내가 화가 난 것은 난세가 처음 만난 사람이 사장이었고 난세를 제 맘대로 주무르던 놈은 마누라 눈길을 피하기 위해 자신의 형에게 넘겨주어 감쪽같이 술래잡기를 하고 있다는 것이다. 먹이를 실컷 먹고 나서 배가 부르자 남은 찌꺼기를 선심 쓰듯이 상처한 자신의 늙은 형에게 던져 주려는 것이다.

- 김진애, 「이웃」 중에서

피상적으로는 '나'는 '난세'라는 한 인물을 관찰하지만, 실은 악덕 자본가를 고발하면서 '외국인 노동자'를 측은지심의 눈으로 바라보고 있다. 이런 따뜻하고 저항적인 시각을 통해 개인적인 문제가 아니라, 외국인 노동자를 홀대하는 자본가의 횡포와 그 속에서 고통받는 개인과 사회와의 갈등을 고발하고 있다.

3) 자아와 자아의 갈등

소설에서 인물의 내면의 갈등에 따른 자의식도 중요한 문제가 된다. 그런데 이런 자의식은 사실상 본질적 갈등이나 사회적 갈등과 맞닿아 있다. 이처럼 실제로는 여러 층위의 갈등이 서로 교차하고 중첩되는데, 그것을 소설이 어떻게 형상화하느냐의 문제가 남는다고 볼 수 있다.

예를 들면, 이상[15]의 「날개」는 자아와 초현실의 자아의 갈등을 보여주며, 이문열[16]의 「금시조」는 예술적 욕망과 세속적인 욕망, 그리고 인간 내부에 존재하는 다양한 자아끼리의 갈등 양상을 보여준다.

그러나 인간의 자의식은 사회적 자아나 도덕적 자아에 묶여서 살아가기 때문에 자아 내부의 갈등만으로는 문제의 본질을 총체적으로 파악할 수 없다. 자아 내면의 갈등은 사람이 살아가는 데서 직접 불거지는 문제가 아니기 때문에 소홀하기 쉽지만, 산업·정보사회에서 순수한 자아의 탐구 문제는 중요한 영역이 되었다. 오늘날 산업 정보화 사회에서 인간 소외의 문제가 한층 무겁게 다가오고 있기 때문이다.

이런 소설들은 주로 낯선 세계 속에서 살아가는 인간의 고독, 자신과 화해하지 못하는 개인의 소외, 악의 문제, 그리고 죽음이 임박한 파국을 이야기함으로써 현대인들의 소외 의식과 환멸을 반영한다.

박제(剝製)가 되어 버린 천재를 아시오? 나는 유쾌하오. 이런 때 연애까지가 유쾌하오.

육신이 흐느적흐느적하도록 피로했을 때만 정신이 은화(銀貨)처럼 맑소. 니코틴이 내 횟배 앓는 뱃속으로 스미면 머릿속에 으레 백지가 준비되는 법이오. 그 위에다 나는 위트와 패러독스를 바둑 포석처럼 늘어놓았소. 가증할 상식의 병이오. 나는 또 여인과 생활을 설계하오. 연애 기법에 마저 서먹서먹해진, 지성의 극치를 홀깃 좀 들여다본 일이 있는, 말하자면 일종의 정신분일자(精神奔逸者) 말이오. 이런 여인의 반(半) 그것은 온갖 것의 반이오? 만을 영수(領收)하는 생활을 설계한다는 말이오. 그런 생활 속에 한 발만 들여놓고 흡사 두 개의 태양처럼 마주 쳐다보면서 낄낄거리는 것이오. 나는 아마 어지간히 인생의 제행(諸行)이 싱거워서 견딜 수가 없게끔 되고 그만둔 모양이오. 굿바이.

굿바이. 그대는 이따금 그대가 제일 싫어하는 음식을 탐식(貪食)하는 아이러니를 실천해보는 것도 좋을 것 같소. 위트와 패러독스와……

그대 자신을 위조(僞造)하는 것도 할 만한 일이오. 그대의 작품은 한 번도 본 일이 없는 기성품에 의하여 차라리 경편(輕便)하고 고매(高邁)하리다.

19세기는 될 수 있거든 봉쇄하여 버리오. 도스토예프스키 정신이란 자칫하면 낭비일 것 같소. 위고를 불란서의 빵 한 조각이라고는 누가 그랬는지 지언(至言)인 듯싶소. 그러나 인생, 혹은 그 모형에 있어서 디테일 때문에 속는다거나 해서야 되겠소? 화(禍)를 보지 마오. 부디 그대께 고(告)하는 것이니…….

테이프가 끊어지면 피가 나오. (상채기도 머지않아 완치될 줄 믿소. 굿바이.)

– 이상, 「날개」 중에서

이상의 「날개」는 인간의 자아와 초현실적 자아의 분열 모습을 보여준다. 이 소설은 오늘날 초현실주의 소설의 한 상징이 되고 있다.

다음 소설은 존재론적 갈등과 현실 사회적 갈등에서 비켜난, 지고지순한 예술의 경지를 탐구하고 있는 소설이다.

"설령 이 글을 단숨에 쓰시고, 여기서 금시조(金翅鳥)가 솟아오르며 향상(香象)이 노닌들, 그게 선생님을 위해 무슨 소용이겠습니까?"

고죽은 자신도 모르게 심술궂은 미소를 띠며 물었다. 이마에 송글송글 땀이 맺힌 채 기진해 있던 석담 선생은 처음 그 말에 어리둥절한 표정이었다. 그러나 이내 그 말의 참뜻을 알아들은 듯 매서운 눈길로 그를 노려보았다.

"무슨 소리냐? 그와 같이 드높은 경지는 글씨를 쓰는 어떤 누구든 일생에 단 한 번이라도 이르러 보고 싶은 경지다."

"거기에 이르러 본들 그것이 우리에게 무엇을 줄 수 있단 말입니까?"

고죽도 지지 않았다.

"태산에 올라 보지도 않고, 거기에 오르면 그보다 더 높은 산이 없을까를 근심하는구나. 그럼 너는 일찍이 그들이 성취한 드높은 경지로 후세에까지

큰 이름을 드리운 선인들이 모두 쓸모없는 일을 하였단 말이냐?'

"자기를 속이고 남을 속인 것입니다. 도대체 종이에 먹물을 적시는 일에 도가 있은들 무엇이며, 현묘(玄妙)함이 있은들 그게 얼마나 대단하겠습니까? 도로 이름하면 백정이나 도둑에게도 도가 있고, 뜻을 어렵게 꾸미면 장인이나 야공(冶工)의 일에도 현묘함이 있습니다. 천고에 드리우는 이름이 있다 하나 이 나(我)가 없는데 문자로 된 나의 껍데기가 낯 모르는 후인들 사이를 떠돈들 무슨 소용이 있겠으며, 서화가 남겨진다 하나 단단한 비석도 비바람에 깎이는데 하물며 종이와 먹이겠습니까? 거기다가 그것을 살아 그들의 몸을 편안하게 해주지도 못했고 헐벗고 굶주리는 이웃을 도울 수도 없었습니다. 그들은 그 허망함과 쓰라림을 감추기 위해 이를 수도 없고 증명할 수도 없는 어떤 경지를 설정하여 자기를 위로하고 이웃과 뒷사람을 홀렸던 것입니다……."

그때였다. 고죽은 불의의 통증으로 이마를 감싸 안으며 엎드렸다. 노한 석담 선생이 앞에 놓인 벼루 뚜껑을 집어던진 것이다. 샘솟듯 솟는 피를 훔치고 있는 고죽의 귀에 늙은 스승의 광기어린 고함소리가 들려왔다.

"내 일찍이 네놈의 천골(賤骨)을 알아보았더니라. 가거라. 너는 진작부터 저잣거리에 나앉아야 할 놈이었다. 용케 천골을 숨기고 오늘날에 이르렀으니 이제 나가면 글씨 한 자에 쌀 뒷박은 후히 받을 게다……."

결국 그 자리가 그들의 마지막 자리였다. 그 길로 석담 선생의 집을 나선 고죽이 다시 돌아온 것은 이미 스승의 시신이 입관(入棺)된 뒤였다.

벌써 삼십여 년 전의 일이건만 고죽은 아직도 희미한 아픔을 느끼며 이제는 주름살이 덮여 흉터가 별로 드러나지 않는 왼쪽 이마 어름을 만져보았다. 그러나 그와 함께 떠오르는 스승의 얼굴은 미움도 두려움도 아닌, 그리움 그것이었다.

– 이문열, 「금시조」 중에서

「금시조」의 일부인데, 고매한 예술의 세계를 추구하는 석담과 이를 부정하는 고죽의 대화이다. 이는 두 사람 사이의 갈등이라는 형식을 취하고 있지만, 사실은 이를 통해 하나의 자아 속에서 충돌하는 예술적 욕망과 세속적인 욕망의 갈등 양상을 보여주는 것이기도 하다.

4. 소설 창작에서 주제 설정과 갈등 처리하기

1) 소설 구상 단계에서 먼저 중심 갈등이 정해져야 한다

소설은 도입부인 발단 단계에서 독자에게 첫 사건을 통해 중심 갈등을 먼저 제시하여 소설적 흥미를 제시할 수 있어야 한다. 근대소설에서는 첫 사건이나 갈등이 더디고 암시적일 수 있었으나, 현대소설에서는 소설의 첫 사건을 통해 중심 갈등을 제시해야 한다.

2) 한 소설 안에서 존재론적 갈등, 사회적 갈등, 자아와 자아와의 갈등은 조화를 이뤄야 한다

소설에 나타나는 갈등 양상은 대개 인물과 인물 간에 빚어지는 갈등이 있는가 하면, 주인공과 모순된 사회제도와의 갈등(자유결혼, 연애, 불륜 등), 혹은 주인공을 둘러싼 자연과 야릇한 운명과의 갈등(자연재해나 자연에서 오는 고난 등), 자신과 미처 인식하지 못하는 자아와의 갈등 등 다양하다. 그렇지만 이 갈등은 존재론적 갈등, 사회적 갈등, 자아와 자아와의 갈등 등 세 가지 갈등으로 집약된다는 문제는 앞에서 살펴보았다.

한 편의 소설에서 세 갈등 양상은 변증법적인 조화를 이룰 수 있어야 한다. 이는 소설이 문학성을 강조하다 보면 주제가 빈약해지는 관계처럼, 한 작품 안에서 모든 갈등 양상이 서로 조화를 이뤄야 한다는 뜻이다.

3) 갈등을 제시할 때는 주된 인물이 함께 나타나야 한다

소설의 사건이나 갈등은 결국 소설의 주된 인물과 관련이 있다. 왜냐하면 소설 전개는 한 인물이 위기를 극복하고 갈등을 해소하는 과정이기 때문이다. 사람들은 사회 속에서 사람을 만나면서 갈등을 겪고, 그 갈등이 복합적으로 작용하면서 인간은 한층 깊은 고통 속으로 빠져든다. 소설이란 그러한 고통 속에서 갈등을 극복 또는 해소하기 위해 몸부림치는 인간을 주목하는 것이다.

예를 들면 이범선의 「오발탄」의 등장인물들은 현실에 있을 법한 인물이긴 하지만 일상 인물과는 현저하게 다르다. 이범선은 그 인물들이 직면하는 여러 갈등들을 통해 사건이 전개되는 과정을 보여주고, 나아가 작가가 이 세계(사회)를 어떻게 인식하고 있는가를 보여준다.

4) 플롯 단계에 따라 갈등의 양상은 늘 발전해야 한다

소설은 갈등이 격해질수록 인물들의 감정이 격해져 가는 것처럼, 상승과 하강의 사건 배열은 물론 작가의 감정이나 어조까지 조절되어야 한다.

발단부에서는 갈등의 조짐이 제시되거나 암시되어야 하고, 전개부에서는 앞에 제시된 갈등이 구체적으로 드러나야 한다. 갈등은 몇 단계를 거치면서 차츰 상승하는데, 그를 통해 불투명했던 갈등 관계가 구체화되면서 점차 강화(심화) 되어야 한다. 위기부에서는 갈등이 최고조에 이르고, 그 결과 갈등은 새로운 탈출구를 찾아간다. 절정은 결말을 준비하는 단계이므로 예상되는 결말을 염두에 두고 미리 복선을 제시해 두어야 한다.

이런 플롯 과정에 따른 갈등의 층위를 설정하는 일은 온전히 작가 고유의 몫이며, 작가가 의도하는 주제가 드러나는 과정이다.

5) 등장인물 간의 대립을 통해 인물의 개성 드러내기

소설에서 주인공은 여러 형태의 갈등을 겪으며 시련에 부딪히게 된다. 그 과정에서 반드시 대립되는 인물이 나타나기 마련이다. 이때 대립되는 인물은 늘 주인공의 행동과 관련되도록 초점이 맞춰져야 하는데, 이를 '욕망의 삼각 구도'라 한다. 이 삼각 구도 밖에서 때로 불필요한 인물이 나타나기도 한다. 대개 사건을 중심으로 인물을 등퇴장시키기 때문에 주인공의 갈등과 무관한 사건과 인물은 없어야 한다.

6) 삼각관계의 갈등과 인물 설정은 전통적 플롯의 원형이다

고대소설과 현대소설에 걸쳐 오랜 전통을 지니고 되풀이되는 플롯 원형으로 욕망의 삼각 구도에 의한 사건 진행을 들 수 있다. 『춘향전』은 성춘향과 이몽룡의 사랑에 변사또가 끼어들며, 『이수일과 심순애』에서 두 사람의 굳은 사랑의 맹세에 다이아몬드를 앞세운 김중배가 끼어든다. 즉, 주인공과 반(反)인물이 욕망의 대상을 두고 서로 갈등하는 구조이다. 오늘날 많은 영화나 방송 드라마들도 이 전통적인 삼각관계의 갈등을 즐겨 쓰고 있다.

이런 삼각관계의 인물 구도가 통속적인 사랑을 소재로 한 소설에서만 나타나는 것은 아니다. 현대소설에서도 얼마만큼 직접 제시되었느냐 간접으로 제시되었느냐의 차이일 뿐 이런 기본 구도는 엄연히 존재한다.

"세상 사람들에게

새로운 옷을 입혀라."

제8장

일상인물을 소설인물로 만들기

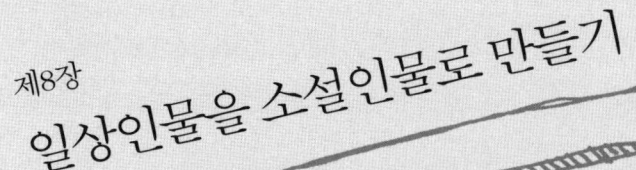

소설은 기본적으로 사람들의 이야기이다. 소설이 인간에 대한 탐구와 새로운 인간상의 창조로부터 시작하기 때문에 소설 쓰기란 기본적으로 현실인물(일상인물)을 모델로 삼아서 새로운 인물을 창조하는 행위라 할 수 있다. 따라서 일상인물과 소설인물은 같으면서도 또한 다르다. 여기서는 효과적인 소설 창작을 위해 개성화된 소설인물을 창조하는 방법을 익혀 보자.

제8장 | 일상인물을 소설인물로 만들기

1. 일상인물과 소설인물

소설은 기본적으로 사람들이 살아가는 이야기이다. 소설의 본질은 인간문제의 탐구와 새로운 인간상의 창조에 있기 때문에 소설의 등장인물은 사건, 배경과 더불어 소설 구성의 기본 요소이다.

소설이 허구의 세계를 구축하듯, 소설 인물도 현실인물에서 유추한 허구의 인물이다. 따라서 소설인물이 소설 속에서 현실을 인식하는 문제도 일상인물과는 달라야 한다. 대체로, 좀더 적극적으로 사회 문제를 인식하고 정의를 실천해 나가는 인물로 형상화되어야 한다.

소설인물은 현실 인물에 비해 자신을 솔직하게 인식하며 강한 내적 자의식을 지닌다. 대개 소설인물은 갈등의 중심에 있기 때문에 어떤 식으로든 대결 구도에 놓이는데, 결국 위기를 극복해 낸다.

또한 소설인물은 이 세계에 숨겨진 폭력을 인식하고 극복을 도모할 뿐만 아니라, 핍박받는 인물은 성공과 좌절의 과정을 거치면서 현실 극복 방안을 모색한다. 달리 말하면 소설 인물은 늘 갈등의 중심에 있으며, 소설인물이 갈등을 풀어가는 과정이 곧 소설이다.

소설인물이 개성화되고 다양화되기 시작한 것은 산업사회 이후 현대소설에 들어와서이다. 고대소설이 전형적이고 평면적인 인물 위주였다면 현대소설에서는 개성적이고 입체적인 인물이 위주가 되었다.

또, 고대소설의 중심 인물이 도덕적 모범적인 영웅이라면 현대소설은 반(反)영웅적이며 점차 왜소해지거나 주변인물로 전락한 인물 군상들이 등장하고 있다. 즉 인간 삶의 총체적인 특성을 집중해서 그려 보이는 현대소설에서 주인공은 평균적인 도덕 기준에 못 미치거나 소시민적이고 왜소한 인물 등 다양한 인물을 만나게 된다.

1) 소설의 인물은 작가의 의도를 수행한다

작가는 소설의 인물을 설정할 때 대략 개인적 초상으로서의 인물인가, 아니면 사회적 초상으로서의 인물인가 하는 두 유형을 통해 보여주게 된다. 전자의 경우 작가의 관심이 인물 자체에 집중되며, 후자의 경우는 사회의식을 강하게 지니고 이에 대처하는 인물 유형에 관심을 두게 된다. 그렇지만 이 둘은 서로 대립 관계에 놓여 있는 것이 아니라 단지 관심이 사회와 개인 어느 쪽으로 더 기울어져 있느냐의 문제일 뿐이다.

2) 작품에 나타난 개성적인 인물 유형들

소설에서 인물은 작가의 창작 영역 중에서 가장 경이로운 것 중의 하나다. 소설을 읽고 어떤 인물이 강렬한 느낌으로 우리의 의식 속에 각인되는 것도 소설인물이 강한 개성을 지녔을 때이다.

알베르 카뮈[17]의 『이방인』의 뫼르소, 헤르만 헤세[18]의 『데미안』의 싱클레어와 데미안과 에바 부인, 카프카[19]의 『변신』의 그레고리 잠자, 『성』의 K, 포크너[20]의 『에밀리에게 장미를』에서의 에밀리, 하일지[21]의 『경마장 가는 길』에 나왔던 R이나 J, 김승옥의 「무진기행」의 윤희중이나 하인숙, 송영[22]의 「투계」에 등장하는 종형, 최인훈[23]의 『광장』의 이명준, 밀란 쿤데라[24]의 「참을 수 없는 존재의 가벼움」의 토마스와 사비나와 테레사, 블라디미르 나보코프[25]의 『롤리타』의 롤리타 등 개성적인 소설인물은 매우 다양하다.

3) 소설 인물은 체험적 인물의 개성화여야 한다

소설 인물은 현존하는 모델 인물이 있거나, 있을 수 있는 인물을 개성적으로 형상화한다. 따라서 소설 창작은 곧 인물을 창조하는 과정이다. 소설인물은 "작가가 실제로 체험했거나 마음속에 투영시켜 보았던 경험들의 총화요, 작가의 관찰이나 잠재적 요소들의 총합"이다. 또 소설인물은 "한번 해 보았거나 실패하고 만 일, 아직도 실행에 옮겨 보지 못한 가능성, 꿈, 좌절, 추억 등 아직까지 햇빛을 보지 못한 작가의 모든 경험들을 투사하여 창조한 인물"이다.

4) 소설 인물은 주제를 수행하는 생동감 있고, 개성적인 인물이어야 한다

소설 인물이란 그 작품 속에서 그려지는 사건의 주체이며, 소설의 주제와 연관되는 개성이 부여됨으로써 비로소 소설인물이 된다. 이 과정을 성격 묘사라고 하는데, 이는 그 인물 고유의 개인적 특성을 부여하는 과정이다. 이를테면 소설인물에게 신체적·심리적·정서적·개성적·역사적 성격이 부여되는 것이다. 어떤 작품이 성공했는가 혹은 실패했는가의 기준은 흔히 그 소설의 등장인물들이 얼마나 생동감 있게 그려졌느냐에 의해 판단된다. 만약 등장인물의 성격이 불분명하거나, 평면적이거나, 개성적이지 않다면 그 소설은 그만큼 실패할 가능성이 크다고 보아야 한다. 따라서 훌륭한 작가는 사람들의 성격과 심리에 대한 통찰력과 함께 그를 생동감 있게 묘사하는 언어 조합 능력을 갖추고 있어야 한다.

5) 소설 인물은 유기적인 관계망 속에서 형상화되어야 한다

소설의 등장인물은 로빈슨 크루소처럼 외딴 곳에 혼자 사는 존재가 아니라 그를 둘러싸고 있는 주변의 여러 인물들, 집단, 혹은 세계와 유기적으로 관련을 가진 존재라야 한다. 다시 말해 그의 심리적·정서적·인격적 특성은 그가 맺고 있는 사회 집단과의 다양한 '관계의 망(網)'을 통해 형상화되어야 한다. 이때 인물과 사회적 관계는 고정 불변의 것이 아니라 끊임없이 움직이며 변화해 가는 가변성과 유동성을 갖는다는 점을 알아야 한다.

2. 소설에서 인물을 창조하는 방법

1) 작가의 머릿속에는 구체적인 인물이 살아 있어야 한다

즉, 현실적 혹은 체험적인 모델이 있어야 한다는 뜻이다. 소설인물도 현실인물처럼 이름을 가져야 하고 가족과 직업 같은 사회 구성원으로서의 구체적인 신분과 조건, 개인으로서의 신체적 조건이나 정서적인 특징을 갖추고 있어야 한다. 소설인물이 작가의 머리에 충실하게 계획되어 있더라도 소설언어로 형상화하는 과정에서는 극도로 세밀하고 생동감 있게 나타나야 한다. 이는 현실 인물을 모델로 삼았을 때 가능하다.

〈학생작품〉

일요일 저녁, 한가롭게 외식을 즐기는 여러 사람들의 말소리 때문에 엄마의 성마르고 작은 목소리가 묻히는 듯했다.

"느그 오라비 보험금 3억을 석현이 명의로 예금해서, 그걸로 석현이 키울라고 한다."

"언제 지급된대?"

"내일 모레 준다카더라."

오빠의 보험 수혜자는 석현이었고, 엄마는 현재 석현이의 유일한 보호자로 등록되어 있었다.

"그리고 어차피 지금 살고 있는 집도 만기가 되어 빼줘야 하니까 진주로 내려갈까 싶으다."

진주에는 폐암으로 남편을 여읜 이모가 살고 있었다.

"이모랑 같이 살게?"

"그래야제. 지도 내도 혼잔데…… 석현이 키우고, 그럭저럭 서이 살면 살아지지 뭐."

엄마는 맥주를 반쯤 비운 다음 고기 한 점 상추에 싸서 입에 넣었다. 오빠가 죽은 날부터 지금까지 엄마는 현재의 모든 삶을 철저하게 계획해 놓고 있었다. 그게 엄마의 남아 있는 삶 때문이든, 부모 없이 혼자 남게 된 가없은 석현이 때문이든, 어떤 이유에서든 당신의 계획은 삶에 대한 정당성을 가지고 있었다.

– 최현용, 「개를 기르는 여자」 중에서

위의 장면을 보면 가장인 오빠가 죽고 나서 그의 신상이 정리되어 가는 과정이 대화와 지문을 통해 잘 드러나고 있다. 이는 상상의 인물을 억지로 만든 것이 아니라 체험적인 인물을 자연스럽게 기술했기 때문에 가능했을 것이다. 이렇게 소설 창작에서 가장 기초가 되는 소설인물 만들기는 현실인물에서 비롯되어야 한다.

2) 대화와 지문 중 어느 방법을 통해 드러낼지 정해야 한다

소설인물은 외적 형식으로는 대화를 통해 자연스럽게 드러나거나, 지문을 통해 설명되는 등의 독특한 시점이나 이야기 방법으로 드러난다. 또 소설인물은 대체로 처음에는 베일에 감추듯 수수께끼의 인물로 제시되고, 차츰 뚜렷이 제 모습이 드러나도록 한다.

그녀의 목에 가만히 손을 갖다 댔다. 그녀는 뜨고 있던 눈을 감아버렸다. 손에 힘만 주면 그녀와 나의 목적을 한꺼번에 이룰 수 있었다. 가슴은 편안했지만 손이 떨리고 얼굴이 화끈거렸다. 난 조심스레 손아귀에 힘을 주었다. '딩동' 소리에 손아귀의 힘이 맥없이 풀리고 말았다. 내가 무슨 짓을 하려고 했는지 그제야 깨달았다. 그녀의 목 위에 놓였던 손을 얼른 뒤로 감추었다.

내가 만약 손에 힘을 계속 주었다면, '딩동' 소리가 들리지 않았다면 몇 분 후에 어떤 일이 일어났을까? 살인! 손등에서부터 머리끝까지 소름이 돋았다. 아무리 팔을 비벼보아도 쭈뼛해진 소름이 가라앉지 않았다.

"뭐 하고 있었길래 집에 있는데도 문을 안 열었어?"

남편이었다. 남편의 목소리를 듣는 순간 나도 모르게 눈에 눈물이 고였다. 눈물의 이유가 무엇인지 나도 내 감정을 알 수가 없었다.

– 문혜석, 「그녀와의 거리」 중에서

치매가 온 시어머니를 모시는 며느리와 그 아들의 대화 속에서 소설인물에 대한 정보를 자연스럽게 제시하고 있다. 그리고 대화와 지문을 통해 내면의 갈등을 보여주고 있다. 이렇게, 대화와 지문으로 소설이 전개되는 동안 시어머니와 며느리와 아들이라는 소설인물의 정보를 독자에게 필요한 만큼씩 제시하면서 소설적 긴장감을 유지하게 된다.

3) 전통적 분류에 의한 시점으로 인물 만들기

소설에서 인물을 제시하는 방법 중 전통적인 분류 방법인 시점을 기준으로 살펴보기로 한다. 먼저 내(일인칭) 이야기로 쓸까 아니면 제3의 인물(삼인칭)을 통해 전개할까를 정해야 한다. 다음으로 일정한 거리를 두고 관찰을 할 것인지, 아니면 가까이, 심지어 내면까지를 보여 줄 것인지를 정해야 한다. 다소 도식적이긴 하지만 이를 나눠 보면 다음과 같다.(제10장, "3. 인칭으로 본 이야기 전개 방식" 참조)

(1) 일인칭 주인공 시점 : 일인칭 화자가 직접 자신(주인공)을 독자에게 제시한다.

(2) 일인칭 관찰자 시점 : 일인칭 화자가 화자 자신과 다른 인물을 동시에 제시한다.

(3) 삼인칭 관찰자 시점 : 제3자인 관찰자가 작품 인물을 주시하는 시선을 통해 독자들이 인물을 파악하게 한다.

(4) 삼인칭 전지적 작가 시점 : 인물의 내·외면을 모두 화자(작가)가 주도적으로 제시한다.

4) 독특한 이야기 방법은 신선한 인물 제시 방법이 되기도 한다

실제로 인물을 제시하는 방법은 위의 전통적인 인칭에 의한 분류 방법보다 훨씬 다양하고 복잡하다. 화자가 소설인물에 대해 얼마만큼의 정서적 친밀감을 갖고 있느냐에 따라 인물을 제시하는 방법이 다를 수 있고, 작가와 화자가 얼마나 감정적 거리를 유지하느냐에 따라서도 방법이 달라진다. 이 문제는 '제10장 이야기 방식에 따라 소설의 맛이 다르다'에서 다시 고찰하기로 하고 여기서는 독백을 통한 이야기의 인물 제시 방식의 예를 보기로 한다.

……당신과의 약속 시간은 이제 이 밤만 지나면 다가옵니다. 당신은 정말 떠나실 건가요? 그렇다면 저는 지금 무엇을 참고 있는 것일까요? 당신이 떠나 버리면 제가 참고 있는 것은 모두 부질없는 일이 되어 버립니다. 오늘 하루는 종일 중얼중얼거렸어요. 당신에게 달려가려는 쪽으로 마음이 바뀌려 할 적마다, 저를 스쳐 간 당신과의 기억들이 모두 나쁜 것이었다고, 속삭

이고 속삭였어요. 그래도 불쑥 열이 났고, 당신에게 가야지, 잠깐씩 가방을 챙기기도 했어요. 행여 당신이 저를 데리러 오지 않나, 여러 번 대문을 내다보기도 했어요. 어렵게 견뎌 내고 찾아온 이 밤. 이미 당신에게로 가는 기차는 끊겼는데, 내일 새벽 첫차는 몇 시던가, 저는 지금 그걸 헤아려 보고 있으니, 이 밤이……무섭습니다. 산버찌를 먹으면 눈물날 일이 생긴다고 제가 산에서 버찌를 따오면 어머니는 마당에 쏟아 버리시곤 하셨죠. 어머니께서 말씀하시는 눈물 날 일이 이것 인가요? 어머니 몰래 먹은 산버찌가 지금 저를 울리는 것인가요?

아버지는 그 여자를 정말 사랑했습니다. 아버지는 그 여자가 저녁 설거지를 마치고 들어오면 손 크림을 발라 주셨지요. 왜 그것만이 유난히 생각나는지 모르겠어요. 저는 아버지의 손과 그 여자의 손이 전혀 스스럼없이 서로 엉키는 것이 꼭 꿈결인 것만 같았어요. ……

– 신경숙, 「풍금이 있던 자리」 중에서

온전히 고정된 인물의 시각을 통해 역시 고정된 대상을 바라보고 독백하는 방법으로 기술하고 있다. 일단 인물의 체험적인 진술이기 때문에 사실성을 획득하는 장점이 있지만, 독자에게 인물의 행동이 정체된 느낌을 줄 우려가 있다.

3. 소설인물이 갖춰야 할 조건과 표현 방법

밀란 쿤데라는 소설인물이 갖춰야 할 조건을 다음 세 가지로 제시하였다.
첫째, 인물에 관한 최대한의 정보를 알려주어야 한다. 그 인물의 과거와 현재 행적, 그의 사고, 세상을 보는 눈, 생김새, 말투, 행동 습관 등 인물의 총체적인 면을 보여주어야 한다는 것이다.

둘째, 인물의 과거를 알 수 있게 해주어야 한다. 왜냐하면 그의 현재 모든 행동은 과거의 행적에서 비롯되기 때문이다. 뿐만 아니라 소설인물은 과거의 상황을 통해 현재의 모습을 갖게 되기 때문이다.

셋째, 인물은 독자성을 지니고 있어야 한다. 소설의 인물들이 '살아 있는 존재의 모방'이 아니라 작가가 새롭게 창조해 낸 '상상의 존재'이어야 하기 때문이다.

소설에서 인물의 성격을 구체적으로 창조하기 위해서는 인물의 외형과 내면의 묘사, 대화, 분석적이거나 극적인 방법 등 다양한 방법을 활용한다.

이 중에서도 분석적이거나 극적인 방법은 인물 성격 창조의 한 방법이다. 이것은 각각 직접적 표현법, 간접적 표현법으로 나뉜다. 직접적인 표현법은 작가가 직접 등장인물의 특성과 특색을 분석적으로 요약해서 설명하는 방법으로, 문장론적으로는 서술 형식이 된다. 간접적인 표현법은 인물의 행동과 대화를 통해 극적으로 성격을 제시하므로 문장론적으로는 묘사 형식이 된다. 인물의 성격 창조에서 주로 활용되는 이 두 가지 방법은 각각의 장단점이 있는데 이를 더 살펴보기로 하자.

1) 인물을 직접 분석하고 서술하기

직접적인 방법은 요약과 설명의 서술적 문장을 중요한 표현 수단으로 삼기 때문에 인물의 외면과 내면을 모두 세밀하게 분석하여 드러낼 수 있다. 동시에 행동이나 대화에 나타나지 않는 등장인물의 내적 심리까지 독자에게 정확하게 전달할 수 있다.

이 방식의 최대 단점은 인물 성격의 추상성이라는 함정이다. 인물의 세밀한 분석, 단정적인 서술, 심리 변화의 정확한 전달은 자칫 성격을 고정시키고 유형화하고 만다. 즉 인물이 입체적 인물이 되지 못하고 평면적 형태로 고착

되어 소설 안에서 성격의 성장이나 변모 과정이 표출되기 어렵다.

　주인여자는 지독히도 가난한 집의 다섯째 딸로 태어났다고 했다. 부모는 울부짖는 8남매를 두고 차마 눈도 못 감은 채 돌아가셨고, 초경과 함께 시작한 결혼생활은 차라리 죽는 게 낫겠다 싶을 만큼 비참했다고 한다. 주인여자보다 스무 살이나 많았던 절름발이 남편은 날마다 폭력과 강간을 서슴지 않았고, 밤새 고열에 시달리다가도 새벽 4시부터 일을 해야 했다고 하니 듣는 걸로는 가늠조차 할 수 없는 끔찍한 생활이었다. 그렇게 꼬박 5년을 짐승처럼 살다가 19살 되던 해에 도망쳐 나와 무작정 서울로 온 그녀는 다행히도 큰오빠를 찾을 수 있었고, 그 덕에 조금이나마 안정을 찾을 수 있었던 것이다. 하지만 가난은 결코 쉽게 벗어날 수 있는 것이 아니었다. 그 어린 나이에 남의 집 식모로 들어가 이집 저집을 전전하다가 두 번째 남편을 만났다고 했다. 남편은 주인여자가 식모로 있던 집의 차남이었는데 그 집은 정숙한 교사 집안이었고, 그녀와 아들의 관계를 안 집안 어른들이 매몰차게 둘을 내쫓았단다. 초등학교 교사였던 남편과 함께 시작한 두 번째 결혼생활은 비록 넉넉하진 않았지만 그녀 인생에서 가장 빛나는 순간이었다고 했다. (중략)

　"오는 남자 막지 않고, 가는 남자 잡지 않고. 사람 만나 사랑하는 그 순간만큼은 내가 가진 온 마음과 몸을 준 거야. 그랬더니 세상이 달라 보이더라. 그 순간에 충실했더니 사랑이 끝난 후에도 아쉬움 같은 게 없었어. 하지만 나처럼 모든 걸 잃어보지 않은 사람은 그렇게 순간에 자길 맡길 수가 없어. 지켜야 할 게 너무 많거든."

　우리는 그 뒤로도 한참을 더 술에 매달려 있었고, 날이 밝아오자 주인여자는 양팔을 휘휘 흔들며 계단을 내려갔다.　　－임지선, 「이웃」 중에서 인물에 대한 이런 식의 표현은 독자에게 상상이나 추측하여 판단할 여지를 주지 않는다. 작가의 발언은 함축적이고 전지적(全知的)이어서 몇 개의 문장으로 인물의 성격을 충분히 제시할 수 있기 때문이다. 그러므로 독자는 충분하게 분석된 인물의 성격을 규정된 테두리 안에서만 이해하게 되는 한계를 지닌다. 인물 정보가 작품 안에서 암시되는 것과 문자로 직접 제시되는 것의 차이는 상상하는 것 이상으로 크다. 즉 직접적인 표현의 위험성은 드라마의 생생함을 감쇄시키고, 독자의 상상력의 개입 여지를 차단하는 것이다.

따라서 직접적인 표현에서 문장은 감상적이거나 정서적이기보다는 설명적 또는 논리적으로 흐르기 쉽다. 그리고 소설을 역동적으로 만들어 주는 대화와 행동이 없으므로 문장은 평면적으로 흐른다. 그리고 의미 전달에 치중하여 자칫 문장 비유와 같은 수사의 결핍을 가져오기 쉽다. 곧, 문학적 정서가 고갈된 느낌을 준다.

물론 문장이 함축적이고 선명하다는 장점을 지니기도 한다.

2) 인물을 간접적으로 제시하고 묘사하기

간접적인 표현법은 인물을 보다 생생하고 현실적인 인물로 창조할 수 있게 한다. 독자는 작가나 소설 속의 제3자의 눈을 거치지 않고 직접 인물을 접하므로 인물의 성격 인식도 한결 다양하고 풍부해진다. 그리고 이 방법은 인물이 벌이는 현재적인 행동과 대화를 통해 성격을 드러내므로, 과거 사건을 현재법에 의해 극적으로 재생한다는 것이 장점이다.

그러나 이 방법은 극적 표현에 따르는 시간적·공간적 제한 때문에 성격을 포괄적으로 표현할 수 없다는 단점도 있다. 또 창조된 인물의 성격의 세부 사항과 전모를 알기 어려울 뿐만 아니라 작가의 견해가 끼어들기 어렵다는 점도 단점이다.

<학생작품>

　　엄마를 관에 담아 떠나보내고 얼마 지나지 않아서 노인이 나를 찾아왔다. 더 이상 볼일이 없을 거라고 생각한 나는 혹시라도 그 노인이 내게 준 이천만 원을 되돌려받으러 온 것일지도 모른다고 생각했다. 노인은 지금과는 전혀 다른 위엄이 느껴지는 고급스런 차에서 검은 양복을 입은 기사의 에스코트를 받으며 유유히 차에서 내렸다. 물론 그때나 지금이나 늘 지팡이와 함께한 그의 모습에서 위엄이랄까, 있어 보이는 듯한 느낌을 받기란 쉽지 않았지만 말이다. 기사는 내 앞에서 그를 사장님이라 칭했다. 나는 그 말이 몹시 거북스러웠다. 노인은 말을 하지 못한다고 했다. 나는 그가 내게 돈을 쥐어주면서 한마디의 말도 건네지 않았지만 그가 왜 말을 하지 않을까 라든지 그가 말을 못할 거라는 생각 따윈 하지 않았다. 내 관심 대상 밖의 노인이 어떤 종이들이 담긴 누런 서류봉투와 알아볼 수 없는 악필로 씌어진 편지를 내게 건넸다. 땅문서라도 될 법한 그 궁금한 서류봉투 안에는 뜻밖에도 엄마의 혼인신고서가 들어 있었다.

　　"그래서요? 이게 뭐죠?"

　　내가 노인을 뚫어져라 노려보자 기사가 "아가씨" 하며 막아섰다. 동네 건달이나 쓸 법한 호칭을 사용했기에 나는 몹시 신경이 거슬렸다. 하지만 호칭에 대해 걸고넘어진다면 그럼 무어라 부르냐고 되받아칠 것이 분명했기에 나는 잠자코 그의 말을 들었다.

– 황유원, 「아버지」 중에서

　　간접적인 표현이란 등장인물 스스로 말하게 하는 방법이다. 인물의 행동을 묘사하고 대화를 제시함으로써 인물의 성격을 드러낸다. 이는 작가가 직접 성격을 이야기하는 것이 아니라 등장인물 스스로 자신에 대해 알 수 있게 말하거나 행동하기 때문에 자연스럽게 인물의 성격을 드러내게 된다. 특히 극적 방법은 특정 인물의 말과 행동이 다른 인물과의 상호 관계에서 어떤 반응을 보이는가를 기술적으로 중요하게 여기기 때문에 인물이 훨씬 입체적이고 생동감이 있다. 이런 입체적인 성격들은 근대 이후 리얼리즘의 문예사조가 널리 퍼지면서 인물들이 소설 안에서 자연스럽게 말하고 행동하는 방식으로 변모하였다.

3) 인물을 독특한 배경에 의지하여 보여주기

인물의 성격은 다른 인물과의 대비나 비교에 의해 제기되기도 하고, 공간 배경과의 상호 교섭에 따라 형성되거나 제시되기도 한다. 예를 들면 선한 사람을 보여주기 위해 악인과 대결하게 한다거나, 선한 두 사람과의 대화를 통해 얼마나 선한 인물인가를 부각시킬 수 있다.

같은 바닷가를 공간 배경으로 삼더라도 그물을 수리하는 어부를 그려 보일 때의 바다는 평범하며, 복잡한 도시에서 탈출하여 머리를 식히려고 내려온 사람이 바라보는 바다는 각별하게 묘사될 수밖에 없을 것이다.

4) 인물의 사투리 구사로 생생한 인물 만들기

특히 대화에서는 지역의 독특한 사투리 구사를 통해 인물들의 직업이나 출신지 등 지리적 조건이 드러나고, 심지어 인물의 성격이나 톤의 미묘한 뉘앙스를 빌어 심리적 갈등까지 보여줄 수 있다. 극적 방법을 통해 창조되는 성격은 작가에 의해 규제당하거나 단정 지어지지 않기 때문에 인물의 생생한 면모를 보여주는 장점이 있다.

5) 극적이고 분석적인 두 방법이 조화를 이루어야 한다

그렇지만 극적 방법의 인물 제시에서 주의할 점은 성격 창조가 스토리의 흐름을 방해하게 해서는 안 된다는 점이다. 인물의 성격 창조는 그 자체로 중요한 것이 아니라, 작품 요소들이 조화 있게 작용할 때 효과를 얻을 수 있기 때문이다. 이는 결국 분석적인 방법과 극적 방법 두 가지가 적절하게 조화를 이루면서 인물의 성격 창조가 이루어져야 한다는 뜻이다.

4. 소설 창작에서 인물 만들기의 실제

1) 소설 쓰기란 새로운 인물을 창조하는 행위이다

소설 창작에서 인물 창조의 중요성을 '소설은 곧 인물이다.' 또는 '인물은 곧 소설이다.' 라는 정의로 강조하기도 한다. 시대를 초월하여 고전이 된 소설들은 중심 인물의 성격이 생생하게 살아 숨쉬고 있다. 돈키호테, 햄릿, 테스, 파우스트를 비롯하여 『죄와 벌』의 두 남녀, 『레미제라블』의 장발장, 『아큐정전』의 아큐, 『어머니』의 어머니는 우리 머릿속에 생생하게 살아 있다. 이런 생생한 인물 창조는 소설가들이 늘 소망하거나 꿈꾸는 것이기도 하다.

2) 반드시 일상인물을 모델로 설정하라

인물을 어떻게 창조해 낼까. 이 문제 역시 소설의 소재가 체험에서 비롯되었듯이 체험적인 인물에서 출발해야 한다고 말할 수 있다. 즉 모델이 있어야 한다는 뜻인데, 작가의 머릿속에서 현실의 인물이 가공의 사건 속을 종횡하며 살아 숨쉴 때 인물이 생생하게 재창조될 수 있다는 뜻이다.

소설 쓰기에서 인물은 기본적으로 다음과 같은 조건을 갖춰야 한다.

(1) 유일적 인물이어야 한다. 소설을 읽고 나서 틀림없이 독자들에게 이 사회 어딘가에 살아 있음직한 인물이라는 공감대를 획득할 수 있어야 한다.

(2) 전형적인 인물이라야 한다. 이는 당대 사회의 보편적인 인물을 모델로 삼아서 개성화해야 한다는 말이다.

(3) 독창적이고도 개성적인 인물이라야 한다.

(4) 생동감 있는 인물이라야 한다. 사회적인 계급이나 지적 수준, 직업, 나이, 성별 등에 따른 총체적인 조화를 바탕으로 할 뿐만 아니라 사건 속에서 사실적으로 살아 숨쉬는 인물이라야 한다.

(5) 작가의 세계관을 보여줄 수 있는 이상적이고, 정서적인 인물이라야 한다.

3) 소설 속 인물은 구체적으로 살아 있어야 한다

소설인물은 그가 살아온 삶의 이력, 기호, 이데올로기, 신체적 특징들을 일정하게 부여받는다. 그리고 이들은 우리 삶의 현장에서 언제라도 만날 수 있는 정도의 보편적인 인간이다. 여러 인물들이 등장하고 스토리가 복잡한 소설이라면 경우에 따라서는 개개의 인물들의 탄생 장소, 연대, 가족 관계, 성장 배경, 경력 등에 관한 세부 내용들을 도표로 만들 필요가 있을지도 모른다. 실제로 장편소설을 쓸 때는 이런 요소들이 서로 모순되거나 어긋나지 않게 하기 위해 인물마다 출생 정보와 같은 '기본적인 이력서'를 만들기도 한다. 이런 경우 체험적인 모델이 있으면 간단히 해결된다.

(1) 얼굴은 옹기 빛깔로 새까맣고, 가뜩이나 큰 키가, 가슴을 늘 몽당치마의 치마끈으로 칭칭 동이고 있어 장대같이 멋대가리 없이 뻣뻣하고, 사시장철 여자 건지 남자 건지 분명치 않은 찌들고 헐렁한 윗도리를 걸치고, 입으론 끊임없이 욕지거리를 투덜대며 힘든 일을 척척 해내는 흑과부를 보고 있으면, 보통 인간의 희로애락과는 전혀 다른 감정세계를 가진 괴물 같은 느낌이 들곤 했다.

(2) 그녀가 방 안으로 들어서자 그들은 모두 자리에서 일어났다. 키가 작고 뚱뚱한 여자였다. 그녀가 입은 검은 옷 위에는 가슴에서 내려와 허리 위 벨트 속으로 숨어버리는 가는 금줄이 걸려 있었다. 그리고 그녀는 색 바랜 금빛 자루가 달린 흑단 지팡이에 몸을 의지하고 있었다. 그녀의 골격은 작고 볼품없

었다.

작중인물들은 단순히 작가의 의도를 재현하고 따르는, 태엽이 감긴 인형과 같은 수동적 존재가 아니라 살아 숨쉬는 존재이며, 자신만의 독자적인 행동의 기율에 따라 제 운명을 헤쳐 나가는 능동적인 존재가 되도록 해야 한다.

물론 작중인물을 만들어 내는 것은 전적으로 작가 몫이다. 이 말은 작중인물이란 작가라는 창조자가 없다면 존재할 수 없다는 뜻이기도 하다. 작가의 상상력 속에서 잉태된 이 인물은 소설의 공간이라는 세계 속에 자신의 존재를 드러내는 순간부터 자발성과 독자성을 지니게 된다.

4) 인물은 작품을 구상할 때 이미 구체적으로 계획되어 있어야 한다

소설의 문장에는 직접 다 나타나지 않더라도 작가의 메모 너머에는 다음 기본 요건을 가진 인물로 계획되어 있어야 한다.

(1) 인물의 조건 제시 : 이름, 성장 배경, 성격 등을 작품에서의 역할에 따라 개성적으로 기록해 두는 것이 좋다. 이름이 때로 성격을 드러내기도 한다.

(2) 가족과 사회 구성원으로서의 조건과 가풍, 형제 · 친척 간의 관계 등은 인물 모습을 구체적으로 드러내는 데 중요한 요건이 된다.

(3) 개인의 신체적 · 정서적 조건을 설정해야 한다. 우선 인물의 외형을 타인에게 보여주어야 한다. 그리고 그 외모와 내면적인 특성(정서나 성격)은 통일적 · 구체적으로 나타나야 한다.

5) 소설이 전개되면서 인물도 발전해야 한다

사건 전개에 따라 인물도 함께 발전해 간다. 즉 발단 단계에서 인물을 개략적으로 제시하고, 전개 단계에서 독자와 함께 인물이 살아가는 모습을 살펴본다. 즉 소설의 진행에 따라 인물이 구체화되고 성장해 나간다. 이때 인물의 성격이 발전·변화에 따라 플롯 단계가 동시에 진행될 수 있다.

6) 사실성이 확보되면 소설인물은 과장되기도 한다

대개 인물은 독자에게 이미지를 통해 전달된다. 인물의 이지미는 단순할수록 좋은데, 그러다 보니 당연히 과장이 된다. 다만 앞뒤 상황을 통해 먼저 사실적인 분위기가 조성되어야 인물에 대한 과장도 자연스럽다. 별 세계를 여행하는『어린왕자』의 어린왕자가 사실성을 담보로 마음 놓고 별나라든 우주의 어느 곳이고 상상의 여행을 한다.

7) 인물을 형상화하는 방법은 여러 각도에서 계획되어야 한다

소설 속 인물의 행동이나 이미지가 먼저 작가의 머릿속에 살아 있어야 한다. 이를 위해서는 체험적인 모델 인물이 반드시 있어야 한다. 그 상황에서 대화가 효과적인지 아니면 지문이 효과적인지 결정해야 한다. 물론 이 선택 후에도 서술적인 방법이나 묘사적인 방법 등 효과적인 표현 방법을 찾아야 한다. 어느 경우든 중요한 것은 간결하면서도 강렬한 인상을 제시하는 것인데, 이는 구체적이고 감각적인 언어로서만 가능할 것이다.

다음 예문들은 각각 대화나 지문 혹은 대화와 지문을 병행하여 인물의 이미지를 효과적으로 드러내고 있다.

〈학생작품〉

"이걸 그냥, 콱! 어디서 남편이 말하는데 말대답이야!"

남편이 팔을 번쩍 들어 올려 나를 때릴 듯 위협을 했다. 이렇게 나는 많은 사람들 앞에서 하나의 작은 점처럼 초라하고 비참한 존재가 되어 버렸다. 남편이 아이를 향해 손가락질을 했다.

"야! 병신새끼, 너 같은 거 필요 없으니까 썩 꺼져! 에이, 재수 없어!"

그러고 나서 남편은 벽 쪽으로 휙 몸을 돌려 누워 버렸다. 이럴 땐 정말 가슴 속에 잘 갈려진 칼을 꺼내 남편의 그 역겹고 썩은 내가 진동하는 심장을 도려내 버리고 싶은 충동에서 벗어날 수 없다. 그러나 아직 내게는 칼을 잡을만한 용기는 없었다. 간호사가 들어와 남편에게 링거를 놓기 위해 주삿바늘을 만지며 말했다.

"어머, 저기 있는 덩치 좋은 청년이 이광기 님 아드님이신가 봐요? 아버지를 붕어빵같이 쏙 빼닮았네요!"

간호사가 웃으며 주삿바늘을 팔뚝으로 가져가려 하자 남편이 버럭 성을 내어 말했다.

"뭐라고? 누가 누굴 닮아? 그리고, 누가 저런 병신새끼가 내 아들이라 그랬어?"

남편의 목소리는 천장을 뚫고 하늘의 구름까지 뚫을 정도로 엄청나게 컸다. 그 소리에 간호사가 움찔 놀라자, 남편은 기세가 등등해져서 말했다.

"난 저런 병신새끼 따위를 아들로 둔 적이 없다구!"

간호사는 얼른 링거를 꽂아주고 그 자리를 피해 도망치듯 달아났다.

한숨이 저절로 나왔다. 그리고 너무나 창피하여 단 일 초라도 남편 곁에 있고 싶지 않아서 가방을 들었다.

"링거 다 맞을 때쯤 올게요. 결과도 그때쯤 나온다고 하니까 좀 쉬세요."

"오려면 저 병신새끼는 집에다 두고 와."

나는 민수를 데리고 그 지긋지긋한 곳을 빠져 나왔다. 갑자기 눈물이 앞을 가로막았다.

– 유혜영, 「어떤 여행」 중에서

위의 소설은 대화와 지문을 통해서 폭력적인 남편과 이에 소극적으로 당하기만 하는 아내의 소심하고 소극적인 성격이 잘 나타나 있다. 뿐만 아니라 장애아를 둔 부부의 갈등과 아픔을 잘 보여주고 있다.

8) 주 인물을 베일에 가려 두었다가 서서히 드러내는 기법도 있다

소설은 인물을 베일 속에 숨겨 두거나 아니면 수수께끼의 인물로 제시했다가 서서히 그 모습을 공개한다.

> 구름 사이로 달이 빠져나오자 반짝, 개천이 드러났다. 살얼음이 낀 개천은 달빛을 받아 무슨 시체처럼 차갑게 반짝거리며 아래쪽 미류나무 숲으로 사행(蛇行)의 긴 꼬리를 감추고 있었다. 바로 그 미류나무숲 언저리로부터 한 사내가 개천 둑에 모습을 나타내었다. 사내는 등에 누군가를 업고 있었는데, 외투로 보자기를 씌워서 멀리서 보면 흡사 곱사등 같은 모습이었다. 사내는 그런 모습으로 깊게 눌러쓴 벙거지 속의 눈빛을 세워 사방을 휘둘러보며 천천히 개천을 따라 거슬러 올라왔다. 개천의 양켠으로는 추수가 끝난 논밭들이 을씨년스럽게 버려져 있었는데, 개천의 위쪽에서 북풍이 몰릴 때마다 어디선가 마른 수수깡 소리가 들릴 때마다 사내는 흠칫 놀라서 걸음을 멈추곤 했다. 개천을 가로지른 신작로의 다리를 넘어서자 사내는 벙거지를 벗고 이마의 땀을 훔쳤다. 사내는 무심결에 달을 쳐다보았다. 부족하지도 넘치지도 않는 만월이 구름 사이를 빠르게 움직이고 있었다. 반백(半白)의 구레나룻으로 뒤덮인 사내의 얼굴에 어떤 음영이 서리는가 싶더니 이내 사라져버렸다.
>
> — 송기원, 「월행」 중에서

위의 예문은 소설의 시작 장면이다. 인물은 베일에 가려져 있다가 서서히 모습을 드러낸다. 여전히 밝혀지지 않은 부분이 남아 있긴 하지만 인물을 배경과 함께 조화를 이루며 차츰 모습을 드러내는 것은 소설 쓰기의 기교 중 하나다.

9) 한 편의 소설에서 인물의 종합적인 해석이 가능해야 한다

소설의 진행에 따라 인물이 다양하게 변모하는 과정을 거치게 되지만, 소설의 단계에 따라 독자에게 인물에 대한 정보나 가치가 종합적이고 체계적으로 제시되어야 한다. 이는 소설인물이 작가가 구상 단계부터 작품 안에 미리 계획해둔 인물이라야 하며, 소설이 전개되는 동안 그 계획에 따라 차츰 모습을 드러내되 결국은 인물에 대한 종합적인 해석이 가능해야 한다는 뜻이다.

배경은 소설의 중심 이미지다

배경(背景, background)은 소설에서 기둥 역할을 한다. 소설에서 배경은 인물 사건과 함께 소설 구성의 3요소가 된다. 소설에서 배경은 소설의 제목이나 주제, 정서 등을 총체적으로 반영한 중심 이미지를 구성하는 핵심 요소이다. 소설 쓰기에서 배경을 효과적으로 활용하는 방법을 익혀 보자.

제9장 | 배경은 소설의 중심 이미지다

1. 배경의 개념

배경은 다양한 의미를 지닌다. 무대 장치를 뜻하기도 하고 사진이나 그림 등에서 그 주요 제재(題材) 뒤편에 펼쳐진 부분을 가리키기도 한다. 특히 소설에서는 시대적 · 역사적인 환경을 뜻하는 시간적 배경과, 사건이나 환경을 둘러싼 주위의 정경인 공간적 배경 등으로 구체화된다. 좀 더 세밀하게 들여다보면 배경은 사건의 공간적 배경, 사회적 배경, 역사적 배경뿐만 아니라 정치 · 종교 · 민족 · 문화적 배경 등을 포괄한다. 여기서는 시간과 공간 배경을 중심으로 살펴보고자 한다. 물론 여러 가지 배경들은 서로 뚜렷한 경계를 가지지는 않는다.

1) 배경의 일반적 유형
아래 소설 문장을 통해서 몇 가지 중요한 배경의 유형을 구별해 보자.

(1) 서산마루에 걸려 있는 빨간 햇덩이가 하늘을 곱게 물들이고 있었다.
→ 시간 · 공간 배경
(2) 안방에서 물레 잣던 노파는 '조랭이 사려' 외치고 다니는 조리장수의 목소리를 듣고 잠시 물레 잣기를 멈췄다. → 시대(시간) · 공간 · 정서 배경
(3) "자네 보다시피 노친께서는 기력이 여전허시고 따른 식구덜도 모다덜

잘 지내고 있네. 그러니께 집안일일랑 아모 염려 말고 어서 어서 자네 가야 헐 디로 가소." → 시대(시간)·공간·사상·정서·문화적 배경

(1)은 저녁놀 무렵의 산의 정경으로, 시간과 공간 배경을 동시에 보여준다. 그러나 (2)의 경우는 안방에서 물레를 자으며 밖에서 들려오는 소리를 듣는 장면을 통해 공간 배경은 물론 '물레 잣던 노파'와 '조랭이 사려' 등에서 시대적 배경과 정서적 배경도 동시에 보여준다. (3)은 윤흥길의 「장마」의 한 구절인데, '사람이 죽어 원혼이 구렁이로 변했다고 믿는' 토속 신앙에 젖은 노인의 모습을 통해 시간 공간은 물론 사회 역사 민족 문화적 배경 등을 포괄하여 보여주고 있다. 이렇게 배경은 시간·공간·사상·정서·사회·역사·문화적 배경과 같은 다양하고 종합적인 층위를 이루고 있다. 그리고 이들 배경은 경계를 지어 설명할 수 없다는 점이다.

2) 고대소설과 현대소설의 배경 변화

소설에서 배경이 본격적인 의미를 지니게 된 것은 현대소설에서부터이다. 고대소설에서는 추상적으로 제시되던 배경이 현대소설에 이르러서는 사실성을 갖추고 구체적으로 제시되는 것이 일반적이다. 그러나 초현실주의 소설 등에서는 도리어 배경이 추상화되기도 한다. 초현실적인 세계는 부조리의 세계로, 현실적인 질서가 아주 구체적이거나 무시된다.

소설의 발달 과정에 따른 배경의 변화를 정리하면 다음과 같다.

(1) 고대소설 : 신화적 배경으로, 추상적이거나 단순하다. 사실성 보다는 사건 자체에서 흥미를 찾거나 의미를 둔다.
(2) 현대소설 : 구체적인 삶의 현장을 주된 관심으로 삼기 때문에 특히 사실적인 배경이 중시된다.

(3) 반 소설 : 초현실 세계의 무의식적인 소설에서는 시간·공간 배경의 질서가 없다. 다만 사실성은 유지된다. 배경이 추상적이거나 구체적인 두 양상이 동시에 나타나기도 한다.

3) 배경과 소설의 통일성

소설의 배경은 소설의 이미지를 구체적으로 드러내는 장치이므로 가능한 단일해야 한다. 김승옥[26]의 「무진기행」은 안개 낀 작은 도시 무진(霧津)이 중심 배경으로, 통일성을 갖췄다. 장편소설과 달리 비교적 주제나 문제가 집약된 단편소설에서는 특히 배경이 단순하게 제시된다. 물론 장편소설도 가능한 한 배경이 단순해야 통일성을 갖게 되지만, 장편소설은 구조적인 특성상 배경의 변화에 큰 제약을 받지 않는다.

2. 배경의 유형과 성격에 대한 이해

1) 시·공간 배경을 나누어 볼 수 있지만 이들은 별개의 배경이 아니다

일반적으로 시간적 배경과 공간적 배경을 나눌 때가 많다. 그러나 시간적 배경과 공간적 배경은 서로 호응하기 때문에 절대적인 경계를 지니고 있지 않다. 즉 소설에서 사건 진행과 함께 시간과 공간 배경이 동시에 변화한다는 뜻이다.

〈학생작품〉

아침 늦게까지 잠을 잤다. 명랑하고 맑은 봄날이었다. 겨우 잠에서 깨어나 머리를 식히려고 공원을 거닐었으나 졸음은 여전히 짙은 안개처럼 머리에 남아 있었다. 공원 안에는 보라색 과꽃이 햇빛 아래 화사하게 웃고 있었다. 또 따뜻하고 부드러운 봄 햇살이 연초록의 작고 부드러운 나뭇잎 사이를 넘나들고 있었다. 그러나 나는 다만 그것을 보고 있을 뿐이고 도통 어떤 실감도 나지 않았다. 나는 이 세상 무엇에도 관심이 없었다. 이때 갑자기 공원 벤치에서 그때 들었던 작은 노랫가락이 환청처럼 들려왔다. 어느새 내 곁에는 두 해 전 9월의 어느 날이 강하고 뚜렷한 걸음으로 다가와 있었다.

– 김은주, 「무섭던 날」 중에서

위의 예문은 시간적 배경(봄날 아침)과 공간적 배경(공원)을 동시에 제시해 준다. 그러다가 회상을 매개로 두 해 전 시간으로 거슬러 올라가면서 시간 배경에 갑자기 변화가 온다.

2) 전체 배경과 부분 배경으로 나뉜다

전체와 부분이 뚜렷한 경계로 나뉘는 것은 아니다. 전체 배경과 부분 배경은 중심 사건의 배경과 부차적 사건의 배경으로 구별하여 말할 수도 있다. 예를 들면 어느 도시의 가난한 판자촌, 그 중에서 맞벌이 부부와 아이들이 함께 생활하는 단칸방은 전체(상위)-부분(하위) 배경을 동시에 보여준다. 공간 배경을 제시할 때는 각 층위 간 긴밀하고 유기적인 질서를 갖춰야 한다.

〈학생작품〉

봄밤을 눈 시리도록 하얗게 수놓았던 벚꽃이 온 힘을 다하여 마지막 향기를 뿜어 댈 때 나는 이사를 가게 되었다. 멀리는 빌딩의 숲들이 펼쳐 있고 가까이에는 작은 집들이 산 능선을 따라 퍼즐처럼 다닥다닥 붙어 있었다. 어지럽게 교차된 주황색 빨랫줄, 온 동네가 내려다보이는 옥상 난간, 아침마다 주인여자의 손이 닿던 옥탑 방문, 굽 높은 구두를 신었거나 술을 마신 날이면 정신을 바짝 차려야 했던 가파른 계단, 누렇게 변색된 벽지, 울퉁불퉁해진 장판, 눅눅해진 천장, 날벌레들의 시신이 잔뜩 안치되어 있는 전등…… 이 모든 것이 아쉬웠다.

– 임지선, 「이웃」 중에서

위의 소설은 이야기의 큰 흐름을 잘 좇고 있는데, 특히 원근법에 충실하여 독자들을 소설 속으로 효과적으로 끌어들이고 있다. 이는 전체 배경과 부분 배경을 효율적으로 활용한 결과라고 볼 수 있다.

3) 중립적 배경과 기능적 배경으로 나눌 수 있다

중립적 배경은 사건의 사실성을 위해 제시하는 단순 배경이다. 예를 들면 방황하는 인물에 대한 정보를 제공하기 위해 비오는 날 미친 듯이 차들이 질주하는 도로를 따라 달리는 주인공의 모습을 보여준다면 비오는 날의 도로는 단순히 사실성만을 표현해 주면 된다.

반면에 기능적 배경은 작가의 의식세계나 소설의 중심 소재, 주제 등이 밀접하게 관련된다. 예를 들면 이상의 「날개」의 방이나 선우휘의 「불꽃」의 동굴은 사실적인 의미를 지니는 동시에 주제 및 작가의 의식세계를 드러내는 데 중요한 공간이 된다.

배경 설정은 사실적인 동시에 상징성을 지니도록 하는 것이 바람직하다. 소설인물이 세속의 사건을 피해 동굴 속으로 찾아들어가 자아 발견과 같은 깨달음의 과정을 거쳤다면 이때 동굴은 사실적인 기능과 동시에 재생의 공간이라는 상징적인 배경 역할을 동시에 수행한다. 이렇게 보면 소설에서 방황하는 인물이 걷는 길은 사실적이면서 동시에 실존적 자아를 깨달아가는 상징적인 배경으로 해석되기도 한다. 또 하나의 예를 든다면 '골방'은 실존적 존재의 고독과 비극을 드러내기 위한 어둠과 파탄의 배경으로 흔히 활용된다.

베란다 문을 열고 녹슨 철계단을 하나씩 밟아 오른다. 하느님이 있는 곳으로, 천사가 날갯짓하며 내려와 포근한 가슴에 나를 안고서 노래 불러주는 곳으로, 가슴이 아리지도 않고, 배도 아프지 않고, 누구도 내 몸에 손대지 않는 곳. 그렇지만 사실 천사는 없었다.

내 볼같이 야위어버린 달이 가는 눈을 뜨고서는 먼저 와 있었다. 동네에서 가장 먼저 이 층이 올라간 집. 이사를 오면서 시원한 바람이 불어서 좋았던 집. 옥상에 올라 고개가 꺾일 만치 하늘을 올려다보면, 동그란 달이 나를 마중 나와 덩실덩실 춤을 출 것만 같았던 집, 달과 춤을 추다 보면 별들이 쏟아져 내리며 박수를 쳐줄 것 같았던 집. 손 있는 날이라 이사하기를 꺼렸던 엄마의 말을 무시하고, 굳이 손 있는 날 이사를 강행한 아버지. 이사를 한 후로 일 센티미터도 키가 크지 않은 채로, 달이 마중 나올 것만 같았던, 옥상이 있는 집의 천장은 날 누르고, 누르고, 또 누르고는 했다.

아버지에게 구박을 받을 때면, 아버지에게 욕을 얻어먹을 때면, 아버지의 옹이가 굵은 손이 내 얼굴이고 마른 몸에, 아무렇게나 폭력을 행사할 때면, 언젠가부터 옥상으로 도망을 쳤다. 시골에서 자란, 홀어머니 밑에서 토벽이 무너져가는 초가집에 살았던 아버지가 옥상이 무서워 오르지 못한다는 것을 알고 난 이후부터, 옥상은 내가 말랐다고 욕을 하는 사람 없고, 내가 다리 밑에서 울고 있었다고 때리는 사람이 없는, 편안한 꿈속의 공간이었다.

― 최성춘, 「옥탑방」 중에서

위의 소설에서 옥상과 옥탑방은 사실적인 공간인 동시에 중립적인 배경이다. 이 소설에서 옥상은 일차적으로 폭력으로부터 벗어날 수 있는 현실적인 도피처이다. 동시에 자아의 탈출구이자 해방구로, 원초적인 고통을 치유하는 장소이거나 도피처를 상징함으로써 기능적 배경으로 확장된다. 이렇게, 세련된 작가라면 단순히 사실적(중립적)인 공간으로 표현하는 듯하면서도 독자에게 기능적 배경이 되도록 활용하기도 한다.

요즘은 옥탑방이 사이버 공간, 혹은 스마트폰 공간으로 바뀌기도 한다.

4) 초현실주의 소설에서는 현실적인 배경이 무시되기도 한다

초현실주의 소설에서는 자아의 인식에 필요한 상황이 질서 없이 불쑥불쑥 등장하기 때문에 시간 공간 배경 구별 자체가 무의미하다. 오로지 소설적인 상황 설정이 있을 뿐이고, 이런 경우 이미지를 중심으로 전개하기 때문에 현실적인 배경을 특정하는 경우가 많다.

〈학생작품〉

짜증나는 여름이 시작되었다.

잘 돌아가던 에어컨이 갑자기 작동을 멈췄다. 한 달을 준비해온 프로젝트가 쓰레기통에 처박혔다. 바쁜 스케줄로 엔지니어를 부를 수가 없다. 상사가 어처구니없는 궤변을 늘어놓는다. 선풍기조차도 없다. 열등감에 찬 그의 눈이 싫다. 기상캐스터가 밝은 얼굴로 최악의 열대야를 전했다.

22시, 나의 발길은 회사 근처 바로 돌려졌다. 어두운 지하로 들어서면 은은한 조명으로 굳이 자세히 보지 않는다면 서로의 표정이 드러나지 않는다. 금요일 저녁, 오히려 내 기분과 같이 모두 우울해 보인다. 간간히 들려오는 이야기 소리와 웃음소리를 제외하면 지금 이 순간은 나와 잔만이 서로 마주하고 있다. 잔 가득 차오른 알코올은 점점 춤을 추기 시작한다. 이리저리 흔들리는 그것은 바이칼 호수가 부럽지 않다는 듯 출렁이고 있었다. 작은 잔에 담긴 그것이 우스웠다. 그래서 비웃었다. 잔의 출렁거림이 멈추고 작은 동그라미 안으로 내 얼굴이 비쳤다. 그리고 그것을 다시 비웃었다.

　몇 번을 더 넘겼는지 모르겠다. 정신이 혼미했다. 집에 가겠단 일념 하나로 몸을 일으켰지만 집에 갈 수 없을 것 같았다. 몸은 천근만근이었고 내가 딛고 있는 땅은 이미 흙으로 다져진 단단함을 가지고 있지 않았다. 마치 구름 위를 걷는 듯 푹푹 꺼졌다. 어쩌면 내가 꿈을 꾸고 있는지도 모른다고 생각했다. 이 세상이 갑자기 한없이 적막하게 느껴졌기 때문이다. 내게 익숙했던 길은 끝없는 미로로, 한 치의 빛도 없는 곳으로 바뀌어 있었다.

– 김민정, 「낙타」 중에서

　혼란스럽게 이런저런 장면들을 무질서하게 늘어놓았다. 그러나 그러한 장면전환이 오히려 짜증나는 여름 날, 자아분열의 상황을 효과적으로 제시하고 있다. 여기서는 소설적 정황이 중심일 뿐이고, 시간이나 공간 배경은 하나의 장치에 불과하다는 사실을 알 수 있다.

3. 배경을 소설 창작에서 효과적으로 활용하기

1) 중립 배경과 기능적 배경을 동시에 고려하라

　사건의 흐름에 중심을 두면서 필요한 배경을 설정하되, 가능한 사실적이면서도 의미를 상징적으로 드러낼 수 있는 배경을 선택하는 것이 바람직하다. 이는 이미지의 결합을 통해 시도하기도 하는데, 예를 들면 비바람이 몰아치는 날 죽음의 그림자가 다가서는 것을 느낄 수 있도록 설정했다면 음산한 밤과 죽음은 동일한 이미지 연결로서 자연스럽게 사실적이고 기능적인 배경이라는 것이다. 여기서 비바람이 몰아치는 날은 사실적 배경이면서 죽음의 그림자를 동시에 담아낸다.

2) 소설 창작 과정에서 배경은 머릿속에 항상 살아 있어야 한다

소설 쓰기를 계획할 때 자신이 잘 아는 체험적인 실제 배경을 미리 설정해 두어야 한다. 그래야 소설을 쓰는 동안 실제 작가의 머릿속에 배경이 생생하게 살아있게 되고, 소설적 정황을 구체적으로 형상화시킬 수 있다.

3) 현재를 중심으로 과거의 시공간을 넘나들면 배경의 통일성 유지가 쉽다

예를 들면 인물이 현재 아파트에 붙박아 있으면서 과거의 여러 다양한 공간에서 있었던 추억들을 떠올리는 식으로 소설이 진행된다면 시간과 장소 이동의 혼란을 해결할 수 있다.

다음 작품에서 주된 인물은 아파트 안에만 있으면서 여러 사건들을 회상하고 있다. 이는 아파트를 중심 배경으로 하면서 다양한 배경 변화를 꾀하고 있다. 오늘 날 현대인들에게 아파트는 단순한 삶의 공간을 넘어 실존적이고 타인과의 단절 등 다층적인 의미의 공간이 되었다는 점도 특기할 만하다.

〈학생작품〉

비 내리는 소리에 나는 일찍 눈을 뜨게 되었다. 아직 어둑한 창밖으로 비가 지나가고 있었다. 이제 곧 새벽이 올 것이다. 나는 조용히 방을 나와 베란다로 갔다. 외할머니 방은 아직 문이 닫혀 있었다. 엄마가 죽은 후로 외할머니는 엄마와 내가 살던 아파트로 들어왔다. 원래 엄마와 사이가 좋지 않았던 큰외삼촌은 외할머니 짐을 실어다 주고는 나와 눈도 맞추지 않고 돌아가 버렸다. 아파트를 나가며 큰외삼촌이 미련한 계집애, 그래 죽는 게 낫지, 라고 중얼거리는 것을 할머니는 듣고도 모른 척했다. 큰외삼촌은 그때나 지금이나 외할머니와 함께 큰외삼촌 댁에 가기 전까지는 볼 수 없는 무서운 존재였다. 비가 제법 굵게 내리고 있었다. 아침 출근길이 혼잡하리라고 생각을 하니 내가 오늘도 출근을 해야 하는 처지라는 것이 그렇게 진저리 쳐질 수가 없었다. 나는 그냥저냥 고등교육을 마치고 서울의 명문이라 할 수 없는 대학에 들어갔고, 지금은 경력 2년의 작은 전자 관련 회사 말단 직원이다. 회사에서는 믿을 수 없을 만큼 매일 똑같은 일이 나를 기다리고 있었고, 제일 고비라는 3년차를 내 특유의 덤덤함으로 버티고 있는 중이다. 손가락과 발가락이 차가워질 때쯤 새벽은 어슴푸레 떠올랐다. 이렇게 베란다에 웅크리고 앉아 새벽을 바라볼 때면 나는 자연스레 엄마를 떠올렸다. 외할머니의 방문이 조용히 열렸다. 젊은 것이 아침잠 없는 것은 지 에미를 쏙 닮아 가지고. 할머니는 내게 들리도록 혼잣말을 했다. 새벽 냄새는 날이 완전히 밝아지기 전까지 계속 허공을 떠돌았다.

– 이 현,「에미」중에서

4) 작가의 의도에 따라 시간 공간 배경이 임의로 선택된다

배경은 작가가 그 작품 상황에 알맞게 의도적으로 설정한다. 흔한 예로, 남녀가 헤어지는 상황이라면 청승맞은 빗줄기가 내리게 한다든지, 바람이 몹시 불어 그가 선물한 스카프가 날아가 버렸다는 설정은 작가가 의도적으로 설정한 상황이며, 이런 상황과 배경 설정은 소설의 완성도를 높여 준다. 이는 작가가 문학적인 정서를 위해서 의도적으로 설정하는 사건이며 이는 작가가 공간 시간 배경을 효과적으로 활용한다는 말이다. 소설 속에서 사랑하는 남녀가 왜 한적한 바닷가에 가는지, 왜 하필 목련이 지는 날 이별하는지, 작가의 의도를 알아야 한다.

〈학생작품〉

이 늦은 저녁에 가출을 할 리 만무한데, 요즘 남편의 행동반경은 수시로 바뀌고 있었다. 답답증을 건디다 못해 옥상에 올라가 있으려니 짐작했다. 남편은 그곳에 작게나마 터를 만들어 상추 따위를 어루만지는 재미에 스스로 위안의 방법을 터득해가는 눈치를 보이기도 했다. 그러한 남편의 행동이 가져다주는 일말의 안도감이 그녀에게는 그나마 숨통을 트이게 했다. 그러나 여린 새싹들을 어루만지고 있을 거라는 그녀의 추측과는 달리 그는 돗자리 한가운데 고즈넉이 앉아 있었다. 어둠 속에 쭈그리고 앉아 있는 남편의 등 너머로 명멸하는 도시의 밤풍경이 아스라이 펼쳐져 있었다. 남편은 무슨 생각에 그리 깊이 빠져 있었던 것일까. 미동도 없이 먼 밤하늘을 바라보고 있던 그의 뒷모습이 시시때때로 그녀를 괴롭히는 것이다. 소리 없이 기어 다니는 바퀴벌레처럼 그것은 그녀의 얇고 투명한 보호막을 야금야금 허물어 가고 있는 것 같은 불안감이 엄습해 왔다.

– 이소진, 「미명」 중에서

물론 소설 속의 사건은 소설의 흐름에서 자연스럽게 설정된 사건일 수 있지만, 인물을 밤하늘과 도시의 밤 풍경이 있는 옥상으로 옮겨 놓은 것은 분명 작가의 의도가 깊이 배어 있는 설정이다.

5) 배경은 상위에서 하위에 이르기까지 층위가 다양하다

소설의 배경은 작품의 전체 배경인 상위 배경에서부터 한 장면의 배경인 하위 배경에 이르기까지 그 층위가 다양하다. 가능한 중심 배경이 되는 상위 배경의 틀 속에서 다양한 하위 배경을 제시하여 풍부하고 신선한 느낌을 주면서도 통일성을 유지할 수 있도록 설정하는 것이 좋다.

예를 들면, 「무진기행」에서는 무진이라는 소도시가 중심 배경이지만 옛 기억의 골방이 하위 배경으로 제시된다. 또 고향 후배 '박'을 만나는 장소와 중학교 동창인 '조'를 만날 때, '하인숙'이라는 음악 교사를 만나게 될 때, 무진이라는 소도시의 하위 개념의 배경들이 다양하게 나타나게 된다. 무진이라는 소도시를 소설의 중심 배경으로 하면서 사건에 따른 하위의 배경들을 다양하게 배치하여 소설의 신선하고 풍부한 세계를 형성한 것이다.

6) 작가가 배경을 직접 제시하거나, 등장인물의 눈을 통해 제시할 수도 있다

이는 이야기 방법 선택과 관련이 있다. 이때 배경은 일정한 이야기 방식 안에서 사실적으로 선택되어야 한다. 예를 들면 일인칭 주인공이 독백하듯 이야기가 진행되는 장면은 주인공의 체험적인 배경이 중심이어야 하며, 다른 사람의 체험인 경우에는 대화를 통해 들려주는 방식이라야 자연스럽게 배경이 드러나게 된다.

7) 배경이 인상적으로 제시되었을 때 독자에게 강한 인상을 심어줄 수 있다

연극 무대에서 배경의 변화가 최소한으로 운용되듯, 소설의 배경이 간결하면서 통일성을 갖출 때 강한 인상을 줄 수 있다.

8) 파리에 가보지 않은 독자에게 파리 이야기가 신선하다

같은 이야기라 하더라도 새로운 배경에 담아낼 때 독자에게 신선함을 제공할 수 있다. 도시의 독자들에게는 산 이야기나 바다 이야기가 신선할 수 있다. 국내 독자들에게 파리 유학생들의 사랑 이야기가 신선할 수 있다.

9) 주제나 의미에 걸맞은 배경을 선택해야 한다

예를 들면 황석영의 「삼포 가는 길」은 저무는 밤이나 벌판이 중심 배경인데, 이는 소설의 주제를 효과적으로 뒷받침하고 있다. 소설의 제목과 소설의 주제가 어떤 이미지로 맞닿아 있는가가 소설의 성패를 좌우하기도 한다는 예가 될 수 있다. 구체적인 배경을 통해 소설이 전개되면 주제가 보다 선명하

게 드러나게 된다. 이효석의 「메밀꽃 필 무렵」도 제목으로 이미 일정한 배경이 제시되었으며, 주제도 정해졌다. 실제로 작품의 중심 배경은 파장 무렵의 장터와 메밀꽃이 흐드러진 산골길이다. 소설의 주제가 '인생 파장 무렵 허생원의 고단한 삶'이라면 실제 여름 시골 장터의 파장 무렵은 인생 파장을 상징적으로 제시하게 되며, 밤중 메밀꽃 핀 길은 고단한 인생길을 또다른 상징으로 보여준다.

10) 작가마다 즐겨 쓰는 배경이 있다

이는 소설의 소재가 작가 자신의 절실한 체험에서 비롯되는 문제와 무관하지 않다. 그래서 대개의 작가들이 자신이 사는 삶의 공간이나 고향을 천착한다. 소설을 쓰는 동안 배경과 사건이 작가의 머릿속에 생생하게 살아 있어야 제대로 된 표현을 할 수 있기 때문일 것이다.

11) 시·공간 배경은 전체와 부분이 조화를 이루도록 설정하라

배경은 시간, 장소, 이동의 개념을 포함한다는 점에서 플롯과 관련이 있으며, 작품의 긴장감은 물론 통일성을 드러내는 기본 요소이기도 하다.

최인훈의 『광장』은 주인공 이명준이 남과 북을 오가며, 전쟁터와 남쪽의 포로수용소, 인도양으로 공간 배경이 바뀌어 간다. 이러한 공간 이동과 함께 사건이 긴장감 있게 진행되었다.

송기원[27]의 「월행」도 한 사내가 고향을 찾아오면서 옛적 고향에서 일어난 사건을 회고하는 내용으로 전개된다. 중심 공간은 고향 마을에 국한되지만, 하위 배경의 공간은 한곳에만 머물러 있지 않고 사건과 함께 빈번히 이동한다. 사내가 고향을 찾아오는 것으로 소설이 시작된 것처럼 다시 고향을 떠나는 것으로 소설이 끝난다. 이런 수미쌍관의 플롯 구조는 배경의 통일성을 갖추는 데 효과적인 방법이다.

"이 일을

어떻게 들려줘야 재밌을까,

고민하라."

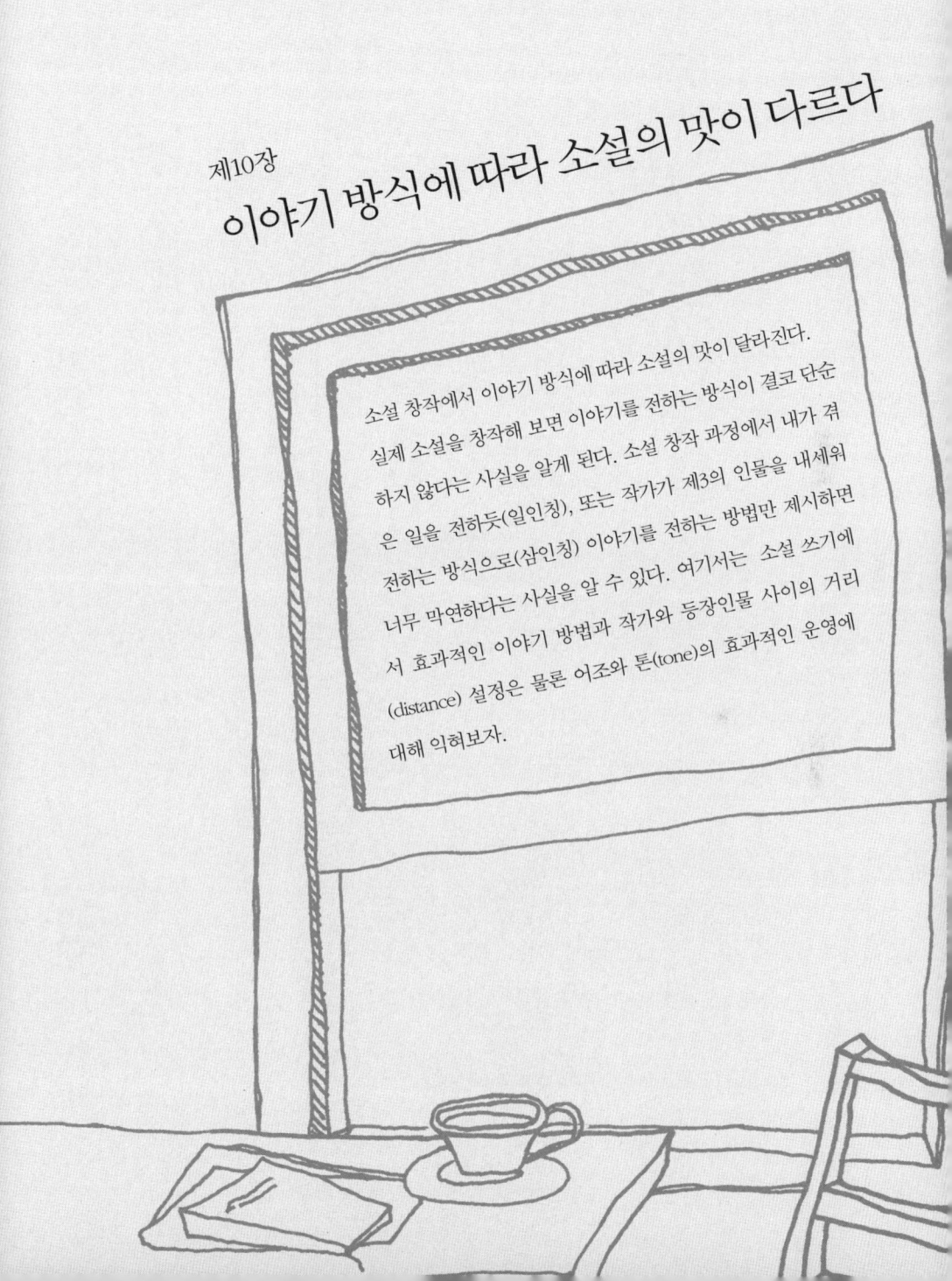

제10장
이야기 방식에 따라 소설의 맛이 다르다

소설 창작에서 이야기 방식에 따라 소설의 맛이 달라진다. 실제 소설을 창작해 보면 이야기를 전하는 방식이 결코 단순하지 않다는 사실을 알게 된다. 소설 창작 과정에서 내가 겪은 일을 전하듯(일인칭), 또는 작가가 제3의 인물을 내세워 전하는 방식으로(삼인칭) 이야기를 전하는 방법만 제시하면 너무 막연하다는 사실을 알 수 있다. 여기서는 소설 쓰기에서 효과적인 이야기 방법과 작가와 등장인물 사이의 거리(distance) 설정은 물론 어조와 톤(tone)의 효과적인 운영에 대해 익혀보자.

제10장 | 이야기 방식에 따라 소설의 맛이 다르다

1. 작가와 작중인물의 거리 설정하기

소설 창작을 시작할 때 작가가 가장 먼저 직면하는 문제가 이야기 방식이다. 주된 인물이 사건을 직접 이야기하도록 할 것인지, 아니면 부수적인 인물로 하여금 주인공의 이야기를 하게 할 것인지, 또는 작가가 이야기를 하고 거기에 사건을 분석 비평까지 할 것인지를 고심하게 되는 것이다. 더욱이 이야기 방식이 복잡하고 다양하기 때문에 이야기 방식 선택이 복잡할 수밖에 없다.

결국 시점은 작가와 작중인물 사이의 거리 문제이기도 하다. 작가는 충분히 떨어져서 여러 인물과 배경 가운데 있는 대상을 관찰하거나 작가가 작중인물의 한 사람으로 등장하기도 한다.

이 문제는 카메라 촬영 기법으로도 설명이 가능하다. 소설이 진전됨에 따라 독자에게 어떤 정보를 얼마만큼 제공해 줄까 하는 작가의 의도에 따라 카메라 렌즈가 피사체를 따라 이동하듯이, 인물의 표정을 그림 그리듯이 보여주거나, 인물의 행동을 먼 거리에서 관찰하듯 보여주는 방식으로, 필요에 따라 거리가 다양하게 조절되는 것과 같다. 그러나 시점과 거리를 정하는 문제는 소설의 기술에 있어서 필수적인 선택 요건이다. 물론 분량이 적은 단편소설에서 이야기 방법이나 거리를 자주 변경하는 일은 자칫 작품의 통일성을 해칠 우려가 있다는 점을 잊어서는 안 된다.

2. 시대에 따라 이야기 방식이 달라졌다

고대소설은 주로 삼인칭으로, 다양한 인물의 입장에서, 작가가 편리한 이야기 방식을 임기응변식으로 선택했다. 비교적 이야기 듣기에 적극적인 독자들을 대상으로 했기 때문에 이야기꾼(작가)이 임의로 선택한 이야기 방법으로, 떠도는 이야기를 어디서 듣고 와서 전하듯 가볍게 전해주었다. 들은 이야기를 전달하는 방식이니 이야기 방법이 편리하거나 간단할 수 있었다. 이 경우 잘못 전개된 이야기를 뒤에 가서 얼버무리듯 처리하거나, 또는 과장되게 제시해도 그다지 문제가 되지 않았다. 예를 들면『홍길동전』의 경우, 주인공 홍길동이 위기를 모면하는 호신술과 축지법,『콩쥐 팥쥐』에서의 두꺼비 우화 같은 것이 그것이다. 또『춘향전』을 보면 필요에 따라 농부가를 잘 부르는 노인이 밭두렁에서 느닷없이 나타는가 하면, 옥에 갇힌 춘향이 억울하고 다급한 사연을 편지로 써서 이도령에게 전할 때, 그 편지를 간직한 방자가 이도령을 길에서 우연히 만나기도 한다. 개연성이 없고, 우연 투성이여도 소설 안에는 문학적 흥취가 넘실댄다.

그러나 현대소설에서는 개연성 사실성이라는 조건이 엄격하게 적용된다. 이야기를 전하는 주체가 사실적으로 설정되지 않거나 꾸며진 흔적이 있으면 곧 외면당하고 만다. 이야기 전달 방식에 사실성이 요구되면서 그와 관련된 기법이 다양하게 발전한 것도 현대소설의 주요 특징이다. 현대소설에서 사실성 획득에 편리한 자기 고백적 소설이나 주변 체험적인 소재를 바탕으로 하는 일인칭 소설이 주된 이야기 방식으로 선택되는 이유이기도 하다.

그래도 장편소설은 여러 사건을 다양한 인물을 통해 보여줘야 하는 양식적인 특성상 여전히 삼인칭 전지적 작가 시점이 적당한 이야기 방법이다. 이에 비해 단편소설의 경우 여러 시점을 두면 통일성을 해칠 뿐만 아니라 사실성이 떨어지기 때문에 되도록 단일한 이야기 방식으로 진행하는 것이 바람직하다.

3. 인칭으로 본 이야기 전개 방식

1) 일인칭 시점

습작기의 작가들이 가장 무난하게 접근할 수 있는 시점이 일인칭이다. 그 이유는 일인칭 시점이 소설의 문법적 요건을 쉽게 충족할 수 있고, 작가의 직접 체험을 반영하기에 적절한 방식이기 때문이다.

그러나 일인칭 시점에서는 작가의 전지적(全知的) 권한이 제한을 받게 된다. 즉 일인칭 시점의 소설은 화자가 직접 관찰하거나 오감을 통해 추론해볼 수 있는 행동, 서술 및 묘사 부분만이 다루어질 수 있으며, 화자의 시야 밖에 있는 것은 소개할 수 없는 한계가 있다. 이를 장단점으로 나누어 고찰해 보자.

(1) 일인칭 시점의 장점

일인칭 서술은 우리가 일상적으로 사용하는 방식이므로 경험이 많지 않은 작가도 쉽게 접근할 수 있다. 대신 일인칭 서술에는 몇 가지 문제가 따른다. '나'를 주어로 하면 주인공의 사고, 감정, 태도가 제한되기도 한다. 그래서 간혹 서술의 일관성을 잃어버리게 될 때 '주인공이 이 사실을 어떻게 알게 되었는가.'를 자문해 보면서 시점의 통일성을 갖추어야 한다.

일인칭 시점은 주인공에게 독자의 관심이 자연스럽게 집중된다. 따라서 독자는 모든 사건에서 주인공을 대신하여 간접 경험을 한다는 장점이 있다. 다시 말해 독자는 주인공의 깊숙한 내부에 있는 사고, 감정 및 태도를 공감하게 되며 동일한 입장에 서서 대상을 접하게 된다.

일인칭 시점은 화자가 확신을 갖고 이야기하며, 따라서 이야기가 실감나는 장점이 있다. 개인의 경험을 함께 나눔으로써 일단 이야기의 신빙성에 대한 독자의 의문을 불식시킬 수 있다. 화자가 '나는 거기에 있었다. 나는 그 사건이 발생하는 것을 목격했다. 그리고 그 사건을 보고 나는 어떤 생각을 했다.'는 식이기 때문이다. 다시 말해 이 일인칭 시점은 주인공이 화자이기 때문에 믿기 어려운 이야기를 사실적으로 제시할 수 있다.

(2) 일인칭 시점의 단점

작가의 전지적 권한이 제한을 받는다. 작가는 소설 전체를 통하여 자신을 주인공이라는 개인적인 틀 안으로 제한시켜야 한다. 이런 제한은 정신적으로 적용될 뿐만 아니라 실제적이라야 한다. 화자는 어떤 시기에 반드시 한 장소에만 있어야 한다는 제한을 받기도 한다.

일인칭 시점에서 작가는, 실제로는 용감하거나 관대한 행동을 할 수도 있지만, 소설에서는 자신이 스스로 용감하다거나 관대하다고 말해서는 안 된다. 즉, 작가가 소설 안에서 독자를 향해 잘난 체해서는 안 된다는 말이다. 주인공인 화자가 자기의 말과 행동(소설의 문장)에 대해 자화자찬하면 독자는 그 주인공을 교만하게 여겨 믿을 수 없는 인물로 생각할 것이다.

또, 일인칭 시점은 독자의 흥미를 일정하게 유지하는 데 어려움이 있다. 독자는 소설에서 단 한 인물의 삶을 대리 경험하게 되므로 자칫 지루해질 수 있다는 것이다. 따라서 작가는 독자가 흥미를 잃지 않도록 주인공의 심리와 행적을 다채롭고 자극적으로 변화시킬 수 있어야 한다.

끝으로, 일인칭 시점은 주인공에 대한 묘사가 제한된다. 예를 들어 일인칭 화자를 주인공으로 한 전쟁소설의 경우 전투가 끝난 뒤 일그러진 주인공 자신의 얼굴을 독자에게 사실적으로 설명할 수는 없다.

(3) 일인칭 시점에서 남은 문제들

일인칭 시점의 소설에서 종종 주인공이 태어나기 이전에 있었던 대화나 사건들이 서술되어야 하는 경우도 있다. 그런 때는 대개 주인공이 태어나기 이전에 벌어졌던 내용들을 어느 시기에 자신의 부모나 조부모들을 통해 전해 들었다는 식으로 전달할 수 있다. 그러나 주인공이 경험할 수 없는 시·공간에서 벌어진 사건을 인지하고 있다면 어떤 경로를 통해서 그것을 알게 되었는지 독자들에게 자연스럽게 설명해 줄 수 있는 장치를 마련해야 한다.

2) 삼인칭 시점

삼인칭 소설은 일인칭 소설보다 오래된 이야기 방법으로, 이야기가 생겨날 때부터 널리 사용되어 왔다. 이야기를 진행하는 데 있어 내면과 외면 묘사를 비롯하여 온갖 종류의 서술에 거의 제한이 없다.

다만 '나'라는 화자가 전개해도 충분한 이야기를 굳이 삼인칭 시점으로 말할 경우 독자들의 친밀감을 이끌어 내는데 어려움을 겪을 수도 있다. 특히 이야기의 서술 방식에 능숙하지 못한 습작생의 경우 삼인칭 시점은 일인칭 시점을 선택했을 때보다 서술의 오류에 빠져들 위험성이 그만큼 높다.

(1) 삼인칭 시점의 장점

삼인칭 시점은 오랜 이야기 서술 방식이라는 점에서 "기본적인 이야기 형태"로 알려져 왔다. 삼인칭 시점은 작가의 전지적 시점이므로 일인칭 시점의 여러 제약들로부터 벗어나 자유롭게 쓸 수 있다는 장점이 있다. 전지적 시점의 화자는 완전히 소설의 바깥에 존재하며, 작중에 등장하는 인물들의 배경이나 사건, 그들 행동의 동기, 내밀한 정서, 변덕스러움, 그들의 과거와 현재, 그리고 미래에 대해 모두 알고 있다는 전제하에서 씌어지는 것이다. 작가가 마치 신처럼 모든 것을 알고(전지전능) 이야기를 풀어나간다는 점에서 '신의 시점' 이라고 부르기도 한다.

(2) 삼인칭 시점의 단점
이에 비해 삼인칭 소설은 독자와의 거리감이 느껴지게 되고, 이는 곧 사실성의 결여로 이어질 수 있다는 큰 단점을 지닌다.

4. 효과적인 이야기 전개 방식의 창작 실제

일단 이야깃거리의 선택과 함께 그 전달 방법 선택이 자연스럽게 요구된다. 현대소설의 이야기 방식에 특별히 사실성이 요구된다지만, 체험적인 소설을 쓰기로 작정하면 이야기 방식 선택은 의외로 간단할 수도 있다.

내가 무대 밖에서 구경한 것처럼 전달하느냐, 아니면 내가 무대 안으로 뛰어들어 전달해 줄 것인가의 선택이다. 물론 이 두 가지 방식이 동시에 수행되기도 한다.

여러 인물들의 다양한 모습을 보여줄 필요가 있다면 대개 삼인칭 시점을 선택하게 된다. 그것도 여러 인물들의 내면 세계를 전지전능한 신의 시점처럼 쓰겠다고 작정하면 삼인칭 전지적 작가 시점을 선택할 수밖에 없다.

1) 소설에서 이야기 전개 방식은 플롯과 밀접한 관련이 있다

이야기 전개 방식이 기본적으로 플롯과 관련이 깊을 수밖에 없다. 이는 소설 착상 단계에서부터 이미 시점은 물론 더 구체적인 이야기 방식이 정해져야 하는데, 어조나 톤을 플롯 단계에 따라 별도로 계획해야 한다는 말이다.

예를 들면, 시작은 잔잔하며 절정에서는 목소리가 높아질 수밖에 없다.

2) 착상이 떠올랐을 때 이야기 방식이 동시에 선택된다

좋은 소설은 훌륭한 착상으로부터 시작된다. 식물에 비유하면 이는 씨앗이다. 그 씨앗은 작가로 하여금 소설을 쓰도록 자극하거나 충동을 불러일으킨 어떤 경험이나 모티브를 말한다. 이 모티브를 선택하는 단계에서 '어떻게 전달할까' 와 같이 적절한 이야기 방식이 선택된다.

3) 시제는 현재를 중심으로 하되, 과거와 현재 시간의 교차가 필요하다

소설을 써 본 사람은 누구나 첫 문장의 종결어미에서부터 막혔던 기억이 있었을 것이다. 즉 '–있다' (현재)라고 해야 할지 아니면 '–있었다' (과거)라고 해야 할지 시제가 애매한 것이다. 일반적으로 소설은 과거에 일어난 사건을 회상하는 형식이라 일반적으로 과거 시제로 처리하는 것이 무난하다. 그렇지만 마치 눈앞에 벌어지는 문제를 좇는 것처럼 이야기를 전개하려면 당연히 현재형을 선택해야 하고, 기억을 더듬어 가는 형식이라면 과거 시제를 선택해야 한다. 즉, 소설의 사건이 현재 눈앞에 일어나고 있는 것인지, 아니면 과거에 일어난 사실을 들려줄 것인지를 먼저 정해야 시제의 통일성을 갖추게 된다. 일반적으로 모든 소설이 과거 회상 형식이지만 초현실주의나 무의식의 자동기술법에서는 마치 눈앞에 보이는 정경을 나열하듯 현재 시제를 취하기도 한다.

〈학생작품〉

나방 한 마리가 유리 평면에 달라붙어 끝도 없이 무모한 날갯짓을 하고 있다. 출구를 찾으려는 몸부림일까? 헛되이 같은 동작을 되풀이하며 유리창을 맴돌고 있다. 날개를 퍼덕일 때마다 몸체에서 떨어져 나온 뿌연 가루들이 빛살 속으로 흩어진다. 밤도 아닌데 웬 나방이지? 혼잣말로 중얼거리는데 동네 파출소에서 전화가 왔다. 어머니를 빨리 데려가라는 것이다.

며칠째 찾아가지 않는 우편물처럼 귀찮다는 듯 퉁명스럽다. 오늘은 다행히 수출입 건이 없어서 일이 간단하다. 차변과 대변의 금액이 일치가 되는지 다시 한 번 훑어본다. '어머니 때문에 지금 가봐야 할 것 같습니다' 라고 쓴 포스트잇을 결재판을 열고 오른쪽 윗부분에 붙인다. 마감된 일계표를 끼워 윤 부장에게 올린다. 부장이 서류에 사인하는 척, 내가 쓴 메모 밑에 열 시 반에 한강여관이라고 적어서 건넨다. 사무실에서 일하는 사람은 다해봐야 고작 일곱 명이다. 사장은 외국 바이어를 만나러 갔다. 윤 부장과 은밀히 만나는 것에 대해 모두 입을 다물고는 있지만 다 알고 있는 눈치다. 시집도 못간 노처녀가 회사에서 살아남으려면 별수 없을 것이라는 조소의 표정이 역력했다. 영세 규모의 회사가 그나마 사정이 어려워져 사원이 몇 명 감축될 때에도 나는 살아남았다. 그날 윤 부장은 나를 한강여관으로 불러내 제 몸의 발끝부터 머리끝까지 혀로 애무해달라는 주문을 했었다. 부장은 사장의 매제이다. 그와의 관계가 얼마나 오랫동안 지속되었던 것일까. 그 당시 나는 내 운명에 대한 불안으로 거의 탈진해 있었다.

– 허경자, 「정선 아리랑」 중에서

현재 화자는 창이 바라다보이는 방에 있으면서 현재 시제과 과거 시제를 비교적 자유롭게 넘나들며 상황을 제시하고 있다.

4) 플롯 단계에서 선택한 이야기 방법이 적합한지 확인하기

스토리는 단지 화소(話素)의 집합에 불과하다. 이러한 화소들이 인과관계에 따라 새롭게 배열될 때 비로소 소설적 긴장감을 갖게 되며, 의미 있는 구조물로서의 소설이 된다. 그러나 소설의 사건을 발단-전개-위기-절정-결말 단계에 따라 계획하는 과정에서 특정한 이야기 방식이 맞지 않는 경우도 있다. 이런 때 어쩔 수 없이 이야기 방법이 바뀌기도 하고, 플롯을 조정해야 할 수도 있다. 심지어 이 과정에서 시점이 아예 바뀌는 경우도 있다.

5) 이야기 방식의 선택 과정에서 작가의 개성적인 문체가 드러난다

이야기는 동시에 스토리이며 담화(談話)이다. 소설 속의 스토리는 실제로 일어났으리라고 여겨지는 사건들과 실제의 인물들을 환기시킨다는 점에서는 일단 평범한 스토리 전개와 크게 다르지 않다. 이 같은 스토리는 굳이 소설이 아니라 드라마, 연극, 영화로 전달될 수 있다. 목격자가 입으로 말하는 이야기를 통해서 그 스토리를 알게 될 수 있다. 그러나 문학작품은 동시에 담화이다. 즉 스토리를 전하는 내레이터가 있고 그의 면전에는 스토리를 인지하는 독자가 있다. 이 과정에서 작가 특유의 개성적인 문체가 독자에게 전해진다.

6) 이야기의 전달 방식은 진술 방법에 의해 선택되기도 한다

담론은 이야기를 진술하는 것인데, 그 진술 방법에는 두 가지가 있다. 하나는 '경과 진술'이며, 또 하나는 '정체 진술'이다. 일반적으로 경과 진술은 '하다'와 '일어나다'의 형태로 드러나며, 정체 진술은 '있다'와 '이다'의 형태로 드러난다. 예를 들면 '나는 새벽에 텅 빈 거리를 질주했다'는 주체의 행위 경과를 진술하는 것이며, '저기에 책상이 있다'와 같이 어떤 사물의 양태를 제시하는 것은 정체 진술이다. 정체 진술이 사물의 정체나 그것이 다른 것과 변별되는 특징들을 알려 주는 것이라면, 경과 진술은 어떤 사건을 자세하게 '설명'하거나, 주체에 의한 사건을 실제적으로 '보여주는 것'이다. 이때, 설명하기가 '설명으로써 드러내 보여주는 서사 행위 자체'라면, 보여주기는 '직접적인 표현 방식으로서의 실연'이라고 말할 수 있다. 이때 '대화'는 후자에 해당하며, 대화 역시 두 가지의 표현 방식을 통해 드러난다.

7) 화자가 객관적 입장에서 관찰하는 방식은 사실성을 확보하기 편리하다

화자가 관찰하는 방식의 이야기는 비교적 쉽게 사실성을 획득할 수 있다. 다음 예를 보자.

〈학생작품〉

그러나 형과 그 아가씨는 용기 있게 나의 축복을 무시하고 결혼을 강행하였다. 어찌하겠는가, 이제는 가족이 되어버린 것을. 형의 여자와 나는 서로에게 존댓말을 함으로써 불편한 관계가 조금은 해소가 되었다. 형이 결혼을 한 후에도 나는 두 사람의 동생이 아니라 시어머니가 되어줘야 했다. 두 사람은 돈에 대한 개념도 없었고 아직 어린 형의 여자와 아무것도 모르는 형의 살림은 소꿉놀이 같았다. 다행히 내가 벌인 사업이 잘 풀리고 있었으므로 언제까지 아이 대하듯 보호를 해줄 수는 없다는 생각이 들어서, 이제 확실히 독립을 시켜야겠다는 생각으로 소형 자동차 한 대와 조그만 아파트 하나를 사주었다. 그러나 형은 결혼한 뒤부터 무슨 일인지 그렇게 밝던 성격이 어두워졌다. 입술이 얇아서 남자가 말이 많다고 나에게 늘 싫은 소리를 듣던 형이었는데, 말수도 많이 줄어 있었다. 그런 형을 보면서 이기적인 마음으로 애초에 결혼을 반대했던 나 때문인가 하는 미안한 마음에 나는 두 사람을 위해 거리를 두려던 생각을 바꾸어 더 가까이하려고 더 많은 신경을 썼다. 함께 놀러도 가고 외식도 꼭 함께 하며, 형의 집에도 자주 놀러 가는 등 즐겁게 지내려고 의식적으로 노력하였다. 그런데 이제 와서 죽다니…….

– 이강미, 「친구」 중에서

위의 소설은 철저하게 객관적인 관점에서 형과 형의 여자를 관찰하고 있다. 그것도 현재를 중심으로 과거를 회상하고 있다.

8) 작가가 의도적으로 소설 인물에 대해 애정을 드러내 보이기도 한다

예를 들면 이문구의 「우리 동네 황씨」의 경우처럼 작가가 '우리 동네 황씨'에 대해 일정하게 거리를 유지하는 입장을 취하고 있으면서 사실성을 해치지 않는 범위에서 가끔 작가의 인물을 바라보는 살가운 시선이 보이기도 하고, 때로는 분노 서린 감정이 끼어들기도 한다.

9) 형식적으로 객관적이면서 때로는 내면의 세계를 언급하기도 한다

이문열의 「금시조」와 『영웅시대』가 그 예인데, 인물에 대해 객관적인 자세를 가지면서도 가끔 내면의 세계를 들여다보기도 한다. 그렇지만 빈번한 사용은 작품의 통일성을 해칠 위험이 있다.

이런 시점에서는 화자가 일정하게 거리감을 유지하는 방법이 중요하다. 말하자면 카메라로 사람의 모습을 보여줄 때처럼 보다 효과적인 방법이 선택되는데, 항상 주체가 되는 주된 인물을 중심으로 카메라를 이동시키는 원칙을 지켜야 한다. 이런 경우라도 먼 곳에서 가까운 곳으로, 혹은 전체에서 부분으로 일정한 시각 이동 규칙을 따르는 것이 중요하다.

10) 단편소설은 일인칭, 장편소설은 삼인칭을 많이 선택하는 데는 이유가 있다

단편소설은 인물과 사건을 단일하고 집약적으로 보여주어야 하기 때문에 일인칭의 이야기 방법을 많이 쓰고, 다양한 인물의 다양한 사건을 보여주어야 할 중편 장편 대하소설의 경우 삼인칭을 택하는 경우가 많다.

11) 이야기 방식이나 시점 선택은 한 작품에서 일관되어야 한다

이는 사실적이면서 이야기에 긴장감을 불어넣어 주어야 하기 때문이며, 일정한 이야기 방식 안에서 독자에게 사실적으로 이야기를 들려 줄 방법을 찾아야 한다는 말이다. 이는 한 편의 일인칭 소설은 끝까지 일인칭 시점을 유

지해야 한다는 말과 같다. 이에 대한 예외가 있는데, 전영택의 「화수분」은 일인칭 관찰자 시점으로 시작했다가 뒤에 화수분 부부가 집 밖에서 죽어 버렸기 때문에 이를 처리하기 위해 고심하다가 결국 삼인칭으로 바꾸어 마무리했다. 하지만 이런 예는 흔치 않다.

12) 독백체 방식은 실존적 내면 풍경을 깊이 있게 보여줄 때 많이 쓰인다

먼저, 예문을 통해 내면의 세계를 끌어가는 이야기 방법을 보자.

〈학생작품〉

새벽에 눈을 떠서 그를 처음 느꼈을 때 이후로 새벽마다 찾아오는 그가 어느새 기쁨이 되어버렸어. 기쁨과 그리움과 어지러움이 교차되면서 마시는 찬물 한 컵으로 울컥 울음이 터져 나오기도 하고, 아침밥을 짓기 위해 쌀을 씻는 순간에도, 남편을 위해 밥을 푸는 순간에도 그가 생각나서 행복해져. 한 치의 양보도 없는 지하철에서 온몸이 땀으로 범벅되어도, 사무실에서 만나게 될 그를 생각하면 견딜 만해요. 아니, 훨씬 더 행복해져요. 그런 사람. 그런 남자가 내게 있어. 아니, 엄마, 그와 어떻게 해보겠다는 생각은 없어. 어떻게 그런 생각을 할 수 있겠어. 내게 가정이 있는 것처럼 그에게도 가정이 있고, 직장에서의 내 위치가 있는 것처럼 그도 그의 위치가 있는데, 우리 서로 처지를 잘 알고 있기 때문에 더 가슴이 아프고 애절하고 고통스러운 것을. 엄마 정말 어떤 때는 어지러운 감정에 휘둘려서 숨도 쉬질 못하겠어. 어떻게 해버려야지, 어떻게든 터져버려야지 하는 생각이 마음을 어지럽혀요. 사무실에 오다가다 만나는 그를 똑바로 쳐다보지도 못하면서 뒤돌아서 힐끗 쳐다보면, 그도 나를 그렇게 쳐다보고 있어. 그렇게 잠깐 서로를 물끄러미 쳐다보고 있으면 가슴은 무너지고, 무너져서는 흔적도 없어져 버리는 듯해요. (중략)

엄마, 그러면…… 정말 그러면…… 나 죄 받게 될까. 엄마 더 두려운 것은 그 죗값을 내가 치르지 못하고, 가족들이, 내가 사랑하는 가족들이 치르게 될까 봐 그게 무서워. 나의 눈먼 감정으로 아이들이 상처받게 될까 봐 그게 두려워. 그때의 나처럼 말이야.

- 노승은, 「배반」 중에서

위의 작품은 관습적으로 금지된 사랑에 대한 감정을 독백체와 같은 독특한 이야기 방법으로 서술하고 있다. 어엿한 가정을 가진 직장 여성이 유부남을 사랑하는 감정이 섬세하게 잘 그려졌다. 아무에게도 말할 수 없는 세상의 비밀을, 그러나 가슴에 담아 두면 터져버릴 것만 같아 이미 세상을 뜬 엄마에게 고백하듯 하소연하고 있다. 이처럼 적절한 이야기 방법은 통상적인 사회 관념의 틀에서 벗어난 불륜을 낭만적이거나 아름답게 포장하는 장치가 되기도 한다. 신경숙[28]의 『풍금이 있던 자리』도 이와 같은 맥락에서 언급할 수 있다. 그 소설은 유부남과의 이루어질 수 없는 사랑이라는 흔한 주제를 독백 형식으로 다루고 있는데, 사랑에 빠진 여성의 심리를 섬세한 필치로 묘사하고 있다.

"소설 쓰기란,

깊고 푸른 언어의 바다에

낚시를 드리워

언어를 낚아 올리는 일이다."

제11장
소설언어의 성격과 집필하기

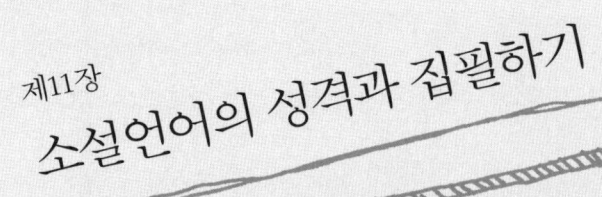

좋은 소설을 쓰기 위해서는 여러 가지 문학 장르의 글쓰기는
물론 실용적인 글쓰기에 이르기까지 다양한 종류의 글쓰기
능력을 갖춰야 한다. 이는 소설언어가 종합언어의 특징을 지
니고 있기 때문이다. 유창한 소설언어 구사 능력은 보다 풍부
한 소설세계를 창조할 수 있는 조건이기도 하다.
소설언어의 특성을 정확하게 이해하고, 효과적인 소설 집필 방
법을 익혀 보자.

제11장 | 소설언어의 성격과 집필하기

1. 소설언어는 종합언어이다

소설이란 작가가 인식한 세계의 진실(소재)을 일정한 서사 구조 내에서 소설언어로 형상화한 것이다. 따라서 아무리 좋은 소재가 있다 하더라도 언어로 형상화하는 데 실패하면 결코 좋은 소설이 나올 수 없다. 소설언어는 인간의 삶을 총체적으로 드러낼 수 있도록 일반적인 산문형 문장이라는 특성 외에 시적인 표현은 물론 수필, 희곡, 시나리오, 방송극, 실용적인 설명문이나 논설문, 심지어 기행문 보고서 일기 편지글 등 여러 가지 형태의 문장이 종합되어 있다. 소설언어가 종합언어라고 하는 것은 이 때문이다.

소설은 대화와 지문으로 이루어져 있다. 그러나 대화와 지문을 효과적으로 서술하려면 온갖 문학 장르의 글은 물론 실용적인 글까지 효과적으로 표현할 수 있는 능력을 갖춰야 한다.

2. 소설은 대화와 지문으로 전개된다

소설의 문장은 대화와 지문으로 구성된다. 대화와 지문의 기능과 효과적인 표현 방법을 알아보자.

1) 대화

소설에서 대화는 작가의 의도를 충족시켜 주는 유용한 수단으로 쓰인다. 그것도 생생한 청각과 시각 언어로 전달해 준다는 점에서도 대단히 적절한 표현법이다. 대화의 기능을 알고, 효과적으로 활용하는 것이 바람직하다.

(1) 대화는 인물에 대한 정보와 정황을 제시하는 기능을 지닌다.

(2) 대화는 사건의 흐름에 관련된 사항을 제시하는 서사적 기능을 가진다. 표면적으로는 대화 상대자와 주고받는 말이지만, 사실은 독자에게 사건의 흐름이나 내용을 이해시키기 위해 고안된 장치라는 점을 알아야 한다.

(3) 대화는 작품의 종합적인 의미를 정리하거나 중요한 문제를 제시, 논평하는 기능이 있다.

(4) 대화는 문학적 정서를 담아내는 기능이 있다. 일상의 대화와는 달리 소설의 대화는 보다 문학적인 정서를 담는다.

〈학생작품〉

① 은하에게서 전화가 왔다. 빨리 오라는 독촉에 블랙 숄더백도 꼭 가지고 나오라는 목적이 정확하게 담긴 전화였다. 소개팅 나가야 한다며 사거리 미용실로 가지고 와달라는 것이다. 대기업 엔지니어링 사업부에 근무하는 전도유망하면서 외모도 썩 맘에 드는 남자라면서 소개받기 일주일 전부터 전쟁터에 나가는 전사처럼 전투 자세로 임해오고 있었다. 내가 미용실에 도착했을 때 이미 은하는 디자이너들에게 둘러싸여 있었다. 긴가민가하며 거울을 통해 들여다본 얼굴은 은하가 맞았다.

"그렇게 정성을 들였는데, 남자가 마음에 안 들면 어떡하니?"

내가 디자이너 숲 속의 공주 은하에게 말했다.

"괜찮아. 복불복이야. 맘에 꼭 들 수도 있잖아. 그걸 대비해서 이 정도 투자는 해야지. 여자로서 이 정도 예의는 갖춰줘야 하고."

"그래 알았어. 너를 누가 말리니. 잘해봐. 자 여기 가방. 아끼는 가방이야, 흠 안 나게 잘 써야 돼."

– 심경숙, 「방화벽」 중에서

② 저녁이 되어서야 휴대폰 벨소리 때문에 간신히 깨어날 수 있었다. 주위를 살펴보니 한강이었고, 어떤 남자가 나를 쳐다보고 있었다.

"일어났냐? 너 같은 새끼는 한강에 빠져 뒈져도 모자라."

"저…… 누구신지?"

"정신은 들었나 보네. 알면 모하게, 새끼야."

그 남자를 쳐다보는데, 아까 20m 쯤 떨어져 서 있던 남학생이었다. 도대체 왜 나를 이 지경까지 때렸을까. 내 기억으로 남학생에게 해를 끼치지 않았는데, 나를 왜 이 지경으로 만들었는지 궁금했지만, 더 먼저 걱정이 밀려왔다. 만약 이 학생이 내 핸드폰을 봤더라면 동생에게 전화하진 않았을까. 만약 동생에게 전화했더라면 나는 동생에게 뭐라 말해야 하지? 하지만 더 급한 것은 우선 이곳에서 도망치고 싶다는 것이었다. 어떻게 도망가지. 이런 옷으로 어떻게 가지? 여러 생각이 오가고 있을 때쯤 또 다른 남학생이 내게 말을 걸었다.

"어이, 형씨. 술 좀 사와 봐. 술이나 마시자. 도망가면 알지? 이거."

그의 손에 나의 회사 가방이 있었다. 도망가지도 못하게 생겼다. 남학생이 내 지갑에서 내 돈을 꿨다.

– 노혜란, 「출입문」 중에서

③ 맨발에 처음 흙먼지 묻히던 그날 나는 한 송이 꽃을 가슴에 품었다.

어떤가요, 당신의 취향에 맞는 첫 구절입니까? 당신은 지금 앉아 계신 그 의자에 편히 기대어 이제부터 제가 들려드릴 이야기를 들어주시기만

하면 됩니다. 제 이야기가 끝났을 때 어떤 반응을 보여야 할지, 혹은 어떤 말을 해줘야 할지 당신은 고민하지 않으셔도 됩니다. 저는 당신께 상담을 요청한 게 아닙니다. 저는 단지 제게 일어났던 일들을 들어줄 누군가가 필요할 뿐입니다. 우선 이야기가 생각보다 길어질 수 있으니 당신께 몇 가지 팁을 드리겠습니다. 우선 최대한 편안한 자세를 잡으십시오. 그리고 두 눈을 감고 검은 도화지에 그림을 그리듯 귀로 들려오는 활자를 무한한 상상력을 이용해 이미지로 펼쳐가는 겁니다. 물론 자칫 잘못하면 졸음이 올 수도 있겠지만 먼지 쌓이고 낡아빠진 이 가구들에게 시선을 주는 것보다야 훨씬 유익할 겁니다.

– 김아름, 「먼 곳에 지어진 집」 중에서

①②는 대화를 통해서 사건 진행 과정과 인물의 성격을 보여준다는 점에서 가장 흔하고 전통적인 의미의 보여주기 대화 기술에 속한다. 그러나 ③은 첫 문장만 대화의 형식을 취하고 있는 것처럼 보이지만, 전개된 모든 내용이 대화인 셈이다. 어쩌면 소설 쓰기에서 애초에 대화와 지문을 굳이 구별할 필요가 없었는지도 모르겠다. 그렇지만 대화는 간접적인 보여주기이며, 또 감각적인 표현이라는 점에서 생동감 있는 감성적인 표현법이다.

다음은 안정효[29]의 중편소설 「백합은 이렇게 죽는다」의 한 부분이다. 이 소설은 제목만 빼고 소설 한 편이 모두 대화로만 씌어졌다.

"오늘 메뉴는?"

"우린 카레라이스를 먹었지만, 당신은 깨죽이에요."

"또?"

"또라뇨? 날이면 날마다 아침저녁으로 당신을 위해 따로 1인분 죽을 준비하기가 얼마나 힘든지 아세요? 흰죽, 잣죽, 깨죽, 전복죽, 팥죽, 녹두죽, 콩

죽, 시금치죽, 날 밝으면 죽 쑤고, 날 저물면 또 죽 쑤고, 죽을 쑤느라고 죽을 지경이에요. 오죽하면 이웃 여자들이 나더러 '날마다 죽 쑤는 여편네'라며 웃고 놀리겠느냐구요."

대화의 행간에 부부가 처해 있는 건강 문제, 해학 등 종합된 상황이 눈에 보일 듯 펼쳐진다. 대화만으로 소설 한 편이 될 수 있다는 사실은 소설에서 대화가 지닌 다양한 기능을 가늠할 수 있다.

2) 지문

지문은 독자들에게 사건의 양상을 안내하는 서사적 기능을 담당하거나 소설의 상황을 제시하기도 하며, 대화를 보충하기도 한다.

〈학생작품〉

"나, 취했어. 이만 잘래."

나는 거실 자리에서 일어나 방으로 들어와서 침대에 누웠다. 술기운이 어지럽게 만들었고, 난 또 생각에 잠기고 말았다. 이 침대는 얼마 전, 저 남자의 잠자리였을 것이다. 그런 곳에 지금은 내가 당연히 내 것인 양 누워 있다. 물론 이 침대는 저 남자의 것도 아니고, 그렇다고 내 것도 아니다. 동생의 집에 있다고 해서 동생의 것도 아니라는 생각이 들었다. 그렇게 쓸데없는 공상에 빠져서 곧장 잠의 마당으로 진입했던 것 같다.

다음 날 내가 잠에서 깨었을 때 순간 놀라서 벌떡 일어났다. 이 집으로 이사 온 지 꽤 시간이 지났음에도 아침에 눈을 뜨면 불쑥불쑥 낯설게 느껴져서 놀랄 때가 있었다. 그날도 마찬가지였다. 하지만 나를 더 놀라게 한 것은 동생의 바지를 벗고 있었다는 사실이다. 그리고 내 옆에는 그 남자가 잠들어 있었다.

잠도 술도 모두 깨어서 옆에 보이는 아무 거나 주워 입고 황급히 방을 나왔다. 거실에서는 동생이 자고 있었다. 갈 방향을 못 찾고 한참을 우왕좌왕하다가 욕실로 들어가서 거울을 본 순간 더 놀라지 않을 수가 없었다. 내가 아무 바지랍시고 입고 나온 것은 그 남자의 속옷이었다. 그뿐 아니었다. 몸 안에 고여 있던 뜨거운 타액이 쏟아지듯 흘러내렸다. 나는 다시 욕실을 나와서 동생의 방으로 들어갔다.

– 김태림, 「고독」 중에서

여기서 지문은 대화를 보충하는 기능과, 사건 양상을 독자들에게 제공하는 서사적인 기능, 사건 정황을 상세하게 전달하는 기능을 수행하고 있다. 소설에서 대화와 지문은 동시에 쓰이는 것이 원칙이지만, 그리고 서로 조화를 이루어야 하지만 일반적으로는 지문이 소설의 많은 부분을 차지하고 있다.

3. 소설에서 대화와 지문을 효과적으로 선택하는 방법

1) 기술에 앞서 대화와 지문 중 어떤 표현이 효과적일지 먼저 선택해야 한다

원칙적으로 대화가 더 감각적인 언어라는 점에서 더 효과적이긴 하지만, 원론적으로는 대화와 지문이 균형을 이루어야 한다.

2) 모든 소설적 정황이 작가의 머릿속에 생생하게 살아 있어야 한다

소설의 장면들을 구체적이고 감각적인 언어로 형상화할 수 있기 때문이다. 소설언어는 사건 정황을 전달하는 기능뿐만 아니라 문학적 정서를 전달하는 기능까지 수행하고 있으며, 이 같은 문학적 정서는 감각적인 언어로부터 시작되기 때문이다.

3) 소설의 대화는 일상적인 언어와 달리 극도로 정제되어야 한다

소설은 일반적으로 하나의 화제를 중심으로 상황이 전개되기 때문에 문장이 한 화제 안에서 정리되고 경제적으로 씌어져야 한다.

4) 지문에서는 일반적으로 사투리나 구어를 쓰지 않는다

소설의 흐름에서 어쩔 수 없이 이러한 단어를 쓸 필요가 있을 때에는 지문보다는 대화 안으로 끌어들여서 처리하는 것이 원칙이다. 그렇지만 채만식의 풍자소설처럼 작가가 사건이나 인물을 직접 비꼴 때이거나, 이문구처럼 아예 충청도 사투리를 지문으로 쓰는 특별한 경우가 있기도 하다.

5) 대화에서도 사건이나 상황이 발전해야 한다

소설의 대화는 항상 읽을 것을 전제로 쓰이므로 늘 상황이 전개되어 나간다는 느낌을 줄 수 있어야 한다. 따라서 독자에게 사건 정황이 중복되거나 답답하게 멈춰 있다는 느낌을 주어서는 안 된다.

6) 소설언어는 창조적이라야 한다

소설언어는 일상언어와 달리 정보 전달은 물론 창조적인 언어, 함축적인 언어, 산문이면서 시적인 언어 등 문학적 정서를 담아낼 수 있어야 한다. 이는 그 작가의 독특한 세계를 형성해가는 출발점이 되기도 한다.

4. 소설의 효과적인 전개 방법

소설 집필이란 무한히 넓은 언어의 바다에서 싱싱한 언어 물고기를 낚아 올리는 과정과 같다. 이는 작가의 사상과 체험적 사건을 비유나 상징을 통해 소설 문장으로 형상화하여 구체적인 이미지로 전달해주는 과정이다. 작가의 개성이나 예술적 감성이 이 과정에서 드러난다.

1) 거칠지만 빠른 흐름으로 나가되, 막히면 건너뛰어라

집필에서 중요한 것은 이야기의 큰 흐름이다. 도중에 세부적으로 막히는 곳이 있으면 여기를 뛰어넘어 가던 길을 빠르게 나가는 것이 좋다. 막힌다고 글의 전개를 멈추기보다는 일정 부분을 공간으로 남겨두고 채워 나가다 보면 막혀서 비워 둔 부분을 채울 내용이 떠오른다. 그때 되돌아와 보완하더라도, 우선 신속하게 흐름을 좇는 것이 필요하다.

2) 건너뛰었던 곳으로 돌아와 오랜 동안 머물러 손질할 때도 있다

때로는 건너뛴 곳에 다시 돌아와 손질하면서 오랫동안 머뭇거릴 때도 있다. 하지만 소설 전체의 흐름에 방해가 되지 않는다면 그것도 소설 집필의 한 과정이 되기도 한다.

3) 계획에 없던 사건이나 소도구들이 끼어들기도 한다

글을 써 가다 보면 때로는 생각지도 않았던 기발한 사건이나 아이디어, 새로운 소재가 떠오르기도 한다. 때로는 이런 것들이 작품의 흐름을 어수선하게 할 때도 있지만, 많은 경우 전체 작품의 흐름을 더 새롭게 바꾸어놓기도 한다. 그래서 글쓰기란 무한한 소재를 낚아 올리기 위해 오래 낚시를 드리우고 있어야 한다고 했던가. 다만 불필요한 사건들이나 소도구가 필요 이상으로 많이, 길게 나열되는 것은 경계해야 한다.

〈학생작품〉

나는 무심결에 일 년 전에 그려 놓았던 나비 그림을 다시 꺼내 보았다.

먼지가 자욱하게 쌓여 회생이 불가능한 지경까지 가 있는 듯했다. 하지만 먼지를 한번 훅 불자, 마술같이 풋풋한 그림 한 점이 나타났다. 나는 마치 무엇에 홀리기라도 한 듯이 바로 물감을 풀어 나머지 여백을 채워 나갔다. 나비는 어느 새 푸른 물결이 넘실대는 바다 위를 건너고 있었다. 유리관 속 나비는 그렇게 꿈꾸듯, 자유를 찾아, 홀로, 밑도 끝도 없는 미지로의 긴 여행을 떠나려 했던 것일까.

그해 소명이도 같은 시기에 나타나 캔버스 위의 작은 나비처럼 내 마음 속을 온통 헤집어놓고 어디론가 유유히 날아 사라져갔다.

― 박선영, 「꿈꾸는 날개」 중에서

위의 예문은 소설 창작 실습 시간에 쓴 작품이다. 친구와 작별하고 나서 정신과 육체가 황폐해진 심정을 나비라는 소도구를 통해 형상화하고 있다. 필자의 말에 의하면, 나비는 애초에 계획된 것이 아니라 글을 쓰는 중에 불쑥 날아든 소도구였고, 덕분에 소설을 무난하게 마무리 지을 수 있었다고 한다.

그래서 소설 쓰기에서 계획 단계보다 글을 쓰는 시간이 더 길어야 한다는 점을 강조하는 작가들이 많다. 무엇보다도 『소설 창작 여행 떠나기』에서도 무작정 길을 떠나, 길 위에서 길을 물으라 하지 않았던가.

5. 좋은 글을 쓰기 위한 몇 가지 자세

1) 글은 생활이자 인격이다

일반적으로 사람들은 글쓰기를 두려워한다. 그렇지만 제아무리 체계적이고 논리적인 사고를 가지고 있어도 말이나 글로 표현할 수 없다면 그의 사고는 빛을 발할 수 없다. 어린이 글짓기 교육을 강조하는 것은 논리나 체계적인 사고 능력을 향상시키기 위해서이다. 따라서 '글은 사람이다'라는 말은 나름대로 이유가 있다.

글쓰기는 새로운 정신세계를 탐구하고 통합하는 과정이고, 창의적인 활동의 하나이다.

2) 진실한 글을 써라

독자에게 보다 효과적으로 의미를 전달하기 위해서는 글이 정확해야 하고, 효과적으로 설득시키려면 논리적이어야 하며, 독자를 감동시키려면 글의 내용이 진실해야 한다. 사람의 마음을 움직이는 글이 살아 있는 글이며, 그러한 힘은 내용의 진실성에서 비롯되는 것임을 명심할 일이다.

중국의 후스(胡適)[30]가 좋은 문장을 위해서 다음 여덟 가지 금지 사항을 들었는데 참고할 만하다.

(1) 빈 말만 있고 정작 사물이 없는 글을 짓지 마라.

(2) 병도 없으면서 공연히 신음하는 글을 짓지 마라.

(3) 전고(典故)를 일삼지 마라. 이미 확정되어 두루 쓰이는 관용구나 옛 사람의 말과 글을 필요 이상으로 인용하지 마라.

(4) 지나친 미사여구(美辭麗句)를 쓰지 마라.

(5) 대구(對句)를 중시하지 마라. '~하니' '~한다' 형식의 글과 같은 도식적이고 안이한 글투는 버려야 한다.

(6) 어법이나 문법에 맞지 않는 글은 쓰지 마라.

(7) 옛사람의 글을 모방하지 마라.

(8) 속어(俗語)나 속자(俗字)를 남용하지 마라.

요컨대, 미문(美文)을 쓰려고 하기보다는 투박하나마 진실이 담긴 글을 쓰려는 자세가 더 중요하다. 진실이 담긴 문장만이 독자에게 진정한 감동을 불러일으킬 수 있기 때문이다.

3) 가능한 짧게 써라

좋은 글은 짧게 쓴 글이다. 문장 표현은 경제적이라야 한다. 최소의 말로 최대의 효과를 올리는 것이다. 짧게, 경제적으로 쓴다는 것은 단어의 수만 줄이는 것이 아니라 군말을 없애고 함축성 있게 쓰라는 뜻이다. 신문 한 컷의 만평이 그날의 중심 시사 문제를 함축적으로 제시하는 것을 떠올려 보면 된다. 신문사의 만화가들은 한 컷의 만평을 그리기에 앞서 수많은 사안을 늘어놓고 그 핵심을 파악하기 위해 정신을 집중한다. 돋보기의 초점에 모아진 태양열이 종이를 태우듯, 간결한 문장이 마음을 움직인다.

한 줄의 표어나 속담이 장황한 글보다 더 큰 감동을 준다. 진정으로 사람의 심금을 울리는 글은 간결하고 함축적인 글이다.

4) 쉽게 표현하라

'어렵게 쓰기는 쉽고 쉽게 쓰기는 어렵다'는 말이 있다. 우물가에서 물 긷는 아낙네들이 주고받는 살아 있는 언어, 나무꾼이 흥얼거리는 언어로 쓴 고려속요가 양반 사대부의 현학적인 언어로 씌어진 경기체가보다 문학적 생명력이 있는 까닭은 마음에서 우러나는 바를 쉽게 썼기 때문이다.

소크라테스는 대중이 알아들을 수 있는 저잣거리 사람들의 언어로 진리를 말했고, 석가모니는 자기가 속했던 상류사회의 언어를 버리고 민중의 언어로 설교했다. 간디는 3억 민중을 상대로, 단상에서 절규하고 호령한 것이 아니라 이 마을 저 촌락을 다니면서 친근한 민중의 언어로 차근차근 자신의 신념을 말했다. 결국 간디는 3억 민중을 긴 노예의 잠에서 깨어나게 했다. 당(唐)나라 때 백낙천은 민중 시인으로 사회 각층의 지지를 받았다. 그는 시를 발표하기 전에 농민이며 부녀자들에게 자기가 지은 시를 들려주고 그들이 머리를 흔들면 다시 쓰거나 고쳤다는 일화로 유명하다. 좋은 글은 쉽게 쓴 글이다.

5) 한자어, 바로 쓰고 덜 쓰자

한자어의 빈번한 사용은 거부감을 줄 수 있다. 특히 실용적인 글에서는 한자어투를 버리고 부드러운 우리글을 써야 한다. 아름답고 고운 우리말을 두고 굳이 한자어를 고집할 필요는 없다.

6) 잘못된 한자와 조사, 번역어 문체 바로 쓰기

한자어의 의미를 잘 알지 못하고 쓰거나, 조사나 어미를 잘못 쓰지 않도록 해야 한다. 뿐만 아니라 국적 불명의 번역어 문체가 우리 언어생활에 깊숙이 침투하여 언어 질서를 교란시키고 있으므로 주의해야 한다.

7) 고유어를 찾아 쓰자

시대가 변하면서 점차 고유어가 사라지고 있다. 그러나 세월이 흘러도 된장국의 구수한 맛이 변하지 않듯이, 고유어에는 신조어가 흉내 낼 수 없는 고유의 깊고 은근한 맛이 있다.

제12장

퇴고란 글을 포장하는 과정이며, 발표는 마지막 과정이다

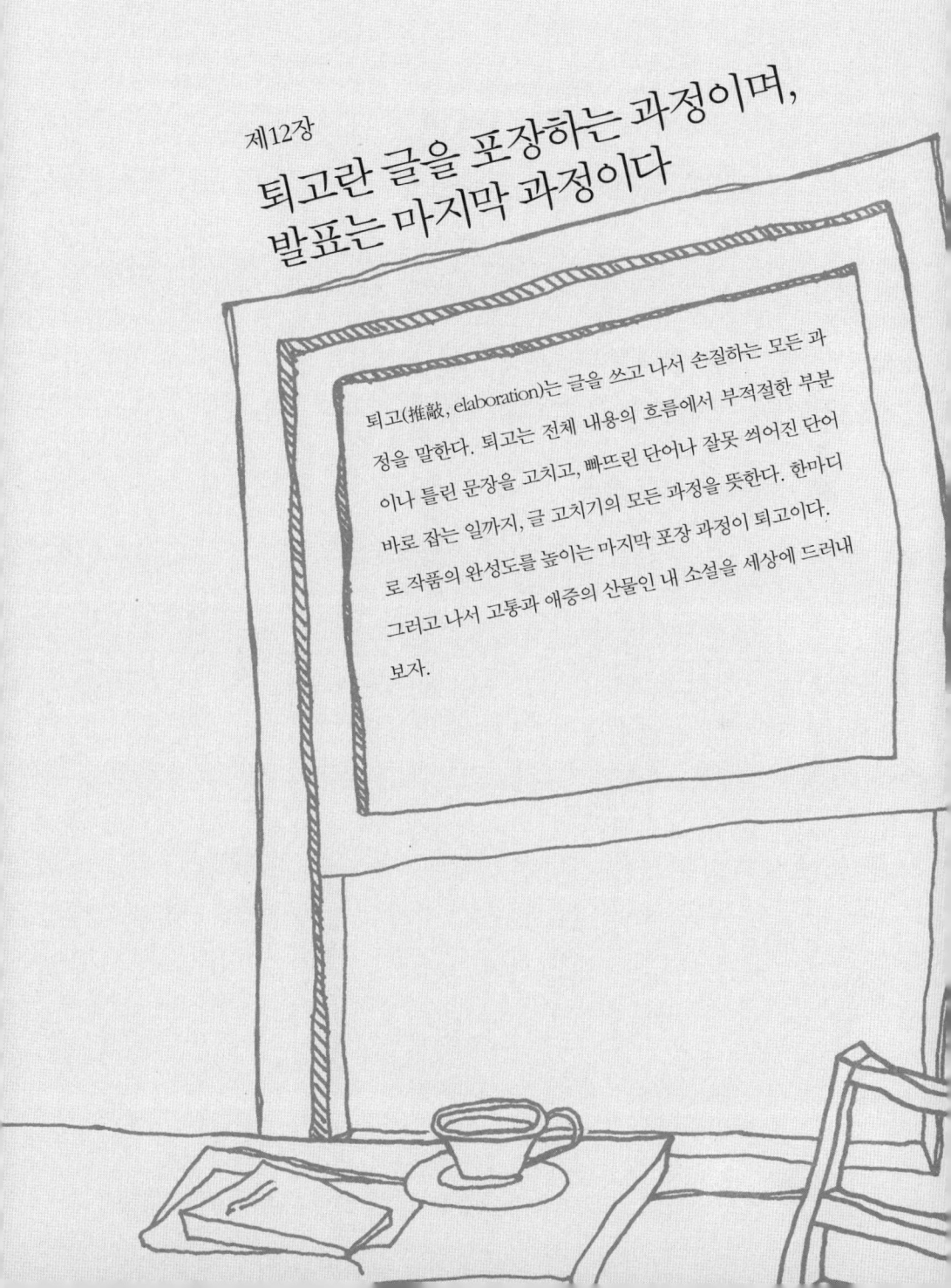

퇴고(推敲, elaboration)는 글을 쓰고 나서 손질하는 모든 과정을 말한다. 퇴고는 전체 내용의 흐름에서 부적절한 부분이나 틀린 문장을 고치고, 빠뜨린 단어나 잘못 쓰어진 단어 바로 잡는 일까지, 글 고치기의 모든 과정을 뜻한다. 한마디로 작품의 완성도를 높이는 마지막 포장 과정이 퇴고이다. 그러고 나서 고통과 애증의 산물인 내 소설을 세상에 드러내 보자.

제12장 | 퇴고란 글을 포장하는 과정이며, 발표는 마지막 과정이다

1. 퇴고의 중요성

요즘은 퇴고(推敲)와 교정(矯正)이 혼동되어 쓰이기도 한다. 원래 퇴고란 원고 쓰기에서 글 고치기의 전 과정을 가리키고, 교정이란 인쇄 과정에서의 글 고치기 과정을 이르는 말로 구분하여 사용되었다. 그러나 요즘은 글쓰기가 컴퓨터에 입력하고 고치는 방식으로 이루어지다 보니 퇴고와 교정 용어가 구별 없이 사용되기도 한다.

퇴고 방식은 작가마다, 작품마다 차이가 있다. 소설에 국한하여 말하면 대개 소설 초고를 쓰는 시간보다 퇴고하는 시간이 더 오래 걸리기도 한다. 그만큼 글 다듬는 일이란 고통스런 글쓰기의 연장선상에 놓인 고통의 과정이다. 어느 작가의 경우 '원고를 마감하고 나면 영혼이 고갈된 느낌'이 드는데, 그 중 많은 부분이 퇴고 과정의 고통 때문이라고 토로하기도 한다.

원론적으로, 글은 오래 다듬을수록 좋은 글이 된다. 초고를 쓰고 난 직후에는 글에 대한 영감에 취해 있을 때이므로, 하루 이틀 또는 며칠이 지난 뒤에 새로운 마음가짐으로 원고를 대하면 좀더 객관적인 안목으로 글을 고쳐 나갈 수 있을 것이다. 이때는 글을 냉정하게, 전체와 부분을 서로 교차해 가면서 고쳐 나가는 것이 바람직하다.

어쨌거나 자기 작품을 객관적으로 검토하려면 다음과 같은 마음가짐이 필요하다.

1) 자신이 쓴 글에 대한 집착을 버려라

집필을 할 때는 대개 지나치게 애착을 갖거나 환상에 사로잡혀 글을 쓰는 경우가 많다. 그러나 퇴고 단계에서는 자신의 글에 대해 냉정하고 객관적인 안목으로 글을 볼 줄 알아야 한다.

2) 순수한 독자의 입장에서 읽어라

결코 쉬운 일은 아니지만, 퇴고 단계에서는 순수 독자의 입장에서 소설적 흥미가 있는지 점검하여 플롯을 조정하거나, 사실적인 사건들로 구성되었고, 구체적으로 표현이 되었는지, 문학적인 정서가 잘 드러나는지, 문장은 어법에 맞고 논리적으로 결함이 없는지, 뜻은 정확하게 전달되는지 등을 종합적으로 검토하는 일이 중요하다.

3) 이리저리 나누어 분석하는 과정도 필요하다

가령, 처음과 끝이 잘 되었는지, 전개 과정에서는 소설적 긴장감이 살아 있는지, 크게 나누어 보기도 하고 정밀하게 들여다보기도 한다. 문단과 문단의 연결은 플롯과 연관되면서 유기적으로 호응되어야 한다. 또 문단은 그 자체로도 완결된 의미를 담고 있어야 한다. 반대로 필요없는 문장은 과감하게 삭제할 필요가 있다. 쓸데 없이 길어진 문장은 짧게 추려야 한다.

4) 일정한 기준을 설정하고, 그 기준에 따라 냉정하게 정리해야 한다

일정한 기준이란 작가가 정한 글의 주제나 문제의식을 말한다. 특히 다음 요건들을 유의하면서 분석적으로 읽어가면서 검토한다.

(1) 소재와 해석에 따른 주제를 살펴본다. 주제는 새롭거나 새로운 문제의식을 제시해 줄 수 있어야 한다.

(2) 소설의 구조가 잘 짜여졌는지 검토한다. 주제와 인물의 행동, 그리고

플롯의 과정이 소설적인 흥미와 긴장감을 유지하고 있는지 검토해야 한다.

　(3) 문장의 정확성과 사실성에 충실한지 점검해야 한다. 사실성과 구체성을 드러낸 문장인가, 국적불명의 번역어체 문장은 없는가, 감각적이고 서정적인 문장의 배치는 적절한가 등등.

　(4) 주제의 일관성, 문단 분석, 배경, 인물들의 행위와 개성, 대화의 간결성 등 소설의 모든 요소들을 종합적으로 검토한다.

2. 퇴고할 때의 점검 사항

　일반적인 방법으로, 먼저 처음부터 끝까지 큰 흐름을 검토한다. 1차 검토가 끝나면 다시 앞으로 돌아가 한글 맞춤법 프로그램을 통해 점검을 한다. 그리고 다시 처음부터 기둥을 잡아 나가고 가지를 점검하고 잎을 점검한다. 곧 글의 큰 구조에 이어 문장과 단어 순서로 정밀하게 검토한다는 뜻이다.

　특히, 다음 문제들을 유의하면 효과적인 퇴고가 될 것이다.

1) 작가의 의도가 너무 쉽게 노출되지 않았는가

　소설적 흥미를 위해서는 간접적인 표현 방법으로, 때로는 작가의 의도를 숨겨서 표현해야 한다.

2) 이야기 방법은 통일되었는가

　화자의 이야기 방법이 통일되고, 거리 유지는 일정하게 통일되었는가.

3) 복선은 제구실을 하고 있는가

　복선이 너무 깊이 묻혀 있거나, 반대로 미리 노출되어 있으면 소설적 흥미를 떨어뜨린다.

4) 인물의 성격은 일관되고, 개성화되었는가

소설이 진행되는 동안 인물의 성격은 발전하기 마련이지만, 한 인물이 전혀 다른 인물처럼 그려져서는 안 된다. 그래서 소설에서는 일정한 현실 인물을 모델로 설정할 필요가 있다. 이를 바탕으로 인물의 개성화가 이루어져야 한다.

5) 배경 설정은 작가의 의도대로 되었는가

불필요한 배경은 없는지 살펴서 제거하라. 중심되는 배경을 축으로 일관되게 전개되어야 소설의 주제나 문제를 효과적으로 드러낼 수 있다. 배경이 필요 이상으로 많거나 빈번하게 바뀌면 작품의 통일성을 해칠 수 있다.

6) 이야기가 주인공을 중심으로 흘러가고 있는가

이야기가 주인공에서 주변 인물로 옮겨가 필요 이상으로 길어지는 경우가 있다. 이때는 대개 불필요한 사건이나 에피소드 소도구가 끼어들기도 한다.

7) 플롯 과정은 완급이 적절하게 조절되었는가

소설 전개는 소설적인 긴장감이 계단과 같이 이루어져야 한다. 사건의 흐름과 함께 화자의 억양이나 톤도 플롯 단계에 따라 적절하게 조절되어야 한다.

8) 필요 없이 장황하게 묘사된 부분은 없는가

독자에게 소설적 정황을 요약적으로 제시해야 할 부분인지, 아니면 구체적으로 표현해야 할 부분인지 큰 흐름에서 조절되어야 한다.

9) 제목은 내용에 맞으며, 그리고 신선한가

제목은 그 작품의 얼굴이며 첫인상과 같다. 더러는 작품을 쓰는 동안 제목이 정해지지 않은 경우도 있으며, 다 쓰고 나서 오랫동안 고심하기도 한다.

10) 작품을 발표할 지면에 어울리는 소설인가

소설이 놓일 자리란 독자 대상을 말하기도 하지만, 공모 기관에 따라 소설의 형식이나 특성이 달리 요구되기도 한다. 따라서 경우에 따라 소설을 발표할 지면의 성향을 고려하여 집필하거나 퇴고하는 것이 바람직하다.

3. 내 소설 알리기, 그 수줍은 내밀기

1) 공모에 응하는 것은 내 작품에 대한 평가를 위한 일이다

깊은 산속에 이름 없는 꽃은 수만 년 동안이나 피고 지기를 거듭해 왔다. 그러나 온전히 사람의 입장에서 보면 꽃은 누군가 보아주고 이름을 불러 줄 때 진정한 존재 의미를 지니게 된다. 기나긴 밤을 지새우고 쓴 소설을 누구도 읽어주지 않을 때는 소설로서 진정한 의미를 지니지 못한다. 모름지기 소설은 누군가에 의해 읽혀져야 한다. 작가의 손에서 떠난 작품에 대해 독자가 감동하거나 실망하거나 하는 것은 온전히 독자의 몫이다. 소설을 쓸 때 독자를 염두에 두고 쓰면 한층 더 긴장감을 가질 수 있다.

공들여 쓴 작품이 독자에게 좋은 반응을 얻을 때는 용기를 얻고, 실망을 주게 되었을 때도 새로운 각오로 글쓰기에 임한다면 작가로서는 더없이 바람직한 일이다. 그런 맥락에서 작품 공모에 응하는 일은 자신의 글에 대한 진정한 평가의 과정이다.

대개 습작기에는 자신의 작품에 대해 두 가지 잘못된 태도를 갖게 되는데,

하나는 자신의 작품을 '걸출한 작품'으로 착각하는 것이고, 다른 하나는 지나치게 열등의식을 갖는 것이다. 이러한 잘못된 태도는 공모에 응모해서 냉정한 평가를 받음으로써 해결할 수 있다.

특히, 습작기에 있는 사람은 반드시 응모를 목표에 두라고 권하고 싶다. 조금만 관심을 기울여 보면 각종 문예지의 문학상, 문학단체와 공공기관의 특별 현상공모, 신춘문예 등등 응모할 곳이 많다. 문학과 관련된 웹사이트나 대학신문사를 검색하면 풍부한 공모 정보를 얻을 수 있다.

공모정보 웹사이트(엽서시 문학공모) www.ilovecontest.com/munhak/

2) 공모 작품을 준비할 때 주의할 점

(1) 공모 정보를 가능한 많이 확보하라. 기왕 자신의 작품에 대한 객관적인 평을 받기로 작정했다면 다양한 곳에 응모하는 것이 좋다. 대개 해마다 혹은 분기마다 정기적으로 공모하기 때문에 처음 응모할 때 다음 응모를 위해 메모해 두는 것도 좋다.

(2) 작품 응모 자세는 성실해야 한다. 꾸준한 교정 작업과 현장답사, 자기 반성적 글쓰기 자세로, 공모 준비 과정 자체를 자신의 글쓰기를 정련(精鍊)해 가는 과정으로 여겨야 한다.

(3) 공모 기관마다 선호하는 작품 경향이나 특색이 있는가를 잘 살펴라. 물론 좋은 작품은 어디에 놓여도 빛을 발하는 법이다. 그러나 기왕이면 공모 기관의 성향에 소재나 내용을 맞추는 것도 필요하다. 예컨대 농민을 독자 대상으로 하는 기관에 응모하려면 농촌 소재의 소설이 더 적당하며, 특정 종교기관이라면 그에 걸맞은 소재를 선택하는 것이 더 바람직하다.

(4) 특히 서두와 끝을 잘 써라. 예비 심사와 본심을 거치는 동안 심사위원들이 많은 작품을 대하다 보면 특히 인상적인 서두와 끝맺음으로 시선을 사

로잡아야 하기 때문이다. 처음과 끝 원고지 3장 분량이 작품의 운명을 좌우한다는 말이 있을 정도이다.

(5) 독특한 자기의 세계관을 확보하라. 이는 자신의 체험을 바탕으로 써 나갔을 때 가능할 것이다.

(6) 당대의 사회적 표상으로서의 인간형 구축이 중요하지만, 주인공은 일반적으로 악인보다 이상적인 주인공이 바람직하다. 일반적으로 악인을 보여주기는 쉽지만 이상적인 주인공을 창조하기란 쉽지 않다.

(7) 내용에 알맞기도 하고 낯설고 인상적인 제목을 붙이는 일은 상품을 더 값지게 포장하는 것과 같다.

(8) 많은 사람들의 공통된 문제로 흥미와 관심을 끌 수 있어야 한다. 소설의 재미와 감동은 치밀한 플롯과 독특한 반전에 의한 완전한 구조물일 때 가능하다.

(9) 작품 속의 등장인물과 대화를 하면서, 오래 글을 다듬어라.

(10) 액션을 통한 성격 묘사가 자연스럽게 이루어지도록 하라. 소설 인물의 어색하고 과장된 행동은 소설을 어설프게 한다.

(11) 판에 박힌 표현을 피하고 자신만의 독창적인 표현을 하라. 능숙한 작가는 정서적이고 감성적인 문장을 배치할 곳을 직감적으로 발견한다.

(12) 배경은 단순하고 인상적인 것일수록 좋다. 연극에서 무대가 자주 바뀌면 어수선한 것처럼, 배경이 자주 바뀌면 작품이 어수선하다. 일정한 배경 안에서 다양하고 신선한 사건을 보여줄 수 있어야 한다.

(13) 서정과 서사가 균형을 이루도록 하라. 시에서 서정성과 주제의 균형이 요구되듯, 소설에서도 감성적이면서도 서사를 통한 주제가 선명한 것을 요구한다. 너무 감성에 치우치기보다 적절히 서사가 있어야 한다는 말이다.

(14) 장면 전환이 자연스럽게 하라. 이는 이야기의 전체 흐름을 바로잡는 일이다.

(15) 주인공의 등퇴장과 사건 연결이 자연스러운지 검토하라. 장면 전환이 어색할 때는 소도구나 이미지를 효과적으로 활용하기도 한다.

(16) 복수 시점을 피하라. 그리고, 통일성을 해치는 시점을 피하라. 이야기 방식이 어수선하면 소설의 통일성을 떨어뜨린다.

(17) 줄거리 첨부를 요구하는 경우 시간을 두고 미리 써서 잘 다듬어라. 결국 심사위원들이 먼저 읽게 되는 것이 줄거리이고, 이를 기준으로 작품의 가치를 가늠한다.

(18) 응모 요령을 꼼꼼히 읽어 보라. 성별, 나이, 필명인 경우 본명을 요구하는지 등 공모 내용을 꼼꼼히 챙겨라.

(19) 가능한 한 공모 기관에서 요구하는 원고 양에 맞게 써라.

제13장
작가가 세상을 보는 눈은 달라야 한다

작가는 선구적인 존재이다. 따라서 세상을 보는 눈도 남달라야 한다. 그러자면 작가는 오늘의 현상을 냉철하게 꿰뚫어보는 눈을 가져야 하고, 동시에 비판적인 눈을 가지지 않으면 안 된다. 이를 위해 간접 체험을 넓힐 수 있는 독서가 필요하고, 무엇을 어떻게 읽어야 효율적인지 알아야 한다.

제13장 | 작가가 세상을 보는 눈은 달라야 한다

1. 오늘을 바라보는 눈

오늘날 문화 현상의 중요한 특성 중 하나로 포스트모더니즘이 사람들 입에 자주 오르내리고 있다. 포스트모더니즘은 문화계와 사회뿐만 아니라 여러 예술 분야에서 20세기 이후 오늘의 문화 현상을 이해하는 핵심어가 되었다. 포스터모더니즘의 의미가 무엇인가를 두고 다양한 논의들이 있어 왔으나, 대체로 이는 첨단 과학기술의 발달과 소비 자본주의(다국적 자본주의)를 기반으로 나타난 문화 현상으로 보는 데는 이의가 없다. 포스트모더니즘에 비판적인 입장을 보이는 사람들은 이를 후기 산업사회 자본의 상업주의와 저급한 대중문화의 문화적 논리, 혹은 제국주의적 서구 자본주의의 시장 확산과 그 유지를 정당화해 주는 지배 이데올로기의 한 변형쯤으로 여기기도 한다. 그래서 포스트모더니즘은 형이상학의 붕괴와 인간주의의 퇴보에 의한 빈자리를 동물적, 즉자적, 도발적, 감각적 문화로 채운다는 비판을 받기도 했다.

이런 비판에도 불구하고 포스트모더니즘은 가변성, 다양성, 차별성, 기동성, 커뮤니케이션, 지방 분권화, 그리고 국제화 등의 '새로운 시대'의 기류를 타고 다양하게 생산되는 새로운 예술과 현상들을 설명해 주는 패러다임이 되고 있다. 이 같은 현상은 주로 구조주의에서 키워드로 파악되던 영역 간의 소통 문제 및 총체성 파악과 맥을 같이하면서 특정 분야에 대한 전문성을 요구하는가 하면, 역설적으로 다양성에 대한 요구로 집약되기도 한다.

이런 시대적인 흐름 속에서 창작 활동을 지속해 나가야 할 작가라면 마땅히 사회 문화를 보는 예리한 통찰력을 지녀야 하고, 이를 위해서는 대상을 비판적으로 볼 수 있도록 독서를 통해 충분한 문예 창작 소양을 갖춰야 한다.

이를 위해 목표가 뚜렷한, 효율적인 독서법이 필요하다.

2. 무엇을 어떻게 읽을까

그렇다면, 작가 지망생은 무엇을 어떻게 읽어야 할까. 원론적으로는 폭넓고 깊은 독서가 바람직하다. 일반 독자와 달리 작가 혹은 작가가 되려는 습작생은 폭넓은 독서와 선택적인 독서 두 가지를 병행하는 것이 바람직하다.

1) 폭넓은 독서

다양한 지식 습득을 위해 폭넓은 독서를 해야 하며, 동시에 집약적으로 읽어야 한다. 예를 들면, 허영기가 많은 여자의 독특한 삶을 보여줄 소설을 쓰기로 했다면 젊은이들이 선호하는 최신의 문화와 관련된 서적들을 폭넓게 접해야 할 것이다. 전문적인 지식을 얻기 위한 정독까지는 필요가 없을지 모르지만 반드시 젊은이들 사이에 유행하는 패션 정보와 관련된 책들을 폭넓게 참고해 둬야만 한다. 이런 경우 폭넓은 독서를 통한 이미지 확보와 같은 겉핥기식 독서가 실용적이다.

2) 선택적인 독서

당장 소설을 써야 하는 작가 및 작가 지망생이라면 사정이 좀 다르다. 언제까지 기초 자료 준비만 할 수는 없다. 일단 당장 다루고자 하는 문제와 관련된 서적을 찾아 읽어야 하므로 이때는 발췌독(拔萃讀)을 해야 할 것이다. 즉 당장 필요한 정보를 수집하기 위해 여러 종류의 책에서 필요한 부분을 골라서 집중적으로 읽어야 한다.

　소설의 내용뿐만 아니라 형식적인 측면에서도, 예컨대 플롯에 대해 풀리지 않는 문제가 있다면 플롯의 모범이 될 만한 소설을 읽어서 참고할 수 있을 것이다. 또 문장 서술이나 표현이 막혔을 경우라면 평소에 잘된 표현이나 문장으로 인상 깊었던 소설을 골라서 읽는 것이 좋다. 이것저것 걷잡을 수 없이 막힌다면 비슷한 소재를 다룬 소설을 찾아 읽는 것도 좋은 방법이 될 것이다.

　예를 들어보자. 노인의 문제를 다룬 소설을 쓰기로 했다. 소설의 이야기 구조를, 학생 시절에 단지 봉사활동 점수를 따기 위해 노인 요양 시설에 봉사를 나갔던 체험을 살려 사회에서 외면을 당하는 노인의 쓸쓸한 삶을 형상화할 계획을 세웠다고 가정해 보자.

　이 문제에 보다 사실적으로 접근하기 위해서는 먼저 구체적이고 직접적인 사회복지정책에 대한 전문서적을 선택하여 필요한 부분을 골라 자료를 취해야 할 것이다. 그리고 여기에 치매 노인이 주요 인물로 등장할 경우, 치매 증세와 관련된 의학 서적도 필요에 따라 선택하여 인용해야 효율적인 소설 창작을 할 수 있을 것이다.

　이때 독서에만 의존하기보다는 실제 현장을 찾아 작가의 머리에 이미지를 만들어 두거나, 관련 인물을 인터뷰하는 것도 필요할 것이다. 소설에서는 독서를 통한 간접 체험과 함께 현장 취재가 그만큼 중요하다는 뜻이다.

"긴 여행에서 돌아오면

가끔 그곳의 풍경에

젖어들기도 한다."

제14장
소설 창작 여행을 마치고

소설 창작 여행은 고통스럽고 자못 긴장된 여정이었다. 그러나 처음에는 막연히 두렵기만 하던 소설 창작에 어느 정도 자신감이 생겼을 것이다. 실습 소설을 감상해 보고 작품평을 해보자.

제14장 | 소설 창작 여행을 마치고

〈실습소설〉(학생작품)

봄 밤

최우정

그가 결혼을 한다.

비가 내렸으면 했는데, 하늘은 뻔뻔하리 만큼 밝아 보였다. 아침부터 청소를 한답시고 엄마는 창을 활짝 열어놓았고, 뜻하지 않게 앞집의 라일락 향기를 훔쳐 집안 가득 메웠다. 어젯밤에는 지독히도 비가 왔다. 그런데 오늘까지 이어질 줄 알았던 빗줄기는 온데간데없었다. 그 빗줄기는 라일락이건 벚꽃이건 다 떨어뜨릴 것 같았는데 꽃들은 너무나도 멀쩡하다. 역시 꽃잎이 떨어지는 것은 바람 때문이 아니라 때가 되어야 떨어진다는 진리를 깨닫게 했다. 난 그러한 자연마저 못마땅한 아침을 맞이했다.

그가 결혼을 하지 않는다면 어땠을까. 항상 내 생각은 반 박자 늦는다. 그는 모든 것을 닮아 있다. 꽃을 보면 꽃과 닮아 있고, 봄을 보면 봄과 닮아 있다. 내 시선에 잡히는 모든 것들이 그 사람인데, 그 사람은 오늘 결혼을 한다. 머리도 자르지 말고, 손톱도 기르지 말고, 화장도 하지 말고 옆에만 있어 달라 했었다. 그 앞에서는 모든 것이 완벽한 나였다. 자기 애인이 다른 사람보다 현저히 떨어지고, 피부가 나쁘고, 팔뚝이 굵고, 가슴이 작아 볼품없는 사람이라는 것을 불현듯 깨닫게 되는 이유는 만남의 시기가 끝을 보이고 있는 것이다. 그 멍청한 사람. 그 시기까지 넘겼다.

그 단계에서 우리가 헤어졌다면 조금 더 산뜻할 수 있었을 텐데, 너무나 끝까지 간 것 같다. 적어도 내가 아닌 다른 여자가 보인다. 그 여자가 너무 에쁘다고 해줬더라면 좋진 않았어도 미워하진 않았을 텐데, 멍청한 그 사람은 그 얘기마저 하지 못했다. 7년이란 시간은 한 남자와 한 여자를 남매처럼 만들었다. 무미건조한 그 사람과의 섹스는 너무나도 의무적이어서 지루할 지경이었다. 때로는 자전거를 타는 것 같았고, 가끔은 헬스클럽 러닝머신 위에서 매일 같은 TV 프로그램을 시청하는 것 같았다. 나는 미련하게 같은 TV를 7년간 시청하면서 '결혼하자'는 그 한마디를 기다렸다.

나마저 몰랐다면 어느 세월에까지 매달렸을지 모르겠다. 전화만 받고 오면 다리를 떨면서 불안해하고, 한손으로 펜 뚜껑을 열었다 닫았다 낙서를 했다가 코끝을 만지고 안경을 고쳐 쓰고 나서야 안정을 취했다. 어쩌면 머리 좋은 그 사람, 내가 알게 하기 위하여 취한 제스처가 아니었을까 하는 생각도 했지만, 머리 좋고 착하고 멍청한 그 사람이 그럴 리 없다. 내가 했던 일말의 노력은 그 표정들과 행동들을 종합했던 것. 문자 메시지 단두 건을 훔쳐본 것이다.

끝내자.

나의 한마디에 왜냐고 묻지도 않고 등신처럼 고개를 숙이고 미안하다고 했다. 차라리 고맙다고 했으면 덜 비참했을 텐데, 이건 차고도 차인 경우라 자존심이 상했다. 마음 같아서는 테이블 위에 반짝이는 그의 휴대폰을 꺾어버리고 싶었으나 나중에 내 스스로가 유치해 보일까 꾹 참고 유리문을 밀고 나왔다. 그것이 오늘로부터 딱 두 달 전이다.

나와의 시간이 너무나 무색하리 만큼 빠르게 그의 결혼 소식이 들렸다.

그를 잊는 것은 그렇게 힘들지 않았는데 종종 들리는 그들의 소식이 나를 기분 나쁘게 만들었다. 이제 나는 그의 인생에서 지나가버린 에피소드가 되어버렸다.

그저 한낱 배경에 지나지 않았던 나는 내가 먼저 할 수 없는 것들에 관해 생각했다. 결혼도 먼저 하지 못하고, 아기도 먼저 낳지 못한다. 물론 학부모가 빨리 될 수 있는 것도 아니고……. 사실 결혼 빼고 다 먼저 할 수는 있겠지만 그건 발악이 될 것만 같다. 이런 사실들은 왠지 모르게 서글펐다.

나이만큼 급했던 그는 나와의 7년을 뒤로 한 채 그 여자를 만난 지 두어 달 만인 오늘 결혼을 한다. 일주일 전 그가 직접 청첩장을 들고 찾아왔다. 이것이 별 볼일 없는 그의 예의다. 쓸데없는 그의 매너 덕분에 나는 예식장 맨 뒷자리에 정말로 그들의 배경으로 서 있다. 마치 그곳은 나의 지정석 같았다. 결혼을 거북하게 여기는 사람을 위해 식이 끝나기 전에 제일 먼저 자리를 뜰 수 있게 만든 자리가 고마웠지만 썩 마음에 들지는 않았다.

내가 올 것을 아무도 짐작하지 않았나 보다. 그도 그럴 것이 오랫동안 사귄 연인의 결혼식에 참석하는 사람은 거의 없다. 또 오래된 연인에게 자신의 결혼식에 참석해달라고 하는 사람은 더더욱 없을 테니까. 하지만 그는 참석해달라고 했고, 나는 참석했다. 우리가 함께 만나던 친구들, 부모님은 익숙한데 그의 옆에는 내 시선엔 어색한 젊고, 마치 통통한 장미처럼 생기 있는 여자가 서 있었다. 하지만 그게 그 여자의 자리인 양 내가 서 있던 예전의 자리가 생소하게 떠올랐다.

난 당연히 결혼식이 끝나기 전에 그곳을 빠져나왔다. 토요일 이른 오후에 혼자가 되어버린 것 같은 나는 돌아갈 곳이 없었다. 집으로 가는 차편이 있었지만 그곳으로 돌아가면 특별한 오늘이 너무 평범해질 것 같아서 길거리를 배회하기 시작했다. 벚꽃 축제가 끝이 난 차분한 윤중로를 혼자 걸어가는데 누군가가 자꾸 나를 따라오는 것 같았다. 그럴 리는 없었고, 봄기운이 따라 붙는 것마저 감사할 지경이었다. 이제 나는 서른 살의 결혼 안 한 아줌마가 되어버려 윤중로 벚꽃들에게 미안하고 창피했다. 영화 '파니 핑크'에서 삼십 먹은 여자가 남자를 만나 결혼할 확률은 원자폭탄 맞을 확률보다 낮다고 지껄인 것이 자꾸 생각났다. 머저리 같은 애인이었어도 없는 것과 있는 것은 천지 차이일 테니까. 씁쓸했다.

한참을 걷고, 한참을 달려보니 헌책방이 보였다. 평소 같았으면 거들떠도 보지 않았을 그곳에 빨려들어가버렸다. 노란 종이의 익숙한 냄새가 났고, 사지도 않을 책들을 뒤적였다. 그 좁은 곳에 사람은 나와 내가 들어온 것은 신경도 쓰지 않고 의자에 앉아 개그맨들이 나와 떠드는 TV 프로그램을 시사 프로그램마냥 심각하게 인상을 쓰며 보고 있는 주인아저씨 한 사람뿐이었다. 그래서 나는 아주 편한 마음으로 초등학교 교과서나 고등학교 문제집, 자습서 같은 전혀 불필요한 부분부터 사전이나 소설책까지 넘나들며 뒤적였다.

누군지 모를 남의 흔적들이 그곳에는 가득했다. 그리고 그것을 마음껏 훔쳐볼 수 있는 곳도 그곳밖에 없지 않을까 생각하며 책 내용보다는 낙서를 하나 하나 재밌게 읽어 내려갔다. 난 두 살 터울의 남동생에게 교과서를 물려주기 위해 중학교 3년 내내 그 좋아하는 낙서 한번 하지 못했고 심지어 답까지 달지 않았다. 고작 몇만 원 아끼자고 엄마가 내 즐거움을 박탈했던 일이 살짝은 억울해졌다. 하지만 이미 지난 일은 어찌할 수가 없는 노릇이라 생각했다. 그러고는 본 교과서를 다 덮고 소설책 쪽으로 자리를 옮겼다. 먼지가 두껍게 자리를 잡은 소설책들은 몇 달, 어쩌면 몇 년 동안 들춰지지도 않은 것 같았다. 그런 소설 코너로 자리를 옮기자 그제서야 주인아저씨는 내게 먼지 난다고 살살 보라고 말했다. 중심가의 큰 서점보다 그곳이 더 귀한 책이 많지 않을까 해서 그 '귀한' 책의 기준은 잘 모르겠지만 한권 사기로 마음을 먹고 살펴보았다. 그러다 한 저명한 소설가의 서명본을 찾았다. 그 책과 옆에 새것처럼 보이는 책을 생각 없이 집어 계산했다. 주인아저씨는 사인해놓은 책은 거의 다 팔렸을 줄 알았다면서 새 책보다 그 헌 책의 값을 더 받았다. 서명본을 들고 나오니 왠지 남의 애인을 빼앗았다는 좀 얼토당토않은 기분이 들었지만 뿌듯했다. 한참을 돌아다니기도 했지만 점심시간이 지나서 배가 고프다는 사실을 깨달았다. 그래서 스파게티 전문점으로 보이는 곳에 발을 들여놓았다. 들어서니 찰랑이는 종소리가 제일 먼저 날 맞이했고, 다음으로 검은 머리를 단아하게 묶고 진한 녹색의 앞치마를 두른 아르바이트생이 어서 오시라고 했다.

사실 나는 익숙하지 않은 곳에서는, 그것도 혼자서는, 차는 마셔도 절대 밥은 먹지 않는다. 어색함도 물론 싫지만 길들여진 곳에서의 식사가 마음이 편하기 때문이다. 이렇게 혼자 길거리에 나와 서성이다가 배고파서 아무 곳에나 들어가서 밥을 먹는다고 생각하니 서른 살이 되어서야 진짜 어른이 된 것 같았다. 스무 살 성년의 날, 제일 비싼 음식이라고 소갈비를 사준 아빠가 생각나 자리에 앉자마자 메뉴판을 보고 이름도 제일 어렵고, 제일 비싼 스파게티를 시키고, 고급스러운 와인까지 주문했다. 그러고는 가게의 여기저기를 둘러보기 시작했다. 온 벽이 나무로 장식되어 있고 화려한 조명등과 여기저기 걸려 있는 와인 잔들이 조화롭게 반짝였다.

얼마가 지나고 세팅되어 나온 스파게티는 내 입맛에 딱 맞았다. 그리 까다롭지는 않지만 가리는 게 꽤 많은데 눈으로 보기에도 상큼한 샐러드도 마음에 들었다. 다만 고급스러운 와인은 나와 잘 맞지 않았나 보다. 한 모금 마시고 아니다 싶어 잔을 들지 않았다. 마시지 않았어도 가격은 당연히 지불해야 했다. 카드 전표에 나온 금액은 만만치가 않았다. 먹을 것만큼은 사치하지 않는 나였지만 왜인지 오늘만큼은 입과 배라도 행복하게 해주고 싶었다. 다시 찰랑이는 종소리를 뒤로 하고 가게를 나서 한참 걸었더니 전철역이 나왔다. 약속도 없었고 갈 곳도 없었지만 전철을 탔다. 휴일이었음에도 불구하고 약간은 사람들로 붐비고 있었는데 운 좋게도 내 앞자리의 아줌마가 다음 역에서 내려 그 자리에 앉았다. 노래라도 들을까 해서 엠피스리가 든 가방을 열었더니 아까 샀던 책이 먼저 눈에 띄어 앞장부터 찬찬히 읽어 내려갔다. 역시나 지루하기 짝이 없어서 고개를 드는데 옆 사람이 내가 책을 읽는 모습을 보고 있었다. 아직까지는 전철에서 책을 읽는 사람은 교양이 있어 보인다고 했던 친구의 말이 떠올라서 우월감에 책을 더 높이 들고 읽는 척했다. 책을 읽진 않았지만 대충 시간을 맞춰 책장을 넘기는 센스까지 발휘하면서 말이다.

몇 정거장이 지나자 건전지를 파는 잡상인이 등장했고, 내 옆사람마저 그 건전지로 눈을 돌렸다. 우습게도 그때 전동차 내 질서 유지를 위해 잡상인은 출입을 금지한다며 잡상인 상행위 시 승무원에게 연락을 취하라는 안내 방송이 흘러나와 건전지 파는 사람을 당황시켰다. 거기까지만 생각이 난다. 얼마나 졸았을까. 집 근처 역까지 도달한 나는 문이 열리자마자 황급히 내렸다. 그러고는 출입구와 연결되어 있는 극장에 들어갔다. 제일 빨리 볼 수 있는 영화표를 달라고 했더니 극장 직원은 묻지도 않고 두 장의 표를 끊어 주었다. 내가 머뭇거리자 친절히 웃으며 더 필요한 게 있냐고 묻기에 한 장은 필요 없다고 환불을 하고 자리를 바꿨다.

콜라를 사 들고 어두운 극장에 들어서서 자리를 찾아 앉았다. D열 10번 자리. 9번까지는 꽉 들어차 있고, 혼자 올 것을 예상치 못한 9번 사람은 10번 내 자리에 가방을 얹어 놓았다. 그냥 남는 자리에 앉을까 하다가 가엾은 내 자리를 위해 9번 남자에게 눈치를 줬다. 남자는 이내 가방을 치웠고 내가 자리에 앉자마자 영화는 시작됐다. 혼자 온 내가 보게 된 영화는 결혼 전에 잠시 동안 바람피우는 여자의 이야기였고, 장르는 성인 멜로였다.

영화는 말이 좋아 성인 멜로지 에로 영화를 방불케 했다. 내게는 항상 왼쪽에 서는 버릇이 있었다. 영화를 볼 때도 나는 왼쪽에 애인은 오른쪽에 앉히곤 했다. 그리고 음료수는 항상 왼쪽에 두었는데 오늘 나의 왼쪽에는 9번 남자의 콜라로 빈자리가 없었다. 하릴없이 오른쪽에 콜라를 두었다. 그러다 영화가 중간 정도 흘렀을까. 왼쪽의 콜라를 마시게 되었고 마시고 내려놓는 순간 아무 말도 눈빛도 없이 9번 남자와 난 나의 실수를 동시에 깨달았다. 그리고 콜라는 소외되기 시작했다.

영화가 절정에 다다랐지만 별 감흥이 없는 나는 스크린만 의미 없이 쳐다보았다. 그리고 갑자기 왜 그런 생각이 들었는지 9번 남자의 손을 잡아보고 싶었다. 9번 남자에게는 8번 여자가 있었는데도 충동적인 생각은 한 치의 망설임도 없이 손에게 지시를 내렸고, 난 남자의 손을 슬며시 잡았다. 분명 나를 변태로 생각하거나 8번 여자에게 이를 거라는 순간적인 생각이 뇌리를 스쳤지만, 이 남자가 미쳤는지 아무런 반응이 없었다. 여자, 남자, 여자 이렇게 셋이서 손을 잡고 야한 멜로 영화를 보았다고 하면 누가 믿을는지 모르겠다.

7년 동안 사귄 애인의 결혼식을 보고도 아무렇지 않게 밥을 먹고 영화를 보러온 서른 살의 나는 반쯤 정신이 나가 있었다. 어둠 속에서 얼굴도 보이지 않는 9번 남자가 마음에 들어 깍지까지 끼기에 이르렀다. 성감대라고 따지면 다섯 손가락 안에 들 그 손을 잡고 놓아주지 않았다. 하지만 거부 없는 이상한 이 남자가 깍지를 빼고 무언가를 쥐여주었다. 뭘 믿고 나에게 주었는지는 모르지만 휴대폰이었다. 가슴이 뛰고 맥박이 빨라지는 것은 못 느꼈지만 얼굴이 화끈거려서 그 휴대폰을 쥔 채로 영화가 끝나기도 전에 나와 버렸다.

망설여졌다. 휴대폰을 분실 센터에 맡기고 갈 것인가. 아니면 연락이 올 때까지 기다릴 것인가. 하지만 이내 망설임보다는 궁금함과 설렘이 더

커져버렸다. 나에게 왜 휴대폰을 쥐여준 것인지, 혹시 내게 관심이 있어서 그런 것인지 물어보고 싶었다. 휴대폰 액정에는 8번 여자로 추정되는 여자와 9번 남자의 사진이 박혀 있었다. 둘은 얼마나 연애했을까. 떠올려보니 오늘 결혼한 그 사람에게 그 여자를 어떻게 만났느냐고 물어보지 않았다. 내가 항상 옆에 있었는데 무슨 수로 그 숫기 없는 사람이 다른 여자와의 만남을 행했는지 묻지 않았다는 것이 생각났지만 다시 가서 물어볼 수도 없는 일이었다.

이런저런 생각을 하면서 9번 남자의 이야기를 듣기 위해 35분을 기다렸다. 그 시간은 350분 혹은 35일처럼 더뎠다. 남자는 내가 들고 있던 자기 휴대폰으로 전화를 했다. 당연히 모르는 번호였지만 그 남자일 거라는 확신을 가지고 전화를 받았다. 남자는 곧 내가 있는 곳으로 와서 나를 보고 소리 없이 웃었다. 남자는 생각보다 키도 크고 잘생긴 외모를 가지고 있었다. 무엇보다 이런 황당한 상황 속에서 아무렇지 않게 웃는 모습이 마음에 들었다. 그리고는 지금 한참 신혼여행의 재미에 젖어 있을 그 남자와 나도 모르게 비교하고 있었다. 키도 작고 안경 없이는 구두도 못 찾는 결혼한 남자는 이 재밌는 상황에 관해 어떻게 표현할지 궁금했다.

남자는 처음이라고 했다. 이렇게 황당한 경우도 처음이었고, 자신이 이렇게 돌발적인 행동을 한 것도 처음이라고 했다. 하지만 즐기고 있는 것임에는 분명했다. 몇 살인지, 무슨 일을 하는지 따위는 서로 묻지 않았다. 오뎅 바에서 소주를 마시며 나는 애인이 있는 것처럼 예전 그 사람 얘기를 떠들어댔고, 남자도 손 잡고 같이 영화를 본 그 여자에 대해 이야기했다. 얼마나 주절거렸을까. 술에 취해 그곳을 나왔을 때는 도시의 꽃향기에 숨이 멎을 것만 같았다. 우리는 아무것도 합의하지 않았지만 처음 눈에 띈 모텔로 들어갔다. 남자와의 관계는 한 달에 한 번 체내형 생리대를 끼워 넣는 것 같던 두 달 전의 남자와는 다른 느낌이었다. 실컷 듣고 말을 한 애인들의 이야기를 떠올리며 그들을 비웃듯이 하룻밤 동안 몇 번을 즐겼다.

일요일 아침이 밝아버렸고, 자고 있는 남자를 뒤로한 채 씻지도 않고 옷을 주섬주섬 주워 입고 나왔다. 봄바람이 좋았다. 집에 도착하고 나서야 안 사실이지만 그가 자고 있던 침대 옆에 나의 휴대폰을 두고 왔다. 그리고 남자의 얼굴을 떠올렸는데 남자의 얼굴이 도무지 기억나질 않았다.

며칠 뒤, 소포가 도착했다.

그 속에는 그의 결혼식 날 나의 사진 몇십 장이 담겨 있었다. 결혼식에서의 나. 꽃길을 걸어가는 나. 헌책방에서의 나. 스파게티를 먹고 있는 나. 전철 속의 나. 영화를 보고 있는 어두운 나. 더 이상의 사진은 없었다. 오뎅 바의 나와 모텔로 향하는 나. 한마디로 남자와 함께 한 나는 없었다.

일주일 전에 난 인터넷으로 흥신소를 검색해서 나만의 특별한 기념일. 4월 22일에 한 여자의 행적을 찍어달라고 부탁했었다. 흥신소에서는 바람피우는 아내를 조사해달라는 것 정도로 치부했던지 의뢰인의 신상에 관해서는 묻지 않았다. 난 사진과 함께 날아온 계좌로 나머지 금액을 입금하고 사진을 책상 서랍 깊숙이 넣었다.

나만이 생각하는 계절의 심상이 있다. 겨울에는 초등학교 6학년 때 좋아했던 같은 반 남자아이가 떠오르고, 여름에는 두 달 전까지 같이 잤던 남자가, 가을에는 돌아가신 아버지가 생각난다. 그리고 이제 봄밤에는 벌겋게 달아오른 얼굴로 생각 없이 웃던 9번 남자가 머릿속에 주스처럼 쏟아질 것이다.

헌책방에서 사온 헌 책을 책장에 꽂고 새 책을 들고 책상 앞에 앉았다. 책을 펼치는데 나도 모를 눈물이 흘렀다. 밤낮 쓸고 닦는 엄마가 방 청소를 하려고 소리 없이 방에 들어와 울고 있는 나를 보고 놀라 무슨 일이 있냐고 근심스레 물었다. 나는 대충 둘러대려고 첫 페이지도 읽지 않은 책을 가리키며 '이게 너무 슬프네' 했다. 순진한 엄마는 그런 무서운 책은 아예 보지 말라고 했다. 그 책의 제목은 엄마를 설득할 필요도 없을 만큼 강렬했다. '베로니카, 죽기로 결심하다' 베로니카는 왜 죽기로 결심했을까. 내 휴대폰으로 전화를 걸면서 죽었는지 살았는지 모를 얼굴 없는 베로니카를 떠올렸다. (*)

〈글쓴이의 말〉

아르바이트를 하던 시절인데, 함께 일하면서 친하게 지내던 27살의 언니가 있었다. 그 언니는 처음으로 교제한 사람과 5년째 연애를 하고 있었다. 하지만 내가 보기에 그 언니는 더 이상 설레지 않고, 때로는 의무감으로 만나는 것처럼 보이기도 했다. 이를 보고 오래된 연인들의 이야기를 써보고 싶었다. 누군가의 변심으로 헤어지면 상대는 무디어진 연인 관계에 갑자기 닥친 문제에 어떻게 반응할지에 관해서 말이다.

하지만 이 이야기는 특별히 누구 한 사람의 이야기를 모델로 삼은 것은 아니다. 주인공의 일화들은 내가 겪은 일들과 있음직한 소소한 일들을 상상하여 담아낸 것이다. 때로는 내가 상상 속에서라도 해보고 싶었던 일들도 자연스럽게 소설 속에 끼워 넣었다.

이야기를 엮으면서 이 이야기를 통해서 전할 주제에 대해서 잠깐 생각해 보았다. 사람들이 흔히 사랑이라고 떠들어대지만 결국 새로운 것과 어떤 조건을 좇는 것은 아닐까. 특히 요즘 사람들은 사회 문제와 활동에 자유로운 만큼 쉽게 허락하고 가볍게 즐기는 쾌락주의에 대해 말하고 싶었다. 우리에게 정말 그 가벼움에 대한 문제는 없는지.

제15장

컴퓨터 시대에 원고 바르게 쓰기

요즘은 대부분의 글이 원고지보다 컴퓨터 워드 프로세서로 작성된다. 그렇지만 원고지 쓰기가 아예 없어진 것도 아니고, 컴퓨터 워드 프로세서 역시 원고지 쓰기에 기반을 두고 있으므로 원고지 쓰는 법을 바르게 익혀두는 것이 좋다.

"글쓰기란

엄정한 자기 드러내기의

과정이다."

제15장 | 컴퓨터 시대에 원고 바르게 쓰기

1. 원고지 바르게 쓰기

1) 원고지 쓰기(229쪽 '원고지 쓰기의 예' 참조)

① 첫 줄을 띄우고, 제목은 둘째 줄 가운데로 잡아 쓴다.

② 또 한 줄을 띄우고, 이름을 끝에 한 칸쯤 남기고 쓴다.

③ 첫 문장이 시작될 때, 그리고 문단이 바뀔 때 첫 칸을 띄운다(한 글자가 안으로 들어가도록 써야 한다).

④ 다음의 몇 가지 사항에 유의하면서, 원고지 한 칸에 한 자씩 기록해 나간다.

- 구두점 괄호 등을 포함한 모든 부호들도 각각 한 칸씩을 차지한다. 다만, 쉼표(,) 마침표(.) 따옴표(" ", ' ') 등 비교적 간단한 부호들은 띄어놓은 빈칸을 사용해도 무방하다. 그리고 이러한 구두점이 원고지의 왼편 첫 칸에 사용될 경우에는 구두점이 필요한 앞 글자와 같은 칸에 사용해도 좋다. 또, 말바꿈표(-)는 한 칸, 말줄임표(……)는 두 칸에 점 6개 정도 차지하도록 하는 것이 통례다.

- 알파벳 소문자와 아라비아 숫자는 한 칸에 두어 자씩 써도 무방하다. 그러나 알파벳 대문자나 로마 숫자는 한 칸에 한 자씩 쓰는 것을 원칙으로 한다.

- 띄어야 될 모든 곳은 빈칸으로 표시되며, 띄어야 할 곳이 원고지 왼편의

첫 칸일 경우는 비우지 말고, 오른쪽 끝에 ∨를 질러서 띄어야 한다는 부호로
나타낸다.

⑤ 언제나 글이 시작될 때에는 첫 칸을 비우고 들여쓰기를 한다(문단이 바뀔
때도 마찬가지). 행의 맨 끝에 비울 칸이 없다고 하더라도 그 다음 행 첫 칸을 비
워서는 안 된다. 만일 첫 칸을 비우면 새로운 문단의 시작으로 볼 수 있기 때
문이다.

⑥ 원고 교정은 쓰는 이와 읽는 이의 약속이므로 보통 약속된 부호에 따라
표시하는 것이 좋다. 주로 사용하는 몇 가지 중요 부호를 보이면 다음과 같
다.

    ⌐ : 오른쪽으로 밀어라.

    ⌐ : 왼쪽으로 밀어라.

    ∨ : 띄어 써라.

    ∀ : 띄어 쓰지 말고 그냥 두어라.

    ⌒ : 띄지 말고 붙여라.

    ⌒ : 붙이지 말고 그냥 두어라.

    >< : 한 행을 떼라.

    >< : 두 행을 떼라.

    ⌐ : 행을 바꾸어 새 줄을 잡아 시작하라.

    ∿ : 행을 바꾸지 말고 윗줄에 이어라.

    ∼ : 서로 위치를 바꾸어라.

2. 원고지 쓰기와 교정의 예

1) 원고지 쓰기의 예

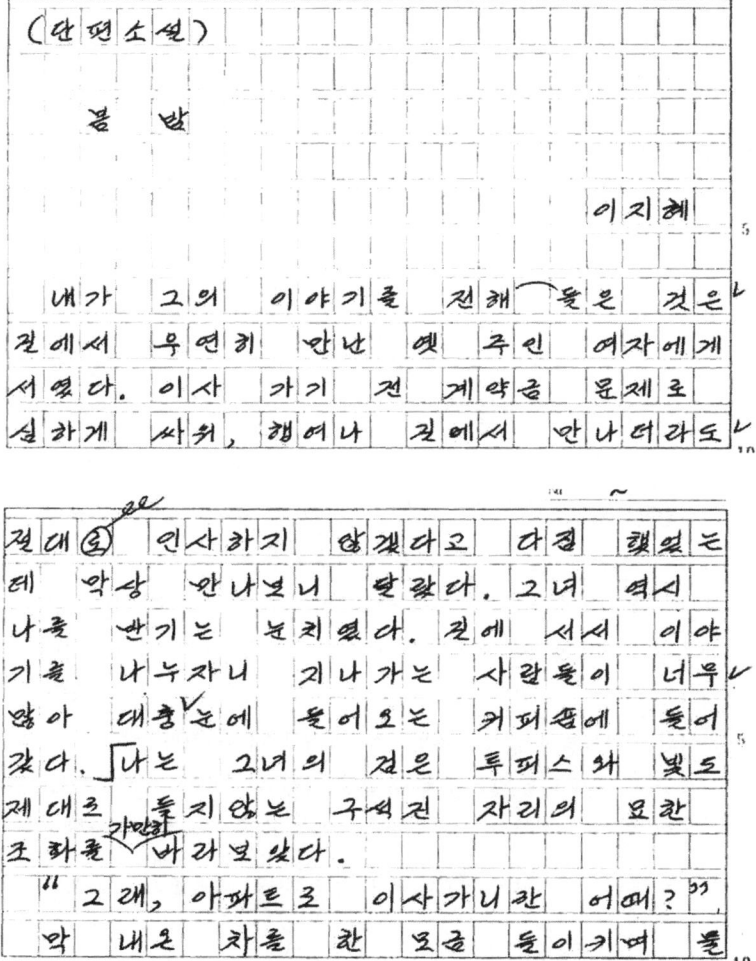

2) 워드 원고 작성법

요즘은 보편적인 글쓰기에서 워드 용지로 작업을 요구하는 경우가 많다. 일정한 형식이랄 것은 없지만, 대개 다음과 같은 형식을 갖추는 것이 좋다. 편의상 원고 교정법까지 한 자리에서 예문을 들어 보이면 다음과 같다.

① A4 용지에 작업하는 것이 일반적이다.

② 첫줄을 비워 두거나 단편소설, 감상문, 수필 등 문종을 표시한다.

③ 제목을 쓰되, 한 글자를 안으로 들어가게 쓰며(스페이스 바 두 번), 글씨를 좀 크게(15호 정도) 쓰는 것이 일반적이다.

④ 이름은 제목 다음 줄에 두 글자 뒤쯤에 쓴다.

⑤ 본문은 첫 줄을 띄우고, 첫 글자를 들여서(스페이스 바 두 번) 시작한다.

⑥ 모든 문장은 이어서 입력하되, 다만 내용이 바뀔 때만 줄을 바꾸어준다.

⑦ 원고 끝에는 원고 양을 표시해주는 것이 좋다. 예) (200×80)

⑧ 원고 교정 때 사용되는 부호는 원고지 바르게 쓰기를 참조하되, 중요한 교정의 예는 다음 예를 참조할 것.

사람은 누구나 제 각기 하고싶은 이마기를 가지고 있다. 이 하고 싶은 이야기를 가진 까닭에 글을 쓰게된다. 다시 말하면 사람은 저마다의 마음 속에 내뱉고 싶은 일즘 남에게 호소하고 싶은 이야기를 가지고 있기 때문에 글을 쓴다는 말이다. 그러한 이야기들이 글이 되려면 글의 표현을 거쳐야한다. 생각과 느낌의 표현 수단으로 인간이 말라 글을 가지고 있음은 누구나 아는 사실이지만 말은 글로 써놓았다 하여 모두가 글이 되는 것은 아니다. 문맵에 맞는 것만으로도 안된다. 글을 짓는데에는 솜■■가 필요하고, 또한 거기에 생명명을 불어 넣는 힘이 필요하다.

-조지훈, ‘효과적인 표현’

3) 워드 원고 쓰기의 예

∨∨(단편소설)

∨∨

∨∨오빠의 집 → 15포인트

∨∨

∨∨홍길동(seongmilee@hanmail.net) → 12포인트

∨∨

∨∨집이 가까워 오자 멀리서부터 아버지의 욕지거리와 함께 싸우는 소리가 좁은 골목길을 타고 울려나왔다. 대문 안에 들어서자 나는 곧장 불꺼진 방문 앞으로 다가갔다. 전혀 인기척이 없었다. 방문을 열었다. 오빠와 동생은 초저녁인데도 싸우는 소리가 듣기 싫어서 이부자리를 뒤집어쓰고 누워 있었다. 나는 조그맣게 오빠를 불렀다. 대답이 없던 오빠를 한 번 더 크게 불렀을 때 그토록 강해 보이던 오빠한테서 울음이 새어 나오고 있었다. 그 순간 다리에서 나사 같은 것이 풀어지면서 치마폭에 담아 왔던 못들이 그 자리에 와르르 쏟아졌다.

무척 배가 고팠지만 방 한 구석에 가서 가만히 누웠다. 그리고 소리를 죽여가며 퀴퀴한 곰팡이 냄새가 올라오는 비닐 장판에 얼굴을 대고 코가 메이도록 울었다.

배가 고파 아침 일찍 잠에서 눈이 떠졌다. 어젯밤 내내 울어서 눈물 콧물이 범벅이 된 얼굴에는 머리카락이 수세미처럼 엉켜 붙어 있었다. 손가락으로 대충 머리카락을 떼어 내고 세수하러 일어서려다 치맛자락을 내려다본 순간 나는 그만 도로 주저앉고 말았다. 그토록 아끼던 원피스는 워낙 낡기도 했지만 못에 찔려 여기저기 구멍이 뚫려 있었고, 뻘건 녹물이 마치 원래 있던 무늬처럼 바랜 꽃무늬 위에 얼룩덜룩 그려져 있었다. 엄마와 헤어지던 날에도 느낄 수 없었던 아득한 절망이 거세게 몰려왔다. 그날 이후, 나

는 다시는 그 원피스를 입을 수 없었다. 가장 소중한 것을 구멍 내 버린 못에서 두려움이 느껴졌다. 핏물처럼 얼룩지고 구멍 뚫린 치마, 치마 가득 묵직하게 담아 한 계단씩 내려설 때마다 허벅지를 찌르던 섬뜩한 그 느낌은 지금까지도 가끔씩 내 아랫도리를 찌르곤 한다.

오빠의 택시가 집 앞에 서 있다. 방 안으로 들어서니 오빠가 제 집처럼 익숙하게 라면을 끓이고 있었다.

"오빠 왔어?"

"어디 갔다 왔냐? 이 근처에 왔다가 배도 고프고, 너 본 지도 오래고 해서 잠깐 들렀다. 그동안 별일 없었지?"

"응. 오빠 무슨 일 있어?"

"무슨 일은…… 야, 끓이는 김에 니 것도 하나 더 끓일까?"

"아니!"

나는 자신도 모르게 큰 소리로 말했다. 괜스레 두려움이 엄청난 무게로 다가왔다.

(——————————————)

(200*45)

주소 : 서울 서대문구 홍은동 134번지

연락처 : 전화번호 : 011-491-8471

*원고 양 표시, 주소와 연락처

4) 띄어쓰기 개관

국가 기관인 국립국어연구원에서 국비를 들여 직접 편찬한 표준국어대사전이 1999년 가을에 간행되었다. 여기에서 규정한 띄어쓰기 규칙은 다음과 같다. (부록 한글 맞춤법 중 제5장 띄어쓰기 참조할 것)

(1) '고등학교', '고속도로', '국어사전', '삼천리 강산', '올 가을', '종 노릇 하다', '중매 결혼', '한날 한시' 등은 이제까지 일반적으로 띄어 써 왔는데, 표준국어대사전에 표제어로 올라 있으므로 구가 아니라 하나의 단어이다. 그러므로 '고등학교', '고속국도', '국어사전', '삼천리강산', '올가을', '종노릇하다', '중매결혼', '한날한시' 라고 붙여 쓰게 되었다.

(2) 종전에 한 단어로 붙여 써 오던 것을 띄어 쓰도록 한 것들도 상당히 많이 있다. '간사떨다', '마음놓고', '벼락치다', '소리지르다', '수다떨다', '좀 더', '주눅들다', '해질녘', '흉내내다' 등은 이제까지 한 단어로 붙여 써 왔는데, 이런 말들은 표준국어대사전에 표제어로 올라 있지 않으므로 단어가 아니라 구어다. 그러므로 '간사 떨다', '마음 놓고', '벼락 치다', '소리 지르다', '수다 떨다', '좀 더', '주눅 들다', '해질 녘', '흉내 내다' 등으로 띄어 쓰게 되었다.

(3) 표준국어대사전의 표기 방식에도 애매한 것이 많다. 관용구로 올라 있는 '구경도 못하다', '꼼짝 못하다', '씨도둑 못 한다', '입이 열둘이라도 말 못한다' 등에 있는 '못하다' 의 '못' 은 부사로 보고 띄어 써야 하지만 표준국어대사전에 쓴 용례가 없으므로 어쩔 수 없이 붙여 쓴다.

"우리말을

바르게 쓰는 것은

글 쓰는 이의 소명이다."

한글 맞춤법과 문장부호

글쓰기에서 한글 맞춤법은 기본이다. 작가의 한 작품에서 오탈자가 한두 군데 나타났다고 해서 0.1% 부족이 아니라 99.99% 부족이라는 사실을 알아야 한다. 특히 요즘 같은 스마트폰으로 간결하고 다급한 문자가 오가는 시대일수록 작가의 바른 맞춤법에 의한 바른 글쓰기는 마지막 보루임을 알아야 한다.

글쓰기 중에 애매한 내용은 〈국립국어원〉, 또는 〈한글 맞춤법 검사기〉에 들어가 문제를 반드시 해결하는 습관을 기르는 것이 좋다.

글을 작성하면서 인터넷에서 쉽게 한글 맞춤법 검사 및 오류 수정을 할 수 있는 '바른한글 웹 서비스(www.barunhangul.co.kr)'를 이용해도 좋다. 사용자 편의성을 강화한 일반 게시판 편집기 형태의 '다기능 편집기'와 국내외 한글학습자의 학습을 지원하는 원고지 형태 '원고지편집기' 두 가지다.

이 밖에 한글 맞춤법 및 우리말 익히기와 관련된 검색어는 다음과 같다.

맞춤법 검사 / 한글 맞춤법 검사기 / 한글 맞춤법 맞춤법 검사기 / 한글 띄어쓰기 검사
맞춤법 / 맞춤법 검사하기 / 우리말 배움터 / 띄어쓰기 검사기 / 띄어쓰기 검사
한글 맞춤법 개정안 / 국립국어원 / 표준국어대사전 / 틀리기 쉬운 맞춤법
국립국어연구원 / 한글 맞춤법 통일안 / 띄어쓰기 / 띄어쓰기 하는 법 / 한글
몇일 vs 며칠 / 한글 띄어쓰기 검색 / 맞춤법 검사 사이트

일러두기

1. 이 한글 맞춤법은 개정된 규정에 따라 표기하였다.
2. 이 한글 맞춤법은 본문 6장과 '부록' 으로 되어 있다.

       제1장 총칙

       제2장 자모

       제3장 소리에 관한 것

       제4장 형태에 관한 것

       제5장 띄어쓰기

       제6장 그 밖의 것

       (부록) 문장부호

3. 각 장은 절로 나누고, 각 절은 다시 항으로 나누어, 각기 원칙에 따르는 예시어 들을 제시하였다.
4. 문법 체계와 용어는 '학교 문법 용어' (문교부 제정)에 따랐다.
5. 의미의 혼동을 줄 우려가 있는 경우에 한하여 한자를 병기하였다.
6. '다만' 과 〔붙임〕은 다음과 같은 경우에 썼다.

 다만 : 규정의 본문에 해당되지 않는 예외 사항을 제시하는 경우

 〔붙임〕: 규정의 본문에 포함하여 설명하기 어려운 사항을 보충할 경우

한글 맞춤법

(국립국어원 : http://www.korean.go.kr)

제 1 장 총 칙

제 1 항 한글 맞춤법은 표준어를 소리대로 적되, 어법에 맞도록 함을 원칙으로
한다.

제 2 항 문장의 각 단어는 띄어 씀을 원칙으로 한다.

제 3 항 외래어는 '외래어 표기법'에 따라 적는다.

제 2 장 자 모

제 4 항 한글 자모의 수는 스물넉 자로 하고, 그 순서와 이름은 다음과 같이 정한
다.

ㄱ(기역)	ㄴ(니은)	ㄷ(디귿)	ㄹ(리을)	ㅁ(미음)
ㅂ(비읍)	ㅅ(시옷)	ㅇ(이응)	ㅈ(지읒)	ㅊ(치읓)
ㅋ(키읔)	ㅌ(티읕)	ㅍ(피읖)	ㅎ(히읗)	
ㅏ(아)	ㅑ(야)	ㅓ(어)	ㅕ(여)	ㅗ(오)
ㅛ(요)	ㅜ(우)	ㅠ(유)	ㅡ(으)	ㅣ(이)

〔붙임 1〕 위의 자모로써 적을 수 없는 소리는 두 개 이상의 자모를 어울러서
적되, 그 순서와 이름은 다음과 같이 정한다.

ㄲ(쌍기역)	ㄸ(쌍디귿)	ㅃ(쌍비읍)	ㅆ(쌍시옷)	ㅉ(쌍지읒)
ㅐ(애)	ㅒ(얘)	ㅔ(에)	ㅖ(예)	ㅘ(와)
ㅙ(왜)	ㅚ(외)	ㅝ(워)	ㅞ(웨)	ㅟ(위)	ㅢ(의)

〔붙임 2〕 사전에 올릴 적의 자모 순서는 다음과 같이 정한다.

자음 ㄱ ㄲ ㄴ ㄷ ㄸ ㄹ ㅁ ㅂ ㅃ ㅅ ㅆ ㅇ ㅈ ㅉ ㅊ
ㅋ ㅌ ㅍ ㅎ

모음 ㅏ ㅐ ㅑ ㅒ ㅓ ㅔ ㅕ ㅖ ㅗ ㅘ ㅙ ㅚ ㅛ ㅜ ㅝ
ㅞ ㅟ ㅠ ㅡ ㅢ ㅣ

제 3 장 소리에 관한 것

제 1 절 된소리

제 5 항 한 단어 안에서 뚜렷한 까닭 없이 나는 된소리는 다음 음절의 첫소리를 된소리로 적는다.

1. 두 모음 사이에서 나는 된소리

   소쩍새 어깨 오빠 으뜸 아끼다 깨끗하다 기쁘다 어떠하다

   해쓱하다 가끔 거꾸로 부썩 어찌 이따금

2. 'ㄴ, ㄹ, ㅁ, ㅇ' 받침 뒤에서 나는 된소리

   산뜻하다 잔뜩 살짝 훨씬 담뿍 움찔 몽땅 엉뚱하다

   다만, 'ㄱ, ㅂ' 받침 뒤에서 나는 된소리는, 같은 음절이나 비슷한 음절이 겹쳐 나는 경우가 아니면 된소리로 적지 아니한다.

   국수 깍두기 딱지 색시 싹둑(~싹둑) 법석 갑자기 몹시

제 2 절 구개음화

제 6 항 'ㄷ, ㅌ' 받침 뒤에 종속적 관계를 가진 '-이(-)'나 '-히-'가 올 적에는 그 'ㄷ,ㅌ'이 'ㅈ, ㅊ'으로 소리나더라도 'ㄷ, ㅌ'으로 적는다. (ㄱ을 취하고, ㄴ을 버림.)

ㄱ	ㄴ	ㄱ	ㄴ
맏이	마지	핥이다	할치다
해돋이	해도지	걷히다	거치다
굳이	구지	닫히다	다치다
같이	가치	묻히다	무치다
끝이	끄치		

제 3 절 'ㄷ' 소리 받침

제 7 항 'ㄷ' 소리로 나는 받침 중에서 'ㄷ'으로 적을 근거가 없는 것은 'ㅅ'으로 적는다.

덧저고리 돗자리 엇셈 웃어른 핫옷 무릇 사뭇 얼핏 자칫하면 뭇[衆] 옛 첫 헛

제 4 절 모음

제 8 항 '계, 례, 몌, 폐, 혜'의 'ㅖ'는 'ㅔ'로 소리나는 경우가 있더라도 'ㅖ'로 적는다. (ㄱ을 취하고, ㄴ을 버림.)

ㄱ	ㄴ	ㄱ	ㄴ
계수(桂樹)	게수	연몌(連袂)	연메
사례(謝禮)	사레	폐품(廢品)	페품
혜택(惠澤)	혜택	핑계	핑게
계집	게집	계시다	게시다

다만, 다음 말은 본음대로 적는다.

게송(偈頌)	게시판(揭示板)	휴게실(休憩室)

제 9 항 '의'나, 자음을 첫소리로 가지고 있는 음절의 'ㅢ'는 'ㅣ'로 소리나는 경우가 있더라도 'ㅢ'로 적는다. (ㄱ을 취하고, ㄴ을 버림.)

ㄱ	ㄴ	ㄱ	ㄴ
의의(意義)	의이	닁큼	닝큼
본의(本義)	본이	띄어쓰기	띠어쓰기
무늬[紋]	무니	씌어	씨어
보늬	보니	틔어	티어
오늬	오니	희망(希望)	히망
하늬바람	하니바람	희다	히다
닐리리	닐리리	유희(遊戲)	유히

제 5 절 두음 법칙

제10 항 한자음 '녀, 뇨, 뉴, 니'가 단어 첫머리에 올 적에는, 두음 법칙에 따라 '여, 요, 유, 이'로 적는다. (ㄱ을 취하고, ㄴ을 버림.)

ㄱ	ㄴ	ㄱ	ㄴ
여자(女子)	녀자	유대(紐帶)	뉴대
연세(年歲)	년세	이토(泥土)	니토
요소(尿素)	뇨소	익명(匿名)	닉명

다만, 다음과 같은 의존 명사에서는 '냐, 녀' 음을 인정한다.

냥(兩)	냥쭝(兩)	년(年)(몇 년)

〔붙임 1〕단어의 첫머리 이외의 경우에는 본음대로 적는다.

    남녀(男女)   당뇨(糖尿)   결뉴(結紐)   은닉(隱匿)

〔붙임 2〕접두사처럼 쓰이는 한자가 붙어서 된 말이나 합성어에서, 뒷말의 첫 소리가 'ㄴ' 소리로 나더라도 두음 법칙에 따라 적는다.

    신여성(新女性)   공염불(空念佛)   남존여비(男尊女卑)

〔붙임 3〕둘 이상의 단어로 이루어진 고유 명사를 붙여 쓰는 경우에도 붙임 2 에 준하여 적는다.

    한국여자대학   대한요소비료회사

제11 항 한자음 '랴, 려, 례, 료, 류, 리'가 단어의 첫머리에 올 적에는 두음 법칙에 따라 '야, 여, 예, 요, 유, 이'로 적는다. (ㄱ을 취하고, ㄴ을 버림.)

ㄱ	ㄴ	ㄱ	ㄴ
양심(良心)	량심	용궁(龍宮)	룡궁
역사(歷史)	력사	유행(流行)	류행
예의(禮儀)	례의	이발(理髮)	리발

다만, 다음과 같은 의존 명사는 본음대로 적는다.

    리(里) : 몇 리냐?   리〔理〕: 그럴 리가 없다.

〔붙임 1〕단어의 첫머리 이외의 경우에는 본음대로 적는다.

    개량(改良)   선량(善良)   수력(水力)   협력(協力)

    사례(謝禮)   혼례(婚禮)   와룡(臥龍)   쌍룡(雙龍)

    하류(下流)   급류(急流)   도리(道理)   진리(眞理)

다만, 모음이나 'ㄴ' 받침 뒤에 이어지는 '렬,률'은 '열, 율'로 적는다. (ㄱ을 취하고, ㄴ을 버림.)

ㄱ	ㄴ	ㄱ	ㄴ
나열(羅列)	나렬	분열(分裂)	분렬
치열(齒列)	치렬	선열(先烈)	선렬
비열(卑劣)	비렬	진열(陳列)	진렬
규율(規律)	규률	선율(旋律)	선률
비율(比率)	비률	전율(戰慄)	전률
실패율(失敗率)	실패률	백분율(百分率)	백분률

〔붙임 2〕외자로 된 이름을 성에 붙여 쓸 경우에도 본음대로 적을 수 있다.

신립(申砬)　최린(崔麟)　채륜(蔡倫)　하륜(河崙)

〔붙임 3〕 준말에서 본음으로 소리나는 것은 본음대로 적는다.

국련(국제연합)　　　　대한교련(대한교육연합회)

〔붙임 4〕 접두사처럼 쓰이는 한자가 붙어서 된 말이나 합성어에서 뒷말의 첫
소리가 'ㄴ' 또는 'ㄹ' 소리로 나더라도 두음 법칙에 따라 적는다.

역이용(逆利用)　　　　연이율(年利率)　　　　열역학(熱力學)

해외여행(海外旅行)

〔붙임 5〕 둘 이상의 단어로 이루어진 고유 명사를 붙여 쓰는 경우나 십진법에
따라 쓰는 수(數)도 붙임 4에 준하여 적는다.

서울여관　　　신흥이발관　　　육천육백육십육(六千六百六十六)

제12 항 한자음 '라, 래, 로, 뢰, 루, 르'가 단어의 첫머리에 올 적에는 두음 법칙
에 따라 '나, 내, 노, 뇌, 누, 느'로 적는다. (ㄱ을 취하고, ㄴ을 버림.)

ㄱ	ㄴ	ㄱ	ㄴ
낙원(樂園)	락원	뇌성(雷聲)	뢰성
내일(來日)	래일	누각(樓閣)	루각
노인(老人)	로인	능묘(陵墓)	릉묘

〔붙임 1〕 단어의 첫머리 이외의 경우에는 본음대로 적는다.

쾌락(快樂)　극락(極樂)　거래(去來)　왕래(往來)

부로(父老)　연로(年老)　지뢰(地雷)　낙뢰(落雷)

고루(高樓)　광한루(廣寒樓)　가정란(家庭欄)　동구릉(東九陵)

〔붙임 2〕 접두사처럼 쓰이는 한자가 붙어서 된 단어는 뒷말을 두음 법칙에 따
라 적는다.

내내월(來來月)　　　　상노인(上老人)　　　　중노동(重勞動)

비논리적(非論理的)

제 6 절 겹쳐 나는 소리

제13 항 한 단어 안에서 같은 음절이나 비슷한 음절이 겹쳐 나는 부분은 같은 글
자로 적는다. (ㄱ을 취하고, ㄴ을 버림.)

ㄱ	ㄴ	ㄱ	ㄴ
딱딱	딱닥	꼿꼿하다	꼿곳하다

쌕쌕	쌕색	놀놀하다	놀롤하다
씩씩	씩식	눅눅하다	눙눅하다
똑딱똑딱	똑닥똑닥	밋밋하다	민밋하다
쓱싹쓱싹	쓱삭쓱삭	싹싹하다	싹삭하다
연연불망(戀戀不忘)	연련불망	쌉쌀하다	쌉살하다
유유상종(類類相從)	유류상종	씁쓸하다	씁슬하다
누누이(屢屢-)	누루이	짭짤하다	짭잘하다

제 4 장 형태에 관한 것

제 1 절 체언과 조사

제14항 체언은 조사와 구별하여 적는다.

떡이	떡을	떡에	떡도	떡만
손이	손을	손에	손도	손만
팔이	팔을	팔에	팔도	팔만
밤이	밤을	밤에	밤도	밤만
집이	집을	집에	집도	집만
옷이	옷을	옷에	옷도	옷만
콩이	콩을	콩에	콩도	콩만
낮이	낮을	낮에	낮도	낮만
꽃이	꽃을	꽃에	꽃도	꽃만
밭이	밭을	밭에	밭도	밭만
밖이	밖을	밖에	밖도	밖만
넋이	넋을	넋에	넋도	넋만
흙이	흙을	흙에	흙도	흙만
삶이	삶을	삶에	삶도	삶만
여덟이	여덟을	여덟에	여덟도	여덟만
곬이	곬을	곬에	곬도	곬만
값이	값을	값에	값도	값만

제 2 절 어간과 어미

제15 항 용언의 어간과 어미는 구별하여 적는다.

먹다	먹고	먹어	먹으니
신다	신고	신어	신으니
믿다	믿고	믿어	믿으니
울다	울고	울어	(우니)
넘다	넘고	넘어	넘으니
입다	입고	입어	입으니
웃다	웃고	웃어	웃으니
찾다	찾고	찾아	찾으니
좇다	좇고	좇아	좇으니
같다	같고	같아	같으니
높다	높고	높아	높으니
좋다	좋고	좋아	좋으니
깎다	깎고	깎아	깎으니
앉다	앉고	앉아	앉으니
많다	많고	많아	많으니
늙다	늙고	늙어	늙으니
젊다	젊고	젊어	젊으니
넓다	넓고	넓어	넓으니
훑다	훑고	훑어	훑으니
읊다	읊고	읊어	읊으니
옳다	옳고	옳아	옳으니
없다	없고	없어	없으니
있다	있고	있어	있으니

〔붙임 1〕 두 개의 용언이 어울려 한 개의 용언이 될 적에, 앞말의 본뜻이 유지되고 있는 것은 그 원형을 밝히어 적고, 그 본뜻에서 멀어진 것은 밝히어 적지 아니한다.

(1) 앞말의 본뜻이 유지되고 있는 것

넘어지다 늘어나다 늘어지다 돌아가다 되짚어가다

들어가다　떨어지다　벌어지다　엎어지다　접어들다

틀어지다　흩어지다

(2) 본뜻에서 멀어진 것

드러나다　사라지다　쓰러지다

〔붙임 2〕 종결형에서 사용되는 어미 '-오'는 '-요'로 소리나는 경우가 있더라
　　　　도 그 원형을 밝혀 '오'로 적는다. (ㄱ을 취하고, ㄴ을 버림.)

　　　　　　　ㄱ　　　　　　　　　　ㄴ

　　　이것은 책이오.　　　　이것은 책이요.

　　　이리로 오시오.　　　　이리로 오시요.

　　　이것은 책이 아니오.　　이것은 책이 아니요.

〔붙임 3〕 연결형에서 사용되는 '이요'는 '이요'로 적는다. (ㄱ을 취하고, ㄴ을 버
　　　　림.)

　　　　　ㄱ　　　　　　　　　　　　　　ㄴ

　　　이것은 책이요, 저것은 붓　　　　이것은 책이오, 저것은 붓
　　　이요, 또 저것은 먹이다.　　　　　이오, 또 저것은 먹이다.

제16 항 어간의 끝음절 모음이 'ㅏ, ㅗ'일 때에는 어미를 '-아'로 적고, 그 밖의
　　　　모음일 때에 '-어'로 적는다.

　1. '-아'로 적는 경우

　　　나아　　　나아도　　　나아서

　　　막아　　　막아도　　　막아서

　　　얇아　　　얇아도　　　얇아서

　　　돌아　　　돌아도　　　돌아서

　　　보아　　　보아도　　　보아서

　2. '-어'로 적는 경우

　　　개어　　　개어도　　　개어서

　　　겪어　　　겪어도　　　겪어서

　　　되어　　　되어도　　　되어서

　　　베어　　　베어도　　　베어서

　　　쉬어　　　쉬어도　　　쉬어서

　　　저어　　　저어도　　　저어서

주어	주어도	주어서
피어	피어도	피어서
희어	희어도	희어서

제17 항 어미 뒤에 덧붙는 조사 '-요'는 '-요'로 적는다.

읽어	읽어요
참으리	참으리요
좋지	좋지요

제18 항 다음과 같은 용언들은 어미가 바뀔 경우, 그 어간이나 어미가 원칙에 벗
어나면 벗어나는 대로 적는다.

1. 어간의 끝 'ㄹ'이 줄어질 적

갈다 :	가니	간	갑니다	가시다	가오
놀다 :	노니	논	놉니다	노시다	노오
불다 :	부니	분	붑니다	부시다	부오
둥글다 :	둥그니	둥근	둥급니다	둥그시다	둥그오
어질다 :	어지니	어진	어집니다	어지시다	어지오

〔붙임〕 다음과 같은 말에서도 'ㄹ'이 준 대로 적는다.

마지못하다	마지않다
(하)다마다	(하)자마자
(하)지 마라	(하)지 마(아)

2. 어간의 끝 'ㅅ'이 줄어질 적

긋다 :	그어	그으니	그었다
낫다 :	나아	나으니	나았다
잇다 :	이어	이으니	이었다
짓다 :	지어	지으니	지었다

3. 어간의 끝 'ㅎ'이 줄어질 적

그렇다 :	그러니	그럴	그러면	그러오
까맣다 :	까마니	까말	까마면	까마오
동그랗다 :	동그라니	동그랄	동그라면	동그라오
퍼렇다 :	퍼러니	퍼럴	퍼러면	퍼러오
하얗다 :	하야니	하얄	하야면	하야오

4. 어간의 끝 'ㅜ, ㅡ'가 줄어질 적

푸다 :	퍼	펐다	뜨다 :	떠	떴다
끄다 :	꺼	껐다	크다 :	커	컸다
담그다 :	담가	담갔다	고프다 :	고파	고팠다
따르다 :	따라	따랐다	바쁘다 :	바빠	바빴다

5. 어간의 끝 'ㄷ'이 'ㄹ'로 바뀔 적

걷다〔步〕:	걸어	걸으니	걸었다
듣다〔聽〕:	들어	들으니	들었다
묻다〔問〕:	물어	물으니	물었다
싣다〔載〕:	실어	실으니	실었다

6. 어간의 끝 'ㅂ'이 'ㅜ'로 바뀔 적

깁다 :	기워	기우니	기웠다
굽다〔炙〕:	구워	구우니	구웠다
가깝다 :	가까워	가까우니	가까웠다
괴롭다 :	괴로워	괴로우니	괴로웠다
맵다 :	매워	매우니	매웠다
무겁다 :	무거워	무거우니	무거웠다
밉다 :	미워	미우니	미웠다
쉽다 :	쉬워	쉬우니	쉬웠다

다만, '돕-, 곱-'과 같은 다음절 어간에 어미 '-아'가 결합되어 '와'로 소리나
는 것은 '-와'로 적는다.

돕다〔助〕:	도와	도와서	도와도	도왔다
곱다〔麗〕:	고와	고와서	고와도	고왔다

7. '하다'의 활용에서 어미 '-아'가 '-여'로 바뀔 적

하다 :	하여	하여서	하여도	하여라	하였다

8. 어간의 끝 음절 '르' 뒤에 오는 어미 '-어'가 '-러'로 바뀔 적

이르다〔至〕:	이르러	이르렀다	누르다 :	누르러	누르렀다
노르다 :	노르러	노르렀다	푸르다 :	푸르러	푸르렀다

9. 어간의 끝음절 '르'의 'ㅡ'가 줄고, 그 뒤에 오는 어미 '-아/-어'가 '-라/-
러'로 바뀔 적

가르다 :	갈라	갈랐다	부르다 :	불러	불렀다
거르다 :	걸러	걸렀다	오르다 :	올라	올랐다
구르다 :	굴러	굴렀다	이르다 :	일러	일렀다
벼르다 :	별러	별렀다	지르다 :	질러	질렀다

제 3 절 접미사가 붙어서 된 말

제19항 어간에 '-이'나 '-음/-ㅁ'이 붙어서 명사로 된 것과 '-이'나 '-히'가 붙어서 부사로 된 것은 그 어간의 원형을 밝히어 적는다.

1. '-이'가 붙어서 명사로 된 것

길이	깊이	높이	다듬이	땀받이	달맞이
먹이	미닫이	벌이	벼훑이	살림살이	쇠붙이

2. '-음/-ㅁ'이 붙어서 명사로 된 것

걸음	묶음	믿음	얼음	엮음	울음
웃음	졸음	죽음	앎	만듦	

3. '-이'가 붙어서 부사로 된 것

같이	굳이	길이	높이	많이	실없이
좋이	짓궂이				

4. '-히'가 붙어서 부사로 된 것

밝히	익히	작히

다만, 어간에 '-이'나 '-음'이 붙어서 명사로 바뀐 것이라도 그 어간의 뜻과 멀어진 것은 원형을 밝히어 적지 아니한다.

굽도리	다리〔髢〕	목거리(목병)	무녀리
코끼리	거름(비료)	고름〔膿〕	노름(도박)

〔붙임〕 어간에 '이'나 '음' 이외의 모음으로 시작된 접미사가 붙어서 다른 품사로 바뀐 것은 그 어간의 원형을 밝히어 적지 아니한다.

(1) 명사로 바뀐 것

귀머거리	까마귀	너머	뜨더귀	마감	마개
마중	무덤	비렁뱅이	쓰레기	올가미	주검

(2) 부사로 바뀐 것

거뭇거뭇	너무	도로	뜨덤뜨덤	바투

불긋불긋   비로소   오긋오긋   자주   차마
(3) 조사로 바뀌어 뜻이 달라진 것
    나마   부터   조차
제20 항 명사 뒤에 '-이'가 붙어서 된 말은 그 명사의 원형을 밝히어 적는다.
  1. 부사로 된 것
    곳곳이   낱낱이   몫몫이   샅샅이   앞앞이   집집이
  2. 명사로 된 것
    곰배팔이   바둑이   삼발이   애꾸눈   이육손이
    절뚝발이/절름발이
  〔붙임〕'이' 이외의 모음으로 시작된 접미사가 붙어서 된 말은 그 명사의 원
      형을 밝히어 적지 아니한다.
    꼬락서니   끄트머리   모가치   바가지   바깥   사타구니
    싸라기   이파리   지붕   지푸라기   짜개
제21 항 명사나 혹은 용언의 어간 뒤에 자음으로 시작된 접미사가 붙어서 된 말
      은 그 명사나 어간의 원형을 밝히어 적는다.
  1. 명사 뒤에 자음으로 시작된 접미사가 붙어서 된 것
    값지다   홑지다   넋두리   빛깔   옆댕이   잎사귀
  2. 어간 뒤에서 자음으로 시작된 접미사가 붙어서 된 것
    낚시   늙정이   덮개   뜯게질
    갉작갉작하다 갉작거리다   뜯적거리다   뜯적뜯적하다
    굵다랗다   굵직하다   깊숙하다   넓적하다
    높다랗다   늙수그레하다 얽죽얽죽하다
  다만, 다음과 같은 말은 소리대로 적는다.
  (1) 겹받침의 끝소리가 드러나지 아니하는 것
    할짝거리다   널따랗다   널찍하다   말끔하다
    말쑥하다   말짱하다   실쭉하다   실큼하다
    얄따랗다   얄팍하다   짤따랗다   짤막하다
    실컷
  (2) 어원이 분명하지 아니하거나 본뜻에서 멀어진 것
    넙치   올무   골막하다   납작하다

제22 항 용언의 어간에 다음과 같은 접미사들이 붙어서 이루어진 말들은 그 어
간을 밝히어 적는다.

1. '-기-, -리-, -이-, -히-, -구-, -우-, -추-, -으키-, -이키-, -애-' 가 붙는 것

맡기다	옮기다	웃기다	쫓기다	뚫리다	올리다
낚이다	쌓이다	핥이다	굳히다	굽히다	넓히다
앉히다	얽히다	잡히다	돋구다	솟구다	돋우다
갖추다	곧추다	맞추다	일으키다	돌이키다	없애다

다만, '-이-, -히-, -우-' 가 붙어서 된 말이라도 본뜻에서 멀어진 것은 소리대로
적는다.

도리다(칼로-)	드리다(용돈을-)	고치다
바치다(세금을-)	부치다(편지를-)	거두다
미루다	이루다	

2. '-치-, -뜨리-/-트리-' 가 붙는 것

놓치다	덮치다	떠받치다	받치다	밭치다
부딪치다	뻗치다	엎치다	부딪뜨리다/부딪트리다	
쏟뜨리다/쏟트리다		젖뜨리다/젖트리다		
찢뜨리다/찢트리다		흩뜨리다/흩트리다		

〔붙임〕 '-업-, -읍-, -브-' 가 붙어서 된 말은 소리대로 적는다.

미덥다	우습다	미쁘다

제23 항 '-하다' 나 '-거리다' 가 붙는 어근에 '-이' 가 붙어서 명사가 된 것은 그
원형을 밝히어 적는다. (ㄱ을 취하고, ㄴ을 버림.)

ㄱ	ㄴ	ㄱ	ㄴ
깔쭉이	깔쭈기	살살이	살사리
꿀꿀이	꿀꾸리	쌕쌕이	쌕쌔기
눈깜짝이	눈깜짜기	오뚝이	오뚜기
더펄이	더퍼리	코납작이	코납자기
배불뚝이	배불뚜기	푸석이	푸서기
삐죽이	삐주기	홀쭉이	홀쭈기

〔붙임〕 '-하다' 나 '-거리다' 가 붙을 수 없는 어근에 '이' 나 또는 다른 모음으
로 시작되는 접미사가 붙어서 명사가 된 것은 그 원형을 밝히어 적

지 아니한다.

개구리	귀뚜라미	기러기	깍두기	꽹과리
날라리	누더기	동그라미	두드러기	딱따구리
매미	부스러기	뻐꾸기	얼루기	칼싹두기

제24항 '-거리다'가 붙을 수 있는 시늉말 어근에 '-이다'가 붙어서 된 용언은 그 어근을 밝히어 적는다. (ㄱ을 취하고, ㄴ을 버림.)

ㄱ	ㄴ	ㄱ	ㄴ
깜짝이다	깜짜기다	속삭이다	속사기다
꾸벅이다	꾸버기다	숙덕이다	숙더기다
끄덕이다	끄더기다	울먹이다	울머기다
뒤척이다	뒤처기다	움직이다	움지기다
들먹이다	들머기다	지껄이다	지꺼리다
망설이다	망서리다	퍼덕이다	퍼더기다
번득이다	번드기다	허덕이다	허더기다
번쩍이다	번쩌기다	헐떡이다	헐떠기다

제25항 '-하다'가 붙는 어근에 '-히'나 '-이'가 붙어서 부사가 되거나, 부사에 '이'가 붙어서 뜻을 더하는 경우에는 그 어근이나 부사의 원형을 밝히어 적는다.

1. '-하다'가 붙는 어근에 '-히'나 '-이'가 붙는 경우

급히	꾸준히	도저히	딱히	어렴풋이	깨끗이

〔붙임〕 '-하다'가 붙지 않는 경우에는 소리대로 적는다.

갑자기	반드시(꼭)	슬며시

2. 부사에 '-이'가 붙어서 역시 부사가 되는 경우

곰곰이	더욱이	생긋이	오뚝이	일찍이	해죽이

제26항 '-하다'나 '없다'가 붙어서 된 용언은 그 '-하다'나 '없다'를 밝히어 적는다.

1. '-하다'가 붙어서 용언이 된 것

딱하다	숱하다	착하다	텁텁하다	푹하다

2. '없다'가 붙어서 용언이 된 것

부질없다	상없다	시름없다	열없다	하염없다

제 4 절 합성어 및 접두사가 붙는 말

제27 항 둘 이상의 단어가 어울리거나 접두사가 붙어서 이루어진 말은 각각 그
원형을 밝히어 적는다.

국말이	꺾꽂이	꽃잎	끝장	물난리
밑천	부엌일	싫증	옷안	웃옷
젖몸살	첫아들	칼날	팥알	헛웃음
홀아비	홑몸	흙내		
값없다	겉늙다	굶주리다	낮잡다	맞먹다
받내다	벋놓다	빗나가다	빛나다	새파랗다
샛노랗다	시꺼멓다	싯누렇다	엇나가다	엎누르다
엿듣다	옻오르다	짓이기다	헛되다	

〔붙임 1〕어원은 분명하나 소리만 특이하게 변한 것은 변한 대로 적는다.

  할아버지 할아범

〔붙임 2〕어원이 분명하지 아니한 것은 원형을 밝히어 적지 아니한다.

골병	골탕	끌탕	며칠	아재비	오라비

  업신여기다 부리나케

〔붙임 3〕'이〔齒, 虱〕'가 합성어나 이에 준하는 말에서 '니' 또는 '리'로 소리
날 때에는 '니'로 적는다.

간니	덧니	사랑니	송곳니	앞니	어금니
윗니	젖니	톱니	틀니	가랑니	머릿니

제28 항 끝소리가 'ㄹ'인 말과 딴 말이 어울릴 적에 'ㄹ' 소리가 나지 아니하는
것은 아니 나는 대로 적는다.

다달이(달-달-이)	따님(딸-님)	마되(말-되)
마소(말-소)	무자위(물-자위)	바느질(바늘-질)
부나비(불-나비)	부삽(불-삽)	부손(불-손)
소나무(솔-나무)	싸전(쌀-전)	여닫이(열-닫이)
우짖다(울-짖다)	화살(활-살)	

제29 항 끝소리가 'ㄹ'인 말과 딴 말이 어울릴 적에 'ㄹ' 소리가 'ㄷ' 소리로 나
는 것은 'ㄷ'으로 적는다.

반짇고리(바느질-)	사흗날(사흘-)	삼짇날(삼질-)

섣달(설-)	숟가락(술-)	이튿날(이틀-)
잗주름(잘-)	푿소(풀-)	섣부르다(설-)
잗다듬다(잘-)	잗다랗다(잘-)	

제30 항 사이시옷은 다음과 같은 경우에 받치어 적는다.

1. 순 우리말로 된 합성어로서 앞말이 모음으로 끝난 경우

(1) 뒷말의 첫소리가 된소리로 나는 것

고랫재	귓밥	나룻배	나뭇가지	냇가	댓가지
뒷갈망	맷돌	머릿기름	모깃불	못자리	바닷가
뱃길	볏가리	부싯돌	선짓국	쇳조각	아랫집
우렁잇속	잇자국	잿더미	조갯살	찻집	쳇바퀴
킷값	핏대	햇볕	혓바늘		

(2) 뒷말의 첫소리 'ㄴ, ㅁ' 앞에서 'ㄴ' 소리가 덧나는 것

멧나물	아랫니	텃마당	아랫마을	뒷머리	잇몸
깻묵	냇물	빗물			

(3) 뒷말의 첫소리 모음 앞에서 'ㄴㄴ' 소리가 덧나는 것

도리깻열	뒷윷	두렛일	뒷일	뒷입맛	베갯잇
욧잇	깻잎	나뭇잎	댓잎		

2. 순 우리말과 한자어로 된 합성어로서 앞말이 모음으로 끝난 경우

(1) 뒷말의 첫소리가 된소리로 나는 것

귓병	머릿방	뱃병	봇둑	사잣밥
샛강	아랫방	자릿세	전셋집	찻잔
찻종	촛국	콧병	탯줄	텃세
핏기	햇수	횟가루	횟배	

(2) 뒷말의 첫소리 'ㄴ, ㅁ' 앞에서 'ㄴ' 소리가 덧나는 것

곗날	제삿날	훗날	툇마루	양칫물

(3) 뒷말의 첫소리 모음 앞에서 'ㄴㄴ' 소리가 덧나는 것

가욋일	사삿일	예삿일	훗일

3. 두 음절로 된 다음 한자어

곳간(庫間)	셋방(貰房)	숫자(數字)
찻간(車間)	툇간(退間)	횟수(回數)

제31 항 두말이 어울릴 적에 'ㅂ' 소리나 'ㅎ' 소리가 덧나는 것은 소리대로 적
    는다.
  1. 'ㅂ' 소리가 덧나는 것
        댑싸리(대ㅂ싸리)   멥쌀(메ㅂ쌀)   볍씨(벼ㅂ씨)
        입때(이ㅂ때)   입쌀(이ㅂ쌀)   접때(저ㅂ때)
        좁쌀(조ㅂ쌀)   햅쌀(해ㅂ쌀)
  2. 'ㅎ' 소리가 덧나는 것
        머리카락(머리ㅎ가락)   살코기(살ㅎ고기)   수캐(수ㅎ개)
        수컷(수ㅎ것)   수탉(수ㅎ닭)   안팎(안ㅎ밖)
        암캐(암ㅎ개)   암컷(암ㅎ것)   암탉(암ㅎ닭)

제 5 절 준말
제32 항 단어의 끝모음이 줄어지고 자음만 남은 것은 그 앞의 음절에 받침으로
    적는다.

본말	준말	본말	준말
기러기야	기럭아	가지고, 가지지	갖고, 갖지
어제그저께	엊그저께	디디고, 디디지	딛고, 딛지
어제저녁	엊저녁		

제33 항 체언과 조사가 어울려 줄어지는 경우에는 준 대로 적는다.

본말	준말	본말	준말
그것은	그건	너는	넌
그것이	그게	너를	널
그것으로	그걸로	무엇을	뭣을/무얼/뭘
나는	난	무엇이	뭣이/무에
나를	날		

제34 항 모음 'ㅏ, ㅓ'로 끝난 어간에 '-아/-어, -았-/-었-' 이 어울릴 적에는 준 대
    로 적는다.

본말	준말	본말	준말
가아	가	가았다	갔다
나아	나	나았다	났다

타아	타	타았다	탔다
서어	서	서었다	섰다
켜어	켜	켜었다	켰다
펴어	펴	펴었다	폈다

〔붙임 1〕 'ㅐ, ㅔ' 뒤에 '-어, -었-'이 어울려 줄 적에는 준 대로 적는다.

본말	준말	본말	준말
개어	개	개었다	갰다
내어	내	내었다	냈다
베어	베	베었다	벴다
세어	세	세었다	셌다

〔붙임 2〕 '하여'가 한 음절로 줄어서 '해'로 될 적에는 준 대로 적는다.

본말	준말	본말	준말
하여	해	하였다	했다
더하여	더해	더하였다	더했다
흔하여	흔해	흔하였다	흔했다

제35 항 모음 'ㅗ, ㅜ'로 끝난 어간에 '-아/-어, -았-/-었-'이 어울려 'ㅘ/ㅝ, / 왔/ 웠'으로 될 적에는 준 대로 적는다.

본말	준말	본말	준말
꼬아	꽈	꼬았다	꽜다
보아	봐	보았다	봤다
쏘아	쏴	쏘았다	쐈다
두어	둬	두었다	뒀다
쑤어	쒀	쑤었다	쒔다
주어	줘	주었다	줬다

〔붙임 1〕 '놓아'가 '놔'로 줄 적에는 준 대로 적는다.

〔붙임 2〕 ㅚ ' 뒤에 '-어, -었-'이 어울려 '왜, 왰'으로 될 적에도 준 대로 적는다.

본말	준말	본말	준말
괴어	괘	괴었다	괬다
되어	돼	되었다	됐다

뇌어	봬	뵈었다	뵀다
쇠어	쇄	쇠었다	쇘다
쐬어	쐐	쐬었다	쐤다

제36 항 'ㅣ' 뒤에 '-어'가 와서 'ㅕ'로 줄 적에는 준 대로 적는다.

본말	준말	본말	준말
가지어	가져	가지었다	가졌다
견디어	견뎌	견디었다	견뎠다
다니어	다녀	다니었다	다녔다
막히어	막혀	막히었다	막혔다
버티어	버텨	버티었다	버텼다
치이어	치여	치이었다	치였다

제37 항 'ㅏ, ㅕ, ㅗ, ㅜ, ㅡ'로 끝난 어간에 '-이-'가 와서 각각 'ㅐ, ㅖ, ㅚ, ㅟ, ㅢ'로 줄 적에는 준 대로 적는다.

본말	준말	본말	준말
싸이다	쌔다	누이다	뉘다
펴이다	폐다	뜨이다	띄다
보이다	뵈다	쓰이다	씌다

제38 항 'ㅏ, ㅗ, ㅜ, ㅡ' 뒤에 '-이어'가 어울려 줄어질 적에는 준 대로 적는다.

본말	준말	본말	준말
싸이어	쌔어/싸여	뜨이어	띄어
보이어	뵈어/보여	쓰이어	씌어/쓰여
쏘이어	쐬어/쏘여	트이어	틔어/트여
누이어	뉘어/누여		

제39 항 어미 '-지' 뒤에 '않-'이 어울려 '-잖-'이 될 적과 '-하지' 뒤에 '않-'이 어울려 '-찮-'이 될 적에는 준 대로 적는다.

본말	준말	본말	준말
그렇지 않은	그렇잖은	만만하지 않다	만만찮다
적지 않은	적잖은	변변하지 않다	변변찮다

제40 항 어간의 끝음절 '하'의 'ㅏ'가 줄고 'ㅎ'이 다음 음절의 첫소리와 어울려 거센소리로 될 적에는 거센소리로 적는다.

본말	준말	본말	준말
간편하게	간편케	다정하다	다정타
연구하도록	연구토록	정결하다	정결타
가하다	가타	흔하다	흔타

〔붙임 1〕 'ㅎ'이 어간의 끝소리로 굳어진 것은 받침으로 적는다.

않다	않고	않지	않든지
그렇다	그렇고	그렇지	그렇든지
아무렇다	아무렇고	아무렇지	아무렇든지
어떻다	어떻고	어떻지	어떻든지
이렇다	이렇고	이렇지	이렇든지
저렇다	저렇고	저렇지	저렇든지

〔붙임 2〕 어간의 끝 음절 '하'가 아주 줄 적에는 준 대로 적는다.

본말	준말	본말	준말
거북하지	거북지	생각하다 못해	생각다 못해
생각하건대	생각건대	깨끗하지 않다	깨끗지 않다
넉넉하지 않다	넉넉지 않다	섭섭하지 않다	섭섭지 않다
못하지 않다	못지않다	익숙하지 않다	익숙지 않다

〔붙임 3〕 다음과 같은 부사는 소리대로 적는다.

결단코	결코	기필코	무심코	아무튼	요컨대
정녕코	필연코	하마터면	하여튼	한사코	

제 5 장 띄어쓰기

제 1 절 조사

제41 항 조사는 그 앞말에 붙여 쓴다.

꽃이	꽃마저	꽃밖에	꽃에서부터	꽃으로만
꽃이나마	꽃이다	꽃입니다	꽃처럼	어디까지나
거기도	멀리는	웃고만		

제 2 절 의존 명사, 단위를 나타내는 명사 및 열거하는 말 등

제42 항 의존 명사는 띄어 쓴다.

아는 것이 힘이다.　　　나도 할 수 있다.

먹을 만큼 먹어라.　　　아는 이를 만났다.

네가 뜻한 바를 알겠다.　그가 떠난 지가 오래다.

제43 항 단위를 나타내는 명사는 띄어 쓴다.

한 개	차 한 대	금 서 돈
소 한 마리	옷 한 벌	열 살
조기 한 손	연필 한 자루	버선 한 죽
집 한 채	신 두 켤레	북어 한 쾌

다만, 순서를 나타내는 경우나 숫자와 어울리어 쓰이는 경우에는 붙여 쓸 수 있다.

두시 삼십분 오초	제일과	삼학년	육층
1446년 10월 9일	2대대	16동 502호	제1실습실
80원	10개	7미터	

제44 항 수를 적을 적에는 '만(萬)' 단위로 띄어 쓴다.

십이억　　삼천사백오십육만　　칠천팔백구십팔

12억 3456만 7898

제45 항 두 말을 이어 주거나 열거할 적에 쓰이는 말들은 띄어 쓴다.

국장 겸 과장	열 내지 스물
청군 대 백군	책상, 걸상 등이 있다.
이사장 및 이사들	사과, 배, 귤 등등
사과, 배 등속	부산, 광주 등지

제46 항 단음절로 된 단어가 연이어 나타날 적에는 붙여 쓸 수 있다.

그때 그곳　이말 저말　좀더 큰것　한잎 두잎

제 3 절 보조 용언

제47 항 보조 용언은 띄어 씀을 원칙으로 하되, 경우에 따라 붙여 씀도 허용한다. (ㄱ을 원칙으로 하고, ㄴ을 허용함.)

ㄱ	ㄴ
불이 꺼져 간다.	불이 꺼져간다.
내 힘으로 막아 낸다.	내 힘으로 막아낸다.
어머니를 도와 드린다.	어머니를 도와드린다.
그릇을 깨뜨려 버렸다.	그릇을 깨뜨려버렸다.
비가 올 듯하다.	비가 올듯하다.
그 일은 할 만하다.	그 일은 할만하다.
일이 될 법하다.	일이 될법하다.
비가 올 성싶다.	비가 올성싶다.
잘 아는 척한다.	잘 아는척한다.

다만, 앞말에 조사가 붙거나 앞말이 합성 동사인 경우, 그리고 중간에 조사가 들어갈 적에는 그 뒤에 오는 보조 용언은 띄어 쓴다.

잘도 놀아만 나는구나!   책을 읽어도 보고…….

네가 덤벼들어 보아라.   강물에 떠내려가 버렸다.

그가 올 듯도 하다.   잘난 체를 한다.

제 4 절 고유 명사 및 전문 용어

제48 항 성과 이름, 성과 호 등은 붙여쓰고, 이에 덧붙는 호칭어, 관직명 등은 띄어 쓴다.

김양수(金良洙)   서화담(徐花潭)   채영신 씨

최치원 선생   박동식 박사   충무공 이순신 장군

다만, 성과 이름, 성과 호를 분명히 구분할 필요가 있을 경우에는 띄어 쓸 수 있다.

남궁억/남궁 억   독고준/독고 준

황보지봉(皇甫芝峰)/황보 지봉

제49 항 성명 이외의 고유 명사는 단어별로 띄어 씀을 원칙으로 하되, 단위별로 띄어 쓸 수 있다. (ㄱ을 원칙으로 하고, ㄴ을 허용함.)

ㄱ	ㄴ
대한 중학교	대한중학교
한국 대학교 사범 대학	한국대학교 사범대학

제50항 전문 용어는 단어별로 띄어 씀을 원칙으로 하되, 붙여 쓸 수 있다.(ㄱ을
　　　원칙으로 하고, ㄴ을 허용함.)

ㄱ	ㄴ
만성 골수성 백혈병	만성골수성백혈병
중거리 탄도 유도탄	중거리탄도유도탄

제 6 장 그 밖의 것

제51항 부사의 끝 음절이 분명히 '이'로만 나는 것은 '-이'로 적고, '히'로만 나
　　　거나 '이'나 '히'로 나는 것은 '-히'로 적는다.
　1. '이'로만 나는 것

가붓이	깨끗이	나붓이	느긋이	둥긋이
따뜻이	반듯이	버젓이	산뜻이	의젓이
가까이	고이	날카로이	대수로이	번거로이
많이	적이	헛되이	겹겹이	번번이
일일이	집집이	틈틈이		

　2. '히'로만 나는 것

극히	급히	딱히	속히	작히
족히	특히	엄격히	정확히	

　3. '이, 히'로 나는 것

솔직히	가만히	간편히	나른히	무단히	각별히
소홀히	쓸쓸히	정결히	과감히	꼼꼼히	심히
열심히	급급히	답답히	섭섭히	공평히	능히
당당히	분명히	상당히	조용히	간소히	고요히
도저히					

제52항 한자어에서 본음으로도 나고 속음으로도 나는 것은 각각 그 소리에 따
　　　라 적는다.

본음으로 나는 것	속음으로 나는 것
승낙(承諾)	수락(受諾), 쾌락(快諾), 허락(許諾)
만난(萬難)	곤란(困難), 논란(論難)

안녕(安寧)	의령(宜寧), 회령(會寧)
분노(忿怒)	대로(大怒), 희로애락(喜怒哀樂)
토론(討論)	의논(議論)
오륙십(五六十)	오뉴월, 유월(六月)
목재(木材)	모과(木瓜)
십일(十日)	시방정토(十方淨土), 시왕(十王), 시월(十月)
팔일(八日)	초파일(初八日)

제53 항 다음과 같은 어미는 예사소리로 적는다. (ㄱ을 취하고, ㄴ을 버림.)

ㄱ	ㄴ	ㄱ	ㄴ
- (으)ㄹ거나	- (으)ㄹ꺼나	- (으)ㄹ지니라	- (으)ㄹ찌니라
- (으)ㄹ걸	- (으)ㄹ껄	- (으)ㄹ지라도	- (으)ㄹ찌라도
- (으)ㄹ게	- (으)ㄹ께	- (으)ㄹ지어다	- (으)ㄹ찌어다
- (으)ㄹ세	- (으)ㄹ쎄	- (으)ㄹ지언정	- (으)ㄹ찌언정
- (으)ㄹ세라	- (으)ㄹ쎄라	- (으)ㄹ진대	- (으)ㄹ찐대
- (으)ㄹ수록	- (으)ㄹ쑤록	- (으)ㄹ진저	- (으)ㄹ찐저
- (으)ㄹ시	- (으)ㄹ씨	- 올시다	- 올씨다
- (으)ㄹ지	- (으)ㄹ찌		

다만, 의문을 나타내는 다음 어미들은 된소리로 적는다.

(으)ㄹ까? (으)ㄹ꼬? (스)ㅂ니까?

(으)리까? (으)ㄹ쏘냐?

제54 항 다음과 같은 접미사는 된소리로 적는다. (ㄱ을 취하고, ㄴ을 버림.)

ㄱ	ㄴ	ㄱ	ㄴ
심부름꾼	심부름군	지게꾼	지겟군
익살꾼	익살군	때깔	땟갈
일꾼	일군	빛깔	빛갈
장꾼	장군	성깔	성갈
장난꾼	장난군	귀때기	귓대기
볼때기	볼대기	이마빼기	이맛배기
판자때기	판잣대기	코빼기	콧배기
뒤꿈치	뒤굼치	객쩍다	객적다

팔꿈치　　　팔굼치　　　겸연쩍다　　겸연적다

제55 항 두 가지로 구별하여 적던 다음 말들은 한 가지로 적는다. (ㄱ을 취하고, ㄴ
　　을 버림.)

　　　　　　　ㄱ　　　　　　　　　　　　　　　ㄴ

　맞추다(입을 맞춘다. 양복을 맞춘다.)　　마추다
　뻗치다(다리를 뻗친다. 멀리 뻗친다.)　　뻐치다

제56 항 '-더라, -던'과 '-든지'는 다음과 같이 적는다.

　1. 지난 일을 나타내는 어미는 '-더라, -던'으로 적는다. (ㄱ을 취하고, ㄴ을 버림.)

　　　　　　　ㄱ　　　　　　　　　　　　　　　ㄴ

　지난 겨울은 몹시 춥더라.　　　　　지난 겨울은 몹시 춥드라.
　깊던 물이 얕아졌다.　　　　　　　깊든 물이 얕아졌다.
　그렇게 좋던가?　　　　　　　　　그렇게 좋든가?
　그 사람 말 잘하던데!　　　　　　그 사람 말 잘하든데!
　얼마나 놀랐던지 몰라.　　　　　　얼마나 놀랐든지 몰라.

　2. 물건이나 일의 내용을 가리지 아니하는 뜻을 나타내는 조사와 어미는 '(-)
든지'로 적는다. (ㄱ을 취하고, ㄴ을 버림.)

　　　　　　　ㄱ　　　　　　　　　　　　　　　ㄴ

　배든지 사과든지 마음대로 먹어라.　　배던지 사과던지 마음대로 먹어라.
　가든지 오든지 마음대로 해라.　　　　가던지 오던지 마음대로 해라.

제57 항 다음 말들은 각각 구별하여 적는다.

　가름　　　둘로 가름
　갈음　　　새 책상으로 갈음하였다.

　거름　　　풀을 썩인 거름
　걸음　　　빠른 걸음

　거치다　　영월을 거쳐 왔다.
　걷히다　　외상값이 잘 걷힌다.

　걷잡다　　걷잡을 수 없는 상태
　겉잡다　　겉잡아서 이틀 걸릴 일

　그러므로(그러니까)　　그는 부지런하다. 그러므로 잘 산다.
　그럼으로(써)　　　　　그는 열심히 공부한다. 그럼으로(써)
　　　(그렇게 하는 것으로) 은혜에 보답한다.

노름   노름판이 벌어졌다.
놀음(놀이)   즐거운 놀음

느리다   진도가 너무 느리다.
늘이다   고무줄을 늘인다.
늘리다   수출량을 더 늘린다.

다리다   옷을 다린다.
달이다   약을 달인다.

다치다   부주의로 손을 다쳤다.
닫히다   문이 저절로 닫혔다.
닫치다   문을 힘껏 닫쳤다.

마치다   벌써 일을 마쳤다
맞히다   여러 문제를 더 맞혔다.

목거리   목거리가 덧났다.
목걸이   금 목걸이, 은 목걸이

바치다   나라를 위해 목숨을 바쳤다.
받치다   우산을 받치고 간다.
          책받침을 받친다.

받히다   쇠뿔에 받혔다.
밭치다   술을 체에 밭친다.

반드시   약속은 반드시 지켜라.
반듯이   고개를 반듯이 들어라.

부딪치다   차와 차가 마주 부딪쳤다
부딪히다   마차가 화물차에 부딪혔다.

부치다   힘이 부치는 일이다.
          편지를 부친다.
          논밭을 부친다.
          빈대떡을 부친다.
          식목일에 부치는 글
          회의에 부치는 안건
          인쇄에 부치는 원고
          삼촌 집에 숙식을 부친다.

붙이다   우표를 붙인다.
          책상을 벽에 붙였다.
          흥정을 붙인다.
          불을 붙인다.
          감시원을 붙인다.

조건을 붙인다.
취미를 붙인다.
별명을 붙인다.

시키다	일을 시킨다.
식히다	끓인 물을 식힌다.

아름	세 아름 되는 둘레
알음	전부터 알음이 있는 사이
앎	앎이 힘이다.

안치다	밥을 안친다.
앉히다	윗자리에 앉힌다.

어름	두 물건의 어름에서 일어난 현상
얼음	얼음이 얼었다.

이따가	이따가 오너라.
있다가	돈은 있다가도 없다.

저리다	다친 다리가 저린다.
절이다	김장 배추를 절인다.

조리다	생선을 조린다. 통조림, 병조림
졸이다	마음을 졸인다.

주리다	여러 날을 주렸다.
줄이다	비용을 줄인다.

하노라고	하노라고 한 것이 이 모양이다.
하느라고	공부하느라고 밤을 새웠다.

- 느니보다(어미)	나를 찾아오느니보다 집에 있거라.
- 는 이보다(의존 명사)	오는 이가 가는 이보다 많다.

- (으)리만큼(어미)	나를 미워하리만큼 그에게 잘못한 일이 없다.
- (으)ㄹ 이만큼(의존 명사)	찬성할 이도 반대할 이만큼이나 많을 것이다.

- (으)러 (목적)	공부하러 간다.
- (으)려 (의도)	서울 가려 한다.

- (으)로서 (자격)	사람으로서 그럴 수는 없다.
- (으)로써 (수단)	닭으로써 꿩을 대신했다.

- (으)므로 (어미)	그가 나를 믿으므로 나도 그를 믿는다.
- (ㅁ, -음)으로(써) (조사)	그는 믿음으로(써) 산 보람을 느꼈다.

문장부호

문장부호의 이름과 그 사용법은 다음과 같이 정한다.

Ⅰ. 마침표〔終止符〕

1. 온점(.), 고리점(。)
가로쓰기에는 온점, 세로쓰기에는 고리점을 쓴다.
(1) 서술, 명령, 청유 등을 나타내는 문장의 끝에 쓴다.
　　젊은이는 나라의 기둥이다.
　　황금 보기를 돌같이 하라.
　　집으로 돌아가자.
다만, 표제어나 표어에는 쓰지 않는다.
　　압록강은 흐른다(표제어)
　　꺼진 불도 다시 보자(표어)
(2) 아라비아 숫자만으로 연월일을 표시할 적에 쓴다.
　　1919. 3. 1. (1919년 3월 1일)
(3) 표시 문자 다음에 쓴다.
　　1. 마침표　　ㄱ. 물음표　가. 인명
(4) 준말을 나타내는 데 쓴다.
　　서. 1987. 3. 5. (서기)

2. 물음표(?)
의심이나 물음을 나타낸다.
(1) 직접 질문할 때에 쓴다.
　　이제 가면 언제 돌아오니?
　　이름이 뭐지?
(2) 반어나 수사 의문(修辭疑問)을 나타낼 때 쓴다.
　　제가 감히 거역할 리가 있습니까?

이게 은혜에 대한 보답이냐?

남북 통일이 되면 얼마나 좋을까?

(3) 특정한 어구 또는 그 내용에 대하여 의심이나 빈정거림, 비웃음 등을 표시할 때, 또는 적절한 말을 쓰기 어려운 경우에 소괄호 안에 쓴다.

그것 참 훌륭한(?) 태도야.

우리 집 고양이가 가출(?)을 했어요.

〔붙임 1〕 한 문장에서 몇 개의 선택적인 물음이 겹쳤을 때에는 맨 끝의 물음에만 쓰지만, 각각 독립된 물음인 경우에는 물음마다 쓴다.

너는 한국인이냐, 중국인이냐?

너는 언제 왔니? 어디서 왔니? 무엇하러?

〔붙임 2〕 의문형 어미로 끝나는 문장이라도 의문의 정도가 약할 때에는 물음표 대신 온점(또는 고리점)을 쓸 수도 있다.

이 일을 도대체 어쩐단 말이냐.

아무도 그 일에 찬성하지 않을 거야. 혹 미친 사람이면 모를까.

3. 느낌표(!)

감탄이나 놀람, 부르짖음, 명령 등 강한 느낌을 나타낸다.

(1) 느낌을 힘차게 나타내기 위해 감타사나 감탄형 종결 어미 다음에 쓴다.

앗 !

아, 달이 밝구나 !

(2) 강한 명령문 또는 청유문에 쓴다.

지금 즉시 대답해 !

부디 몸조심하도록 !

(3) 감정을 넣어 다른 사람을 부르거나 대답할 적에 쓴다.

춘향아 !

예, 도련님 !

(4) 물음의 말로써 놀람이나 항의의 뜻을 나타내는 경우에 쓴다.

이게 누구야 !

내가 왜 나빠 !

〔붙임〕 감탄형 어미로 끝나는 문장이라도 감탄의 정도가 약할 때에는 느낌표

대신 온점(또는 고리점)을 쓸 수도 있다.

개구리가 나온 것을 보니, 봄이 오긴 왔구나.

Ⅱ. 쉼표〔休止符〕

1. 반점 (,), 모점 (、)

가로쓰기에는 반점, 세로쓰기에는 모점을 쓴다.

문장 안에서 짧은 휴지를 나타낸다.

(1) 같은 자격의 어구가 열거될 때에 쓴다.

　　근면, 검소, 협동은 우리 겨레의 미덕이다.

　　충청도의 계룡산, 전라도의 내장산, 강원도의 설악산은 모두 국립 공원이다.

　　다만, 조사로 연결될 적에는 쓰지 않는다.

　　매화와 난초와 국화와 대나무를 사군자라고 한다.

(2) 짝을 지어 구별할 필요가 있을 때에 쓴다.

　　닭과 지네, 개와 고양이는 상극이다.

(3) 바로 다음의 말을 꾸미지 않을 때에 쓴다.

　　슬픈 사연을 간직한, 경주 불국사의 무영탑

　　성질 급한, 철수의 누이동생이 화를 내었다.

(4) 대등하거나 종속적인 절이 이어질 때에 절 사이에 쓴다.

　　콩 심으면 콩 나고, 팥 심으면 팥 난다.

　　흰 눈이 내리니, 경치가 더욱 아름답다.

(5) 부르는 말이나 대답하는 말 뒤에 쓴다.

　　애야, 이리 오너라.

　　예, 지금 가겠습니다.

(6) 제시어 다음에 쓴다.

　　빵, 빵이 인생의 전부이더냐?

　　용기, 이것이야말로 무엇과도 바꿀 수 없는 젊은이의 자산이다.

(7) 도치된 문장에 쓴다.

　　이리 오세요, 어머님.

다시 보자, 한강수야.

(8) 가벼운 감탄을 나타내는 말 뒤에 쓴다.

아, 깜빡 잊었구나.

(9) 문장 첫머리의 접속이나 연결을 나타내는 말 다음에 쓴다.

첫째, 몸이 튼튼해야 된다.

아무튼, 나는 집에 돌아가겠다.

다만, 일반적으로 쓰이는 접속어(그러나, 그러므로, 그리고, 그런데 등)
뒤에는 쓰지 않음을 원칙으로 한다. 그러나 너는 실망할 필요가 없다.

(10) 문장 중간에 끼여든 구절 앞뒤에 쓴다.

나는, 솔직히 말하면, 그 말이 별로 탐탁하지 않소.

철수는 미소를 띠고, 속으로는 화가 치밀었지만, 그들을 맞았다.

(11) 되풀이를 피하기 위하여 한 부분을 줄일 때에 쓴다.

여름에는 바다에서, 겨울에는 산에서 휴가를 즐겼다.

(12) 문맥상 끊어 읽어야 할 곳에 쓴다.

갑돌이가 울면서, 떠나는 갑순이를 배웅했다.

갑돌이가, 울면서 떠나는 갑순이를 배웅했다.

철수가, 내가 제일 좋아하는 친구이다.

남을 괴롭히는 사람들은, 만약 그들이 다른 사람에게 괴롭힘을 당해 본다
면, 남을 괴롭히는 일이 얼마나 나쁜 일인지 깨달을 것이다.

(13) 숫자를 나열할 때에 쓴다.

1, 2, 3, 4

(14) 수의 폭이나 개략의 수를 나타낼 때에 쓴다.

5, 6세기   6, 7개

(15) 수의 자릿점을 나열할 때에 쓴다.

14,314

2. 가운뎃점 (·)

열거된 여러 단위가 대등하거나 밀접한 관계임을 나타낸다.

(1) 쉼표로 열거된 어구가 다시 여러 단위로 나누어질 때에 쓴다.

철수 · 영이, 영수 · 순이가 서로 짝이 되어 윷놀이를 하였다.

공주 · 논산, 천안 · 아산 · 천원 등 각 지역구에서 2명씩 국회 의원을 뽑는다.

시장에 가서 사과 · 배 · 복숭아, 고추 · 마늘 · 파, 조기 · 명태 · 고등어를 샀다.

(2) 특정한 의미를 가지는 날을 나타내는 숫자에 쓴다.

3·1 운동

8·15 광복

(3) 같은 계열의 단어 사이에 쓴다.

경북 방언의 조사 연구

충북 · 충남 두 도를 합하여 충청도라고 한다.

동사 · 형용사를 합하여 용언이라고 한다.

3. 쌍점 (:)

(1) 내포되는 종류를 들 적에 쓴다.

문장부호 : 마침표, 쉼표, 따옴표, 묶음표 등

문방 사우 : 붓, 먹, 벼루, 종이

(2) 소표제 뒤에 간단한 설명이 붙을 때에 쓴다.

일시 : 1984년 10월 15일 10시

마침표 : 문장이 끝남을 나타낸다.

(3) 저자명 다음에 저서명을 적을 때에 쓴다.

정약용 : 목민심서, 경세유표

주시경 : 국어 문법, 서울 박문서관, 1910.

(4) 시(時)와 분(分), 장(章)과 절(節) 따위를 구별할 때나, 둘 이상을 대비할 때에 쓴다.

오전 10 : 20(오전 10시 20분)

요한 3 : 16(요한복음 3장 16절)

대비 65 : 60(65 대 60)

4. 빗금(/)

(1) 대응, 대립되거나 대등한 것을 함께 보이는 단어와 구, 절 사이에 쓴다.

남궁만/남궁 만   백이십오 원/125원
착한 사람/악한 사람   맞닥뜨리다/맞닥트리다
(2) 분수를 나타낼 때에 쓰기도 한다.
3/4 분기   3/20

III. 따옴표〔引用符〕

1. 큰따옴표(" "), 겹낫표(『 』)
가로쓰기에는 큰따옴표, 세로쓰기에는 겹낫표를 쓴다.
대화, 인용, 특별 어구 따위를 나타낸다.
(1) 글 가운데서 직접 대화를 표시할 때에 쓴다.
　　"전기가 없었을 때는 어떻게 책을 보았을까?"
　　"그야 등잔불을 켜고 보았겠지."
(2) 남의 말을 인용할 경우에 쓴다.
　　예로부터 "민심은 천심이다."라고 하였다.
　　"사람은 사회적 동물이다."라고 말한 학자가 있다.

2. 작은따옴표(' '), 낫표(「 」)
가로쓰기에는 작은따옴표, 세로쓰기에는 낫표를 쓴다.
(1) 따온 말 가운데 다시 따온 말이 들어 있을 때에 쓴다.
　　"여러분! 침착해야 합니다. '하늘이 무너져도 솟아날 구멍이 있다.' 고
　　합니다."
(2) 마음속으로 한 말을 적을 때에 쓴다.
　　'만약 내가 이런 모습으로 돌아간다면, 모두들 깜짝 놀라겠지.'
〔붙임〕 문장에서 중요한 부분을 두드러지게 하기 위해 드러냄표 대신에 쓰기
　　　도 한다.
　　지금 필요한 것은 '지식' 이 아니라 '실천' 입니다.
　　'배부른 돼지' 보다는 '배고픈 소크라테스' 가 되겠다.

Ⅳ. 묶음표〔括弧符〕

1. 소괄호(( ))

(1) 원어, 연대, 주석, 설명 등을 넣을 적에 쓴다.

커피(coffee)는 기호 식품이다.

3·1운동(1919) 당시 나는 중학생이었다.

'무정(無情)'은 춘원(6·25 때 납북)의 작품이다.

니체(독일의 철학자)는 이렇게 말했다.

(2) 특히 기호 또는 기호적인 구실을 하는 문자, 단어, 구에 쓴다.

(1) 주어   (ㄱ) 명사   (라) 소리에 관한 것

(3) 빈 자리임을 나타낼 적에 쓴다.

우리 나라의 수도는 (   )이다.

2. 중괄호({ })

여러 단위를 동등하게 묶어서 보일 때에 쓴다.

$$\text{주격 조사} \left\{ \begin{array}{l} 이 \\ 가 \end{array} \right\} \qquad \text{국가의 삼 요소} \left\{ \begin{array}{l} 국토 \\ 국민 \\ 주권 \end{array} \right\}$$

3. 대괄호(〔 〕)

(1) 묶음표 안의 말이 바깥 말과 음이 다를 때에 쓴다.

나이〔年歲〕 낱말〔單語〕 손발〔手足〕

(2) 묶음표 안에 또 묶음표가 있을 때에 쓴다.

명령에 있어서의 불확실〔단호(斷乎)하지 못함〕은 복종에 있어서의 불확실〔모호(模糊) 함〕을 낳는다.

Ⅴ. 이음표〔連結符〕

1. 줄표(— —)

이미 말한 내용을 다른 말로 부연하거나 보충함을 나타낸다.

(1) 문장 중간에 앞의 내용에 대해 부연하는 말이 끼여들 때에 쓴다.

그 신동은 네 살에–보통 아이 같으면 천자문도 모를 나이에–벌써 시를 지었다.

(2) 앞의 말을 정정 또는 변명하는 말이 이어질 때에 쓴다.

어머님께 말했다가–아니, 말씀드렸다가–꾸중만 들었다.

이건 내 것이니까–아니, 내가 처음 발견한 것이니까–절대로 양보할 수가 없다.

2. 붙임표(-)

(1) 사전, 논문 등에서 합성어를 나타낼 적에, 또는 접사나 어미임을 나타낼 적에 쓴다.

겨울-나그네	불-구경	손-발
휘-날리다	슬기-롭다	-(으)ㄹ걸

(2) 외래어와 고유어 또는 한자어가 결합되는 경우에 쓴다.

나일론-실　　다-장조　　빛-에너지　　염화-칼륨

3.물결표(~)

(1) '내지' 라는 뜻에 쓴다.

9월 15일~9월 25일

(2) 어떤 말의 앞이나 뒤에 들어갈 말 대신 쓴다.

새마을 : ~ 운동　　　　~노래

-가(家) : 음악~　　　　미술~

VI. 드러냄표〔顯在符〕

1. 드러냄표(˙ , ˚)

˙ 이나 ˚ 을 가로쓰기에는 글자 위에, 세로쓰기에는 글자 오른쪽에 쓴다. 문장 내용 중에서 주의가 미쳐야 할 곳이나 중요한 부분을 특별히 드러내 보일 때 쓴다.

한글의 본 이름은 훈민정음이다.

중요한 것은 왜 사느냐가 아니라 어떻게 사느냐 하는 문제이다.

〔붙임〕 가로쓰기에서는 밑줄(___, ～～～)을 치기도 한다.

다음 보기에서 명사가 <u>아닌</u> 것은?

VII. 안드러냄표〔潛在符〕

1. 숨김표(××, ○○)

알면서도 고의로 드러내지 않음을 나타낸다.

(1) 금기어나 공공연히 쓰기 어려운 비속어의 경우, 그 글자의 수효만큼 쓴다.

　　배운 사람 입에서 어찌 ○○○란 말이 나올 수 있느냐?

　　그 말을 듣는 순간 ×××란 말이 목구멍까지 치밀었다.

(2) 비밀을 유지할 사항일 경우, 그 글자의 수효만큼 쓴다.

　　육군 ○○부대 ○○○명이 작전에 참가하였다.

　　그 모임의 참석자는 김×× 씨, 정×× 씨 등 5명이었다.

2. 빠짐표(□)

글자의 자리를 비워 둠을 나타낸다.

(1) 옛 비문이나 서적 등에서 글자가 분명하지 않을 때에 그 글자의 수효만큼
　쓴다.

　　大師爲法主□□賴之大□薦 (옛 비문)

(2) 글자가 들어가야 할 자리를 나타낼 때 쓴다.

　　훈민정음의 초성 중에서 아음(牙音)은 □□□의 석 자다.

3. 줄임표 (……)

(1) 할 말을 줄였을 때에 쓴다.

　　"어디 나하고 한 번……." 하고 철수가 나섰다.

(2) 말이 없음을 나타낼 때에 쓴다.

　　"빨리 말해!"

　　"……."

우리말 가꾸기

1) 외래어 바루기

(1) 한자어를 일본 한자음으로 읽은 경우

* 겐세이(牽制, →견제)   * 쇼부(勝負→결판/승부)
* 신삥(新品→새것/신품)   * 와이로(賄賂, →뇌물/회뢰)

(2) 일본식 한자어

* 가봉(假縫, →시침질)   * 거래선(去來先, →거래처)
* 고참[古參, →선임(자)]   * 기라성(綺羅星, →빛나는 별)
* 대금(代金, →값)   * 망년회(忘年會, →송년 모임)
* 매점(買占, →사재기)   * 수순(手順, →차례)
* 취조(取調, →문초)   * 십팔번(十八番, →단골 노래)
* 택배(宅配, →집 배달)

(3) 일본식 발음의 서구 외래어

* 뺑끼(paint, →페인트)   * 엑키스(extract, →진액)
* 다스(dozen, →열두 개)   * 자몽(zamboa, →그레이프프루트)
* 빠꾸(back, →후진)   * 밧테리(battery, →건전지)
* 샷시(sash, →창틀)   * 셔터(shutter, →덧닫이)
* 쓰레빠(slipper, →실내화)   * 카타로구(catalogue, →일람표)
* 화이바(fiber, →안전모)   * 후로쿠(fluke, →엉터리/어중치기)

(4) 일본식 가짜 영어

* 난닝구(←running shirt, →러닝셔츠)
* 레지[←register, →(다방) 종업원]
* 멜로(←melodrama, →통속극)
* 빵꾸(←puncture, →구멍)

* 에로[←erotic, →선정(적)]
* 뻬빠(←sandpaper, →사포)
* 레미콘[←ready-mixed concrete, →회 반죽 (차)]
* 리모콘(←remote control, →원격 조정기)
* 쇼바(←shock absorber, →완충기)
* 리야카(rear car, →손수레)
* 백미라(back mirror, →뒷거울)
* 워카(walker, →군화)

(5) 혼합 형태 일본어 투 용어
* 닭도리탕[-鳥(とり)湯, →닭볶음탕]
* 비까번쩍하다(←ぴか――, →번쩍번쩍하다)
* 뽀록나다[←襤褸(ぼろ)–, 드러나다]
* 세무가죽(chamois–, →섀미 가죽)
* 왔다리 갔다리(←-たり -たり, →왔다 갔다)
* 만땅(←滿tank, →가득)   소라색[空(そら)色, →하늘색]
* 야키만두[燒き(やき)饅頭, →군만두]
* 전기다마[電氣球(だま), →전구]
* 가라오케[←空(から)orchestra, →녹음 반주]
* 가오 마담[顔(かお)madam, →얼굴 마담]

(6) 우리말로 고쳐 쓸 수 있는 한자 말
* 노벨상을 수상하다.→노벨상을 받다.
* 예의 주시하다.→잘 살피다.
* 관건이 되고→열쇠가 되고
* 진면목→참모습
* 토착화했다.→뿌리 내렸다.
* 조직을 와해시켰다.→조직을 무너뜨렸다.
* 괴기영화→무서운 영화
* 공포에 전율했다.→무서워 떨고 있다.

* 선택→고르기
* 저장→갈무리
* 모세혈관→실핏줄
* 혈액→피
* 염통→심장

(7) 무심코 쓰는 의미 중복 낱말
* 식사(食事)를 먹자→식사를 하다 / 밥을 먹다
* 신년(新年) 새해를 맞아→새해를 맞아 / 신년을 맞아
* 피해(被害)를 입다→피해를 받다. 피해를 보다 →해를 보다
* 새로 나온 신곡(新曲)→새로 나온 곡
* 미리 예방(豫防)하다→예방하다 / 미리 방비하다
* 한강교(漢江橋)다리→한강교 / 한강 다리
* 뇌물 수뢰(受賂) 혐의→뇌물 받은 혐의
* 모래사장(沙場)→모래밭 / 사장
* 해변가(海邊)→바닷가 / 해변
* 스스로 자각(自覺)하다→스스로 깨닫다 / 자각하다
* 축복(祝福)을 빈다→복을 빈다 / 축복하다
* 인천항에 입항(入港)하여→인천항에 들어와/인천에 입항하여
* 높은 고지(高地)→높은 곳 / 고지
* 축구(蹴球)를 차다→축구를 하다 / 공을 차다
* 속내(속內)의→내의
* 겉외투(外套)→외투
* 너무 과음(過飲)하다→(술을) 너무 마신다 / 술을 과음하다
* 뜨거운 열정(熱情)→열정 / 뜨거운 정
* 앞으로 전진(前進)하다→앞으로 나아가다 / 전진하다
* 처갓(妻家)집→처가
* 불이 일어나다→불이 나다
* 쓰이는 용어에 따라서→쓰임에 따라서
* 탈출(脱出)해 나오다→빠져 나오다

* 내면(內面) 속에는→내면에는
* 결실(結實)을 맺다→결실을 얻다
* 책을 읽는 독자(讀者)→책을 읽는 사람
* 존재(存在)하고 있다→존재하다
* 중시(重視)해 보다→주시하다
* 지나가는 과객(過客)→과객
* 침입(侵入)해 들어오다→쳐들어오다
* 푸른 창공(蒼空)→창공 / 푸른하늘
* 몸보신(保身)→보신
* 환담(歡談)을 나눴다→환담을 했다
* 혼자 독주(獨奏)하다→독주하다
* 회고(回顧)해 보다→돌이켜 보다
* 회의(懷疑)를 품다→의심하다
* 어려운 난관(難關)→난관
* 전선(電線)줄→전선
* 더러운 누명(陋名)→누명
* 더러운 오물(汚物)→오물
* 매끼마다→끼니마다 / 매끼
* 이질감(異質感)을 느꼈다→이질감이 들다
* 먼저 선취점(先取點)을 얻다→선취점을 내다
* 부상(負傷)을 당했다→부상했다
* 같은 동포(同胞)끼리→동포끼리
* 남은 여생(餘生)→여생
* 면학(勉學)에 힘쓰다→열심히 공부하다
* 거쳐간 경로(徑路)→경로
* 미리 예고(豫告)하다→미리 알리다 / 예고하다
* 방치(放置)해 두다→방치하다
* 단속(斷續)기간 중에서→단속기간에
* 금메달을 수여(授與) 받고→금메달을 받고
* 빈 공간(空間)에→공간에

* 낙엽(落葉)이 떨어지다→낙엽이 지다
* 날조(捏造)된 조작극→날조극, 조작극
* 새로 들어온 신입생(新入生)→신입생
* 소득(所得)을 얻다→소득을 올리다
* 뇌리(腦裏)속에→뇌리에, 머릿속에
* 늙은 노모(老母)→늙은 어머니, 노모
* 담임(擔任)을 맡다→담임을 하다
* 직장을 사직(辭職)하다→직장을 그만두다
* 마음을 결심(決心)하다→마음을 정하다
* 사원모집에 응모(應募)하다→사원모집에 응하다
* 문제를 출제(出題)하다→문제를 내다
* 머리를 삭발(削髮)하다→머리를 깎다 / 삭발하다
* 약 1백여(若1百餘)개→약1백개

(8) 우리말로 바꿔 써도 좋은 생활 외래어
* 가든파티→마당잔치/뜰잔치   * 가라오케→녹음반주
* 가운→덧옷   * 개그→재담   * 개런티→출연료
* 게스트→손님/특별출연자   * 게임→경기/놀이/내기
* 골인→득점   * 그라운드→경기장/운동장
* 그랑프리→대상/최우수상   * 내레이션→해설
* 난센스→당찮은 말/일   * 그린벨트→개발제한지역/녹지대
* 네임 밸류→명성/이름   * 노크하다→두드리다
* 노 코멘트→논평 보류   * 네트워크→망/방송망/통신망/방송체계
* 노하우→비결/기술/기법   * 논스톱→안 멈춤
* 논픽션→실화   * 녹아웃시키다→맥 못쓰게 하다
* 누드→알몸/나체/맨몸   * 뉘앙스→어감/말맛
* 닉네임→별명/애칭   * 다이내믹하다→생동적이다/역동적이다
* 다이어리→일기장   * 다이어트→식이요법/덜 먹기
* 다이얼→글자판/번호판   * 다이제스트하다→간추리다/요약하다
* 더빙→재녹음/재녹화   * 데드라인→한계선/최종/한계/마감

* 데모→시위
* 덤핑→헐값판매/헐값팔기/막팔기
* 데뷔→등단
* 데이터→자료
* 데이트→교제/만남
* 도어맨→(현관)안내인
* 드라마→극/연극
* 드라마틱하다→극적이다
* 드라이브 코스→차산책길
* 드라이 플라워→말린꽃
* 디스카운트→에누리/할인
* 드라이어→(머리)말리개/(머리)건조기
* 디저트→후식
* 디스트 자키→음반사/음반지기
* 디지털→숫자(식)/수치(형)
* 딜럭스하다→화려하다/크다
* 딜레마→궁지
* 라벨/레이블
* 상표/꼬리표
* 라운지→휴게실
* 라이벌→맞수
* 라이선스→면허(장)/허가(장)
* 라이프 스타일→생활양식
* 라인→선/줄/금
* 랭킹→순위/서열
* 러닝 매이트→동반자
* 러시→붐빔
* 러시아워→몰릴때/붐빌때
* 레벨→수준
* 레스토랑→식당
* 레슨→개인지도
* 레이스→경주/달리기
* 레저→여가(활동)
* 레저 타운→휴양지
* 레크리에이션→오락/놀이
* 레퍼토리→곡목/상연 목록
* 렌터카→임대차/빌림차
* 로고→보람/상징
* 로열 박스→귀빈석
* 로비→휴게실/복도, 막후 교섭
* 로열티→사용료, 인세
* 로케→현지촬영
* 로케이션→순환
* 롱 헤어→긴 머리
* 루머→소문/풍문/뜬소문
* 룰→규칙
* 룸 메이트→방짝/방친구
* 르포→보고 기사
* 리더→지도자
* 리더십→통솔력/지도력
* 리듬→흐름새/박자감
* 리드미컬하다→율동적이다
* 리모컨→원격조정기
* 리바이벌→복고/재생/부흥
* 리빙 룸→거실
* 리사이틀→연주회/발표회
* 리셉션→접수처, 초대/축하
* 리스트→목록/명단
* 리얼리티→현실감/사실성
* 리조트→휴양지

* 리코딩→녹음/기록
* 리얼하다→사실적이다/현실감 있다
* 리포터→보고자/보도자
* 리허설→예행 연습
* 린스→헹굼 비누
* 린치→폭력
* 마네킹→인형/매무새 인형
* 마스터→숙달/통달
* 마이너스→부정적/적자
* 마마보이→치마폭아이/응석받이
* 마진→중간이윤
* 마스터 플랜→기본 설계/종합 계획
* 마이 카→자가용/자기차
* 마케팅→시장 거래/시장 관리
* 매너→태도/버릇/몸가짐
* 매니저→지배인/관리인
* 매스컴→대중 전달
* 맨투맨→일대일
* 메가폰→손확성기
* 메뉴→차림표
* 메들리 →접속곡
* 메모→비망록/기록/적발
* 메모리→기억/추억
* 메시지→성명서/교서/전갈
* 메신저→전달자
* 메이커→제작자/제조업체
* 메이크업→화장/마무리
* 메커니즘→핵심/기본구조
* 멜로→통속(극)
* 멜로디→가락
* 멤버→회원/선수/구성원
* 모니터→정보제공자/논평자
* 모델→모형
* 모델하우스 →본보기집
* 모드→양식
* 바로미터→지표/척도
* 모럴→도덕/도의
* 모자이크→짜맞추기
* 모티브→동기
* 무드→멋/분위기
* 무비스타→영화배우
* 무크→부정기 간행물
* 미네랄 워터→광천수/생수
* 미니스커트→짧은 치마
* 미디어→대중매체
* 미스→실수, 아가씨
* 미스터 →선생님/ㅇ군
* 미스터리→추리
* 미스즈→부인
* 미팅→모임/모꼬지
* 바비큐→통구이/뜰구이
* 바겐세일→싸게팔기/할인판매
* 바이어→구매자/구매상
* 바캉스→휴가
* 바자회→자선장
* 박스→상자/곽,칸(기사)
* 발코니→난간
* 배터리→전지
* 백그라운드→배경
* 백미러→뒷거울

* 밸런스→균형
* 버튼→단추/누름쇠
* 베스트셀러→인기상품
* 보너스→상여금
* 보이콧→거절/거부
* 부츠→목긴구두
* 브로커→중개인/거간
* 비디오→녹화기
* 비즈니스→사업
* 사이즈→크기/치수
* 사인→서명/수결/신호
* 샘플→본보기/표본/견본
* 서빙하다→봉사하다/접대하다
* 선그라스→색안경
* 세일즈맨→외판원/판매원
* 셀프서비스→손수하기
* 셔틀버스→순환버스
* 쇼윈도→진열장
* 쇼트헤어→짧은 머리
* 쇼핑센터→종합상가/시장
* 스냅사진→순간사진
* 스캔들→추문/좋지못한 소문
* 스케줄→일정표/계획표
* 스크린→화면/막/영화
* 스타일→맵시/품/형
* 스테이지→무대
* 스튜디오→녹음실/방송실
* 스포츠→운동
* 스폰서→후원자, 광고의뢰자
* 스프레이→분무기

* 버라이어티쇼→호화쇼
* 베란다→쪽마루
* 베터랑→숙련가
* 보디가드→경호원
* 보컬그룹→중창단
* 붐→대유행/성황
* 브리핑→요약보고
* 비전→이상/전망
* 비토→거부권
* 사이클→자전거, 주파수/주기
* 샐러리맨→봉급생활자
* 서비스→봉사/접대
* 서클→동아리/모임
* 세미나→연구회/발표회
* 섹시하다→관능적이다/산뜻하다
* 센세이셔널하다→놀랍다/충격적이다
* 소프트하다→부드럽다
* 쇼크→충격
* 쇼핑→장보기/물건사기
* 스낵→간편식
* 스카우트→고르기/골라오기
* 스케일→규모/축적/크기
* 스크랩→자료모음
* 스타디움→주경기장
* 스태프→제작진/참모진
* 스토리→이야기/줄거리
* 스티커→붙임딱지
* 스포티하다→날렵하다/경쾌하다
* 스푼→양숟가락
* 스피디하다→빠르다

* 슬로건→표어/구호
* 시리즈→연속물/총서
* 시즌→철/계절
* 신→장면
* 심벌마크→상징표
* 심포지엄→학술/토론회의
* 심플하다→단순하다
* 싱글이다→독신이다/미혼이다
* 싱크대→개수대/설거지대
* 아르바이트→부업
* 아마추어→비전문가
* 아이디어→생각/착안/착상/고안
* 아이러니→이율배반/역설
* 아이쇼핑→눈요기
* 아이큐→지능지수
* 아이템→항목/종목
* 아지트→소굴/거점
* 아트→예술/기술
* 안전벨트→안전띠
* 알레르기→과민/거부반응
* 알리바이→현장부재
* 앙상블→조화
* 앙케트→설문
* 앙코르→재청
* 애드 벌룬→풍선/기구
* 애프터 서비스→뒷관리/봉사/손질/수리
* 액션→동작
* 액션 드라마→활극
* 앰뷸런스→구급차
* 앵커→뉴스 진행자
* 어드바이스→조언/충고/도움말
* 어드벤처→모험
* 언밸런스→불균형/부조화
* 에로틱하다→선정적이다
* 에세이→수필/논문
* 에스컬레이터→자동계단
* 에코→메아리/반향
* 에티켓→예절/예의
* 에피소드→일화
* 엑스트라→조역/결다리
* 엘리트→우수
* 엠티→수련모임
* 오너드라이버→손수운전자
* 오리지널→본/원본/독창적
* 오픈하다→개업하다
* 오피스텔→(주거)겸용 사무실
* 온라인→전산망
* 옵서버→참관인
* 와이프→처/아내/부인/집사람
* 와일드하다→거칠다
* 워크숍→공동 연수/수련
* 웨딩드레스→혼례복
* 위트→재치/기지
* 유니섹스→남녀겸용
* 유머→익살/해학
* 이데올로기→이념
* 이미지→인상/심상
* 이벤트→사건/행사
* 이슈→논쟁거리/쟁점
* 인스턴트→즉석(식품)

* 인터내셔널→국제적
* 인터뷰→회견/면접
* 인터체인지→입체교차로
* 인테리어→실내장식
* 장르→분야/갈래
* 재킷→웃옷
* 저널→언론
* 저널리스트→언론인
* 제스처→몸짓
* 조깅→건강달리기
* 조크→농담/우스개
* 징크스→액/재수없는 일
* 찬스→기회
* 챔피언→으뜸선수/선수권자
* 체인점→연쇄점
* 카드→표/방안
* 카운터→계산대/계산기
* 카페→찻집/술집
* 카펫→양탄자
* 카폰→차전화
* 카풀→(승용차)함께 타기
* 카피라이터 →광고문안가
* 칵테일→섞음술
* 칼럼→시사평론, 사평
* 칼럼니스트→특별기고가
* 캐스트→배역
* 캐주얼→평상복
* 캐치프레이즈→구호
* 캠퍼스→교정/교사
* 캠페인→(계몽)운동/홍보
* 캠프→야영지/기지
* 커닝→부정행위
* 커리큘럼→교과과정
* 커뮤니케이션→의사전달/소통
* 커미션→수수료/구전/구문
* 커버스토리→표지기사
* 커트라인→한계선/합격선
* 커플→쌍/짝/부부
* 컨디션→상태/조건
* 컨트롤하다→통재하다/조절하다
* 컬렉션→수집
* 컴백하다→되돌아오다
* 컷→장면/삽화
* 코너→모퉁이/구석
* 코멘트→한말씀/의견/말
* 코미디→희극
* 코미디언→희극인
* 코스→과정/길
* 코스트→비용/든값
* 코트→외투
* 코팅→투명씌움
* 콘서트→연주회
* 콘테스트→경연/대회/경기
* 콤비→짝/단짝
* 쿠키→과자
* 콤플렉스→열등감/욕구불만/강박관념
* 쿠폰→교환권/물표
* 크리스털 컵→수정잔
* 클래식→고전적인/고풍의
* 클로즈업→부각/확대/돋보이기

* 클리닝→(마른)빨래/세탁　　　　　　* 타운→구역

* 타월→수건　　　　　　　　　　　* 타이머→시간기록(기)/조절(기)

* 타이밍→때맞춤/적기　　　　　　　* 타이틀→제목/표제

* 타이틀곡→주제곡　　　　　　　　* 타임머신→초시간여행선

* 타입→유형/모양/생김새　　　　　　* 터널→굴

* 터미널→종점　　　　　　　　　　* 테러→폭력/폭행

* 테마→주제　　　　　　　　　　　* 테스트→검사/시험

* 테이블→탁자/식탁/책상　　　　　　* 테크닉→기법/기교/수법

* 텐트→천막　　　　　　　　　　　* 텔레파시→정신감응, 영감

* 템포→빠르기/속도/박자　　　　　　* 토너먼트→승자진출전

* 토스트→구운빵　　　　　　　　　* 토큰→버스표/승차표

* 톨게이트→표 사는 곳, 통관문/통행료 징수소

* 톱스타→인기연예인　　　　　　　* 톱 클래스→정상급

* 트러블→말썽/충돌/고장/문제점/불화

* 트렁크→짐/여행용 가방/화물칸　* 트레이너→훈련사/조교사

* 트로이카→삼두마차　　　　　　　* 티슈→화장지

* 티켓→표, 권, 참가　　　　　　　* 티타임→휴식시간

* 티 테이블→차 탁자　　　　　　　* 팀워크→협동

* 팁→봉사료/행하(돈)　　　　　　　* 파워→힘/권력

* 파이팅!→힘내자!　　　　　　　　* 파이프→대롱/관/막대/담배

* 파트너→협조자/짝/동료　　　　　* 파트 타임→시간제 근무

* 파티→잔치/연회/모임　　　　　　* 파티장→연회장

* 팡파르→축하/환영음악　　　　　　* 패션→(최신)유행, 옷맵시

* 패션스타일→(유행)맵시/옷차림　* 파워 게임→세력/권력다툼/힘겨루기

* 패스하다→전하다/건네다, 지나다/합격하다/통과하다

* 패턴→본새/틀/모형/유형　　　　　* 팬→애호가

* 팬레터→애호가편지　　　　　　　* 팸플릿→소책자/작은책자

* 퍼레이드→행진　　　　　　　　　* 퍼즐→짜맞추기/알아맞히기

* 페스티벌→축전/축제　　　　　　　* 페어→정당한/깨끗한

* 페이지→면/쪽　　　　　　　　　* 포럼→공개 토론회

* 포르노→외설   * 포맷→양식/체제/서식/구성
* 포스터→광고용도화, 광고지, 알림 그림
* 포즈→자세   * 포지션→자리/지위
* 포켓→호주머니   * 폼→서식/형식/모양/자세/자태
* 풀스토리→(온)내력   * 프라이드→긍지/자부심
* 프라이버시→사삿일, 사생활   * 프라이팬→튀김판/지짐판
* 프레시하다→싱싱하다   * 프로→전문가/직업
* 프로그램→계획(표)/차례(표)   * 프로덕션→제작소
* 프로모션→흥행사   * 프로젝트→일감, 연구과제
* 프로포즈→제안/청혼   * 프로필→인물소개, 약평
* 프리랜서→비전속(인), 자유계약자/활동가/기고가
* 프리미엄→웃돈/덤/기득권   * 플래카드→현수막
* 플랜→계획   * 피날레→마지막/마무리
* 피켓→손팻말   * 피크→절정기/한창
* 피크닉→소풍   * 픽션→허구
* 핀트→초점   * 하이라이트→강조, 주요부분
* 하이테크→고급기술   * 하이틴→청소년/십대
* 해프닝→웃음거리, 우발사건
* 핸디캡→불리한 조건/단점/약점/흠/결점
* 핸섬하다→말쑥하다/멋있다   * 허니문→신혼
* 허스키→쉰목소리   * 헤게모니→주도권
* 헤어 드라이어→머리 말리개   * 헤어 스타일→머리 모양
* 휴머니즘→인본주의   * 히트하다→적중하다/들어맞다
* 힌트→귀띔/암시/슬기/도움말

〈자료 : 이오덕 저 『우리문장쓰기』에서〉

2) 신체 부위를 나타내는 고운 우리말

(1) 눈
* 관자노리 : 눈초리 바로 윗부분. 짚으면 맥이 뛰는 곳.

* 광대뼈(관골) : 양쪽 눈초리 아래쪽으로 볼록 솟은 뼈. 몽골이안의 특징.
* 살쩍 : 귀와 눈초리 사이 부분. 나이 들면 제일 먼저 흰 머리카락이 생기는 곳. 예) "살쩍이 희끗희끗한 분이 ……"
* 뺨-볼-따귀 : 코를 가운데로 하고 양쪽 넓은 부분. (때릴 때에 한하여 '따귀'를 씀. '볼따귀-뺨따귀'는 동의중첩어.)
* 당나귀뼈 : 뺨의 뒤쪽 귀밑으로 불거진 뼈.
* 보조개-조개볼: 웃를 때 볼의 복판 부분이 옴쏙 들어가는 것.(여자의 예쁜 조건의 하나 - 구운몽)
* 도화색: 눈 아래로 볼 중간에 걸쳐 남달리 불그레한 색이 감도는 것.
* 하관이 빨다 : 얼굴의 광대뼈 이하가 뾰쪽한 모양
* 볼 추구니 : 하관이 빨지 않고, 펑퍼짐해 보이는 모양.
* 눈매=눈맵시-눈자위=눈깔자위 : 눈이 풍기는 인상.
* 눈매가 곱다 : 부드러운 느낌을 주는 눈.
* 눈시울-눈까풀 : 눈을 덮은 살. 예) 눈시울을 적셨다. 눈까풀은 은행껍질 같고 쌍까풀(#까풀=꺼풀=껍질)
* 눈두덩 : 눈언저리의 두둑한 부분. (여자가 이 부분이 푸르스름하면 독부라 함-요즘은 일부로 독부?)
* 눈초리-눈귀 : 눈이 귀 쪽으로 이어져 접히는 부분.   예) 눈초리가 샐쭉해진다.   예) 옛 장군들 상은 눈초리가 위로 길게 치켜져 있다.
* 눈망울 : 눈알(검은자위와 흰자위 모두)을 말함.
* 동자=눈동자 : 검은자위
* 중동 : 동자가 겹으로 된 것. (특별한 능력이 있는 이에게 있는 것으로 알려짐.)
* 눈웃음 : 얼굴의 다른 데는 그냥 있고, 눈만 살짝 꼬부라지며 웃음짓는 것.
* 눈살 : 찌푸렸을 때 눈과 눈 사이의 주름.
* 이맛살 : 찌푸렸을 때 이마의 주름.
* 오만상을 누빈다 : 얼굴 근육을 있는 데로 움직여 찡그릴 때.

(2) 코
* 콧날 : 코의 복판으로 솟아 내려온 줄기.
* 코허리 : 이마와 이어지는 부분.

* 콧방울 : 콧구멍을 이루는 둔덕.
* 들창코 : 콧구멍이 들창 열어놓은 것처럼 뻔히 들여다보이는 코. (코허리도 죽고, 콧날도 설 수가 없다.)

(3) 입
* 옥니-옥니박이 : 안으로 오긋하게 난 뻐드렁이. (앙칼져 보임)
* 입귀 : 입의 양 끝. ─ : "입귀가 귀 뒤까지 찢어지게 좋아한다."

(4) 귀
* 귀바퀴-귓밥 : 귀의 바깥 둘레를 두른 살과 밑으로 복스럽게 달린 살.
* 칼귀 : 굴곡이 없이 뾰쪽한 귀.
* 쪽박귀 : 오므려 모은 것 같은 귀.
* 정수리 : 머리의 한복판 제일 높은 곳(정수배기).
* 뒤꼭지-꼭두-꼭뒤 : 머리 뒤쪽 한복판 목으로 이어지는 부분.
* 덜미 : 꼭두의 아래 손으로 움켜잡을 수 있는 부분.
  예) '목덜미'가 두둑하면 힘깨나 쓴다 한다.
* 멱살 : 목에 늘어진 살. (멱살에 걸친 옷을 부여잡음)
* 나룻(입거웃) : 수염의 고유어. ('염'은 '수염'의 높임 말)
* 수염의 수 : 입가 위쪽에 나는 털.
* 수염의 염 : 아래쪽에 나는 털.
* 빈 : 귀 앞 살쩍으로 이어져 나는 털.
* 구렛나루 : 턱을 빙 둘러서 난 털.

(5) 배
* 명치-명치끝 : 양 젖 사이로 가슴뼈가 오목해지며 배로 이어지는 부분.
* 단전 : 배꼽 아래 한 치쯤 되는 곳.
* 허구리-옆구리 : 허리의 양 옆 부분.
* 잔허리 : 허리의 가장 잘록한 부분.
* 개미허리 : 잔허리가 특히 가는 허리
* 어깨삔두리 : 어깨언저리

* 어깨통 : 양 어깨의 거리   예) 어깨통이 떡 벌어졌다.
* 겨드랑이-곁 : 팔죽지가 붙은 안쪽.

(6) 다리
* 샅/사타구니 : 양 다리가 갈리는 부분.
* 꽁무니 : 뒤 궁둥이의 뜻
* 공기 : 항문 주위에 나는 종기를 '공기가 난다' 한다.
* 아귀/손아귀 : 엄지손가락과 나머지 손가락으로 마주 쥐게 된 구조.
* 허벅다리=넓적다리-대퇴 : 볼기에서 무릎 사이.
* 오금 : 무릎의 뒤, 구부리면 접히는 부분.
* 허튀(고어) : 다리 전체.
* 종아리 : 무릎 아래 발목까지 부분.
* 정강이 : 종아리의 앞면 뼈 부분.
* 장딴지-어복 : 정강이의 뒷면 살로 된 부분.
* 복숭아뼈 : 발목 부분의 좌우로 볼록 나온 뼈.

3) 청산해야 할 일본식 언어

(1) 생활 속에 침투한 일본말 바로 잡기
* 구루마→손수레   * 다마 →구슬
* 시보리→물수건   * 사시미→생선회
* 우동→국수   * 시다→조수
* 스메끼리→손톱깎이   * 사꾸라→벚꽃
* 에리→옷깃   * 사르마다→빤즈
* 한소대→반소매 적삼   * 우와기→저고리
* 까다비→운동화   * 야지노모도→맛내기
* 간지미→통조림   * 다다미→방석
* 악까징→옥도정기   * 자부동→방석
* 구찌분→입술연지   * 다라→대야
* 사라→접시   * 벤또→도시락

* 가마→솥
* 단스→옷장
* 우라까이→낡은 옷 다시 만들기
* 쓰리→소매치기
* 안내→길잡이
* 공히→함께
* 임하다→이르다
* 취조하다→조사하다
* 가라 →가짜
* 구사리(→핀잔)
* 삐끼[→(손님) 끌기]
* 와쿠(→틀)
* 후카시(→품재기)

* 니야끄→밀차
* 혼다데→책꽂이
* 노리까에→갈아타기
* 아시발→발판, 토대
* 역할→구실
* 필히→반드시
* 취급하다→다루다
* 차압→압류
* 가오(→체면)
* 나가리(→유찰)
* 소데나시(→민소매)
* 지라시(→선전지)

* 가께우동(かはうとん)→가락국수
* 곤색(紺色, こんいれ)→진남색. 감청색
* 기스(きず)→흠, 상처
* 노가다(どかた)→노동자. 막노동꾼
* 다대기(たたき)→다진 양념
* 단도리(だんどり)→준비, 단속
* 단스(たんす)→서랍장, 옷장
* 데모도(てもと)→허드레 일꾼, 조수
* 뗑깡(てんかん)→생떼, 행패. 어거지
* 뗑뗑이가라(てんてんがら)→점박이 무늬, 물방울무늬
* 똔똔(とんとん)→득실 없음, 본전
* 마호병(まほうびん)→보온병
* 멕기(ぬつき)→도금
* 모찌(もち)→찹쌀떡
* 분빠이(ぶんぽい)→분배. 나눔
* 사라(さら)→접시
* 셋셋세(せつせつせ)→짝짝짝. 야야야(셋셋세, 아침바람 찬바람에 등 우리가 흔히 전

래동요로 아는 많은 노래들이 실제론 2박자의 일본 동요이다.)

* 소데나시(そでなし)→민소매
* 소라색 (そら)→하늘색
* 시다(した)→조수, 보조원
* 시보리(しぼり)→물수건
* 아나고(あなご)→붕장어
* 아다리(あたり)→적중, 단수
* 야끼만두(やきまんじゅう)→군만두
* 에리(えり)→옷깃
* 엥꼬(えんこ)→바닥남, 떨어짐
* 오뎅(おでん)→생선묵
* 와사비(わさび)→고추냉이 양념
* 요지(ようじ)→이쑤시개
* 우라(うら)→안감
* 우와기(うわぎ)→저고리, 상의
* 유도리(ゆとり)→융통성, 여유
* 입빠이(りつぱい)→가득
* 자바라(じゃばら)→주름물통
* 짬뽕(ちゃんぽん)→뒤섞음, 초마면
* 찌라시(ちらし)→선전지, 광고 쪽지
* 후까시(ふかし)→부풀이, 부풀머리, 힘
* 히야시(ひやし)→차게 함

(2) 일본식 외래말

  영어 발음을 지독히도 못하는 사람들이 일본인들이다. 그런 일본사람들이 잘
못 만들어 놓은 엉터리 외래어를 비판 없이 무심코 받아쓰는 것은 우리 민족의
자존심을 저버린 행위다. 다음과 같은 말들을 살펴보면서 무심코 넘길 일이 아
니라 앞으로는 적극 우리말 또는 올바른 외래어를 써야 한다.

* 난닝구(running-shirts)→런닝셔츠
* 다스(dosen)→타(打), 묶음, 단

* 돈까스(豚/pork-cutlet)→포크 커틀릿, 돼지고기튀김

  (발음이 너무 어려워 이상하게 변형시킨 대표적인 예)

* 레미콘(ready-mixed-concret)→양회반죽

* 레자(leather)→인조가죽

* 만땅(滿-tank)→가득 채움(가득)

* 맘모스(mammoth)→대형, 메머드

* 메리야스(madias:스페인어)→속옷

* 미싱(sewing machine)→재봉틀

* 백미러(rear-view-mirror)→뒷거울

* 빵꾸(punchure)→구멍, 망치다

* 뻥끼(pek:네덜란드어)→칠, 페인트

* 사라다(salad)→샐러드

* 스텐(stainless)→녹막이, 스테인리스 "스텐(stain)" 만 쓰게되면 오히려 "얼룩, 오염, 흠" 이란 뜻이 되므로 뒤에 리스(less)를 붙여야 만 된다)

* 엑기스(extract)→농축액, 진액

* 오바(over coat)→외투

* 자꾸(zipper, chuck)→지퍼

* 조끼(jug)→저그(큰잔, 주전자, 단지)

* 츄리닝(training)→운동복, 연습복(더구나 training만 쓴다면 단순히 훈련이란 뜻밖에 안된다.)

* 함박스텍(hamburg steak)→햄버그 스테이크

* 후앙(fan)→환풍기

(3) 일본식 한자어 혹은 일본말

어떤 사람은 한자말을 쓰는 것이 말을 줄여 쓸 수 있어 좋다고 하지만 실제로는 강턱(고수부지), 공장 값(공장도가격)처럼 오히려 우리말이 짧은 경우도 있어 설득력이 없다. 또 다른 낱말인 매점(賣占, 賣店)의 경우 차라리 사재기, 가게라는 말을 씀으로서 말뜻이 명쾌해지는 이점이 있다. 어쭙잖은 일본식 한자말을 쓰기보다는 아름다운 우리말, 우리식 한자말을 사용해야할 것이다. 특히 금융계에 흔히 남아 있는 일본어들이 많다. 일제강점 후 일본은 일상용어조차도 일본식으로

쓰도록 했고, 또 우리 지식인이란 사람들도 비판 없이 받아쓰곤 한 것이 바로 아래의 말들이다.

* 가봉(假縫, ねかりぬい)→시침질
* 가처분(假處分, ねかりしよふん)→임시처분
* 각서(覺書, おぼえがきね)→다짐 글, 약정서
* 견습(見習, みならい)→수습
* 견적(見積, みつもり)→어림셈, 추산
* 견출지(見出紙, みだし紙)→찾음표
* 계주(繼走, はいそう)→이어달리기
* 고수부지(高水敷地, しきち)→둔치, 강턱
* 고지(告知, こくち)→알림, 통지
* 고참(古參, こさん)→선임자
* 공임(工賃, こうちん)→품삯
* 공장도가격(工場渡價格, こうじようわたしかかく)→공장 값
* 구좌(口座, こうざ)→계좌
* 기라성(綺羅星, きら星)→빛나는 별
* 기중(忌中, きちゆう)→상중(喪中 : 기(忌)자의 뜻은 싫어하다, 미워하다 이며, 상(喪)자는 죽다, 상제가 되다. 라는 뜻이다.)
* 기합(氣合, きあい)→혼내기, 벌주기
* 납기(納期, のうき)→내는 날, 기한
* 납득(納得, なつとく)→알아듣다, 이해
* 낭만(浪漫)→로망(Romance : 낭(浪)자는 물결, 파도란 뜻이고, 만(漫)자는 넘쳐흐르다. 라는 뜻이다.)
* 내역(內譯, うちわけ)→명세
* 노임(勞賃, るうちん)→품삯
* 대금(代金, だいきん)→값, 돈
* 대절(貸切, かしきり)→전세
* 대하(大蝦, おおえび)→큰 새우
* 대합실(待合室, まちあいしつ)→기다리는 곳, 기다림 방
* 매립(埋立, うぬたて)→매움

* 매물(賣物,うぃもの)→팔 물건, 팔 것
* 매상고(賣上高,たか)→판매액
* 매점(賣占,かぃしぬ)→사재기
* 매점(賣店,ばぃてん)→가게
* 명도(明渡,あけわたし)→내어줌, 넘겨줌, 비워줌
* 부지(敷地,しきち)→터, 대지
* 사물함(私物函,しぶつかん)→개인 물건함, 개인 보관함
* 생애(生涯,しょうかい)→일생, 평생
* 세대(世帶,せたい)→가구, 집
* 세면(洗面,せんぬん)→세수
* 수당(手當,てあて)→덤삯, 별급(別給)
* 수순(手順,てじゆん)→차례, 순서, 절차
* 수취인(受取人,うけとぃにん)→받는 이
* 승강장(昇降場,のりおりば)→타는 곳
* 시말서(始末書,しまつよ)→경위서
* 식상(食傷,しょくよう)→싫증남, 물림
* 18번(十八番,じゆうはちばん)→장기, 애창곡 (일본 가부끼 문화의 18번째)
* 애매(曖昧,あぃまい)→모호 (“애매모호”라는 말은 역전 앞과 같은 중복된 말이다)
* 역할(役割,やくわり)→소임, 구실, 할 일
* 오지(奧地,おくち)→두메, 산골
* 육교(陸橋,りつきょう)→구름다리(얼마나 아름다운 낱말인가?)
* 이서(裏書,うらがき)→뒷보증, 배서
* 이조(李朝,りちょう)→조선(일본이 한국을 멸시하는 의미로 이씨(李氏)의 조선(朝鮮)이 라는 뜻의 이조라는 말을 쓰도록 함. 고종의 왕비인 “명성황후”를 일본제국이 민비로 부른 것과 같은 맥락임)
* 인상(引上,ひきあけ)→올림
* 입구(入口,がせまい)→들머리
* 입장(立場,たちば)→처지, 태도, 조건
* 잔고(殘高,ざんだか)→나머지, 잔액
* 전향적(轉向的,まえきてきむ)→적극적, 발전적, 진취적

* 절취선(切取線,きりとり線)→자르는 선
* 조견표(早見表,はやみひょう)→보기표, 환산표
* 지분(持分,もちふん)→몫
* 차출(差出,さしだし)→뽑아냄
* 천정(天井,てんじょう)→천장(天障 : 하늘의 우물이라고 보는 것은 일본인이고, 우리나라는 하늘을 가로막는 것이란 개념을 가지고 있다)
* 체념(諦念,てりねん)→단념, 포기
* 촌지(寸志,すんし)→돈 봉투, 조그만 성의(마디 촌(寸), 뜻 지(志)를 쓴 좋은 낱말로 얘기하지만 실제론 일본말이다)
* 추월(追越,おりこし)→앞지르기
* 축제(祝祭,まつり)→잔치, 모꼬지, 축전
* 출산(出產,しゆつちん)→해산
* 할증료(割增料,ねりましりょう)→웃돈
* 회람(回覽,かりらん)→돌려보기
* 견본(見本)   담보   명의   날인
* 이체   이월   연체   변제
* 상환   수령   양도   조회
* 조달   지불   체결   통고
* 가산일   당좌대월   환매   차환발생
* 상승세   폭등세   폭락세   보합세
* 공매   투매   이식   매물
* 선취매   호가   배당락   권리락
* 바지마이(주식을 매수한 날 시세차액이 있을때 바로 파는 것)
* 와리깡   유도리

4) 기타, 틀리기 쉬운 우리말 바루기

무심코 쓰는 한자말이나 얼치기 우리말이 많다. 또, 비속어나 번역어투를 바로 잡아 좋은 우리말을 보호하자.

(1) 접두사 · 접미사를 쉬운 말로 고쳐 쓰자.

한자어 앞에 '대-, 소-, 신-' 따위 글자가 붙는 말은 그 뜻을 살려 '큰-, 작은-, 새-' 라고 고쳐 쓰면 문장이 훨씬 부드럽다. 이렇게 자꾸 한자어 앞에 접두사를 붙이다보니 '대잔치' 같은 말이 나와 우리말을 어지럽히고 있다. 우리말로 풀어서 쓰도록 한다.

① 제문제점→여러 문제들
② 미신고 된→신고 되지 않은
③ 탈도시의 계절→도시를 벗어나
④ 대미정책→미국에 대한 정책

(2) 한자어 끝에 '-차, -리, -시' 따위를 붙여서 쓰는 경우도 뒤에 붙은 가지를 우리말로 도로 살리든지, 앞의 한자어와 함께 아주 다른 말로 살려야 한다.

① 인사차(인사하러) 출장차, 문병 차, 취재차
② 극비리에(극비밀로), 절찬리에(절찬 속에) 공개리에(공개해서)
③ 근무 시(근무할 때), 취침 시(잘 때)

(3) 가능한 〈성〉과 〈감〉은 빼는 것이 좋다. (어중 띤 명사 형 남발한 표현은 글의 신선도에서 뒤떨어진다.)

① 방향성을 찾지 못하고→운동의 방향을 찾지 못하고
② 정직성이 첫째요→정직이 첫째요
③ 지속성이 의심 된다→지속할는지 의심스럽다
④ 우수성을→우수함을
⑤ 잔인성이→잔인함이
⑥ 자신감 있게→자신 있게
⑦ 그런 기대감 속으로→그런 기대로

(4) 수량의 단위를 고유어로 쓰자.

수량의 단위를 나타내는 말로 될 수 있는 대로 순수한 우리말을 쓰도록 해야 한다. 보기를 들면 다음과 같다.

① 다섯 명→다섯 사람, 5명   ② 20호→스무 집

③ 돼지 15두→마리   ④ 소나무 몇 주→그루

⑤ 원고지 100매→장   ⑥ 내달→다음 달

⑦ 내주→다음 주   ⑧ 87면 · 페이지→쪽

⑨ 운동화 1족→한 켤레   ⑩ 첫 행→줄

⑪ 매번→그때마다   ⑫ 매년→해마다

⑬ 매월→달마다   ⑭ 매주→주마다

⑮ 매일→날마다   ⑯ 매일아침→아침마다

(5) 중복되는 말을 가려서 써라.

간단한 문장이라도 세심한 주의가 필요하다. 읽는 사람이 편안하게 읽고 알기 쉽게 이해하도록 표현해 주어야 한다. 가급적이면 겹말과 겹뜻을 피해서 문장을 간결하게 쓰는 것이 중요하다. 가령 '식사로 먹자'라고 하면 우스운데, 무심코 쓰는 경우가 많다.

필요 없는 '하나'를 자주 쓰지 마라.

① 흥미를 깨뜨리는 일 가운데 하나다. →질서를 깨뜨리는 일이다.

② 그 중에 하나는 온건파다.→그 중에 온건파도 있다.

③ 하나의 어릿광대에 지나지 않는다. →한갓 어릿광대일 뿐이다.

(6) 품위 없는 말이나 거센 말을 삼간다.

어감이 나쁜 말이나 거센 말 따위를 삼가야 함은 물론, 비속한 말을 쓰지 말아야 한다. 비속한 말을 쓰게 되면 사람의 인격이 떨어지기 때문이다. 예를 들면 다음과 같다.

① 이빨→이   ② 모가지→목   ③ 이마빡, 마빡→이마

④ 눈깔→눈   ⑤ 등어리→등   ⑥ 코빼기→코

⑦ 귀때기→귀   ⑧ 볼때기→볼   ⑨ 몸뚱아리→몸통

⑩ 대가리→머리   ⑪ 주둥이→입   ⑫ 낯짝→낯

⑬ 궁둥짝→궁둥이   ⑭ 배때기→배

⑮ 유한마담 꼬시기에→꾀기에 ⑯ 쏘주 쐬주→소주 ⑰ 짜식→자식

(7) 국적도 애매한 얼치기 말을 쓰지 말자.

영어도 아니고 우리말도 아닌 얼치기 말을 쓰면 글의 격이 떨어진다. 얼치기 말을 쓰지 말자.

① 테레비 →텔레비전　② 매스콤→대중매체　③ 데모→시위
④ 메모→쪽지　　　　　⑤ 인플레→통화팽창　⑥ 프로→프로그램
⑦ 프로→직업선수　　　⑧ 아마→아마추어　　⑨ 환타지→판타지

(8) 가능한 수동형을 피하라.

문장의 구성에 있어서 자동사오 타동사의 구별을 분명히 알고서 문장을 작성해야 한다. 사역동사 중에 원형 그대로가 수동인 만큼, 억지로 수동형을 만들다 보면 수동태가 반복되는 경우를 흔히 볼 수 있다.

① 극복되어야→극복해야　　② 보여진다→보인다. 본다
③ 불리는 →부르는　　　　　④ 일컬어지는→일컫는
⑤ 열려지지→열리지　　　　⑥ 되어지다→되다
⑦ 개정되어야→개정해야　　⑧ 모아지고→모이고
⑨ 지어질→지은　　　　　　⑩ 고쳐져야→고쳐야
⑪ 돌려줘야→돌려야　　　　⑫ 주어져야→주어야
⑬ 은폐되고 조작되었던→은폐하고 조작했던
⑭ 해석되어 지기도→해석되기도
⑮ 폐기되어야→폐기해야　　⑯ 진실되게→진실하게

5) 조사 바르게 쓰기

습작생들의 글에서 자주 뛰는 것은 조사의 혼용이다. 알맞은 조사를 쓰지 않아 글의 내용이 잘 전달되지 않고 있다. 신문기사에서도 자주 보는 현상이다.

* 북한에 두고 온 아내와 아들을 만나기 위해 40년만에 평양을 방문했다가 심장마비로 타계한 LA 영락교회 김계용 목사의 못다말한 사연들이 그의 아내 이진숙 여사<u>에 의해</u> 말<u>해지고</u> 있다.

윗글에 밑줄 친 세 군데가 잘못 쓰이고 있다. 바로 잡으면

* '…김계용 목사가 못다 한 사연들을 그의 아내 이진숙 여사가 말하고 있

다.' 가 된다.

이렇듯 조사의 올바른 쓰임은 글의 내용을 명쾌하게 전달하는데 중요한 구실을 한다. 조사의 쓰임을 소홀히 해서는 안 된다.

(1) 필요 없는 조사는 쓰지 마라.

습작생들의 글속에 불필요한 조사의 쓰임이 자주 발견된다. 이는 잘못된 언어습관이 글로 연결된 것으로 일본말이나 서양말을 직역해서 썼기 때문이다. 우리말은 조사가 있고 없음에 따라서 문맥의 연결이 어색해 진다. 조사는 꼭 필요한 때만 써야 하면 불필요한 조사 내용은 피해야 한다. 조사하나의 쓰임이 대수롭지 않게 여겨질 수도 있지만 글은 말과 달라 다듬어서 써야 한다.

① 뉴욕에서<u>부터</u> 워싱턴까지→뉴욕에서 워싱턴까지

② 아이들마다<u>에서</u> 느꼈던→모든 아이들마다 느꼈던

③ 음성이 곱지<u>가</u> 않다→음성이 곱지 않다

  * '곱지가' 가 '않다' 의 주어가 될 수 없다. '않다' 가 조동사이고, '곱지' 가 본동사인데 본동 사와 조동사 사이에 주격조사가 사용될 수 없다.

④ 오래 달리지<u>를</u> 못 한다→오래 달리지 못 한다

(2) 본동사와 조동사 사이의 목적격 조사 '를' 을 빼야 된다.

① 당신과 나<u>와의</u> 사이에→당신과 나 사이에

② 과학<u>에의</u> 초대→과학에 초대

③ 통일<u>에의</u> 길→통일의 길

④ 앞<u>으로의</u> 과제→앞으로 과제

⑤ 범죄<u>와의</u> 전쟁→범죄와 전쟁

⑥ 사람마다<u>에</u>→사람마다

⑦ 집터<u>로서의</u>→집터가 되는 땅

⑧ 현대 한국<u>에로의</u> 시점→현대 한국의 시점

⑨ 고고학<u>에의</u> 접근→고고학의 접근

(3) 소유격 조사 '의' 는 되도록 피하자.

소유격 조사의 '의' 로 시작해서 '의' 로 끝나는 문장 때문에 뜻이 어색해지는

경우가 많다.

① 다섯 명의 젊은이→젊은이 다섯
② 대부분의 수입은→수입은 거의
③ 나의 살던 고향은→내가 살던 고향은

틀리기 쉬운 말과 바른 띄어쓰기

■ 가[邊]: 가(변두리) 변. 명사
  다음의 경우 앞말과 굳어 버린 것으로 보고 붙여 쓴다.
  * 길가/ 난롯가/ 샘물가/ 연못가/ 무덤가/ 물가/바닷가
    ▶ 앞에 꾸미는 말이 오면 띄어 쓴다.
  * 불 있는 난로∨가에서
■ '가여운' 인가, '가엾은' 인가: 둘 다 맞는 복수 표준어
  * 부모 잃은 (가여운, 가엾은) 아이 : 〈가엽다/가엾다〉
■ '간' 인가, '칸' 인가: '칸' 이 맞음
  * 방 한 칸, 부엌 한 칸 / 다음 빈 칸을 메우시오.
■ '가지' (의존 명사)는 다음의 경우에 한해 서 붙여 쓴다.
  * 갖가지 각가지 가지가지
    ▶ 수 관형사 아래선 띄어 쓴다.
  * 한∨가지를 배우면, 열∨가지를 안다.
    ▶ '동일하다' 또는 '같다' 의 뜻으로 쓰이는 '한가지' 는 붙여 쓴다.
  * 이러나저러나 방법은 한가지이다.
■ '가정란' 인가, '가정난' 인가: '가정란' 이 맞음
  * 가정란, 독자란, 투고란, 학습란, 답란
    ▶고유어, 외래어 뒤에서는 두음법칙이 적용됨
  * 어린이난, 어머니난, 가십난(gossip欄)
■ '같이'
  (1) 다음의 경우에는 붙여 쓴다.
  * 그녀의 눈은 수정같이 맑다.[처럼]
  * 그는 매일같이 도서관에 간다. / 새벽같이 도망치다.
    [때를 나타내는 일부 말에 붙어 그 때를 강조함]
  (2) '함께' 나 '같다' 의 뜻을 나타낼 때는 띄어 쓴다.
  * 다∨ 같이 공부하자.[함께]
  * 나와∨ 같이 일하자.[함께]

* 이와 ∨같은 노동 조건[같다]
* 말은, 이와∨ 같이 이루어 내는 힘을 가지 고 있다.[같다]
■ '날씨가 개이다' 인가, '날씨가 개다' 인가: '개다' 가 맞음
* 날씨가 개다
■ 것
(1) 지시어의 경우는 붙여 쓴다.
* 이것,저것,그것,아무것,날것,생것,산것,이것저것
(2) 관형어 아래 의존 명사는 띄어 쓴다.
* 가진∨것 , 해야 할∨것이다.
* 어느∨것이 주제를 더 잘 드러내고 있는가?
■ 결재와 결제
(1) 결제(決濟): 증권 또는 대금을 주고받아 매매 당사자 간의 거래 관계를 끝맺
는 것.
* 어음으로 결제하다
(2) 결재(決裁): 부하 직원이 제출한 안건을 허가하거나 승인하는 것.
* 결재를 [받다, 맡다] / 결재가 나다 / 결재 서류를 올리다
■ 개발과 계발
(1) 개발(開發) : 개척하여 발전시킴.
* 경제 개발 / 광산을 개발하다 / 신제품을 개발하다
(2) 계발(啓發): 지능이나 정신 따위를 깨우쳐 열어 줌.
* 지능 계발 / 소질을 계발하다
■ 고유명사의 띄어쓰기
(1) 대한 중학교(원칙), 대한중학교(허용) ※ 고유명사는 붙여 쓸 수 있음
(2) 한국 상업 은행 재동 지점 대부계(원칙), 한국상업은행 재동지점 대부계(허
용)
* 기구나 조직을 나타내는 말은 구성단위별로 붙여 쓸 수 있음
(3) 대통령 직속 국가 안전 보장 회의(원칙), 대통령 직속 국가안전보장회의(허
용)
* '부설(附設), 부속(附屬), 직속(直屬), 산하(傘下)' 따위는 앞뒤의 말과 띄어 씀
이 원칙이나 아래 (다')처럼 특정 기관을 가리키는 명칭의 일부로 쓰일 때에

는 붙여 쓸 수 있음

   (3′) 서울 대학교 사범 대학 부속 고등학교(원칙), 서울대학교 사범대학 부속고
     등학교(허용)

■ 고사 성어나 문구는 띄어 씀을 원칙으로 한다.

   * 동문∨서답(東問西答) * 동가∨홍상(同價紅裳) * 다다∨익선(多多益善)

   * 남가∨일몽(南柯一夢) * 유비∨무환(有備無患) * 일장∨춘몽(一場春夢)

   ▶ 다만, 문구 중에 '-지(之)' 자로 연결되었을 경우, 비중이 동일한 글자로 된
     경우 (대등 연결), 조어 상 한 자만 떨어지게 되어 그것이 낱말로 성립되지
     않을 경우에는 붙여 쓴다.

   * 경국지색(傾國之色) 좌지부동(坐之不動) 오합지졸(烏合之卒) 연군지사(戀君之詞)

   * 인의예지(仁義禮智) 이목구비(耳目口鼻) 동서남북(東西南北) 춘하추동(春夏秋冬)

   * 근묵자흑(近墨者黑) 원일경지(願一見之)

■ 가지

   (1) 다음의 경우에 한해서 붙여 쓴다.

    * 갖가지 각가지 가지가지

   (2) 관형어 아래는 띄어 쓴다.

    * 한∨가지를 배우면, 열∨가지를 안다.

   (3) 동일하다' 또는 '같다'의 뜻으로 쓰이는 '한가지'는 붙여 쓴다.

    * 이러나저러나 방법은 한가지이다.

■ 같이

   (1) 다음의 경우에는 붙여 쓴다.

    * 그녀의 눈은 수정같이 맑다.[처럼]

    예) 때를 나타내는 일부 말에 붙어 그 때를 강조함

    * 새벽같이 도망치다.

   (2) '함께'나 '같다'의 뜻을 나타낼 때는 띄어 쓴다.

    * 다∨ 같이 공부하자.[함께]

    * 이와 ∨같은 노동 조건[같다]

■ 것

   (1) 붙여 씀 : 이것,저것,그것,아무것,날것,생것,산것, 이것저것

   (2) 의존명사는 띄어 씀 : 가진∨것 , 해야 할∨것이다.

- 내다
  (1) 한 음절의 말에 붙어 굳어 버린 것은 붙여 쓴다.
  * 떠내다 빼내다 짜내다 차내다 쳐내다 캐내다 파내다 퍼내다 펴내다 해내다
  (2) 다음의 단어들은 띄어 쓴다
- 단위
  (1) 단위를 나타내는 명사는 띄어 쓴다.
  * 개, 살, 마리, 돈, 자루……' 등은 단위를 나타내는 의존 명사이다. 따라서
  단위를 나타내는 명사는 띄어 쓴다.
  * 한 ∨ 개 금 서∨돈 * 소 열 ∨마리 * 연필 한∨자루 버선 한∨죽
  다만, 순서를 나타내는 경우나 숫자와 어울려 쓰는 경우는 붙여 쓸 수도 있다.
  * 90원 10개 8미터
- 제-
  (1) 제 다음의 숫자는 붙여 쓴다.(한글의 경우도 마찬가지)
  * 제7공화국   * 제일과 삼학년 육층
  * 제2실습실
  (2) '제-' 가 생략된 말이라도 순서를 나타내는 말일 경우에는 붙여 쓴다.
  * (제)십사대 국회의원
- 년, 월, 일
  (1) 순서를 나타내는 특정 '년, 월, 일'은 윗말에 붙이고, 각 단위별로 띄어 쓴
  다.
  * 1993년∨5월∨30일 * 기미년 삼월 일일 * 일천구백구십삼년 오월 삼십일
  (2) 숫자 다음의 '개년, 개월, 년간, 주간, 일간, 시간, 분간, 초간' 등은 그 말을
  한 단위로 하여 숫자에서 띄어 쓴다.
  * 경제 개발 5∨개년 계획 * 5∨분간 2∨개월 3∨초간
  * 일∨개월∨삼∨일∨다섯∨시간
  (3) 10 이상의 숫자에 접미사 '여'가 붙으면 다음과 같이 띄어 쓴다.
  * 10여∨일∨간 30여∨년∨간 * 10여∨일∨간 20여∨초∨간
  * 수를 적을 때에는 만(萬) 단위로 띄어 쓴다.
  * 이십사억 ∨오천육백삼십만 ∨육천사십오
  * 24억 ∨5630만∨6045

다만, 은행에서 입금하거나 출금할 때에는 모두 붙여 쓴다.

　* 일금이십사억오천육백삼십만육천사십오원

■ 때 : 아침때, 점심때, 저녁때, 접때, 이때, 그때

　다만, 의존명사인 경우는 띄어 쓴다 : 어려울∨때

■ 밖에

　(1) '-뿐'의 뜻으로 쓰일 경우는 붙여 쓴다. (이 경우 반드시 부정어가 따른다.)

　* 이 일을 할 사람은 너밖에 없다. (너뿐이다)

　(2) '이외의' 뜻일 경우와 '안'과 상대적 의미로 '바깥쪽'을 나타낼 때는 명사
　　　이므로 띄어 쓴다.

　* 이∨밖에 또 더하여 무엇 하리.　　* 동구∨밖, 서대문∨밖

■ -데/ '∨데

　(1) '-(이)다. 그런데'의 뜻일 경우 붙여 쓴다.

　* 영철이는 머리는 좋은데, 노력을 하지 않는다.

　(2) '경우'와 '처지'를 나타낼 때는 띄어 쓴다.

　* 배 아픈∨데 먹는 약

　(3) '처소(곳)'를 나타낼 때는 띄어 쓴다.

　* 애들이 마음 놓고 놀∨데가 없다.

　(4) '일(것)'을 나타낼 때는 띄어 쓴다.

　* 찬물을 마시는∨데도 위아래가 있다.

■ 대로

　(1) 체언 뒤에서는 붙인다.　　* 너는 너대로, 나는 나대로

　(2) 용언 뒤에서는 띄어 쓴다.　　* 본∨대로 느낀∨대로

■ 들

　(1) 동일한 성질의 집합으로 쓰일 경우는 붙여 쓴다. (복수 접미사)

　* 사람들 짐승들 어른들　　* 어서들 오너라. (2인칭 복수 생략)

　(2) 성질이 다른 낱말이 나열되어 복수형을 나타낼 때는 띄어 쓴다. (의존 명사)

　* 소, 말, 개, 돼지∨들은 가축이다.

■ 듯/듯이

　(1) '어간'에 붙은 '듯'은 붙여 쓴다. (어미)　　* 구름에 달 가듯 가는 나그네.

　(2) '어미'에 붙는 '듯'은 띄어 쓴다. (의존 명사) * 마치 찌를∨듯이 달려든다.

(3) 어미 다음에 오는 '듯하다'도 띄어 쓴다. * 그 여자는 미친∨듯하다

■ 등

* 거리에는 자동차, 버스, 오토바이∨등이 달리고 있다.

■ -만/∨만

(1) '한정'하는 말이나 그 '정도'를 나타낼 때는 붙여 쓴다.

* 그는 오로지 운동에만 힘을 쏟는다. [한정]

* 이 사람아 그만 부탁도 못 들어 주나? [정도]

(2) '가정'을 나타낼 경우에는 붙여 쓴다. * 내 욕만 해 봐라.

(3) '시간이 지난 정도'를 나타낼 경우에는 띄어 쓴다.

* 결혼한 지 삼년∨만에 이혼했다.

■ 만큼

(1) 용언의 관형사형 어미에 붙어 '그런 정도로' 또는 '실컷'의 뜻을 나타내는
경우는 의존 명사로 보고 띄어 쓴다.

* 귀를 기울여야 들릴∨만큼 작은 목소리

(2) 체언 뒤에 붙어 비교를 나타낼 때에는 조사로 보고 붙여 쓴다.

* 나도 그 사람만큼 할 수 있다.

(3) 이유를 나타내는 경우도 조사로 보고 붙여 쓴다.

* 문학 형식이니만큼

■ 못 : '못'은 부정 부사로 '못' 부정문은 모두 띄어 쓴다.

* 말을 못∨하는 사람   * 집으로 못∨들어간다.   * 못∨먹는 감 찔러나 본다.

* 못∨배운 것이 한스럽다.   * 돈을 못∨버는 사람

■ '못'과 '하다'

(1) 용언의 부정 어미 '-지' 다음에 오는 '못하다'는 붙여 쓴다.

* 먹지∨못하다. 잡지∨못하다.   * 가지∨못하다. 눕지∨못하다.

(2) -지' 다음에 조사가 오더라도, 그 다음에 오는 '아니하다', '못하다'는 붙
여 쓴다.

* 밉지는∨아니하다. 먹지를∨못한다.

(3) 질(質), 양(量) 또는 서로 비교하여 우열을 가리는 '못하다'는 붙여 쓴다.

* 국산품보다∨못하다. (질의 우열)

* 수확량이∨지난해보다∨못하다. (양의 우열)

* 형보다∨못하다.(능력의 우열)

* 장기는 바둑보다∨못하다.(성질의 우열)

■ 못되다

(1) '버릇이 없이 자라서 되먹지 못하다' 는 경우에만 붙여 쓴다.

* 못된∨ 일가가 항렬만 높다.

* 못된∨ 놈 엉덩이에 뿔난다.

(2) 앞의 경우를 제외하고 모두 띄어 쓴다.

* 시작한 지 십 분도 못∨된다.

■ 못생기다 : '예쁘지 않다. 아름답지 않다' 의 뜻이면 붙여 쓴다.

* 호박같이 못생긴 여자

■ -ㄴ바/-ㄴ∨바/∨바

(1) '-았더니, -었더니, -였더니 '의 뜻을 가지 고 있으면 붙여 쓴다.

* 그 아가씨를 만나 본바 과연 친절하더군. (만나 보았더니)

(2) '-인데' 의 뜻일 경우 붙여 쓴다.

* 오늘은 어머님의 생신이온바, 부디 오서서 축하해 주십시오.

(3) 그러나 '방법, 수단' 을 나타낼 때에는 띄어 쓴다.(의존 명사)

* 어찌할∨ 바를 모르겠다.[방법, 수단]

■ 받다/당하다

(1) 명사 아래에서는 붙여 쓴다.(접미사)

* 오해받다 약탈당하다 * 외면당하다 * 겁탈당하다 설득당하다

(2) 조사 다음에 올 경우에는 띄어 쓴다.

* 오해를∨받다 약탈을∨당하다 * 외면을∨당하다

* 겁탈을∨당하다. 설득을∨당하다

■ 번

(1) 다음의 경우는 붙여 쓴다. * 이번, 저번, 요번, 먼젓번

(2) 횟수' 를 나타내는 '번' 은 띄어 쓴다. * 한∨번 여러∨번 다음∨번 세∨번

(3) 관형어 아래는 띄어 쓴다 * 지난∨번, 요전∨ 번

■ 뿐

(1) 체언에 붙을 때는 붙여 쓴다.(접미사)

* 이 일을 해결할 사람은 너뿐이다.(대명사에 붙음)

* 그녀를 치유할 약은 사랑뿐이다. (명사에 붙음)

* 전남에는 고교 야구부가 하나뿐이다. (수사에 붙음)

* 풍류를 더불어 누린다는 점에서 뿐∨아니라 (조사에 붙음)

(2) 용언에 붙을 경우에는 띄어 쓴다. (의존 명사)

* 공부를 할∨뿐이다.(동사 뒤)

* 그저 황홀할∨뿐이다.(형용사 뒤)

■ 시키다/되다

(1) '하다' 가 붙을 수 있는 명사에 '시키다, 되다' 가 붙어 낱말이 될 때, '시키다, 되다' 는 윗말에 붙여 쓴다.

* 추진하다, 걱정하다, 기대하다 : 추진시키다, 걱정되다, 기대되다

참고) 문제∨되다 (문제하다×)

(2) 조사 뒤에 올 때 '시키다, 되다' 는 띄어 쓴다.

추진을∨ 시키다 걱정이∨ 되다 기대가∨ 되다.

(3) 접미사 '화' 아래에 '하다, 되다, 시키다' 가 올 경우 붙여 쓴다.

* 우민화하다 자동화하다 : 대중화시키다

(4) '화' 다음에 조사가 붙거나, 앞 에 꾸미는 말이 올 경우에는 띄어 쓴다.

* 우민화를∨ 하다. * 자동화가∨ 되다. * 아주 빨리 대중화∨되었다.

■ 아니하다

(1) 용언의 부정 어미 '-지' 다음에 오는 '아니하다' 는 붙여 쓴다.

* 먹지∨아니하다.   잡지∨아니하다.

* 보지∨아니하다.   울지∨아니하다.

(2) 부사가 되는 '아니' 와 본용언이 되는 '할, 하다' 는 각각 띄어 쓴다.

* 이제 그 일을 아니∨할 수 없게 되었다.

(3) '안 하다' 는 어떤 경우나 띄어 쓴다. ('안' 부정문)

* 아직도 준비를 안∨했니?

■ 안되다

(1) '섭섭하거나 애석한 느낌이 있음' 을 뜻 하는 경우만 붙여 쓴다.

* 그를 생각하면 정말 안됐어.

(2) 위의 경우를 제외하고 모두 띄어 쓴다.

* 문장에서 주성분은 없어서는 안∨되는 필수 성분이다.

* 충동구매와 같은 것이어서는 안∨된다.
■ 두 말을 이어 주거나 열거할 때 쓰이는 말들은 띄어 쓴다.
 * 국장∨ 겸∨ 과장
 * 열∨ 내지∨ 스물
 * 청군∨ 대∨ 백군
 * 책상, 걸상∨ 등이 있다.
 * 이사장∨ 및∨ 이사들 사과, 배∨ 등속
 * 부산, 광주, 인천∨ 등지
 * 19∨대∨21의 점수차
■ 중(中)
 (1) '도중' 의 뜻으로 쓰일 경우는 붙여 쓴다.
  * 식사중에 시끄럽게 해서는 안 된다.
 (2) '여럿 가운데 하나' 를 가리킬 경우에는 띄어 쓴다.
  * 다음∨중 옳지 않은 것은?
■ 즈음
 (1) 다음 말에 한하여 붙여 쓴다.
  * 이즈음, 그즈음, 저즈음
 (2) 관형어 아래는 띄어 쓴다.
  * 배가 도착할∨즈음에 갑자기 비가 내렸다.
■ -지/∨지
 (1) '막연한 의문' 을 나타낼 때는 붙여 쓴다.
  * 나는 그것이 무엇인지 모르겠다.
 (2) '시간' 을 나타낼 때는 띄어 쓴다.
  * 내가 대학을 졸업한∨ 지도 어언 10 년이 흘렀다.
■ 지다
 (1) 명사에 붙어서 용언을 만드는 '지다' 는 윗말 명사에 붙여 쓴다.
  * 멋지다 기름지다 * 모지다 얼룩지다 * 등지다 그늘지다
 (2) 부사형 어미 '아, 어, 여, 와, 워' 에 붙어 피동형을 나타내는 '지다' 는 붙여
   쓴다.
  * 그리워지다 고와지다 * 헤어지다 쏟아지다 * 늘어지다 밝아지다

*낡여지다 살펴지다　*잊혀지다 녹여지다　*먹혀지다 이뤄지다

　*밝혀지다 여겨지다　*이루어지다

(3) 그러나 명사 다음에 조사가 붙을 경우에 '지다' 는 띄어 쓴다.

　*얼룩이∨지다 등을∨지다　*모가∨지다

(4) 원래부터 '지다' 가 붙을 수 없는 말과 피동형을 만들 수 없는 명사 다음의 '지다' 는 띄어 쓴다.

　*해가∨지다　*해∨지는 동네 어귀

참고) '해지다' 는 '해어지다' 의 준말로 뜻이 달라진다.

　*지게를∨지고 가는 사람　*지게∨지고 가는 사람

■ 쪽

(1) 다음 낱말은 붙여 쓴다.

　*동쪽, 서쪽, 남쪽, 북쪽, 위쪽, 아래쪽, 반대쪽, 앞쪽, 뒤쪽

(2) '쪽' 과 '편' 이 동시에 이어질 때에는 띄어 쓴다.

　*이편∨쪽, 어느∨쪽∨편, 어느∨편∨쪽

■ 차(次)

(1) '-하려고' 의 경우나, 숫자 아래에 붙어 횟수를 나타낼 때에는 붙여 쓴다. (접미사)　*업무차 지방에 다녀오겠소.

(2) '어떤 일을 겸해서 다른 일까지 보게 됨' 을 나타낼 때에는 띄어 쓴다.

　*자네를 부르려던∨차였는데,　예) 의존 명사로 용언 뒤

■ 이 : 사람을 나타내는 다음의 '이' 는 붙여 쓴다.

　*이이, 저이, 그이, 늙은이, 젊은이, 못난이

참고) 저기 가는 이는 누구인가?

■ 판

(1) 다른 명사와 결합하여 합성어를 만들 때는 붙여 쓴다.

　*씨름판 노름판 살얼음판

(2) 수 관형사 뒤에 붙어 '일의 수효' 를 나타낼 때는 띄어 쓴다.(의존 명사)

　*장기 한∨판 두세.

■ 편 : 다음의 낱말은 붙여 쓴다.

　*이편, 저편, 그편, 오른편, 왼편, 건너편, 맞은편, 너희편, 우리편

■ 하다

(1) 명사, 형용사, 부사에 붙어 한 단어를 나타 낼 때는 윗말과 붙여 쓴다.

* 명사 : 공부하다, 산책하다

* 형용사 : 어렴풋하다, 좋아하다, 싫어하다

* 부사 : 반짝반짝하다, 넘실넘실하다, 시름시름하다

(2) 조사 다음에 오는 '하다' 는 띄어 쓴다. (동사)

* 여행을 하다. 공부를 하다.

* 사랑을 하다. 씨름을 하다

(3) 명사나 명사의 성질을 가진 말이 목적어 로 쓰일 때, 목적격 조사 '을, 를'
이 생략되었다고 생각되면 다음 말은 띄어 쓴다. 이 때 반드시 꾸미는 말이
있어야 한다.

* 그런 비열한 행동∨ 하지 마라./그런 비열한 행동을∨ 하지 마라.

* 재미있는 이야기∨ 하시오./재미있는 이야기를∨ 하시오.

(4) 부사형 어미 '아, 어 ,워' 에 보조 동사 '하다' 가 붙을 경우에 는 그 '하다'
를 앞의 말에 붙여 쓴다.

(5) [-워하다]

* 가려워하다 * 간지러워하다 * 거북스러워하다 * 고마워하다 * 괴로워하다

* 귀여워하다 * 그리워하다 * 노여워하다 * 따가워하다 * 뜨거워하다

* 무서워하다 * 미워하다 * 반가워하다 * 부러워하다 * 서러워하다

* 신기로워하다 * 아니꼬워하다 * 아쉬워하다 * 안타까워하다 * 정다워하다

* 즐거워하다 * 징그러워하다 * 힘겨워하다

(6) [-ㅏ하다] : * 나빠하다 아파하다

(7) [-ㅓ하다] : * 기뻐하다 슬퍼하다 * 예뻐하다

■ 한번/ 한 번

(1) 막연하게 '일차' 또는 '일단' 의 뜻을 나타낼 경우의 '한번' 은 붙여 쓴다.

* 사람은 한번 말을 하고 나면, 그 말에 매 여 그 말대로 움직이려는 경향을
보인다. [일단]

* 집에 한번 다녀가라고 해라.[일차]

* 꼭 한∨번 구경했다.[횟수]

* 다시 한∨번 생각하라.[횟수]

(2) 다시' 또는 '또' 라는 말 다음의 '한 번' 은 '되풀이해서' 의 뜻이므로 항 상

띄어 써야 한다.

* 또 한∨번의 실수를 하였다.

■ 한편

(1) 부사일 경우에만 붙여 쓴다.

* 그녀는 피아노를 배우는 한편, 틈나는 대로 뜨개질도 배운다.

(2) '편' 이 명사일 경우에는 띄어 쓴다.

* 한∨ 편에서는 식사를 준비하고, 다른 한∨ 편에서는 텐트를 친다.

■ '구절' 인가, '귀절' 인가

(1) 한자 '句' 는 '글귀, 귀글' 을 제외하고 모두 '구' 로 읽음.

* 구절(句節), 경구(警句), 문구(文句), 시구(詩句), 어구(語句)

* 글귀(-句), 귀글(句-)

■ '국제 연합' 의 줄임말 : '국연' 인가, '국련' 인가

* '국련' 이 맞음

* 국제 연합/국련, 대한 교육 연합회/대한교련

■ 관형사는 띄어 쓴다.

* 각∨가정 여러∨가지   * 맨∨처음 두서너∨집

* 어느∨학생 뭇∨남성   * 요∨며칠 웬∨잡놈

* 긴긴∨밤 고∨김구 선생   * 몹쓸∨놈들 금∨30일

* 몇∨사람   * 새∨교실

* 순∨우리말   * 이∨나그네

* 아무∨사람이나   * 저∨사람 옛∨동지

* 첫∨생산품   * 오만∨가지 온갖∨수단

* 요∨근처 현∨이사장   * 첫째∨골목

■ '그러다' 와 '그렇다' 의 구별 : '그리고 나서' 는 틀림

(1) '그러다' 는 '그러하게 하다' 의 준말(동사)

* 그러다가   * 그리고 나서

(2) '그렇다' 는 '그러하다 '의 준말(형용사). 활용하면서 'ㅎ' 이 탈락함.

* 그러니, 그럴   * 처음에는 그럴 생각이 아니었다.

■ '깡총깡총' 인가, '깡충깡충' 인가: '깡충깡충' 이 맞음

■ '깨끗이' 인지 '깨끗히' 인지? : '깨끗이' 가 맞음

* '-이' 로 끝나는 말들

- 깨끗이, 느긋이, 따뜻이, 번듯이, 빠듯이, 산뜻이 〈'ㅅ' 받침 뒤에서〉

- 간간이, 겹겹이, 곳곳이, 알알이, 일일이, 줄줄이 〈첩어 뒤에서〉

- 곰곰이, 더욱이, 히죽이, 생긋이 〈부사 뒤에서〉

■ '깨뜨리고' 인가, '깨트리고' 인가 : 둘 다 허용

*깨뜨리다/깨트리다, 넘어뜨리다/넘어트리다, 무너뜨리다/무너트리다

■ '끼어들기' 인가 '끼여들기' 인가 : '끼어들기' 가 맞음

*끼어들기를 하지 맙시다.

문제로 풀어보는 우리말 익히기

1)다음 네 가지 보기 가운데서, 맞는 것이 하나씩 있다. 맞는 것을 골라서 ( )속에
　ㅇ표를 하시오.

* ( ) 귀먹어리　(ㅇ) 귀머거리　( ) 기먹어리　( ) 귀머걸이
* (ㅇ) 뜨거워　( ) 뜨억워　( ) 뜩어워　( ) 뜻거워
* (ㅇ) 불겅이　( ) 붉엉이　( ) 불엉이　( ) 붉겅이
* ( ) 쓸에기　( ) 쓰랙기　( ) 쓰랙기　(ㅇ) 쓰레기
* ( ) 나붓긴다　( ) 나붓긴다　( ) 나브긴다　(ㅇ) 나부낀다
* (ㅇ) 갓난아기　( ) 갖난아기　( ) 간난애기　( ) 갓난애기
* ( ) 숫병아리　(ㅇ) 수평아리　( ) 숫펑아리　( ) 숫벵아리
* ( ) 산떠미　( ) 산떼미　(ㅇ) 산더미　( ) 산덤이
* ( ) 넓다란 잎　( ) 넓다란 닢　(ㅇ) 널따란 잎　( ) 널따란 닢
* ( ) 기어히 끈음( ) 기어히 끊음　( ) 기어이 끈음　(ㅇ) 기어이 끊음
* (ㅇ) 사례의 희열　( ) 사례의 희열　( ) 사례의 히열　( ) 사례의 히열
* ( ) 붉웃불웃　(ㅇ) 불긋불긋　( ) 붉긋붉긋　( ) 붉엇붉엇
* (ㅇ) 오긋오긋　( ) 옥웃옥웃　( ) 오근오근　( ) 옥긋옥긋
* (ㅇ) 코뚜레　( ) 코뚫에　( ) 코뚤에　( ) 콧뚜레
* (ㅇ) 손잡이　( ) 손자비　( ) 손잽이　( ) 손재비
* ( ) 기피　( ) 깊히　(ㅇ) 깊이　( ) 깁히
* (ㅇ) 품팔이　( ) 품파리　( ) 풀팔리　( ) 풀팔의
* ( ) 기게 방가간　　( ) 기게 방앗간
　( ) 기계 방아깐　　(ㅇ) 기계 방앗간
* (ㅇ) 원치 않았다　　( ) 원치 않었다
　( ) 원ㅎ지 않았다　　( ) 원ㅎ지 않었다
* ( ) 몇일 시끝없다　　( ) 몇일 시끄럽다
　( ) 며칠 시끌업다　　(ㅇ) 며칠 시끄럽다
* (ㅇ) 하고자 하시오　　( ) 하고자 하시요

( ) 하고저 하시오   ( ) 하고저 하시요
* (○) 지혜의 혜택   ( ) 지혜의 혜택
  ( ) 지혜의 혜택   ( ) 지혜의 혜택
* ( ) 비열한 세계   ( ) 비렬한 세계
  (○) 비열한 세계   ( ) 비렬한 세계
* (○) 즐거이 놈   ( ) 즐거이 놂
  ( ) 즐거히 놈   ( ) 즐거히 놂

2)다음 예들 중에서 맞는 것에 ○표를 하시오.

* 좋은 물건을 다량으로 구비하고 { ㉠ 있아오니 ㉡ 있사오니(○) } 많이 이용
  해 주십시오.
* 영이는 얼굴이 { ㉠ 넙적해서(○) ㉡ 넓적해서 } 고민이다.
* 등산 갈 때는 장비를 잘 { ㉠ 갖후고 ㉡ 갖추고(○) } 가야 한다.
* 무하마드 알리의 별명은 { ㉠ 떠벌이 ㉡ 떠버리(○) } 이다.
* 철수는 제 형과 { ㉠ 맞먹으려다가 ㉡ 맞먹으려다가(○) } 꾸중을 들었다.
* 이 물건이 마음에 { ㉠ 드실런지 ㉡ 드실는지(○) ㉢드실른지 } 모르겠군요.
* 이것이 우리 아기 { ㉠ 돐사진 ㉡ 돌사진(○) } 이랍니다.
* { ㉠ 윗어른 ㉡ 웃어른(○) }을 잘 모시면 자식들도 본받게 됩니다.
* 어찌나 { ㉠ 반갑던지(○) ㉢ 반갑든지 } 춤이 저절로 나왔다.
* 영이는 술을 체로 { ㉠ 바쳤다 ㉡ 밭였다 ㉢ 밭았다(○) }
* 김치와 { ㉠ 깎두기 ㉡ 깍두기(○) } 는 우리나라 사람들이 즐겨 먹는 반찬이
  다.
* 개성의 음식 중에서 { ㉠ 보쌈김치(○) ㉡ 봇쌈김치 }가 유명하다.
* 돌쇠는 화가 나서 책상을 때려 { ㉠ 부셨다 ㉡ 부쉈다(○) }.
* 밤새도록 쥐들이 기둥 밑을 { ㉠ 갈작거려서 ㉡ 갉작거려서(○) } 잠을 못잤
  다.
* 목소리를 { ㉠ 높여(○) ㉡ 높혀 } 주세요.
* 사람들은 제 몸만 { ㉠ 끔찍히 ㉡ 끔찍이(○) } 위하기가 쉽다.
* 내가 먼저 { ㉠ 가겠오 ㉡ 가겠소(○) }.

* 그럼 먼저 { ㉠ 가시오 ㉡ 가시오(○) }.
* { ㉠ 섭 ㉡ 섶(○) }을 지고 불 속으로 들어간다.
* 영이는 { ㉠ 슬몃이 ㉡ 슬머시(○) } 자리를 떴다.
* 처음으로 태어난 새끼를 { ㉠ 문열이 ㉡ 무녀리(○) } 라고 한다.
* 저 { ㉠ 말숙한 ㉡ 말쑥한(○) } 신사가 우리 아저씨란다.
* 통로가 되는 { ㉠ 목(○) ㉡ 몫 }을 단단히 지켜라.
* { ㉠ 목돈(○) ㉡ 몫돈 }을 마련하면 장가가야지.
* { ㉠ 목 ㉡ 몫(○) }은 어디 있지?
* { ㉠ 자친 ㉡ 잦힌(○) } 밥에 돌 퍼붓기.
* 돌쇠는 순이네 논밭을 { ㉠ 붙이며 ㉡ 부치며(○) } 살고 있다.
* 밤에 먹는 과일은 소화가 잘 안 { ㉠ 된다(○) ㉡ 됀다 }.
* 영이가 웃음 { ㉠ 띤(○) ㉡ 띈 } 얼굴로 나를 반겼다.
* { ㉠ 참아 ㉡ 차마(○) } 눈 뜨고는 볼 수 없는 정경이다.
* { ㉠ 죽음으로써(○) ㉡ 죽음으로서 } 나라를 지킨 국군 용사들.
* 어서 { ㉠ 오시오(○) ㉡ 오시오 }.
* 이것은 { ㉠ 사과오 ㉡ 사과요(○) }.
* { ㉠ 구비구비 ㉡ 굽이굽이(○) } 흐르는 저 강물.
* 강물이 { ㉠ 구비쳐 ㉡ 굽이쳐(○) } 흘러간다.
* 독자들이여 { ㉠ 기대하시압(○) ㉡ 기대하시압 }.
* 시장에서 { ㉠ 넙치(○) ㉡ 넓치 }를 사왔다.
* 영이는 { ㉠ 곬병 ㉡ 골병(○) }이 들었다.
* { ㉠ 널따란(○) ㉡ 널다란 ㉢ 넓다란 } 운동장에서 아이들이 뛰논다.
* { ㉠ 널찍하게(○) ㉡ 널직하게 ㉢ 넓직하게 } 자리를 펴라.
* 혹시 { ㉠ 잊어버린(○) ㉡ 잃어버린 } 일 없으세요?
* 혹시 { ㉠ 잊어버린 ㉡ 잃어버린(○) } 물건 없으세요?
* 우리는 올해 집터를 { ㉠ 늘일 ㉡ 늘릴(○) } 계획이다.
* 돌쇠는 기르던 소의 뿔에 { ㉠ 받혀 ㉡ 받쳐(○) } 크게 다쳤다
* 형이 열심히 { ㉠ 공부하매 ㉡ 공부함에(○) } 동생들이 모두 본받았다.
* 그 말을 듣고 적지 { ㉠ 아니(○) ㉡ 않이 } 화가 났다.
* 나는 생선을 { ㉠ 안(○) ㉡ 않 } 먹는다.

* 영미가 쉴 새 없이 { ㉠ 지껄여(○) ㉡ 지꺼려 }대니
  시끄러워서 살 수 없다.
* 그는 구두를 { ㉠ 닦으므로(○) ㉡ 닦음으로 } 생계를 이어 간다.

3) 다음 글에서 틀린 곳이 있으면, 그 틀린 곳 아래에 올바르게 고쳐 써 넣으시오.

① 이 길로 사뭇 달니기만 하시압.
  - 이 길로 사뭇 달리기만 하시오.
② 미닫이를 열고, 해도지를 보시오.
  - 미닫이를 열고, 해돋이를 보시오.
③ 웃옷도 없이 홋옷만 입었다.
  - 웃옷도 없이 홑옷만 입었다.
④ 배사공이 물가에 배를 대어놓고, 산데미 같은 생선을 붙이고 있다.
  - 배사공이 물가에 배를 대어놓고, 산더미 같은 생선을 붙이고 있다.
⑤ 외밭에 신을 드려 놓지 말 것이며 오얏나무 밑에서 갓을 바로잡지 마라.
  - 외밭에 신을 들여놓지 말 것이며 오얏나무 밑에서 갓을 바로잡지 마라.
⑥ 옛 선비는 의를 굽히므로서 주검을 쫓지 않았으며, 말을 달리하므로서 삶
  을 원치 않았다.
  - 옛 선비는 의를 굽힘으로써 주검을 쫓지 않았으며, 말을 달리함으로써 삶
    을 원치 않았다.
⑦ 군자는 사귐을 끈음에 악성을 내지 않는다.
  - 군자는 사귐을 끊음에 악성을 내지 않는다.
⑧ 열 번 찍어 않이 넘어가는 나무 없다.
  - 열 번 찍어 아니 넘어가는 나무 없다.
⑨ 콩으로 메주를 쑨다 해도 고지듣지 않는다.
  - 콩으로 메주를 쑨다 해도 곧이듣지 않는다.
⑩ 집안이 망하려면, 맞며느리가 수염이 난다.
  - 집안이 망하려면, 맏며느리가 수염이 난다.
⑪ 열 길 물 속은 아라도, 한 길 사람의 마음속은 몰른다.
  - 열 길 물 속은 알아도, 한 길 사람의 마음속은 모른다.

⑫ 방안에 가면 시에미 말이 옳고, 부엌에 가면 며느리 말이 옳다.
  - 방안에 가면 시어미 말이 옳고, 부엌에 가면 며느리 말이 옳다.
⑬ 물이 지나치게 맑으면 사는 고기가 없고, 사람이 지나치게 비판적이면 사
   귀는 벗이 없다.
  - 물이 지나치게 맑으면 사는 고기가 없고, 사람이 지나치게 비판적이면 사
   귀는 벗이 없다.
⑭ 안해를 기여워하면, 처가집 말둑 보고 절 한다.
  - 아내를 귀여워하면, 처갓집 말뚝 보고 절 한다

4) 다음 예들 중에서 맞는 것에 ○표 하시오.

* ㉠ 아름다워(○)   ㉡ 아름다와
* ㉠ 치과(○)   ㉡ 칫과
* ㉠ 몰른다   ㉡ 모른다(○)
* ㉠ 휴게실   ㉡ 휴게실(○)
* ㉠ 새로이(○)   ㉡ 새로히
* ㉠ 해쓱하다(○)   ㉡ 햇슥하다
* ㉠ 애닯다   ㉡ 애달다(○)
* ㉠ 해도지   ㉡ 해돋이(○)
* ㉠ 졸리다(○)   ㉡ 졸립다
* ㉠ 숫갈   ㉡ 숟갈(○)
* ㉠ 서른(○)   ㉡ 설흔
* ㉠ 점잖다(○)   ㉡ 점잔다
* ㉠ 하고자(○)   ㉡ 하고저
* ㉠ 먹고자(○)   ㉡ 먹고저
* ㉠ 웃듬   ㉡ 으뜸(○)
* ㉠ 끓탕(○)   ㉡ 글탕
* ㉠ 되었다(○)   ㉡ 되였다
* ㉠ 도로(○)   ㉡ 도루
* ㉠ 며느리(○)   ㉡ 메누리

*	㉠ 께트리다	㉡ 깨뜨리다(○)
*	㉠ 갇히다(○)	㉡ 갇치다
*	㉠ 매웁다	㉡ 맵다(○)
*	㉠ 뚤리다	㉡ 뚫리다(○)
*	㉠ 갈가말가	㉡ 갈까말까(○)
*	㉠ 부딪치다(○)	㉡ 부딛치다
*	㉠ 새로워(○)	㉡ 새로와
*	㉠ 섯달	㉡ 섣달(○)
*	㉠ 깨끗이(○)	㉡ 깨끗히
*	㉠ 게양대(○)	㉡ 계양대
*	㉠ 고달프다(○)	㉡ 고달으다
*	㉠ 윷놀이(○)	㉡ 윷놀이
*	㉠ 내물	㉡ 냇물(○)
*	㉠ 깃브다	㉡ 기쁘다(○)
*	㉠ 읊다(○)	㉡ 을프다
*	㉠ 덧니(○)	㉡ 덛니
*	㉠ 숫병아리	㉡ 수평아리(○)
*	㉠ 숫놈	㉡ 수놈(○)
*	㉠ 수노루(○)	㉡ 숫노루
*	㉠ 수돼지	㉡ 수퇘지(○)
*	㉠ 귀구멍	㉡ 귓구멍(○)
*	㉠ 점박이(○)	㉡ 점백이
*	㉠ 쥐구멍(○)	㉡ 쥣구멍
*	㉠ 쥐꼬리(○)	㉡ 쥣꼬리
*	㉠ 붓잡다	㉡ 붙잡다(○)
*	㉠ 헤어지다(○)	㉡ 헤여지다
*	㉠ 애닯으다	㉡ 애달프다(○)
*	㉠ 가추다	㉡ 갖추다(○)
*	㉠ 엇더하다	㉡ 어떠하다(○)
*	㉠ 모이다	㉡ 모으다(○)

* ㉠ 혀바늘   ㉡ 혓바늘(○)
* ㉠ 고닲으다   ㉡ 고달프다(○)
* ㉠ 가지고(○)   ㉡ 갖이고

5) 다음 예문들이 가지는 의미 차이를 문장부호의 쓰임과 관련하여 설명하시오.

* (1) 영이가 벌써 왔어요. - 영이가 이미 와 있다는 것을 알리는 말. 마침표
  (2) 영이가 벌써 왔어요? - 영이가 벌써 온 것에 대해 확인하기 위해 물음. 물음표
* (1) 그녀는 정말 대단한 미인이다. - 그녀가 아름답다
  (2) 그녀는 정말 대단한 미인(?)이다. - 미인이라는 의미가 일반적인 의미로 쓰이지 않음
* (1) 그녀의 옷에 대한 대단한 관심 - 이중적인 의미로 해석됨
  (2) 그녀의, 옷에 대한 대단한 관심-그녀가 옷에 대해 관심이 많다
  (3) 그녀의 옷에 대한, 대단한 관심- 그녀가 입고 있는 옷에 대해 관심이 많다
* (1) 불빛이 찬란한 종로로 통하는 광화문 네거리 - 이중적인 의미로 해석됨
  (2) 불빛이 찬란한, 종로로 통하는 광화문 네거리
      - 종로로 통하는 광화문 네거리가 불빛이 찬란하다
  (3) 불빛 찬란한 종로로 통하는, 광화문 네거리
      - 광화문 네거리로 통하는 종로가 불빛이 찬란하다
* (1) 흰구름과 맑은 물이 흐르는 꼴짜기 - 골짜기에 흰구름이 있고 맑은 물이 흐른다.
  (2) 흰구름과, 맑은 물이 흐르는 골짜기
      - 흰구름이 있고 맑은 물이 흐르는 골짜기가 있다.

6) 다음은 소리가 비슷하지만 뜻이 다른 말들이다. 그 뜻을 구별하시오.

* (1) 그러므로 : 앞에 오는 내용이 뒤에 오는 내용의 원인, 전제 조건이 됨을 나타내는 접속 부사

(2) 그럼으로 : 조사 '(으)로써' 가 이유를 나타내기도 한다.

* (1) 너머 - 산 고개 높은 곳의 저쪽이라는 뜻

 (2) 넘어 - 이쪽에서 저쪽으로 어떤 사물의 위를 지나서

 (3) 너무 - 정도에 지나치게

* (1) 넓다 - 평면의 면적, 너비 따위가 크다

 (2) 너르다 - 사방으로 두루 넓다

* (1) 걸음 : 두발을 번갈아 떼어 옮기는 동작

 (2) 거름 : 땅을 걸게 하거나 식물이 잘 자라게 하기 위하여 땅에 섞거나 뿌
　　　리는 영양 물질

* (1) 느리다 - 움직임이나 일을 해내는 속도가 더디다

 (2) 늘이다 - 본디보다 더 길게 하다

 (3) 늘리다 - 부피 · 양, 수 따위가 더 많아지게 하다

* (1) 던 : 지난 일을 회상하거나 그 회상 사실의 지속을 뜻하는 관형사형 전성
　　　어미

 (2) 든 : "든지" 의 준말

* (1) 든지 : 무엇이나 가리지 않음을 나타내는 보조사

 (2) 던지 : 지난 일을 회상하되, 그 회상이 막연함을 나타내거나 그것이 다른
　　　일을 일으키는 근거나 원인이 됨을 나타냄

* (1) 돌¹ : 바위보다는 작고 모래보다는 큰 단단한 광물 단단한 덩어리

 (2) 돌² : 또는, 어느 한 해로부터 만 1년이 되는 날

 (3) 돐 - 돌²의 잘못

* (1) 띠다¹ : 용무나 사명을 가지다

 (2) 띠다² : 어떤 빛깔을 조금 가지다

 (3) 띠다³ : 표정이나 감정이 조금 드러나다

 (4) 띠다⁴ : 사상적 빛깔이 조금 섞여 있다

 (5) 띄다 : '뜨이다' 의 준말. 뜨게 하다

 (6) 떼다¹ : 붙어 있는 것을 떨어지게 하다

 (7) 떼다² : 한동아리로 있는 둘 사이를 갈라놓다

 (8) 떼다³ : 봉한 것을 뜯어서 열다

* (1) 만나다¹ : 남과 얼굴을 마주 대하다. 어떤 인연으로 관계를 맺다

(2) 만나다² : 마주 닿다. 겪게 되다. 당하다

(3) 맛나다 : 음식이 입 안에서 맛이 생기다. 맛이 좋다

* (1) 바치다¹ : 웃어른에게 드리다

 (2) 바치다² : 자기의 정성이나 힘, 목숨 등을 남을 위해서 아낌없이 다하다

 (3) 받치다 : 밑에서 다른 물건으로 괴다.

 (4) 받히다 : 떠받음을 당하다

 (5) 밭이다 : 국물만 새어 나오도록 체 같은 데에 밭게 하다

 (6) 밭치다 : '밭다' 의 힘줌말

* (1) 반드시 : 꼭, 틀림없이

 (2) 반듯이 : 기울이거나 굽거나 찌그러지지 않고 바르다

* (1) 부수다 : 조각이 나게 두드려 깨뜨리다

 (2) 부시다 : 그릇 따위를 깨끗이 씻다

* (1) 붙이다¹ : 꽉 달라붙어 떨어지지 않게 하다

 (2) 붙이다² : 가까이 닿게 하다. 근접시키다

 (3) 부치다¹ : 힘이 미치지 못하다

 (4) 부치다² : 흔들어서 바람을 일으키가

 (5) 부치다³ : 보내다. 논밭을 다루어서 농사를 짓다

* (1) 부딪치다 : 아주 힘있게 닿거나 대다

 (2) 부딪히다 : 부딪음을 당하다

* (1) 얼음 : 물이 얼어서 굳어진 것

 (2) 어름 : 두 물건이 맞닿은 자리. 물건과 물건의 한가운데

 (3) 으름 : 으름덩굴의 열매

* (1) 조름 : 물고기의 아가미 안에 있는 숨을 쉬는 기관

 (2) 졸음 : 잠이 오거나 자고 싶은 느낌

* (1) 마춤 : 맞춤의 잘못

 (2) 맞춤 : 서로 떨어져 있는 부분을 제자리에 맞게 대어 붙임

* (1) 맞추다 : 틀리거나 어긋남이 없게 하다. 마주 대다

 (2) 맞히다 : 물음에 옳은 답을 하다

 (3) 마치다 : 끝내다. 마무리하다. 밑에 무엇이 닿아 받치다

* (1) 목거리 : 목이 붓고 몹시 아픈 병

(2) 목걸이 : 보석 등을 꿰어 목에 거는 장식품
* (1) 자치다 : '잦히다' 의 잘못
   (2) 잦히다 - 뒤로 잦게 하다. 물건의 밑쪽이 위로 올라오게 뒤집다
* (1) 버리다 - 쓰지 못할 것을 없애거나 처리하다
   (2) 벌이다 - 일을 베풀어 놓다
   (3) 벌리다 - 돈벌이가 되다. 둘 사이를 떼어서 넓히다

7) 다음 글에서 띄어 써야 할 곳을 표시하시오.

* "무슨소리! 바우를깨내야명당이지."
* 내로라하는풍수들도서로제말이옳다고다투었다. 별수없이작은어머니나비에게묻게되었는데, 버럭성을내어말했다.
* "어째그리지각들이없단말이냐?산사람도바위우에누우면등이배겨불편하거늘어찌송장이라고다르단말이냐?"
* 그래서한쪽에송장을놓고석수장이들을불러들여바위를쪼아내기시작했다. 아닌때에옆에서송장은냄새를풍기며썩어가는데대체몇날을파야할지기약도없는바위깨기공사판이벌어진것이다.
* 한열흘이되던날이었다. 쩍!바위가갈라지면서학세마리가날아올랐는데, 한마리는저백화산너머로, 또한마리는저밀골신선이춤추는형국이라는무선봉으로날아갔다. 그런데한마리는석공이쪼는정에다리를다쳤던지머리위에서뱅글뱅글돌다가그만회꼬배기로쑤셔박혀버리고말았다. 그제야사람들은아뿔싸!했다. 법수가본대로학의둥지같은천하명당이틀림없는데, 바위를깨일을그르친것이다.
* 이대감이땅에묻힌그날이었다. 나비가종들을모아놓고말했다.
* "한울님께서이세상을열때사람마다골고루먹고살게했다. 그런데양반놈들이권세를가지고제것으로만들어오늘에이른것이다. 이물건은모두양반놈들이도둑질을한것이니부끄러워말고가져가거라."
* 비록짧은날이었지만, 나비가무쇠와오순도순꽃피우듯다정하게살던때, 동학을하던서방무쇠를흉내내어한말이었다. 그제야종들은비단이며값나가는물건들을지고사방으로떠나갔다. 그러자하나있는아들이 '작은어머이가우리집

안을다망하게한다' 면서펄펄뛰다가그길로제아비처럼죽어버렸다. 며느리도
망한집구석에정붙일게없으니전날불에떠내려온바우덕이새끼를팽개친채
도망쳐버렸다.
* 때는화창한봄날이었는데, 나비는양반집의모든것을홀홀털고하루아침에천
애고아가된바우덕이새끼를데리고보은북실로들어가살았다. 북실은전날무
쇠와수천의동학군들이비명횡사(非命橫死)한곳이라온골짜기에송장썩는냄새
가원혼처럼떠돌고있었다. 마침절기에맞춰온골짜기엔넘칠듯피어난진달래
도피를머금은듯붉었다. (채길순의 「나비이야기」중에서)

8)다음 네 가지 보기 가운데 이질적인 것이 하나씩 있다. 그 이질적인 것의 ( ) 속
에 ○표를 하시오.

* ( )너밖에   (○)나 밖에   ( )집밖으로   ( )집밖은
* ( )제주도까지   (○)너까지   ( )학교까지   ( )백리 까지
* ( )먹을 만큼   ( )공부한만큼   (○)나 만큼   ( )이 만큼
* ( )떠난지   (○)온 지   ( )갈 지   ( )있을 지
* ( )녹히다   (○)안치다   ( )조피다   ( )머키다
* (○)갈리다   ( )우끼다   ( )흘니다   ( )맛기다
* ( )덥개   (○)마개   ( )지개   ( )귀게
* ( )맞웅   ( )잦우   (○)주먹   ( )박아지
* (○)시끄럽다   ( )징글업다   ( )부들럽다   ( )어질업다
* ( )돗개비   (○)갑자기   ( )일지기   ( )슬메시
* ( )깍둑이   ( )골자기   (○)기러기   ( )박우니
* ( )메쌀   (○)볍씨   ( )찹살   ( )입살
* (○)수탉   ( )암탁   ( )숫캐   ( )암개
* (○)댄닢   ( )배속   ( )귀속   ( )콧등
* ( )강까   ( )손 뜽   (○)등불   ( )꽃닢
* (○)가만히   ( )꾸준이   ( )넉너키   ( )마땅이
* ( )끔찌기   ( )깨긋치   ( )나부시   (○)꼿꼿이
* ( )일이리   ( )반가히   (○)좋이   ( )즐거히

* ( )우러르어 보다　(○)들러 보다　( )딸라 가다　( )다달아서
* ( )묵금　(○)졸음　( )우슴　( )우름
* ( )하날　( )하눌　( )하널　(○)하늘
* ( )갓 서른　(○)개 살구　( )늦 더위　( )맨발
* ( )풋 나물　(○)햇 것　( )잔소리　( )홀 이불
* ( )아침 나절　( )한모금　( )녁자　(○)두게

9) 맞는 것은( )속에 ○표를 하시오.

* (○)어깨　( )엇개　　　* ( )것구로　(○)거꾸로
* ( )깻긋하다　(○)깨끗하다　　　* ( )앗기다　(○)아끼다
* (○)이따금　( )잇다금　　　* (○)어떠하다　( )엇더하다
* (○)으뜸　( )웃듬　　　* (○)묻히다　( )무치다
* ( )빨니　(○)빨리　　　* ( )엇지　(○)어찌
* (○)간히다　( )가치다　　　* (○)얼른　( )얼는
* ( )엿줍다　(○)여줍다　　　* ( )거치다　(○)걷히다
* ( )홀노　(○)홀로　　　* (○)해쓱하다　( )햇슥하다
* (○)오빠　( )옵바　　　* ( )웃듬　(○)으뜸
* (○)알락달락　( )알낙달낙　　　* (○)빨래　( )빨내
* (○)걸레　( )걸네　　　* ( )가치　(○)같이
* ( )해도지　(○)해돋이　　　* (○)따뜻하다　( )따뜯하다
* (○)엇먹다　( )얻먹다　　　* (○)빗나가다　( )빈나가다
* (○)반듯하다　( )반듣하다　　　* (○)도로　( )도루
* ( )빨르다　(○)빠르다　　　* ( )매웁다　(○)맵다
* (○)예쁘다　( )예뿌다　　　* (○)함부로　( )함부루
* (○)며느리　( )며누리　　　* (○)되었다　( )되였다
* (○)자빠지다　( )잣바지다　　　* (○)토라지다　( )톨아지다
* (○)웃기다　( )우끼다　　　* ( )걸니다　(○)걸리다
* (○)뚫리다　( )뚤니다　　　* (○)삭이다　( )새기다
* (○)돋우다　( )도두다　　　* (○)고달프다　( )고닯으다

* (○)그것마저　　　(　)그것맏어　　　* (○)오늘부터　　　(　)오늘붙어
* (　)너좃아　　　　(○)너조차　　　　* (　)반듯이[必]　　(○)반드시
* (　)반드시[正立]　(○)반듯이　　　　* (○)고름　　　　　(　)골음
* (○)움직이다　　　(　)움지기다　　　* (○)간지럽다　　　(　)간질업다
* (○)미덥다　　　　(　)믿업다　　　　* (○)시끄럽다　　　(　)시끌업다
* (○)부질없다　　　(　)부지럽다　　　* (　)내까　　　　　(○)냇가
* (○)길가　　　　　(　)길까　　　　　* (　)솔나무　　　　(○)소나무

인용 작품 목록

김동화, 「빨간 자전거」(만화)

윤흥길, 「장마」

이 상, 「날개」

안정효, 「백합은 이렇게 죽는다」

신경숙, 「풍금이 있던 자리」

송기원, 「월행」

이문열, 「금시조」

학생작품 / 김민정, 「낙타」

학생작품 / 김은주, 「무섭던 날」

학생작품 / 김태림, 「고독」

학생작품 / 노승은, 「배반」

학생작품 / 문혜석, 「그녀와의 거리」

학생작품 / 박성미, 「노을」

학생작품 / 심경숙, 「방화벽」

학생작품 / 이강미, 「친구」

학생작품 / 이 현, 「에미」

학생작품 / 최성춘, 「옥탑방」

학생작품 / 최진영, 「운수 나쁜 날」

학생작품 / 편회숙, 「봄비」

학생작품 / 황유원, 「아버지」

학생작품 / 김아름, 「먼 곳에 지어진 집」

학생작품 / 김진애, 「이웃」

학생작품 / 남미르내, 「무섭던 날」

학생작품 / 노혜란, 「출입문」

학생작품 / 박선영, 「꿈꾸는 날개」

학생작품 / 배현아, 「바람 부는 날」

학생작품 / 유혜영, 「어떤 여행」

학생작품 / 이소진, 「미명」

학생작품 / 임지선, 「이웃」

학생작품 / 최우정, 「봄밤」

학생작품 / 최현용, 「개를 기르는 여자」

학생작품 / 허경자, 「정선 아리랑」

참고문헌

네이버 백과사전　　네이트 백과사전　　다음 백과사전

두산세계대백과　　브리태니커 백과사전 - 한국브리태니커

야후! 백과사전　　한국어 위키백과

(주)두산동아 사서편집국, 동아새국어사전, (주)두산동아, 2000.

E.M. 포스터, 이성호 옮김, 소설의 이해, 문예출판사, 1975.

J. 피츠제럴드 · R.메레디트, 김경화 옮김, 소설작법, 청하, 1982.

S. 채트먼, 한용환 · 강덕화 옮김, 영화와 소설의 수사학, 동국대학교출판부, 2001.

S. 채트먼, 한용환 옮김, 이야기와 담론, 고려원, 1990.

T. 토도로프, 신동욱 옮김, 산문의 시학, 문예출판사, 1992.

고병권, 니체— 천 개의 눈 천 개의 길, 소명출판, 2001.

권영민 엮음, 한국의 문학 비평, 민음사, 1995.

김동리 · 조연현 · 박영준 · 문덕수, 소설작법, 문명사, 1981.

김윤식 · 김우종 외, 한국현대문학사, 현대문학, 2002.

김윤식, 소설 현장비평, 문학사상사, 1997.

김희보, 소설의 방법, 종로서적, 1995.

나병철, 소설의 이해, 문예출판사, 1998.

나탈리 골드버그, 권진욱 옮김, 뼛속까지 내려가서 써라, 한문화, 2000.

나찬연, 한글 맞춤법의 이해, 월인, 2008.

남영신, 나의 한국어 바로 쓰기 노트, 까치, 2002.

대중문학연구회 편, 추리소설이란 무엇인가?, 국학자료원, 1997.

데이몬 아니트, 김달용 옮김, 소설 창작법, 신구문학사, 1996.

딘 R. 쿤츠, 정태원 옮김, 베스트셀러 쓰는 법, 서지원, 1995.

로널드 B. 토비아스, 김석만 옮김, 인간의 마음을 사로잡는 스무 가지 플롯, 풀빛, 2002.

로저 본 외흐, 정주연 옮김, 생각의 혁명, 에코리브르, 2002.

롤랑 바르트, 정현 옮김, 신화론, 현대미학사, 1995.

롤랑 부르뇌프 · 레알 윌레, 김화영 편역, 현대소설론, 현대문학, 1996.

루디 러커, 김량국 옮김, 사고 혁명, 열린책들, 2001.

류현주, 하이퍼텍스트문학, 김영사, 2000.

마르트 로베르, 김치수 · 이윤옥 옮김, 기원의 소설 소설의 기원, 문학과지성사, 1999.

미셸 뷔토르, 김치수 옮김, 새로운 소설을 찾아서, 문학과지성사, 1996.

박혜영, 신자유주의 시대의 한국 여성문학, 문학수첩, 2006 봄호.

백낙청, 민족문학의 새단계, 창작과비평사, 1995.

브루노 힐레브란트, 박병화 · 원당희 옮김, 소설의 이론, 현대소설사, 1993.

빅토르 츠메가치 · 디터 보르흐마이어, 류종성 · 백종유 · 이주동 · 조정래 역, 현대 문학의 근
　　　본 개념 사전, 솔, 1996.

빌렘 풀루서, 김성재 역, 코무니콜로기(코드를 통해 본 커뮤니케이션의 역사와 이론 및 철학),
　　　커뮤니케이션북스, 2001.

빌렘 플루서, 윤종석 옮김, 디지털 시대의 글쓰기, 문예출판사, 1998.

송근호, 다시 읽는 역사문학 루카치의 '역사소설론'과 역사소설의 문제, 평민사, 1995.

송면, 소설미학, 문학과지성사, 1985.

수잔 스나이더 랜서, 김형민 옮김, 시점의 시학, 좋은날, 1998.

신경득, 한민족문학사상론, 살림터, 1996.

신덕룡, 환경위기와 생태학적 상상력, 실천문학사, 2000.

안정효, 글쓰기 만보, 모멘토, 2006.

알랭 로브그리예, 김치수 옮김, 누보 로망을 위하여, 문학과지성사, 1981.

엄해영 · 채명식, 소설교육론, 느티나무, 1995.

염무웅, 민중시대의 문학, 창작과비평사, 1991.

오양호, 농민소설론, 형설출판사, 1987.

옴베르토 에코, 김운찬 옮김, 소설 속의 독자, 열린책들, 1996.

우리소설모임, 소설 창작의 길잡이, 풀빛, 1990.

우찬제, 타자의 목소리, 문학동네, 1996.

이상섭, 문학 비평 용어 사전, 민음사, 1976.

이상우, 소설의 이해와 작법, 한국문학도서관, 2007.

이수열, 우리 글 갈고 닦기, 한겨레신문사, 1999.

이재선, 한국현대소설사, 홍성사, 1982.

이제하, 유자 약전, 이다미디어, 2005.

이지엽, 현대 시창작 강의, 고요아침, 2005.

이진경, 근대적 시 공간의 탄생, 푸른숲, 1997.

이향아, 창작의 아름다움, 한국문학도서관, 2008.

임규찬, 왔던 길 가는 길 사이에서, 창작과비평사, 1997.

임종국, 친일문학론, 평화출판사, 1966.

자크 라캉, 권택영 엮음, 욕망 이론, 문예출판사, 1994.

장경렬 · 전형준 · 정재서 편역, 상상력이란 무엇인가, 살림, 1997.

장문평 편, 문학논쟁집(한국문학대전집 부록2), 태극출판사, 1983.

장석주, 소설, 들녘, 2002.

전상국, 당신도 소설을 쓸 수 있다, 문학사상사, 1991.

전상국, 소설 창작 강의, 문학사상사, 2007.

정한숙, 소설기술론, 고려대학교출판부, 1974.

제라르 즈네뜨, 권택영 옮김, 서사 담론, 교보문고, 1992.

제임스 A. 미치너, 이종인 옮김, 작가는 왜 쓰는가, 미세기, 1995.

조연현, 한국현대문학사, 성문각, 1980.

차봉희, 독자반응비평, 고려원, 1993.

차봉희, 문학텍스트의 전통과 해체 그리고 변신, 문매미, 2002.

차봉희, 비판미학, 문학과지성사, 1990/2000.

차봉희, 현대사조 12장, 문학사상사, 1981.

채광석, 민족문학의 흐름, 한마당, 1987.

최정호 · 강현두 · 오택섭, 매스미디어와 사회, 나남출판, 1990/ 1998.

칼 구스타프 융, 정영목 옮김, 사람과 상징, 까치, 1995.

클리언스 브룩스 · 로버트 펜 워렌, 안동림 옮김, 소설의 분석, 현암사, 1985.

피종호, 예술형식의 상호 매체성 , in 독일문학(제76집), 41권 4호, 2000.

한용환, 소설의 이론, 문학아카데미, 1990.

한용환, 소설학 사전, 고려원, 1992.

한창완, 저패니메이션과 디즈니메이션의 영상전략, 한울아카데미, 2001.

허버트 미트갱, 김석희 옮김, 작가를 찾아서, 프레스빌, 1996.

현길언, 소설 쓰기의 이론과 실제, 한길사, 1994.

황광수, 삶과 역사적 진실, 창작과비평사, 1995.

황광수, 한국문학의 현단계, 창작과비평사, 1982.

황패강 외, 한국문학연구입문, 지식산업사, 1993.

황패강, 한국문학작가론, 형설출판사, 1995.

주석

1 전상국(全商國, 1940~) : 소설가. 강원도 홍천(洪川) 출생. 1963년 경희대학교 국문학과
를 졸업하였고, 그해에 단편소설 「동행(同行)」이 조선일보 신춘문예에 당선되어 등단하
였다. 강원대학교 국문과 교수를 지냈으며, 소설 「광망(光芒)」과 「해바라기시계」를 발표
하여 주목을 끌기 시작했다. 분단시대 가난한 서민의 삶과 의식을 리얼하게 그려 내고
있다. 77년 현대문학상, 79년 「아베의 가족」으로 한국문학작가상, 80년에 「우리들의 날
개」로 동인문학상을 받았다. 장편소설 『바람난 마을』, 『길』, 『유정의 사랑』, 『싸이코시
대』, 『우상(偶像)의 눈물』, 『우리들의 날개』, 『지빠귀 둥지 속의 뻐꾸기』 등이 있다.

2 문순태(文淳太, 1941~) : 소설가. 광주 출생. 조선대 국문과 졸업. 1965년 〈현대문학〉에
시 「천재들」 추천. 1974년 〈한국문학〉에 소설 「백제의 미소」로 등단. 작품집으로 『타오
르는 강』, 『살아 있는 소문』, 『징소리』 등이 있다.

3 김윤식(金允植, 1936년~) : 문학평론가. 경남 김해 출생. 서울대학교 국어교육과 및 국어
국문학과 대학원을 졸업하고 동 대학에서 교수를 역임했다. 1962년 《현대문학》에 평론
이 추천되어 등단하였으며, 1973년 현대 문학상 신인상을 수상했다. 저서로 《한국근대문
예 비평사 연구》, 《근대 한국문학연구》 등이 있으며, 논문으로 《임화연구》, 《최재서론》,
《한국문예비평의 특성》 등이 있다. 특히 1930년대 카프에 대한 비평이 탁월하다는 평을
받고 있다.

4 데이비드 허버트 로렌스(David Herbert Lawrence, 1885~1930) : 영국의 소설가, 시인, 문
학평론가, 광부의 아들로 태어나 노팅엄 대학교 졸업. 1911년, 첫 작품 「흰 공작」을 발표
한 이후 성(性)에 대한 소설을 여러 편 써서 비난을 받기도 했다. 1920년에는 「연애하는
여성들」을 발표하여 성(性)에 대한 신비를 밝히고자 했다. 그의 작품의 특색은 인간의 원
시적인 성의 본능을 매우 중시하는 데 있다. 주요 작품으로, 소설 『채털리 부인의 사랑』
『아들과 연인』 『무지개』, 여행기 『이탈리아의 황혼』 『멕시코의 아침』, 수필 『묵시록』 등
이 있다.

5 토머스 울프(Thomas Wolfe, 1900~1938) : 미국의 소설가. 노스캐롤라이나 주에서 태어
나 하버드 대학을 졸업. 자신이 직접 겪은 생활을 소설의 소재로 많이 다루었다. 워싱턴
스퀘어 대학에서 영문학을 가르쳤으며, 미국의 대표적인 소설가가 되었다. 작품으로 『천
사여, 고향을 돌아보라』 『시간과 강에 대하여』 『그대 다시는 고향에 돌아가지 못하리』
『저 언덕 너머』 등이 있다.

6 현길언(玄吉彦, 1940년~) : 소설가. 제주에서 출생하였고, 제주대 국문과와 성균관대 대학원을 졸업하였다. 1980년 〈현대문학〉에 「성 무너지는 소리」, 「급장 선거」가 추천되어 등단하였다. 주요 작품으로 『우리들의 신부님』이 있다.

7 김원일(金源一, 1942~) : 소설가. 경남 진영 출생. 분단 문제를 다룬 소설을 많이 썼다. 소설집 『겨울 골짜기』(1987) 『마당깊은 집』(1989) 『늘 푸른 소나무』(1990)를 펴내는 등 쉬지 않고 글을 썼다. 그는 현실에 안주하려는 소시민의 속성과 분단 상황에서 파생된 현실의 모순이 우리의 삶을 규정하고 있다고 보았다. 이는 소설집 『어둠의 혼』 『노을』(1978), 『불의 제전』(1983) 등에 잘 나타나 있다.

8 조정래(趙廷來, 1943~) : 소설가. 전남 승주 출생. 주로 6 · 25 전쟁과 분단을 배경으로 상처받은 민중들의 삶을 소설로 그려냈다. 특히 1986년에 펴낸 『태백산맥』은 베스트셀러인 동시에 문학적 성취를 이룬 작품이다. 힘 있는 문체에 사건 전개가 흥미 있게 진행되어 많은 인기를 끌었다.

9 박완서(朴婉緖, 1931~2011) : 소설가. 경기 개풍 출생. 활달하고 개성적인 스타일로 물신주의와 분단의 상처, 여성적 삶의 상처, 근대사의 질곡 등 다채롭고 의미 있는 우리 사회의 국면들을 예각적으로 형상화하고 있다. 조선 말기에서 한국전쟁 직후까지 파란만장한 시기를 개성의 한 가족사의 운명을 통하여 점묘한 장편 『미망』은 박완서 문학의 한 절정을 보인다고 하겠으며, 집요한 기억의 묘사를 통해 난세의 개인사를 매우 치밀하게 복원해낸 장편 『그 많던 싱아는 누가 다 먹었을까』, 『그 산이 정말 거기 있었을까』도 많은 독자들의 사랑을 받은 작품이다.

10 이청준(李淸俊, 1939~2008) : 소설가. 전남 장흥 출생. 1965년 등단작 「퇴원」에서 「언어사회학서설」 연작과 「서편제」가 들어 있는 「남도사람」 연작 및 『당신들의 천국』을 비롯한 일련의 장편들, 그리고 1998년 21세기문학상 수상작인 「날개의 집」에 이르기까지, 그의 소설 역정은 우리 해방 50년사에서 가장 진실한 영혼의 궤적이다.

11 이문구(李文求, 1941~2003) : 소설가. 충남 보령 출생. 특징은 충청도 사투리 위주로 전개되는 방언의 쓰임이 일품이고, 갈수록 사장되어가는 각종 옛말의 유려한 사용과 듣고만 있어도 저절로 흥이 솟는 입담이 읽는 재미를 고조시킨다. 나아가서 이러한 토착 언어의 지향성은 이문구가 바라보는 농촌의 풍경과 깊이 연관된다. 그의 대표작 『관촌수필』은 도시화되기 이전에 존속했던 농촌 생활의 풍습과 인정을 통해 현대인의 잃어버린 고향에 대한 진정한 가치와 염원을 제시하고 있다. 또 『우리동네』에서는 문명화되는 현실을 겨냥한 비판을 풍자적으로 보여주고 있다.

12 이제하(李祭夏, 1957~) : 소설가. 경남 밀양 출생. 대학에서 미술을 전공한 이제하는 자

신의 소설에 대해 환상적 리얼리즘 기법이 '빈 환상파'의 화풍에서 유래했다고 밝힌 바 있다. 스토리가 아닌 이미지를 위주로 삼고, 개인의 무의식과 불안을 몽환적·상징적인 상황을 통해 표출하고자 한다는 점에서 이제하의 소설은 표현주의나 초현실주의적 그림을 닮았다. 「유자약전」과 『광화사』(1997년에 「열망」으로 개제해 출간), 『초식』 등이 있다.

13 황석영(黃晳暎, 1943~) : 소설가. 만주 장춘에서 태어나 8·15 해방 후 귀국하여 서울에서 성장했으며 경복고등학교를 거쳐 1970년 동국대학교 철학과를 졸업했다. 1985년 자유실천문인협의회 대표실행위원, 1985~86년 전남민중문화연구회 대표실행위원, 1985~87년 민중문화협의회 대표실행위원, 1988년 민족문학작가회의 이사 및 민족문화연구소 소장, 1989년 민족예술인총연합회 대변인 등을 역임했다. 1989년 평양을 임의로 방문한 뒤 국내에 들어오지 않고 독일, 미국에서 생활했고, 1993년 6월 귀국하여 수감되었다가 1998년 사면되었다.

14 박범신(朴範信, 1945~) : 소설가. 충남 논산 출생. 1973년 중앙일보 신춘문예에 단편 「여름의 잔해」 당선으로 등단. 주변의 아웃사이더들을 조명한 작품들을 발표해 문제작가로 성장했다. 『죽음보다 깊은 잠』, 『풀잎처럼 눕다』, 『물의 나라』, 『불의 나라』 등의 베스트셀러 작품들을 발표했다. 한때 절필을 선언했다가, 1996년 연작소설 『흰소가 끄는 수레』를 발표하면서 집필 활동을 이어가고 있다.

15 이상(李箱, 1910~1937) : 소설가. 서울에서 태어났으며, 1931년 「이상한 가역반응」이라는 시로 문단에 데뷔했다. 1933년부터 폐병이 악화되었고, 1934년에는 김기림, 정지용, 박태원 등과 교유하면서 〈조선중앙일보〉에 그 유명한 시 「오감도」를 연재하다가, 빗발치는 독자들의 항의로 중단하기도 했다. 건강 악화와 사업 실패, 사상 혐의로 피검되는 등 결코 순탄하지 않은 삶을 살았고, 26년 7개월이라는 짧은 생애에도 불구하고 「오감도」 등의 시와 「날개」, 「봉별기」 등의 소설을 통해 파격적으로 한국 문학의 수준을 올려놓았다.

16 이문열(李文烈, 1948~) : 소설가. 서울 청운동에서 태어나 경북 영양, 안동, 서울, 밀양 등지를 전전하며 성장했다. 1950년 6·25 당시 공산주의자였던 부친이 월북했는데, 이것이 그의 성장 과정과 소설 창작 태도에 큰 영향을 미쳤던 것으로 보인다. 소설 『영웅시대』, 『변경』은 이 같은 가족 상황에서 비롯된 작품이라 할 수 있다. 1979년 중편 「새하곡」으로 동아일보 신춘문예에 당선, 같은 해 신의 구원과 인간의 논리 사이에서 고뇌하는 신학도의 갈등을 그린 『사람의 아들』로 '오늘의 작가상'을 수상하면서, 1980년대를 예고하는 신예로 문단의 주목을 받기 시작한다.

17 알베르 카뮈(1913~1960) : 프랑스의 철학자이자 문학가. 아버지 뤼시앵 카뮈가 주아브 보병 연대에서 복무하던 1913년 알제리 몬도비(Mondovi)에서 프랑스계 알제리 이민자로 태어났다. 주요 작품으로『이방인』,『페스트』가 있으며, 1957년 노벨문학상 수상했다.

18 헤르만 헤세(Hermann Hesse, 1877~1962) : 독일계 스위스인. 시인, 소설가, 화가. 1923년 스위스 국적을 취득했고, 제2차 세계 대전 때에 헤르만 헤세의 작품은 나치의 탄압을 받으며, 1946년에『유리알 유희』로 노벨문학상을 수상했다.

19 프란츠 카프카(Franz Kafka, 1883~1924) : 체코/독일 작가. 프라하에서 태어나 환상적인 작품세계를 보이며, 그의 사후에 출판된 소설 가운데『심판 Der Prozess』(1925)『성 Das Schloss』(1926) 등은 20세기 인간의 불안과 소외를 그린 작품으로 호평을 받았다.

20 윌리엄 포크너(William (Cuthbert) Faulkner, 1897~1962) : 미국의 소설가. 미국 미시시피 뉴올버니에서 태어났다. 역사상 실재하는 미국 남부에 대한 우화이면서도 어디에나 존재하는 인간 운명에 대한 이야기로 발전시킨 '요크나파토파' 연작물이 유명하다. 1949년 노벨문학상을 받았다.

21 하일지(1955~): 소설가. 경북 경주 출생.『경마장 가는 길』로 등단한 작가이다. 이 작품은 발표되자마자 문단에 상당한 충격을 던져주었다. 내용과 기법의 다양성 때문만이 아니라 정통적 리얼리즘 소설에 익숙한 독자층에게 신선한 충격을 던져주었기 때문이다. 주인공 R은 5년 반의 프랑스 유학을 마치고 귀국하지만, 커다란 문화적 이질감에서 오는 충격에 휩싸인다. R이라는 주인공이 4개월 반 동안 한국에서 보고 듣고 겪게 되는 문화적 체험에서 느끼는 이질적 분위기를 그리는 동시에 우리 사회가 안고 있는 문화 정체성, 혹은 관습에 대한 비판적 진술이 소설 구조의 심층에 깔려 있다.

22 송영(1940~) : 소설가. 1967년 〈창작과비평〉으로 등단. 주요 작품집으로『선생과 황태자』,『비탈길 저 끝방』,『금지된 시간』등이 있다.

23 최인훈(1936~) : 소설가. 함북 회령에서 태어나 회령, 원산 등지에서 성장했고, 1950년 6·25 와중에 가족들과 함께 해군 함정으로 월남했다. 1960년 10월에 발표된『광장』은 한국문학사의 새로운 지평을 연 기념비적인 작품으로 평가된다.

24 밀란 쿤데라(Milan Kundera, 1929~) : 소설가. 체코 출생으로 1949년 시집『넓은 정원 같은 인간』을 냈다. 쿤데라의 첫 번째 소설『농담』에서는 사회주의 체제의 전체주의적 특질에 대한 풍자적 내용이 담겨 있다. 이로 인해 1968년 소비에트 연방이 그의 고향을 점령한 이후 곧 블랙리스트에 올랐으며 얼마간 그의 집필 활동이 금지되었다. 1975년 프랑스로 망명했다. 그곳에서『웃음과 망각의 책』(1979)을 썼다. 이는 소비에트 체제에 저항하는 체코 시민들의 이야기이다.

25 블라디미르 나보코프 (Vladimir Nabokov, 1899~1977) : 소설가, 시인, 번역가. 러시아에서 태어난 미국인 작가. 최초 작품들은 러시아어로 쓰였지만, 국제적 명성을 얻은 것은 영어로 쓰인 작품들이 출판된 후였다. 1955년에 출판된 그의 대표작『롤리타』는 20세기의 중요한 소설 중 하나다.

26 김승옥(金承鈺, 1941~) : 소설가. 일본 오사카 출생. 도덕적 상상력 또는 윤리적 세계관으로 삶을 이해하는 창작 방법을 거부하고 새로운 감수성을 나타낸 소설을 썼다. 「무진기행(霧津紀行)」, 「서울 1964년 겨울」, 「서울의 달빛 0장」 등이 대표작이다.

27 송기원(宋基元, 1947~) : 소설가. 1974년 중앙일보 신춘문예에 단편『경외성서(經外聖書)』가 당선되어 등단하였으며, 이후 예리한 현실인식과 탐미적 감수성을 보여주는 작품을 발표해 왔다. 소설집『월행(月行)』(1979)『다시 월문리에서』(1984)『인도로 간 예수』(1995)와 장편소설『너에게 가마 나에게 오라』(1994)『청산』(1996)『여자에 관한 명상』(1996), 시집『그대 언 살이 터져 시가 빛날 때』(1983)『마음속 붉은 꽃잎』(1990) 등이 있다.

28 신경숙(1963~) : 소설가. 정읍 출생. 1993년 소설집『풍금이 있던 자리』를 출간해 주목을 받았으며, 이후 장편소설『깊은 슬픔』(1994), 『외딴 방』(1995), 『기차는 7시에 떠나네』(2000), 창작집『아름다운 그늘』(1995), 『오래 전 집을 떠날 때』(1996), 『딸기밭』(2000) 등을 잇달아 출간하면서 1990년대를 대표하는 여류 작가로 자리 잡았다.

29 안정효(1941~) : 소설가이자 번역가. 서울 출생. 서강대학교 영문과를 졸업, 1983년 〈실천문학〉에 장편 반전(反戰)소설『하얀전쟁』으로 등단, 『가을바다 사람들』, 『학포장터의 두 거지』, 『은마는 오지 않는다』, 『동생의 연구』, 『미늘』, 『전설의 시대: 헐리우드 키드의 20세기 영화 그리고 문학과 역사』, 『신화와 역사의 건널목』, 『정복의 길』 등을 발표했다.

30 후스(胡適, 1891~1962) : 중화민국 타이완의 문학자, 사상가.

찾아보기

"우리말은 알면 알수록

깊은 맛을

느낄 수 있다."

소설 창작 여행 떠나기

등 록 1994.7.1 제1~1071
1쇄 발행 2012년 9월 30일

지은이 채길순
펴낸이 박길수
편집인 소경희
편 집 김문선
마케팅 위현정
디자인 이주향
펴낸곳 도서출판 모시는사람들
        110-775 서울시 종로구 경운동 88번지 수운회관 1207호
전 화 02-735-7173, 02-737-7173 / 팩스 02-730-7173

출 력 삼영그래픽스(02-2277-1694)
인 쇄 (주)상지사P&B(031-955-3636)
배 본 문화유통북스(031-937-6100)
홈페이지 http://blog.daum.net/donghak21

값은 뒤표지에 있습니다.
ISBN 978-89-97472-17-8   03800

이 도서의 국립중앙도서관 출판시도서목록(CIP)은 e-CIP 홈페이지
(http://www.nl.go.kr/ecip)에서 이용하실 수 있습니다.
(CIP제어번호: 2012004198)